essas
reia
&
Fogo

DARKLOVE.

THE FORBIDDEN WISH

Diretor Editorial
Christiano Menezes

Diretor de Novos Negócios
Chico de Assis

Diretor de Planejamento
Marcel Souto Maior

Diretor Comercial
Gilberto Capelo

Diretora de Estratégia Editorial
Raquel Moritz

Gerente de Marca
Arthur Moraes

Gerente Editorial
Marcia Heloisa

Editora
Nilsen Silva

Capa e Projeto Gráfico
Retina 78

Coordenador de Diagramação
Sergio Chaves

Designer Assistente
Jefferson Cortinove

Preparação
Flávia Yacubian
Marcela Filizola

Revisão
Lorrane Fortunato

Finalização
Sandro Tagliamento

Marketing Estratégico
Ag. Mandíbula

Impressão e Acabamento
Gráfica Geográfica

DADOS INTERNACIONAIS DE CATALOGAÇÃO NA PUBLICAÇÃO (CIP)
Jéssica de Oliveira Molinari - CRB-8/9852

Khoury, Jessica
As promessas de areia e fogo / Jessica Khoury; tradução de Viviane Diniz. — Rio de Janeiro : DarkSide Books, 2025.
336 p.

ISBN 978-65-5598-543-6
Título original: The Forbidden Wish

1. Ficção norte-americana 2. Literatura fantástica 3. Conto de fadas I. Título II. Diniz, Viviane

25-1791 CDD 813

Índice para catálogo sistemático:
1. Ficção norte-americana

[2025]

***DarkSide*®** *Entretenimento LTDA.*
Rua General Roca, 935/504 — Tijuca
20521-071 — Rio de Janeiro — RJ — Brasil
www.darksidebooks.com

Jessica Khoury

As Promessas de Areia & Fogo

Tradução

Viviane Diniz

DARKSIDE

Para o vovô.

في العالم
مع كل حبي

As Promessas de Areia & Fogo

CAPÍTULO UM

Sinto a presença do garoto assim que ele põe os pés na caverna.

Pela primeira vez em séculos, me agito.

Sou fumaça na lâmpada, e me enrosco e me estico, livrando-me da letargia de quinhentos anos. Quase virei pedra. O som dos passos me abala como o estrondo de um trovão, e desperto por completo.

Empurro as paredes internas da lâmpada, chamando, mas é claro que ele não consegue ouvir. É só um rapaz humano comum. Não consegue ouvir o grito de uma gênia, um espírito da lâmpada, alguém que concede desejos.

O garoto está sozinho, e sinto seus passos cautelosos ao cruzar a entrada da caverna oculta. Eu o alcanço com meu sexto sentido, acompanhando-o ao descer a escada estreita cortada no arenito, seus dedos correndo por uma parede antiga entalhada com símbolos, cujos significados foram perdidos com o tempo. Que estranho, *habiba*, após minha longa solidão, sentir a presença dele aqui: como uma luz no fundo do mar escuro feito breu.

Chego o mais longe que posso, sentindo sua respiração baixa, o coração disparado. Quem é ele? Como encontrou este lugar? É só um garoto, um instante no tempo que logo vai passar. Conheci mil e um como ele. Conhecerei mais mil e um. Ele não é nada. É o que digo a mim mesma, para não criar esperanças. Não posso ter esperança. Não posso ter um desejo próprio. Então não vou pensar no mundo lá em cima, no céu aberto, no ar puro e na luz do dia. Não vou demonstrar quão intensa, profunda e desesperadamente quero que o garoto leve minha lâmpada para fora desta escuridão maldita. Em vez disso, dobro-me e desdobro-me, rodopio e me enrosco, esperando, ansiosa. Meu sexto sentido está turvo, como se eu observasse peixes nadando em águas ondulantes, e preciso me concentrar muito para vê-lo.

Ele carrega uma pequena tocha, erguida de modo a enxergar melhor a caverna enorme, que de fato não é uma caverna, mas um vasto salão ecoante, que certa vez fez parte de um grande palácio, perdido há muito tempo para a guerra e o tempo. Agora a construção está soterrada nas profundezas do deserto, uma ruína entre muitas, sob camadas de areia e lembranças.

Colunas se assomam sobre o meu intrépido visitante, sustentando um teto perdido nas sombras. Esculturas cobrem os pilares: leões com a boca escancarada, cavalos alados, dragões cuspindo fogo. As joias embutidas em seus olhos brilham suavemente, como se observassem o garoto com uma malícia silenciosa, assim como antes observavam as variadas e radiantes pessoas que viviam ali séculos atrás, antes de sua cidade afundar na areia. Este lugar é assombrado por fantasmas, e eu sou um deles.

"Por todos os deuses", murmura o garoto, sua voz baixa reverberando pela enorme cripta. Ele levanta a tocha, e a luz se espalha como uma poça dourada.

O garoto tem razão de estar maravilhado. Não se trata de um salão comum, mas sim daquilo que um dia já foi um santuário no interior do palácio real de Neruby, onde há muito tempo uma jovem e bela rainha desejou um jardim sem igual, onde pudesse descansar e meditar.

Foi um dos melhores desejos que já realizei.

O chão é forrado por delicadas lâminas de grama, cada uma esculpida da mais pura esmeralda. Árvores baixas e frondosas com folhas de jade reluzem sob um teto alto em forma de cúpula cravejado de diamantes, como estrelas no céu noturno. Das árvores pendem frutas: maçãs de rubi, limões de ouro, ameixas de ametista e frutas vermelhas de safira. Todas cintilam e brilham, milhões de joias cortadas com uma precisão que nenhuma arte mortal poderia igualar. Abaixo, na grama, reluzem delicadas flores de topázio e lápis-lazúli. É preciso olhar com atenção para perceber que não são árvores ou flores de verdade, mas pedras de valor inestimável.

O garoto caminha como se estivesse em um sonho, sem piscar, sem respirar. Não há uma única planta real e, no entanto, o jardim parece mais vivo do que qualquer outro do mundo lá em cima. Nos últimos séculos, essas joias em forma de fruta têm sido minhas únicas e constantes companheiras. O maior tesouro do mundo... Um consolo tão pequeno quanto a luz para os cegos.

O rapaz se demora muito ali.

O ar é denso, repleto da velha magia dos gênios, um vestígio da grande guerra travada ali há muitos séculos. A magia se agarra às paredes, goteja do teto, empoça entre as raízes douradas das árvores de joias. Preenche as ruínas vazias já meio soterradas pelo deserto, os longos corredores deteriorados que se ramificam como raízes, ligando torres, salões e armazéns. A cidade está bem perto de entrar em colapso. Por quinhentos anos, essa magia se revirou e se agitou em suas câmaras, acumulando-se como gás sob a terra, à espera de uma faísca que a fizesse entrar em chamas.

Este garoto é a tal faísca. Ele vai acionar uma armadilha preparada há muito, muito tempo, desencadeando uma explosão de magia reprimida, e o deserto vai enterrar nós dois. Serei perdida e não passarei de um mito, um sonho. Presa para sempre comigo mesma nesta masmorra de areia e magia. Não posso imaginar um destino mais assustador. Pensei que havia me resignado a esse destino tempos atrás, quando parecia que ninguém jamais me encontraria. Agora sei que não é verdade, e que a esperança pulsa bem fundo dentro de mim como uma semente adormecida, esperando para florescer à primeira chance de fuga.

Mas então os encantamentos vibram como as cordas de um alaúde, e minha frágil esperança esfria. Um vento se ergue da escuridão, farfalhando pelas folhas de pedra, até toda a caverna ecoar com seu ruído. A armadilha foi acionada.

Como se percebesse, o rapaz avança apressado, passando pelas belas árvores e flores, saltando sobre um riacho em que cintilam pepitas de ouro e prata. A câmara clareia à medida que os diamantes acima se enchem de luz. A intensidade é forte, ofuscante. O jardim de joias brilha com arestas e pontas afiadas, lindas, porém mortais. O garoto se esquiva das folhas que cortam o ar como facas, sibilando quando uma delas rasga as costas de sua mão.

E, por fim, ele chega à colina nos fundos do jardim encantado, e lá para sob os galhos de um salgueiro talhado em cobre, de onde pendem folhas de esmeralda. Ele gira um anel no dedo, o olhar se arregalando ao encontrar a lâmpada.

O objeto repousa em uma cadeira semelhante a um trono, feita de ferro e rubis, o metal retorcido para lembrar roseiras. Antigamente, a rainha desta cidade se sentaria ali por horas, lendo e meditando, mas isso já faz muito tempo. Agora só resta a lâmpada, brilhando à luz do diamante. Lá dentro, eu me expando, preenchendo cada centímetro do pequeno espaço com minha fumaça cintilante, desejando que ele se apresse. Pulso, impaciente e nervosa, preocupada que essa chance de fuga possa escapar por entre meus dedos. Minha lâmpada nunca pareceu tão pequena.

O rapaz sobe a colina, ofegante, suspirando um pouco ao chegar ao trono. Por um instante, fica ali parado, limpando a poeira das mãos, os olhos fixos na lâmpada.

A caverna estremece. A areia escorre pelas paredes, tilintando nas pilhas de moedas de ouro. Os encantamentos murmuram, e as joias nas árvores começam a vibrar. O menino parece não notar. Está hipnotizado pela lâmpada.

"Então é isso", diz ele, soltando o ar.

O garoto estende a mão, e o entusiasmo me faz passar de fumaça a fogo. Quando seus dedos tocam a lateral de bronze da lâmpada, sinto o crepitar da energia pulsar através de mim. Posso sentir as batidas de seu coração nas pontas dos dedos, fortes e descontroladas.

"O que é você?", sussurra ele. "Por que está me chamando?"

Como se estivesse atordoado, o rapaz corre os dedos pelo bronze, a palma da mão traçando a curva do bico e, com o toque, seu calor humano percorre as paredes.

Fervilho e me expando. Eu me reúno, me agrupo e me preparo, passando de fumaça vermelha a dourada.

O menino esfrega a lâmpada.

E eu respondo.

Então subo pelo longo túnel escuro do bico. Sou um funil de fumaça, um redemoinho de fogo. Eu me abro e multiplico, formando uma grande nuvem sobre a cabeça do garoto. Pressiono mil mãos de fumaça contra o teto de pedra da caverna. Reviro mil olhos ardentes e estendo mil pernas cintilantes. Eu me desdobro e me desdobro e me desdobro. Como é *bom* estar livre! Crepito de energia e entusiasmo, meu sangue como um raio, e minha respiração, um trovão.

Poderia me alongar por horas, desfrutando do espaço ao redor. Mas, como o tempo é curto, me encolho e endureço, reunindo minhas ramificações voluntariosas. Pela primeira vez em quinhentos anos, assumo a forma que mais amo.

Sua forma, Roshana, minha *habiba*. Irmã de meu coração. Você, do coração puro e do riso alegre, que me ensinou alegria e me chamou de amiga. Uma princesa entre os homens e uma rainha em meio a seu povo.

Assumo sua forma. O cabelo, longo e preto como o rio da noite. Os olhos, grandes, atentos e brilhantes. O rosto, esguio e forte. Seu lindo corpo é meu. Suas mãos, ágeis e rápidas, e seus pés, ligeiros e elegantes. Visto seu rosto e finjo que seu coração também é meu.

E, por fim, a fumaça se dissipa, e estou no jardim que criei para você. Humana aos olhos, mas por dentro nada além de fumaça e poder. Eu me alongo e suspiro, e muito devagar sorrio para o garoto.

Ele está de costas no chão, a boca aberta, os olhos arregalados. Abre e fecha a boca uma, duas, três vezes antes de finalmente conseguir falar: "Pelos deuses!".

Este amuleno é jovem, talvez tenha 17 ou 18 verões. Suas vestes simples e finas revelam um corpo sem um único grama de gordura. Ele é osso, sangue e músculos rígidos e firmes, um garoto que, sem dúvida, já roubou dos vendedores de frutas e tropeiros de camelos e das sarjetas para sobreviver. Que sabe que cada dia não é uma dádiva, e sim um prêmio a ser conquistado. "Você é... você é..."

Diga, garoto. Um demônio do fogo. Monstro de fumaça. Diabo de areia e cinzas. Serva de Nardukha, Filha de Ambadya, a Sem Nome, a Sem Rosto, a Ilimitada. Escrava da Lâmpada. *Gênia.*

"*... uma garota!*", conclui ele.

Por um segundo, só consigo piscar, mas me recupero rapidamente.

"Trema, mortal!", declaro, deixando minha voz ecoar pela caverna. "Eu sou a Escrava da Lâmpada, a poderosa Gênia de Ambadya. Tenho o poder de lhe conceder três desejos. Ordene, e eu, sua escrava, atenderei, filho do homem, pois essa é a lei de Nardukha." Ah, Nardukha, poderoso Rei dos Gênios. Amo dos Amos. Malditos sejam *seus* ossos de fumaça e fogo.

"Uma gênia", murmura o rapaz. "Agora tudo faz sentido."

Ele faz uma pausa ao sentir um fio de areia escorrer do alto em seu ombro. Então limpa o braço e dá um passo para o lado, mas a areia começa a cair por toda parte. O chão desliza, e as joias começam a chacoalhar e rolar. O garoto tropeça.

"O que está acontecendo?", pergunta sem fôlego enquanto levanta.

"Essas ruínas são antigas. A magia que as preenche é ainda mais antiga e vai matá-lo muito em breve." Não há por que abrandar a verdade. "Mas, se pedir, posso salvar sua vida."

Ele sorri, insolente como um corvo. "Por que fazer um pedido se posso correr? Consegue me acompanhar, geniazinha?"

Ao ouvir isso, apenas rio e, em um instante, assumo a forma de um falcão e começo a voar pelas copas das árvores. Os galhos balançam e se quebram com o vendaval que varre a sala. As frutas de joias se estilhaçam pelo chão. O ar é tomado pelo som de vidro quebrando e vento rugindo.

O rapaz desliza pela colina e sai correndo pela grama. Galhos se estendem em sua direção, tentando enlaçar seus braços e pescoço, mas os puxo para longe com minhas garras. Mãos sombrias saem do riacho e agarram seus tornozelos. Mas as afasto com minhas asas.

O garoto é rápido, mas será o suficiente? Eu o conduzo por cima e ao redor das pilhas de tesouro, através de arcos feitos de areia brilhante. Tenho que dar crédito ao meu jovem amo: ele é ligeiro e não se rende com facilidade.

A saída já não está tão longe. A areia cai com vontade, tão espessa que derruba o garoto de joelhos. Ele engasga e tosse, a boca se enchendo de areia. Ainda assim, luta para sair dali, as pernas se esforçando para colocá-lo de pé de novo. Ele segue em frente de olhos fechados, as mãos tateando como as de um cego.

Com um redemoinho de fumaça, mudo de falcão para garota. Caio no chão ao lado dele, pego sua mão e o puxo comigo, tentando ignorar o calor de seu toque. Não toco um humano... Faz tanto tempo, *habiba*.

Seus dedos apertam os meus, a palma da mão seca e áspera pela areia, as veias pulsando cheias de vida. Como sempre acontece quando toco um humano, sentir seu coração batendo é demais para mim. As batidas pulsam em meus ouvidos e ecoam com deboche no vazio de meu peito, onde há apenas fumaça no lugar de um coração.

Lá! Meio soterrada pela areia, vejo uma porta aberta, que antes levava a sua sala do trono, *habiba*, mas que agora dá para o céu estrelado do deserto. A porta de teca que havia ali apodreceu faz tempo, e as pedras estão todas lascadas e opacas, mas, após quinhentos anos de escuridão solitária, é a coisa mais linda que já vi.

A magia faz um último esforço para nos deter, e essa armadilha é a mais perigosa. A areia se transforma em chamas, e as chamas correm em nossa direção com avidez, vindo das entranhas da grande câmara. Mas posso sentir o doce ar da noite e redobro os esforços para tirar o menino dali vivo. Se eu falhar, sei que nunca terei outra chance de escapar.

"Mais rápido!", insisto, e o garoto olha de relance para o fogo, então volta a correr com mais desespero. Ele se move tão depressa que me passa, e agora sou eu quem está sendo rebocada. O fogo lambe meus calcanhares. Viro fumaça, e os dedos do garoto se fecham no espaço onde minha mão estava.

"O que você está fazendo?", brada ele.

"Vai!" Eu me expando e me transformo outra vez, tornando-me uma parede ondulante de água, na tentativa de conter o ímpeto das chamas. Vento e fogo e água e areia... e céu, céu, céu!

O rapaz é o primeiro a emergir. Ele salta pela porta e rola, segurando minha lâmpada contra a barriga. Viro fumaça assim que estou ao ar livre, uma grande nuvem violeta cintilante. As chamas se lançam pela areia, como mil mãos de demônios rasgando a terra, tentando se prender ao mundo. Garras de fogo varrem o deserto e arranham o céu em volta.

O garoto se encolhe e levanta a mão quando uma rajada de calor sopra. Fios de fumaça saem ondulantes das pontas de seu cabelo chamuscado pelo fogo. Por um terrível instante, nós nos vemos completamente cercados pelas chamas, e envolvo o menino, sufocando-o com minha fumaça, mas salvando seu corpo do fogo.

E então a magia enfim cede. É uma chama sem combustível. O fogo se transforma na areia de onde veio e cai como uma névoa branca e cintilante ao redor. O deserto rodopia em torno da porta e afunda dentro dela, até que a abertura é soterrada pela areia.

Por todos os lados, erguem-se as ruínas de Neruby, que um dia já foi uma cidade vasta e reluzente. Ao longo dos séculos, o lugar foi se desintegrando, chegando a parecer mais a carcaça de uma fera que morreu há muito tempo. Agora, essas ruínas começam a ribombar e se mexer. Pedras enormes caem de torres em ruínas, e paredes se despedaçam. O deserto se agita como o mar, engolindo as ruínas pedra por pedra, as dunas sacudindo de um lado para o outro. Lenta e ruidosa, a cidade afunda sob o deserto, crepitando enquanto o que resta da antiga magia dos gênios arde.

Na última vez que vi aquele lugar do alto, a cidade se estendia orgulhosa sob um céu cheio de fumaça escura, o ar ressoando com o som da luta e dos gritos dos moribundos, tanto humanos quanto gênios. Muitos morreram naquele último dia. Eu deveria ter sido um deles.

Agora a cidade afunda de uma vez por todas, levando os mortos junto.

De joelhos, o garoto observa tudo com os olhos arregalados, e eu rodopio acima. Em pouco tempo, a última ponta da última torre é engolida pela terra, e a cidade — que já foi a maior do mundo, a cidade de reis e conquistadores — some por completo.

O deserto ondula, jogando o garoto de costas. Assumo a forma humana e me coloco ao lado dele, com os olhos fixos no chão que me manteve cativa por séculos. Quando a poeira baixa, não há nada além de uma faixa de areia azul cintilante, pura e virgem, agitada pelas ondulações do vento. A única evidência de que um dia houve ali um jardim de maravilhas, o único testemunho da grande cidade perdida sob a areia, é uma moeda pálida que jaz na superfície, piscando para a lua.

E, claro, eu.

UM: O LADRÃO

Após a batalha, a rainha e seus guerreiros entraram no salão do trono dos akbânidas vencidos, onde encontraram todos os grandes tesouros daquele reino exibidos em pedestais de mármore. E a rainha, sem muito interesse por joias e ouro, passou por tudo isso, até finalmente chegar ao centro da sala. E lá, sobre um lençol de seda, havia uma lâmpada de aspecto simples, forjada em bronze, e sem uma gota de óleo no interior.

Com grande reverência, a rainha pegou a lâmpada e, a seu toque, de lá se ergueu uma terrível gênia em meio a uma nuvem de fumaça cintilante. E todos os que olharam para ela se encolheram e tremeram, mas a rainha se manteve firme e não vacilou. No entanto, era possível ver o assombro em seus olhos.

"Eu sou a Gênia da Lâmpada", anunciou o ser. "E te concederei três desejos. Fale-os, e serão concedidos. Sim, até mesmo os desejos mais íntimos do teu coração. Queres algum tesouro? Será teu."

E a rainha respondeu: "Já tenho prata e ouro".

"Queres reinos e homens para governar?", perguntou a gênia. "Pede, e serão teus."

E a rainha respondeu: "Também os tenho".

"Queres a juventude eterna, nunca envelhecer, nunca adoecer?", perguntou a gênia. "Pede, e será teu."

"Não diz o poeta que cabelos grisalhos são mais preciosos do que a prata e que na juventude reside a loucura?"

A gênia curvou-se diante da rainha. "Vejo que és sábia, ó rainha, e não te deixas enganar com facilidade. Então, o que pedes de mim, pois sou tua escrava?"

"Dê-me tua mão", disse a rainha, "e sejamos amigas. Pois não diz o poeta que uma amizade sincera vale dez mil camelos carregados de ouro?"

A gênia ponderou e então respondeu: "O poeta também diz: ai do homem que faz amizade com o gênio, pois este cumprimenta a morte".

— Da *Canção da Queda de Roshana,*
Última Rainha de Neruby,
por Parys zai Moura,
sentinela e escriba da rainha Roshana

CAPÍTULO DOIS

Estamos à deriva em um mar de areia iluminada pela lua, o silêncio tão infinito quanto o espaço entre as estrelas. A noite está calma e ilusoriamente tranquila; a cidade que ficava aqui há poucos instantes não passa de uma lembrança.

Sinto o medo e a apreensão tomarem conta de mim por dentro. Será que os gênios saberão que escapei? Quanto tempo tenho até virem atrás de mim? Suas mãos incandescentes podem se fechar à minha volta a qualquer momento, os olhos vermelhos de fúria. Fico esperando que apareçam e me levem arrastada lá para baixo e me acorrentem na escuridão de novo, mas eles não vêm.

Ergo a cabeça e solto o ar devagar.

Nenhum gênio está correndo pelo céu. Nenhum alarme soa pelo deserto. E, naquele instante, finalmente me dou conta: *Eu escapei. Escapei de verdade.*

Estamos cercados pelas areias do grande Deserto de Mahali. Areia infinita, areia em colinas e montes e vales, tingida de azul-claro pela lua. A absoluta imensidão do espaço vazio me desconcerta após meu longo confinamento. Enquanto o garoto recupera o fôlego, giro o corpo em um círculo completo e sinto o ar da noite no deserto. Fazia muito tempo que eu já havia desistido de ver o céu outra vez. E que céu! Estrelas como grãos, estrelas de todas as cores — azuis, brancas, vermelhas —, as joias dos deuses estendidas pela seda preta.

Anseio por me alongar, deslizar como fumaça por aquela gloriosa areia azulada pela lua, espalhar-me como água, com uma das mãos em cada horizonte. E então para o alto, para o alto, para o alto até as estrelas, para pressionar meu rosto contra o céu e sentir o beijo frio da lua.

Percebo o olhar do rapaz em mim e viro em sua direção. Ele ainda está deitado na areia, apoiado em um braço, olhando para mim como um pescador que inesperadamente pegou um tubarão em suas redes.

Retribuo seu olhar com igual franqueza, avaliando-o. Seu maxilar é forte e apenas um pouco torto, coberto por uma barba por fazer, os olhos acobreados são grandes e expressivos, os lábios carnudos. Um brinco pequeno e barato pende da orelha esquerda. Um garoto bonito já ganhando corpo de homem, com uma constituição física poderosa. Se fosse um príncipe ou um guerreiro renomado, teria haréns inteiros disputando sua atenção. Mas sua beleza rude se oculta por trás das roupas mal cortadas. Noto as cicatrizes nas mãos e pernas. Os deuses foram negligentes com ele.

Com um suspiro, digo: "Parece até que você levou um coice de um cavalo. Levanta, vai".

Ofereço minha mão, mas ele se afasta, o olhar selvagem e cauteloso.

Por um instante, eu e ele nos entreolhamos em silêncio sob as estrelas pulsantes. Sua respiração entrecortada é marcada pelo cansaço, mas ele parece tenso como um gato acuado, pronto para fugir, esperando para ver o que farei. Minha cabeça ainda está girando com a rapidez de tudo que aconteceu: o primeiro humano que vejo em quinhentos anos, a corrida insana para escapar das ruínas em colapso, a vastidão do deserto após tantos séculos confinada à lâmpada. Fico um pouco zonza, levando um instante para saber o que é terra e o que é céu.

"Não posso machucar você", digo. Cerro as mãos ao lado do corpo, e então forço meus dedos a se abrirem de maneira desarmada. "A mesma magia que nos une me impede de machucar você. Não tenha medo."

"Não estou com medo."

"Nunca viu gênios antes?"

O rapaz limpa a garganta, os olhos fixos nos meus. "Não, mas já ouvi histórias."

Virando de costas, olho para as estrelas. "É claro que já. Contos de ghouls, tenho certeza, que devoram almas e usam a pele de suas presas. De ifrites, só fogo e chamas e nenhum cérebro. Ou talvez se refira aos marids, pequenos e doces, até afogarem você em suas águas."

Ele faz que sim devagar e se levanta, limpando a areia das palmas das mãos. "E *shaitan*, o mais poderoso de todos."

"Ah, é claro." Um arrepio desce por minha espinha.

"Então são verdadeiras? Todas essas histórias?"

Viro para encará-lo e faço uma pausa antes de responder: "Como dizem os poetas, histórias são verdades contadas por meio de mentiras".

"Então você vai devorar minha alma?", pergunta ele, como se fosse um desafio. "Ou me afogar? Que tipo de gênia é você?"

Com um redemoinho de fumaça, eu me transformo em um tigre branco e me agacho diante dele, balançando a cauda para a frente e para trás. Ele observa com espanto, recuando um pouco diante de meus olhos dourados e garras estendidas.

"O que você é?", sussurra ele.

Devo dizer a ele o que — *quem* — realmente sou? Que mesmo naquele instante legiões de gênios furiosos — ghouls, marids e uma dúzia de outros horrores — podem estar correndo em nossa direção? Se ele tiver qualquer juízo, vai abandonar minha lâmpada e colocar o máximo de léguas que puder entre nós... o que me deixaria completamente indefesa. Pelo menos enquanto ele estiver com a lâmpada, tenho alguma chance de brigar.

"Como você me achou?", pergunto. Tantos séculos se passaram, e esse jovem infeliz é o único que encontrou minha prisão. Depois daquela batalha final, depois que você caiu, *habiba*, meu povo me atirou no jardim que criei para você. *Fique no escuro e apodreça, traidora*, disseram. E, por tantos anos, tive certeza de que esse seria meu destino. Mas então, superando todas as esperanças, o garoto apareceu.

"Sou de Partênia." Diante de minha expressão de quem não tinha entendido, ele acrescenta: "Duas semanas a cavalo, em direção ao oeste. Na costa. Agora com relação a como te encontrei, fui trazido aqui. Por isto".

O rapaz tira do dedo o anel que estivera girando antes. Em seguida, estende-o para mim na palma da mão e, após uma breve hesitação, eu o pego. Um formigamento em meus dedos me diz que o anel foi forjado com magia. Tem algo de familiar nele, mas tenho certeza de que nunca o vi antes. É praticamente só um aro de ouro, exceto pelos símbolos esculpidos no interior, apagados pelo tempo e pelo fogo.

"E isso o levou até mim?" Endireito o corpo e o encaro.

O rapaz pega o anel de minha mão. "Quando eu... o *encontrei*, ele começou a sussurrar para mim. Sei que parece loucura, mas não conseguia fazer com que parasse. Mesmo quando o tirei e tentei jogar fora, continuei ouvindo o anel. Então pensei que talvez devesse ver o que ele queria."

"O que ele disse?"

"Não foram exatamente palavras..." Ele fecha a mão em torno do anel, parecendo assombrado. "Simplesmente sabia que ele queria que eu o seguisse, que me levaria a algo importante. Não sabia o quê. Só que eu *tinha* que descobrir, como se ele tivesse colocado um feitiço em mim ou algo assim. Quando encontrei sua lâmpada, ele ficou em silêncio pela primeira vez em semanas, então acho... que estava me levando até você."

Pergunto-me se ele é de fato tão ingênuo quanto parece. Talvez seja apenas um pobre coitado que encontrou por acaso um antigo e poderoso talismã sem compreender seu verdadeiro valor. O anel é encantado, feito para levar o portador até mim. Mas quem o criou? É muito antigo, provavelmente feito na época em que fui abandonada por meu povo no jardim de joias há quinhentos anos. Por que não foi usado até agora, e por que por um indivíduo tão improvável?

"Então você seguiu um anel mágico até Neruby só por curiosidade?"

"Bem, não é tão simples assim", diz ele com rispidez, olhando para o lado. "Digamos que não sou o único interessado no anel. Eu sabia que me levaria a algo valioso, e encontrar objetos de valor é minha..." Sua voz diminui e ele arregala os olhos. "Espera um minuto. O que você disse?"

Franzo a testa. "Eu disse que é estranho que a mera curiosidade..."

"Não, não isso. Você disse que esta cidade se chamava Neruby."

"É claro", respondo.

Ele respira fundo, dando meio passo para trás, e me examina da cabeça aos pés como se estivesse me vendo pela primeira vez. Quando volta a falar, sua voz parece tensa, empolgada, ofegante:

"Eu sei quem você é."

Algo em seu tom faz meu coração de fumaça tremular em resposta, e eu levanto a guarda. "Ah? E quem sou eu, ó menino de Partênia?"

Ele acena a cabeça, com os olhos iluminados. “Você é *ela*. *Aquela* gênia. Ah, pelos deuses. Por todos os deuses! Foi você quem começou a guerra!”

“Perdão?”

“Você é a gênia que traiu aquela rainha famosa! Qual era o nome dela? Roshana? Ela estava tentando trazer a paz entre os gênios e os humanos, mas você se voltou contra ela e começou as Quinhentas Guerras.”

Fico gelada. Quero que ele pare, mas o menino continua:

“Já ouvi as histórias. Ouvi as músicas. Eles a chamam de Bela Traidora, que encantou os humanos com a sua...” Ele faz uma pausa para engolir. “Sua beleza. Prometeu tudo a eles e depois os arruinou.”

Mil e uma respostas disputam espaço na ponta de minha língua, mas engulo todas, enterrando-as bem no fundo de meu coração esfumaçado. Seria demais esperar, *habiba*, que quinhentos anos bastassem para enterrar o passado? Cantam canções sobre nós, velha amiga. Este *menino*, vestido de andrajos, vindo da pobreza, sabe quem eu sou, sabe quem você foi, sabe o que fiz a você. E como posso negar? Sob nossos pés, encontram-se as ruínas de sua cidade. Ele as viu com os próprios olhos. E por que devo esconder quem realmente sou? *A Bela Traidora*. O nome se encaixa. Eu o acrescento à longa lista de outros nomes que colecionei ao longo dos anos como destroços em meu rastro, muitos bem menos lisonjeiros.

Deixando escapar um longo suspiro, encolho um ombro. “E agora? Vai me jogar fora? Vai me enterrar de novo?”

Ele solta uma risada fria e cortante. “Jogar você fora? Quando pode me conceder três desejos? Eu jogaria fora um saco de ouro só porque o encontrei em uma pilha de esterco?” Ele faz uma careta. “Não quis dizer... É só que é tudo... Preciso pensar.”

Eu o observo dar voltas e voltas em um círculo estreito, passando repetidas vezes as mãos pelo cabelo, até deixá-lo quase em pé. Quando para enfim, estou zonza só de olhar. Quase tinha esquecido como vocês, humanos, são frenéticos, sempre indo de um lado para o outro, como abelhas inebriadas com néctar. E este garoto é mais agitado do que a maioria, irradiando energia, aquecendo o ar ao redor.

Por fim, ele parece ter chegado a alguma conclusão, porque interrompe o caminhar acelerado e me encara fixamente, contraindo o maxilar, decidido. Tenho que inclinar a cabeça um pouco para trás para encarar seus olhos.

"Então. Três desejos. O que eu quiser?"

"Qualquer coisa neste mundo, se estiver disposto a pagar o preço."

Seus olhos se estreitam. "Me fale sobre o tal preço."

Com um suspiro, conjuro uma pequena chama na mão e a faço dançar por meus dedos, como a moeda de um charlatão. "Todo desejo tem um preço, ó amo. Raras vezes você, ou eu, sabe qual é o preço, até que já tenha sido pago. Talvez deseje uma grande fortuna, apenas para vê-la ser roubada por ladrões. Talvez deseje que um dragão poderoso o carregue pelo céu, apenas para ser devorado por ele ao pousar. Os desejos têm uma maneira de se distorcerem, e não há nada mais perigoso do que obter o desejo do seu coração. A questão é: está disposto a apostar? Quanto está disposto a perder? Pelo que você está disposto a arriscar tudo?"

Então, seu olhar endurece, e vejo que ele sabe exatamente o que quer. O menino se vira e começa a andar, com passos que deslizam na areia. Eu vou atrás, os olhos sobre a sua capa esfarrapada, que se agita com o vento açoitando as dunas. Enquanto espero que ele responda, passo minha pequena chama de uma mão para outra.

"Você destruiu uma monarquia certa vez", diz ele após um instante, com a voz baixa e perigosa, uma corrente escura sob um mar parado. "Quero que me ajude a fazer isso de novo."

Fecho os dedos, e minha chama desaparece em uma nuvem de fumaça. "Então... você é um tipo de revolucionário?"

De novo, a risada curta e amarga. Ele continua caminhando, suas palavras levadas sobre o ombro pelo vento. "Uma revolução de um homem só, esse sou eu."

"Muito bem." Corro à frente dele, viro e começo a andar para trás para poder encarar seus olhos. "Qual é seu primeiro desejo, amo?"

"Bem, para começar, pare de me chamar de *amo*, como se eu fosse um tipo de escravagista sem Deus. Eu tenho um nome."

Nomes são perigosos. São pessoais. E, na última vez em que me envolvi demais com um ser humano, as coisas acabaram mal. A prova disso está enterrada apenas alguns palmos abaixo de meus pés.

"Não quero saber." Melhor assim.

"Se eu contar meu nome, você tem que me falar o seu", diz ele.

Interrompo o caminhar. "Não tenho um nome."

Ele para ao meu lado, observando-me com a cabeça um pouco inclinada, como um jogador de xadrez à espera de um movimento. "Não acredito em você."

Como pode um simples mortal ser tão enfurecedor? "Suas músicas não mencionam meu nome?"

Os lábios do rapaz se abrem em um meio sorriso, e ele volta a andar, o vento soprando o cabelo em seu rosto. "Não um que você gostaria de ouvir, acho."

Ele vai na frente e eu o sigo, um garoto e uma gênia caminhando pelas dunas azuladas pela lua. Sob nossos pés, a areia se move de forma traiçoeira. No meio do caminho até o topo de uma subida bem íngreme, de súbito as areias cedem, e eu grito involuntariamente enquanto deslizo para trás.

Mas, de repente, mãos agarram a minha, mantendo-me no lugar, embora eu já tivesse começado a me transformar em fumaça para me segurar.

"Cuidado, Fumacinha", diz o rapaz, puxando-me para o alto da duna. "Ainda não me concedeu nenhum desejo. Não posso deixar você sumir assim."

"Meu nome não é *Fumacinha*." Puxo a mão de volta. O toque dele ainda queima, e o eco das batidas de seu coração ressoam dentro de mim, deixando-me abalada. Desvio o olhar e limpo a areia das vestes. Transformei as ricas sedas de minha roupa em um algodão branco resistente, mais de acordo com o deserto.

"Vai ser até me dar algo melhor."

"Aonde estamos indo?"

"Por quê? Já está entediada? Achei que gostaria de esticar as pernas depois de ficar presa naquela caverna por... Quanto tempo ficou lá mesmo?"

"Desde que a guerra acabou. Há quinhentos anos."

Com um assobio, ele desliza para o outro lado da duna, e eu me transformo em um pequeno gato prateado e salto atrás, voltando a ser uma garota no final.

Ele fica parado por um instante, me observando. O garoto prendeu a lâmpada ao cinturão, e a acaricia distraidamente. É uma afetação comum aos portadores de lâmpadas, e ele já adquiriu o hábito.

"Quantos anos você tem?", pergunta ele.

Um vento frio sopra entre as dunas, jogando meu cabelo no rosto e bagunçando sua capa remendada.

"Três mil e mais mil."

"Pelos deuses", diz ele, baixinho. "Mas não parece mais velha do que eu."

"As aparências enganam." Não digo a ele que o rosto é roubado, que a dona dele está morta há quinhentos anos. É claro que tenho um rosto próprio, um pouco mais jovem que o seu. Eu tinha 17 anos no dia em que fui colocada na lâmpada pela primeira vez, quando parei de envelhecer e me tornei a escrava atemporal que sou agora. Não tenho mais vontade de usar esse rosto. É o rosto de quem traiu você e a levou à morte, *habiba*. O rosto de um monstro.

Às vezes, sinto-me tão velha quanto as estrelas, mas a maior parte do tempo me sinto exatamente como naquele dia. Perdida, pequena e assustada. Mas guardo isso só para mim. Aprumo o queixo e o encaro com ar desafiador.

"Estranho", murmura ele.

"O que é estranho?"

"É só..." Ele ajeita o cabelo para trás. "Você não é como a gênia das histórias e canções. Aquela gênia era um monstro. Você parece... diferente."

Então ele vira e começa a subir com esforço a próxima duna, envolvendo o corpo com a capa para impedir que o vento a rasgue.

Fico parada mais um instante, observando-o. "Zahra."

Ele para e olha por cima do ombro. "O quê?"

"Meu nome", gaguejo. "Quer dizer... um deles. Pode me chamar de Zahra."

Ele vira completamente o corpo, com o sorriso largo e luminoso como a lua. "Meu nome é Aladdin."

CAPÍTULO TRÊS

Caminhamos por mais duas horas antes de Aladdin finalmente dizer: "Chegamos".

Ele se abaixa e engatinha devagar pela encosta de uma duna e, quando chegamos ao topo, deita e faz sinal para eu copiá-lo. Então Aladdin espia com todo cuidado por cima da areia varrida pelo vento e fecha a cara.

"Lá", murmura.

Olho para onde ele aponta e vejo um pequeno acampamento escondido em uma depressão arenosa, protegido do vento. Vários soldados estão sentados ao redor de uma fogueira alimentada por esterco de cavalo, suas montarias amarradas ali perto. Há também um jovem bem vestido sozinho entre duas tendas, com os ombros curvados enquanto estuda um mapa à luz do fogo.

"É ele. Darian rai Aruxa, príncipe de Partênia."

"Seu amigo?"

Aladdin bufa e desliza um pouco para baixo, até o cume arenoso bloquear a visão do acampamento. "Ele está me rastreando há duas semanas, desde que deixei Partênia. Não possa culpá-lo. Está atrás disso." Aladdin joga o anel para o alto e o pega com uma das mãos.

Ergo uma sobrancelha. "Você roubou isso dele."

Seu olhar fica duro como diamante, cintilando à luz das estrelas. Noto uma mudança em seu rosto, e de repente ele parece mais velho, mais severo, mais furioso. Como uma nuvem que passa pelo sol, tão fugaz que quase nem vejo, mas sinto o frio.

"Zahra, se eu quisesse que alguém morresse, você poderia fazer isso?"

Por fora, sou uma rocha, mas por dentro balanço como um mar tempestuoso. Odeio esse desejo mais do que qualquer outro. É cruel e covarde, e reavalio o garoto ladrão. Há uma escuridão dentro dele que eu não tinha visto. "Eu poderia, mas o preço será alto."

Ele engole em seco, o olhar profundo e assombrado. "Qual é o preço?"

"Não sei. Mas acho que você vai descobrir muito em breve. Deseja que este Darian morra?"

"Ele merece", sussurra Aladdin.

"Então o que está esperando? Vá em frente, *amo*. Diga as palavras. Deseje que a vida de um homem se acabe."

Ele desvia o olhar. "Não precisa falar desse jeito."

"Não é a verdade?" Vou até o topo da duna e faço um rio de areia descer pela lateral. Em pânico, Aladdin acena para eu me abaixar.

Então ele quer desejar uma morte, não é? Quer que eu faça o trabalho sujo dele, matando seus inimigos enquanto fica escondido nas sombras? Não no que depender de mim. Fico em plena vista do acampamento lá embaixo e digo em voz alta: "Aqui estamos, Aladdin. Agora é a sua chance. Diga as palavras... não é tão difícil. *Eu desejo, eu desejo...*".

"Zahra! Abaixe-se!"

Mas é tarde demais. Fui vista. Os homens lá embaixo começam a gritar, e suas lâminas cantam quando são puxadas das bainhas. Eles me mandam parar.

Aladdin corre para o topo da duna, enrolando sua capa debaixo de um dos braços para que não enrosque nas pernas. Com a outra mão, ele pega a lâmpada do cinturão.

"Sua criatura insana!" Ele escorrega até parar, praguejando ao ver os homens que montam com pressa nos cavalos. "E pensar que eu estava começando a *gostar* de você!"

Aceno a mão pelo ar. "Lá está ele. Seu inimigo mortal! Vá em frente. Faça o pedido!"

"Eu..." Ele olha em meus olhos, o rosto lívido.

"O que está *esperando*?"

Lá embaixo, os homens viram os cavalos em nossa direção. São liderados pelo príncipe, que empunha uma cimitarra curva.

"*Aladdin*. Eles estão quase nos alcançando! É melhor você se decidir!"

Ele olha dos soldados para mim, a boca aberta, mas nenhum desejo na ponta da língua. Ignorando os homens galopando em nossa direção, pego a capa de Aladdin e a puxo para perto. Seu olhar em pânico encontra o meu.

"Decida", digo. "Decida *agora*. Que tipo de homem é você? É mesmo do tipo que deseja a morte de inimigos escondido nas sombras?"

"Eu desejo..." Ele para, lambe o lábio inferior.

"Zahra, abaixe-se!"

Aladdin se joga sobre mim, e uma flecha que vinha acelerada em direção ao meu coração acerta seu ombro. Ele cai com um grito, deslizando pela duna e deixando escapar a lâmpada.

Em um instante, perco o controle de meu corpo. Minha carne se transforma em fumaça e sou sugada pelo ar, direto para o bico da lâmpada, e atirada lá no fundo. Lá dentro, rodopio de um lado para o outro, uma fumaça escarlate, tentando fazer meu sexto sentido alcançar o mais distante e o mais amplamente que posso.

A lâmpada rolou para a base da duna, perto de Aladdin. Ele me busca aos tropeços, e sinto a dor em seu ombro irradiar em ondas quentes e furiosas. Mas, antes que possa me pegar, eles nos alcançam. Os cavaleiros se aglomeram ao nosso redor, e posso ouvir o martelar dos cascos das montarias, os animais arfando e espumando. São apenas formas indistintas pairando ao meu redor, mais sentidas do que vistas, enquanto me esforço ao máximo para acompanhar os eventos que se desdobram com rapidez.

Os cavaleiros nos cercam e gritam uns mais alto que os outros, entusiasmados, mantendo uma pequena distância da lâmpada e levando Aladdin para longe dela. Ele pragueja, e o sinto cambaleando de dor em razão do ombro ferido.

"Silêncio!", ressoa uma voz.

Os homens param as montarias e fazem silêncio quando um dos cavaleiros desmonta. Não consigo sentir sua aparência, mas sinto a vibração de seus passos. Quando ele fala, sua voz é jovem e melódica. "Devo admitir uma coisa, seu traste. Você é evasivo como uma sombra. Eu poderia até lhe oferecer um emprego se não estivesse prestes a cortar sua garganta."

"Darian." O tom de Aladdin é tenso, mas debochadamente civilizado. "Você demorou para me alcançar."

"É *príncipe* Darian, ladrão."

"O que o seu pai disse quando descobriu que eu roubei seu precioso anel mágico? Direto do seu *dedo* enquanto você dormia! Ei, rapazes, sabiam que seu príncipe ronca como uma velha?"

Mesmo através de minhas paredes de bronze, posso ouvir o som alto do tapa quando Darian acerta Aladdin com as costas da mão, atirando-o no chão. Em seguida, sinto uma onda de calor conforme a lâmpada é tirada da areia. Dedos curiosos exploram a superfície de bronze, traçando a curva sensual do bico longo e afunilado.

Darian cheira a lâmpada, apertando os dedos em torno dela. Sinto sua pulsação martelar, ecoando pelo pequeno espaço. Encolho-me junto à parede e pressiono as mãos contra os ouvidos. "Para algo tão poderoso e inestimável, é uma coisa bem feia, não é?"

"Não vale nada", diz Aladdin. "É só uma relíquia vazia."

"Considerando tudo de bom que te trouxe, é possível. Vamos ver... As histórias sempre diziam..." Ele começa a esfregar a lâmpada e, tão fácil quanto expirar, eu me transformo em fumaça e saio pela segunda vez esta noite. Meu novo amo deixa escapar um suspiro longo e admirado enquanto rodopio no ar, uma exibição bem moderada em comparação com minha primeira para Aladdin. Estou um pouco decepcionada com o garoto das ruas por me perder tão rápido.

Assumo a forma de um tigre branco como a lua, agachado na areia diante do tal Darian. Ele não é muito mais velho do que Aladdin, mas seu rosto, embora bonito, é mais redondo e delicado.

Aladdin está diante dele com um joelho apoiado no chão, pressionando a capa contra o ombro. Ele já arrancou a flecha, que vejo caída na areia ao lado. O rosto de Aladdin está pálido, mas os olhos ardem. Ele me observa em silêncio.

"Trema, mortal", digo com voz rouca de tigre, meus olhos correndo do antigo amo para o novo. "Pois sou o gênio da lâmpada..."

Com um grito desesperado, Aladdin se levanta de repente e tenta agarrar a lâmpada. Mas, antes que consiga, um dos outros cavaleiros — o arqueiro — balança seu arco e acerta a orelha do garoto, derrubando-o outra vez. Rápido como uma cobra, Darian se aproxima, chutando

Aladdin no estômago e pisando violentamente em seu ombro ferido. Ele respira com dificuldade e parece a ponto de desmaiar, mas resiste e tenta agarrar o tornozelo de Darian com a outra mão. O príncipe ri desse esforço débil e o chuta de novo, dessa vez no peito. Com um grunhido, Aladdin se encolhe e cospe sangue na areia.

Observo tudo como uma estátua, dizendo a mim mesma que não importa, que nada disso importa, que não posso fazer nada de qualquer maneira. E por que eu deveria sentir pena desse garoto? Eu não o conheço. Não deveria me importar. Mas estremeço ao ver Darian chutá-lo uma última vez apenas por despeito.

Ele não fez o desejo.

Podem matá-lo, mas ainda assim ele não desejou a morte do outro.

O príncipe continua de pé junto a Aladdin, arfando, os olhos correndo de mim para o ferido. Ele se abaixa e tira o anel do dedo de Aladdin. Em seguida, atira a joia para o alto antes de pegá-la e guardá-la no bolso, e depois cospe no rapaz.

"Pode me devolver isso, seu ladrãozinho sujo." O príncipe agarra Aladdin pela frente da camisa e o coloca de joelhos. A cabeça de Aladdin pende em seus ombros, mas ele consegue encarar o príncipe.

"Quem lhe contou sobre o anel?", pergunta Darian. "Por que funcionou com você e não comigo?"

Aladdin só ri, embora o som saia sufocado. O fogo não desaparece de seus olhos. Darian puxa uma adaga curva do cinturão e pressiona a lâmina contra a garganta de Aladdin.

"Vá em frente, então", diz o garoto entre os dentes, com um brilho desafiador no olhar. "Faça isso. Suje as mãos pelo menos uma vez. Mas tenha cuidado. Seu pai não está aqui para limpá-las."

"Você não vale nenhum minuto a mais do meu tempo. Considere-se com sorte, infeliz. Ninguém rouba de mim e escapa assim fácil." Ele força a lâmina contra o pescoço de Aladdin, fazendo um pouco de sangue escorrer, e eu fico nervosa e desvio o olhar. Já vi milhares de homens morrerem, *habiba*, mas assassinatos sempre me deixam com uma sensação de frio e vazio. Como os humanos podem ser cruéis. Estou triste por este ladrão. Seu espírito é forte e impetuoso, mas parece que está perdido.

Não tem que estar.

O pensamento vem do nada, soando tanto como você que quase acredito que seu fantasma está parado bem atrás de mim. Olho de volta para o ladrão, lutando contra a lâmina do príncipe.

Há algo seu nele, *habiba*. Um certo quê de aço inflexível. Ele levou uma *flechada* por mim.

E você sabe que nunca pude resistir a criar problemas.

Então me ergo nas quatro patas e me preparo, mesmo minha mente se revoltando. *O que está fazendo, sua gênia idiota? Já percorreu esse caminho antes! Sabe que vai acabar em desastre! Lembra da Roshana? Lembra da guerra?*

Mas estou decidida. Emito um rugido poderoso em direção ao príncipe, assustando-o o suficiente para que ele solte Aladdin antes que possa cortar as veias do ladrão. Rápido como um raio, Aladdin se joga para trás, atirando areia nos olhos de Darian. O príncipe grita e tropeça, debatendo-se cegamente com a faca. Seus homens urram e se lançam para a frente, mas não antes de Aladdin roubar a lâmpada de Darian, esquivando-se da lâmina oscilante do príncipe.

Sinto o poder da posse passar do príncipe para o ladrão e fico zonza. Mudar de amo com tanta rapidez é desorientador, pois as alianças se invertem e a conexão entre amo e gênia se desfaz e se forma novamente, até Aladdin e eu estarmos mais uma vez ligados.

Quando meia dúzia de espadas é brandida em direção a sua cabeça, Aladdin grita: "Quero ir para casa *agora*!".

CAPÍTULO QUATRO

Por um instante, tudo congela: o luar brilhando nas espadas que se agitam para alcançar o pescoço de Aladdin. O rugido de raiva do príncipe. A imensa e imprudente esperança nos olhos de Aladdin.

Naquela eternidade entre batidas do coração, eu penso.

Eu sonho.

Eu crio.

O tempo volta a se mover, e passo de tigre a garota, vestida de seda carmesim, com o rosto coberto por um véu. Ergo as mãos. As lâminas acertam o vazio, fazendo os homens se desequilibrarem. Ignorando-os, passo suavemente para o meu próximo movimento. A vontade deste jovem ladrão corre em um fluxo dourado. É o fio com que teço, as cores com que pinto, o elemento com que crio.

A areia começa a se levantar do solo, girando, rodopiando e fazendo as vestes de Aladdin tremularem. Invoco o vento e o encanto, enviando-o em espirais em torno de meu amo atônito. No ar, teço as antigas canções do povo de Ghedda, que agora jaz enterrado sob as cinzas frias da Montanha das Línguas.

A força do vento em espiral atira longe os homens do príncipe, que se esparramam pelo chão. Darian cai de joelhos e tenta ficar de pé, com uma das mãos em frente ao rosto enquanto solta um grunhido de raiva.

Entro no redemoinho e fico de frente para Aladdin, que me encara com olhos de luas gêmeas. Ele está meio atordoado, com a lâmpada firme em suas mãos. O sangue escorre por seu pescoço e pelo canto da boca.

Os desejos nascem da vontade de homens e mulheres, e é a mais pura e verdadeira fonte de poder que todos os humanos possuem. Poucos se dão conta de que isso sequer está ali. Lembro-me de sua vontade, *habiba*: você cintilava como a lua, um brilho sorrateiro no céu escuro, secreto e desregrado. Aladdin arde como o sol, afastando todas as sombras e aquecendo as areias. Faço uso da vontade dele, segurando-a como uma tocha na escuridão, iluminando o caminho. Fecho os olhos e sigo o fio dos pensamentos dele com minha mente.

Vislumbro uma rua escura, poças de luar nas calçadas. O cheiro de sal e fumaça, toldos de lona tremulando suavemente ao vento da meia-noite. Menos um ponto no mapa e mais uma região da alma, mas é um caminho que posso seguir.

Abro os olhos e bato palmas uma vez.

O deserto se afasta e o horizonte se aproxima, e, em um piscar de olhos, Darian e seus soldados desaparecem, deixados para trás conforme Aladdin e eu cruzamos o espaço impossível. Puxo a terra para cima como um tecido preso entre os dedos, e Aladdin e eu passamos como se fôssemos uma agulha afiada. Os olhos dele permanecem fixos nos meus enquanto seu cabelo e capa chicoteiam com o vento. Pequenos grãos de areia cobrem seus cílios. Ele prende a respiração, com o corpo rígido e as mãos agarradas com força à lâmpada.

Sem nos movermos, passamos por deserto e céu, areia e pedra, por uma montanha que se eleva espectralmente na escuridão. Monte Tíssia. Quando o vi pela última vez, há meio milênio, estava banhado pela luz de sangue do alvorecer. Você e eu estávamos lá no topo, *habiba*, e encarávamos os vastos exércitos dos gênios que avançavam depressa para nos destruir.

Então, a montanha diminui atrás de nós, e uma cidade surge à frente, um brilho de luz suave à beira do vasto Mar Maridion. A Partênia de Aladdin. A cidade tem a forma aproximada de um ovo, dividida em distritos por muros altos e cortada no centro por um rio que corre do noroeste em direção ao grande Rio Qo e aos reinos montanhosos além dele.

Expirando suavemente, libero o pouco de magia que resta em mim, e o mundo desacelera até parar. O vento e a areia desaparecem, e Aladdin e eu ficamos como se nunca tivéssemos nos movido. Fizemos uma viagem de semanas em questão de segundos.

Eu nos trouxe a uma pequena encosta rochosa junto ao rio, ao norte da cidade. Dali, podemos olhar lá para baixo em direção a Partênia. A cidade cintila à noite, e posso ver o movimento das tochas carregadas pelos vigias no alto da muralha. A leste, além do mar, o dia está amanhecendo, o horizonte uma linha em tom de rosa e dourado.

Aladdin respira fundo, como se tivesse acabado de voltar à superfície após ficar submerso.

"Isso foi... ", começa ele, então para de falar de repente. O garoto olha para a lâmpada, e vejo que se deu conta de como o poder dela é imenso.

"Faça o pedido, e posso te curar." Aponto para o seu ombro ferido e o corte em seu pescoço.

"Este arranhão?", zomba. "Só precisa de uma limpadinha. E agora? Não tem um preço que tenho que pagar?"

"É só esperar", digo, cruzando os braços e observando-o.

Ele franze a testa e começa a responder, mas acaba ficando com a pele pálida e vomitando.

"E aí está", falo, suspirando. "Mover-se instantaneamente de um lugar para outro quase sempre resulta em colocar o jantar para fora. Não é um preço ruim, comparado à maioria das coisas que já vi. Vai passar logo."

"Eu não tinha nenhum jantar pra colocar pra fora", geme.

Ele dá um passo em direção ao rio, mas cambaleia, e vou depressa para o seu lado, passando um braço à sua volta. Aladdin se retesa ao meu toque e quase se afasta, mas está fraco demais. Eu o ajudo a chegar à beira da água e, com uma careta, ele se abaixa e se curva para beber da mão em concha. Está tremendo muito e entorna a água.

"Maldição", murmura ele, e em seguida ri com voz rouca. "Que vergonha..."

Aladdin desmaia e sua mão cai na água, o rosto colado à areia molhada. Sua pele está pálida e quente ao toque.

Com um suspiro, olho em volta para a paisagem vazia. As dunas do Mahali estão muito atrás. Ali, o terreno é rochoso e coberto de oliveiras silvestres e cedros retorcidos. Em algum lugar da vegetação rasteira, um chacal ladra duas vezes. A luz da lua filtrada pelas árvores transforma o rio em uma corrente prateada.

A lâmpada ainda está pendurada em seu cinturão. Um golpe de sorte. Se ele a tivesse deixado cair ao desmaiar, eu teria sido sugada lá para dentro até que ele acordasse ou outra pessoa a pegasse e me libertasse outra vez. Enquanto estiver com Aladdin, e enquanto ele permanecer vivo, estou limitada apenas pelo perímetro invisível que circunda a lâmpada. Cento e quarenta e nove passos. Já o medi muitas e muitas vezes.

Viro Aladdin de costas e tiro sua túnica e capa, deixando-o apenas com as calças largas e as botas de couro. Tem uma crosta de sangue em seu ombro, e a pele ao redor do ferimento está grudenta. Molho a capa na água e pressiono o tecido de leve em sua pele, meus olhos percorrendo seu peito e abdome à procura de quaisquer outros ferimentos.

Ruborizo quando meus dedos pousam com delicadeza na pele nua, e me repreendo por essa tolice. Já vi mil e um garotos, *habiba*, muitos com menos roupas, mas nunca fui tão tola a ponto de *corar*.

Aladdin geme baixinho, e volto a olhar para o seu rosto, mas ele continua inconsciente. Depois de limpar seu ombro, faço uma careta e enfio os dedos na ferida, localizando a ponta da flecha e tirando-a de lá. Os cílios de Aladdin tremem, mas ele não acorda.

Estanco a ferida com um pedaço de tecido tirado de sua capa, então rasgo a bainha para amarrar o curativo. A flecha não o acertou muito fundo e, se ele conseguir manter a área limpa, deve cicatrizar bem. O corte em seu pescoço, embora grande, é superficial e já está coagulando. Limpo bem e pressiono um pano sobre a ferida, mas ele não volta a se mexer. Eu me recosto, com as pernas dobradas.

Quando o sol começa a nascer, ouço um farfalhar nas rochas atrás de nós e um arrepio sobe por minha nuca. Levanto e me viro, olhando para a encosta, mas não vejo nada. Um vento, cortante com o sal que vem do mar, balança os ramos das oliveiras. Observo por algum tempo, temendo lobos ou chacais que possam estar vagando pela noite. Poucos são os animais que tenho razões para temer, mas os lobos e todos os seus primos não são amigos dos gênios. Eles nos caçam implacavelmente, com um ódio que retribuímos em igual medida, e são conhecidos por eliminarem ghouls em seu auge. Não ouço pés caminhando pelo chão nem uivos cortando a noite, e relaxo um pouco.

Mas, quando me viro de novo, congelo e sinto um aperto no estômago.

Tem uma garotinha bem em frente, o cabelo comprido e emaranhado, os olhos em um tom leitoso de branco. Ela usa apenas uma túnica cinza esfarrapada. Feridas e cortes marcam seus minúsculos pés descalços. Eu teria pena dela... se fosse de fato uma garotinha. Mas só de ver aqueles olhos cegos já sei que, embora possa ter sido humana um dia, sua alma se foi há muito tempo.

"Ghoul", sussurro.

A garota mostra os dentes em um sorriso que mais parece uma careta. Quando fala, usa a língua dos gênios, que nenhum ser humano pode ouvir: *Gênia.*

A ghoul sibila, seu hálito quente e fedido como carne em decomposição. Chego até ela com meu sexto sentido e sinto que ela faz o mesmo, seus pensamentos me sondando como tentáculos. Recuo imediatamente, selando minha mente, mas aquele rápido olhar mental era tudo que eu precisava para reconhecê-la. Nós gênios nos reconhecemos pelos padrões de nossos pensamentos, assim como os humanos usam as características faciais. Nossos nomes são como o significado *por trás* de nomes, sensações e imagens em vez de palavras, comunicadas por pensamento e não por voz. Reconheço a ghoul como Escama-de-Serpente, Água-que-Pinga-na--Escuridão, Ecos-na-Caverna. Uma gênia de alto escalão... e também uma entre os presentes no dia em que você e eu caímos, *habiba*. Antes disso, ela costumava assombrar as montanhas do norte, devorando crianças perdidas. Os habitantes do norte a chamavam de Shaza, "aquela com dentes".

Vemos que você sabe quem somos, Ó Ondulação-da-Cauda-do-Tigre, Fumaça-ao-Vento, Garota-que-Oferece-as-Estrelas.

"O que você quer?", pergunto, estremecendo um pouco ao sentir meu próprio nome de gênio.

Então este é o idiota que encontrou sua lâmpada. A ghoul dá um passo para o lado para ver Aladdin, curvando os lábios. *Ele parece saboroso. Eu não me importaria de usar a forma dele por um tempo. Diga-nos, gênia, vai destruí-lo como fez com sua última humana?*

Sinto meu corpo gelar. "Você sabe o que realmente aconteceu naquele dia."

Ah, sim, nós vimos, vimos tudo. Ela ri e se abaixa para enroscar uma mecha do cabelo de Aladdin em torno do dedo. *Que humano bonito este aqui.*

Irritada, eu me coloco entre ela e Aladdin. "Por que você está aqui?"

Ela morde a unha. *Viemos trazer uma mensagem do nosso senhor.*

Sinto um frio no estômago e fico meio zonza. "E o que Nardukha tem a me dizer?"

Ele nos manda dizer que sabe que você escapou das ruínas onde a deixamos para apodrecer, pois não foi por acaso que os humanos souberam do anel.

A inquietação me perturba, como águas agitadas por um crocodilo furtivo. Se o *shaitan* está por trás de tudo isso, não pode ser nada bom. Nardukha não se tornou o Rei dos Gênios sem motivo. Ainda me lembro dos dias em que ele caçou todos os outros *shaitans*, meu povo, massacrando-os um por um para garantir seu poder. Ele é implacável e astuto, mais velho que o mundo, mais forte do que qualquer criatura existente. "Mas por quê? Achei que ele estava feliz em me deixar apodrecer."

Ela arrasta os pés, franzindo o nariz. *Ele te oferece um acordo.*

"Já fiz um acordo com Nardukha uma vez e paguei um preço terrível." Estreito os olhos e dou um passo em direção a ela, cerrando os punhos. "Por que eu deveria confiar nele de novo?"

Ela levanta a cabeça de repente, mostrando os dentes. *Os humanos com seus encantos malditos prenderam e engarrafaram um dos nossos, mantendo-o bem guardado em sua cidade protegida. Nenhum gênio pode entrar, pois a proteção é forte, e passar por seus portões ou voar sobre os seus muros significa nossa morte. Mas não para você, não para a Ondulação-da-Cauda-do-Tigre, Fumaça-ao-Vento, Garota-que-Oferece-as-Estrelas. Como shaitan, só você poderá passar pelos guardas e entrar na cidade.*

"Então ele quer que eu resgate esse gênio", digo com ar de dúvida. "Mas conheço Nardukha. Nenhum gênio vale todo esse trabalho para ele, nenhum exceto..." Paro e engulo em seco.

A ghoul ri sem achar graça. *O gênio que aprisionaram não é um mero ifrite em chamas ou marid gotejante, mas o próprio filho de nosso Senhor.*

Posso imaginá-lo de imediato, embora não o veja há mais de mil anos. Na última vez, nos despedimos com palavras irritadas, como sempre fazíamos. *Sol-Radiante, Escama-de-Dragão-Vermelho, Aquele-que-Faz-a-Terra-Tremer.* Para mim, sempre foi Zhian, o nome dado a ele pelo povo akbanu quando o adoravam, há milhares de anos. Ele amava desfilar como um deus, exigindo oferendas e templos dos humanos que aterrorizava.

"Os humanos capturaram *Zhian*?", pergunto, rindo até Aladdin se mexer em um sobressalto. "Ele deve estar se sentindo completamente humilhado. O grande príncipe dos gênios... engarrafado como um marid qualquer. Como os humanos conseguiram?"

Eles estão mais fortes do que antes. Os amulenos ficaram mais corajosos e inteligentes, lutando contra nós todos esses anos. E de quem é a culpa?

Pela primeira vez, fico feliz em assumir a culpa. Como ficaria orgulhosa de seu povo, *habiba*, por continuar lutando centenas de anos depois! E pensar que até capturaram o próprio grande príncipe dos gênios.

"E o que eu ganho em troca?" Cruzo os braços, abrindo um ligeiro sorriso.

Shaza faz uma longa pausa antes de responder, e então sinto seus pensamentos repletos de desgosto. *O shaitan te oferece a liberdade.*

CAPÍTULO CINCO

Abaixo os braços conforme fumaça se transforma em chama dentro de mim.

O quê?, retruco. A língua dos gênios parece enferrujada em meus pensamentos, mas estou atordoada demais para palavras faladas.

A ghoul funga. *São esses os termos.* Virando de costas, ela aponta para a crescente prateada baixa no céu. *A lua morrerá amanhã à noite e renascerá de novo. Ela vai engordar, depois ficar fraca e então morrer mais uma vez. Na morte dessa lua, se não tiver libertado o príncipe dos gênios, o shaitan sacudirá os céus, e a morte vai chover sobre você e todos os humanos naquela cidade. Mas tenha sucesso, e ele romperá o vínculo que a liga à lâmpada, e você retornará a Ambadya como uma gênia livre.*

Ela dá um sorriso malicioso por cima do ombro. *Mas se cometer qualquer erro,* ele *virá e lhe dará a merecida morte de um traidor. Sabe o que isso significa?*

Eu sei. Já vi execuções de gênios antes. Duram dias. Quando se é quase imortal, não há fim para a tortura que se pode suportar, e os gênios são especialistas em arrancar até a última gota de dor de suas vítimas. Sinto um aperto no peito ao pensar. Posso ser um dos gênios vivos mais fortes, mas sinto dor e posso morrer.

"Sim", sussurro, então limpo a garganta e repito mais alto: "Sim. Eu aceito o acordo de Nardukha. Diga a ele... diga a ele que verá seu maldito filho dentro de um mês".

É assim que deve ser.

E, de repente, a ghoul se foi, desaparecendo em meio às sombras e rochas, misturando-se à terra da qual foi feita, deixando-me ali trêmula. Levanto o rosto e encaro, admirada, as estrelas lá no alto.

Liberdade.

É um sonho que nunca ousei sonhar. Não consigo nem imaginar como seria. Desde que me tornei gênia, estou presa à lâmpada. O conceito é estranho, tão distante e intocável quanto a lua nova por trás de seu véu preto. Mas, pela primeira vez, sinto esperança. E sei que farei tudo dentro de meu poder limitado para conseguir.

O sol nasce, e os portões de Partênia se abrem. Duas estradas — uma vinda do leste, outra do oeste — levam à cidade, e carroças e viajantes começam a entrar aos poucos. Ninguém nos vê aninhados entre as rochas rio acima. O sol atinge o ponto mais alto e então começa a descer de novo, as sombras das árvores se alongando, e Aladdin ainda dorme como se estivesse morto.

Não há mais sinal de Shaza ou qualquer outro gênio por perto, mas mantenho uma vigilância cuidadosa. Penso no acordo de Nardukha, tentando imaginar como cumprirei minha parte. Uma coisa é dizer que vou fazer, outra completamente diferente é conseguir. Partênia é uma cidade grande e não há como saber onde Zhian está preso. Também não posso só sair procurando. Estou ligada a Aladdin enquanto ele tiver a lâmpada. Mas não vou deixar isso me deter. Não vou deixar *nada* me deter. Nenhum humano ou gênio. Porque, pela primeira vez em 4 mil anos, *eu*, Ondulação-da-Cauda-do-Tigre, Fumaça-ao-Vento, Garota-que-Oferece-as-Estrelas, tenho uma chance de conseguir minha liberdade.

Quando o sol se põe por trás da cidade e as torres se transformam em silhuetas, viro de novo para o meu amo, começando a ficar preocupada.

Desta vez, seus olhos estão abertos, e ele está me encarando.

"Você é muito bonita", murmura ele, a voz cheia de sono, "para uma gênia."

"Você conheceu muitos gênios?"

"Não." Seus lábios se curvam em um sorriso atordoado. "Mas conheci muitas garotas bonitas."

Verifico sua atadura; o sangramento parou, mas vai precisar de um novo curativo em breve.

"Por que você me ajudou?", pergunta ele suavemente. "Lá no deserto... distraiu Darian para que eu pudesse pegar a lâmpada. Por quê?"

"Você levou uma flechada por mim." Ele não poderia saber que não me machucaria. Agiu sem pensar, por algum instinto que carrega dentro de si, o mesmo instinto que o impediu de desejar a morte de Darian. "Agora estamos quites, ladrão."

"É melhor..." Ele para de falar de repente com um silvo e leva a mão ao ombro. Fica em silêncio por um instante, os olhos fechados, como se estivesse se esforçando para afastar a dor do ferimento. Então, por fim, fala com voz contida: "É melhor irmos andando. Temos que entrar na cidade antes que fechem os portões. Depois que fecham, não abrem até o amanhecer. Para ninguém. Há gênios nessas colinas". Ele faz uma pausa, depois dá uma risadinha. "Embora imagino que isso não deva incomodar você."

Os muros de Partênia se erguem ao longe, e será preciso uma caminhada rápida e difícil para alcançá-los até o pôr do sol. Mas ele anda bravamente, parando só para arrancar os frutos de uma pequena figueira antes de deixar a margem do rio. Seguimos uma trilha poeirenta, passando por colinas baixas cobertas de arbustos raquíticos e pedras soltas.

Nós nos aproximamos da entrada bem quando os guardas se preparam para fechá-la. As portas são pesadas placas maciças de carvalho e precisam ser fechadas por dois elefantes. Os soldados estão ocupados amarrando os imensos animais a elas. De cada lado do portão, enormes grifos de pedra nos encaram com olhar vazio.

"Depressa", diz Aladdin, começando a correr. "Não vão esperar por nós."

Corro para alcançá-lo e, a poucos passos da entrada, cambaleio ao sentir um espasmo de dor contrair meu estômago. Um calafrio corre por minha espinha e me curvo, incapaz de dar outro passo.

Olho para cima e os vejo de imediato: glifos entalhados nas bases de pedra em que os grifos estão. Símbolos eskares, a linguagem dos *scorsmiths* para vincular magia a objetos. Esses dizem *gênio*, *demônio*, *repelir* e outras palavras semelhantes. Foram colocados lá para afastarem qualquer um de minha espécie que pudesse tentar entrar, e seu poder me arranha como garras. Infiltra-se em mim como veneno, manchando minha fumaça de um tom de verde doentio.

"Zahra, você está bem?", pergunta Aladdin, parando ao meu lado.

Faço que não e me esforço para ficar de pé enquanto minha cabeça gira. É como ser pega em um deslizamento de terra. Shaza disse que eu era a única com chance de passar por esses portões, mas talvez nem mesmo eu seja forte o suficiente. Tento me forçar a andar pensando em minha liberdade, mas tudo que consigo é dar meio passo antes que meu estômago se contraia violentamente e um de meus joelhos ceda. O vento do mar me açoita, e eu gostaria de poder virar fumaça e deixar que me levasse embora.

"Está protegido", sussurro. "Contra os gênios. Não posso passar."

Os portões rangem de repente, e, ao olhar para cima, vejo os elefantes começando a se mover, puxando para fechá-los. Alarmado, Aladdin olha para a entrada e então de volta para mim. "Zahra, *tem* que passar. Se não fizer isso, os guardas saberão o que você é. E vão nos matar aqui mesmo. Matar gênios e qualquer um que simpatize com eles... é o que *fazem*. São *eristrati*."

Ele diz a palavra como se eu devesse saber o que significa, e observo os guardas com mais atenção. Todos carregam lanças de ferro, cujas hastes também são esculpidas com glifos eskares. Não são soldados comuns; estão armados para lutar contra gênios e sabem o que estão fazendo. Quatro mil anos podem parecer uma vida bem longa, mas ainda não estou pronta para que chegue ao fim. Não quando estou tão perto de me libertar de minha lâmpada amaldiçoada.

"Eu consigo", murmuro.

"Tem certeza?" Ele me olha como se estivesse preocupado que eu pudesse desmaiar. E é bem possível.

Confirmo com a cabeça, não totalmente certa, mas disposta a tentar. Não porque eu esteja de fato preocupada de que os guardas possam nos matar; Aladdin tem mais dois desejos, e sei muito bem me defender. Mas porque sei que é isto: a última chance que terei. Se não conseguir, acho que nem vou protestar quando Nardukha acabar comigo. Não posso passar mais um *ano* naquela lâmpada, muito menos uma eternidade, não com a chance de liberdade tão próxima.

"Tenho uma ideia", digo. "Mas vou precisar da sua ajuda."

"Depressa", diz ele, vendo os portões já meio fechados.

Conjuro uma pequena nuvem de fumaça sob meu vestido e a faço se instalar sobre a minha barriga, deixando-me redonda como um melão.

Acrescente a isso a dor em meus olhos e minha respiração difícil, e sou a perfeita imagem de uma mulher em trabalho de parto. Aladdin olha para baixo, faz um estranho ruído no fundo da garganta e balança a cabeça.

"Certo. Vai dar certo. Sem problemas." Seu tom é um pouco agudo, mas ele segura minha mão. "Vamos!"

Preciso me apoiar em Aladdin, e não só para fazer cena. Quanto mais perto chegamos, mais difícil fica para eu aguentar. Sinto como se o ar fossem facas, e o chão, carvão em brasa. Parece que todos os elementos querem me triturar, repelir, esmagar contra a terra. De alguma forma, as batidas do coração dele me dão força. Talvez ajude a ocultar minha natureza de gênio dos guardas. De qualquer forma, sinto que ganho um pouco mais de controle sobre o meu corpo. Lanço-me para a frente e juntos corremos até os portões. Estão a segundos de se fecharem completamente.

"Não vamos passar", digo.

"Vamos, *sim*", replica Aladdin com os dentes cerrados, como se pudesse abri-los por pura teimosia.

"Se você fizer um pedido... *Ugh!*" Ao passarmos pelos grifos de pedra, o olhar deles parece se fixar em mim. Os glifos eskares parecem brilhar. O poder por trás deles me empurra com a força de cem cavalos, querendo me esmagar contra a terra.

"Minha esposa!", grita Aladdin para os guardas. "Ela vai dar à luz! Parem os portões!"

Os homens trocam olhares, mas permanecem decididos. O espaço entre os portões diminui até parecer que nem mesmo um gato poderia passar por eles. Mas Aladdin não se intimida. Ele corre à frente, ofegante, o ombro vermelho de sangue. Não tenho que fingir dor; é como se me perfurassem com uma lança pela frente e um gancho me fisgasse atrás. Tudo em mim grita para que eu fuja, mas me forço a continuar andando. Minha vista se turva, e vejo vários pontos dançando diante de mim. Concentro todos os pensamentos em manter minha forma humana. Anseio em virar fumaça só para deter a dor.

E então chegamos aos portões. Aladdin para, empurrando-me à frente. A essa altura, mal consigo ver qualquer coisa e percebo que estou chorando alto. Normalmente, eu ficaria mortificada com tal demonstração de fraqueza, mas não consigo nem mesmo pensar em orgulho. Dói demais.

Só consigo me forçar a não me transformar, a não nos entregar. Sinto a mão de Aladdin na minha, sua voz em meu ouvido, mas as palavras não fazem sentido. Ouço gritos, discussões. Tudo parece girar em volta. Sou um galho pego por uma enchente.

Com um gemido, desabo, a falsa barriga de grávida se dissipando. Em vez de cair no chão, porém, caio nos braços de Aladdin. Ele me levanta e me segura contra o peito, então começa a correr. Sou inundada por seu cheiro: figos frescos daquela manhã, sabonete de leite de cabra com que lavou sua capa pela última vez, fumaça das ruínas de Neruby, vento e sal marinho. Odores humanos, ricos e inebriantes. Posso sentir sua dor pelas batidas do coração, mas ele não diminui o ritmo nem para. Deve estar sofrendo tanto quanto eu. Por que não me larga? Por que não deixa a lâmpada e se salva? Ou faz um pedido... se é que eu poderia conceder algum neste estado.

Então estremeço e sinto que escorrego, como se caísse de uma torre alta, e mergulho na escuridão com um último pensamento:

Mas eu estava tão perto...

CAPÍTULO SEIS

Quando me recupero, estou deitada sob as estrelas, com as costas em uma superfície dura e fria. Acordo assustada e me sento depressa.

"Ei, devagar, Fumacinha."

Viro e vejo Aladdin sentado ao meu lado, comendo cordeiro assado em um pequeno espeto. Estamos no topo de um prédio, com uma vista ampla do mar além das muralhas da cidade. Dou meia-volta e observo Partênia do alto. As construções se erguem onde a terra se eleva ao norte, com um palácio abobadado situado no ponto mais elevado da cidade. Mesmo nesta noite quase sem lua, posso vê-lo brilhar como uma pérola na escuridão. Zhian está em algum lugar por lá, berrando de fúria sem ser ouvido em uma pequena garrafa ou jarro. O pensamento, que antes me divertia, agora só me enche de determinação implacável. Estendo meu sexto sentido, sondando a noite, mas não consigo ir muito longe e não capto nenhum vislumbre dele.

"O que aconteceu?" É raro eu desmaiar assim, e isso me assusta mais do que eu gostaria de admitir. Não sei como os humanos fazem isso todas as noites. Adormecer, deixando que a escuridão os engula.

"Você desmaiou. Tive que carregar você."

"Como está seu ombro?"

Ele está usando uma atadura nova, mas mal colocada. "Tive que refazer. Difícil usando só uma das mãos. E peguei isso." Ele tira dois pequenos potes de barro do bolso. "Tem um herborista uma rua adiante, então dei um pulo lá enquanto você estava apagada. Espero que sirvam para as feridas e não causem, sei lá, verrugas nem nada assim."

Estendo a mão e ele me entrega os potes. Então os abro e sinto o cheiro. "Este é para aliviar as dores do parto das mulheres."

Aladdin faz uma careta.

"Mas o outro deve servir." Eu os devolvo. "É uma mistura de canela e cravo e evitará que a ferida infeccione."

Ele guarda esse pote e deixa o outro lá ao se levantar. "Então, está se sentindo melhor? Ou quer uma carona?" Ele dá um tapinha na capa, e um tilintar abafado me diz que a lâmpada ainda está presa ao cinturão.

Tento não parecer muito desesperada quando respondo: "Prefiro andar. Aonde vamos?".

"Já me perseguiram, me alvejaram, me cortaram, me bateram e me arrastaram cem léguas em um piscar de olhos." Ele dá de ombros e me estende a mão. "Preciso de uma bebida."

Eu o encaro por um instante, em conflito. *Ele me carregou. Levou uma flechada por mim.* Tive poucos amos gentis em minha estranha e longa vida. Sei o que é crueldade. Mas a bondade me assusta, pois não sei como me defender dela.

Com cautela, pego a mão de Aladdin, que me ajuda a levantar. Ele me leva por uma escada estreita que desce por fora do prédio onde estamos até a rua.

"Por que queria que aquele príncipe morresse?", pergunto.

Aladdin para e olha para mim com os olhos arregalados. "Não tão alto! Pelos deuses."

"Então?"

"Você é sempre tão intrometida?"

"Só quando me pedem que eu *mate* alguém."

"Mudei de ideia." Ele bufa.

"Mas ainda quero saber."

O ladrão passa a mão pelo rosto. "Chegamos."

Aladdin sai da rua e entra em uma das vias secundárias estreitas que levam às entranhas mais profundas da cidade. Paredes nos apertam dos dois lados, e varais cheios de roupas gastas e limpas se cruzam sobre as nossas cabeças. O vento faz o tecido farfalhar, e parece que o ar está repleto de fantasmas sussurrantes. Através das venezianas fechadas que pontilham as paredes, só se vislumbram suaves linhas de luz.

Aladdin contorna uma pilha de caixotes apodrecidos e ergue o punho para bater em uma pequena porta de madeira. Esperamos na escuridão, sentindo o cheiro de pão no forno e, um pouco mais fraco, o fedor de urina, rato e *simmon*, uma droga feita de folha de corris. Esse último aroma emana pela porta diante de nós e, quando esta se abre de repente, somos atingidos por uma lufada.

O homem atrás da porta é mais largo do que alto, mas cada centímetro de seu corpo é puro músculo. Tiras de couro cruzam seu peito cabeludo, e sua cabeça careca brilha de suor à luz da lamparina que ele segura.

"Duas moedas de cobre", diz ele em tom entediado, sem erguer os olhos.

Aladdin pigarreia. O homem olha para ele, então endireita o corpo. "Ah, é você. Caramba, garoto, o que houve? Está com uma aparência horrível."

"Tenho viajado. O que está fazendo fora da prisão, Balak? Pensei que tivesse pegado dez anos por ter roubado aquele porco."

Balak grunhe. "Aquele porco que *disseram* que eu roubei. Os desgraçados não podem provar nada. Fênix me soltou."

Aladdin fica um pouco tenso. "O que, ele ainda tem andado por aqui?"

"Sim, libertou um bando de nós da prisão, aqueles que considerava terem sido injustamente condenados. Ladrões que cometeram pequenos furtos, devedores e assim por diante. Os guardas prenderam alguns dos tontos que não conseguiram ficar na moita, mas nunca mais vão me ver."

"E você viu o rosto dele?", perguntou Aladdin. "Alguém descobriu quem ele é?"

"Nunca vi nada além de uma sombra que passava destrancando as celas. Ele tinha apagado todos os guardas, limpando o caminho. Ninguém sabe quem é, mas a cidade toda canta seus louvores. Olha lá." Balak aponta para um muro do outro lado da rua, onde uma chama vermelha grosseira foi pintada em tempos recentes. "O sinal da Fênix. É como aquela maldita Revolta dos Alfaiates de novo." O homem arregala os olhos e baixa o olhar. "Desculpa, garoto."

Aladdin dá de ombros. "De qualquer forma, é um idiota. Não vai demorar para esse tal de Fênix acabar na forca, como todos os outros tontos que pensam que podem fazer a diferença nesta cidade."

Balak ri e chega para o lado para nos deixar passar pela pequena porta, que fecha em seguida.

Descemos escadas íngremes e estreitas no escuro. O cheiro de *simmon* e de suor se intensifica à medida que avançamos. A passagem fica mais clara, e as vozes chegam a nossos ouvidos. Aladdin puxa o capuz de sua capa sobre o rosto.

Entramos abruptamente em uma sala cavernosa abarrotada de corpos suados. Os braseiros que circundam as colunas de madeira emitem uma fumaça acre que obscurece o teto. O ar está tão carregado de *simmon* que é impossível ver o outro lado da sala. Aladdin pega minha mão para que a pressão dos corpos não nos separe, e juntos abrimos caminho pela multidão. A maioria das pessoas ali embaixo é homem, fora algumas poucas mulheres da noite, todos bêbados ou entorpecidos, todos suando. Com a mão livre, passo uma tira de seda preta em volta do rosto, cobrindo a boca e as narinas na tentativa de bloquear o fedor.

"Bem-vinda ao Ringues!", diz Aladdin por cima do ombro. "Fique perto." Embora estejamos a centímetros de distância, é difícil ouvi-lo com o barulho repentino da multidão. Um homem barrigudo me empurra ao levantar os braços para festejar, e a rajada de odor que emana dele me deixa nauseada.

"Pela primeira vez, acho que prefiro minha lâmpada", murmuro.

Uma garçonete que parece sobrecarregada, vestida com pouco mais que retalhos de tecido que revelam sua figura esguia, se aproxima para nos perguntar o que queremos beber. Então, de repente, ela olha com mais atenção para Aladdin.

"Você!", sibila a jovem. "Você foi banido para sempre deste lugar! Ugh, Balak é o porteiro mais inútil que já..."

"Quieta, Dal." Ele puxa o capuz mais para baixo. "Estou disfarçado. Traga uma caneca do líquido mais forte que tiver, está bem?"

"Mas que cara de pau a sua de me pedir qualquer coisa, seu ladrão barato." Ela contrai os lábios.

Aladdin coloca uma moeda na mão dela e dá um sorriso convencido. "Ah, vai. Tivemos bons momentos, não?"

"Um bom momento pra mim seria quebrar esta caneca na sua cabeça. Quem é *ela*? Nunca vi por aí antes." Dal me olha de cima a baixo, e retribuo o olhar dela com frieza.

"Está comigo. É nova na cidade. Estou mostrando as coisas pra ela."

Dal revira os olhos. "Já ouvi esse papo antes." Então se aproxima de mim. "Aqui vai um conselho, amiga. Não perca tempo com esse aí. Não vale a dor de cabeça."

"Acho que estou começando a entender o que você quer dizer", respondo.

"Está bem, está bem", interrompe Aladdin, franzindo a testa. "Viemos aqui para beber, não para as duas ficarem de papo. O que é isso?" Ele aponta para uma fita vermelha amarrada no braço dela. "Vi algumas pessoas usando isso desde que voltei."

Ela cobre a fita com a mão, os olhos brilhando. "É um símbolo de apoio a Fênix e contra a injustiça. Sabia que dobraram os impostos *de novo* ontem? E, se não paga, te jogam na prisão ou tomam sua propriedade, ou as duas coisas. Andam enforcando pessoas só por protestarem!"

Aladdin apenas grunhe.

"Pensei que *você,* mais do que qualquer um, ia querer se unir à causa. Lembra da praga no quadrante leste? Quando os guardas colocaram o lugar de quarentena e estavam prontos para deixar todas aquelas pessoas morrerem? Fênix conseguiu se infiltrar e deu remédios a todos os doentes. Ele salvou *centenas* de pessoas. Isso é *real,* Aladdin. Fênix não é só mais alguém que fala da boca pra fora... Está nos dando esperança. E é mais do que temos desde..." A jovem olha de forma demorada para ele, como se fosse falar mais alguma coisa, mas então suspira e só balança a cabeça.

"Desde os meus pais? Não precisa ficar cheia de dedos, Dal. Sei o que você está pensando, o que todos estão pensando. Não quero mais falar sobre o maldito Fênix", resmunga Aladdin.

Ela bufa e se vira, guardando a moeda, então volta instantes depois com uma garrafa. "Seu amigo Xaxos esteve aqui procurando você alguns dias atrás. Não parecia muito feliz."

Aladdin abre o vinho. Quando me oferece, faço que não. "O velho Xax?", diz ele casualmente. "Não tenho nada com ele."

"Acho que ele discorda. Disse que contratou você para um trabalho... Não precisei perguntar para saber o que *isso* queria dizer. Então continua fazendo as mesmas coisas, não é?" Ela balança a cabeça. "Enfim, ele está bem irritado. Disse que você fez o trabalho e saiu da cidade. Os guardas também estão caçando um ladrão. Oferecendo mil coroas de ouro pela cabeça dele." Dal estreita os olhos. "Você invadiu o *palácio*, Aladdin?"

"Mil coroas?" Aladdin assobia baixo. "Quase faz um homem querer *se* entregar."

"De todas as coisas idiotas..." Com os olhos faiscando, Dal nos lança um olhar breve e penetrante antes de sair para limpar o vinho que alguém derramou.

Aladdin acha uma mesa perto do ringue central, onde dois homens do tamanho de touros estão lutando. Um deles, cujo pescoço é praticamente da largura de minha cintura, está levando a melhor. Está quase nu, encharcado de óleo para deixá-lo escorregadio. Sua cabeça, careca, exceto por um longo rabo de cavalo preto que sai do alto, brilha como um ovo cozido. Seu oponente, um pouco menor, está na defensiva, levantando as mãos para bloquear os golpes.

Aladdin observa com desinteresse e toma um grande gole de vinho. "Está vendo isso?" Ele passa o dedo sobre a mesa, onde alguém entalhou um pequeno símbolo.

"Parece uma agulha de costura", digo.

Ele balança a cabeça e bebe. Seus olhos começam a ficar enevoados pelo vinho. "Não só *uma* agulha. *A* Agulha. O símbolo de uma rebelião que começou anos atrás. Era aqui que os líderes do movimento se reuniam. Aqui. Nesta mesa."

Ele traça a agulha com a unha do polegar.

"Meu pai era o Alfaiate", conta ele. "Quer dizer, era só *um* alfaiate no início, mas, quando eu era criança, ele começou a se envolver com esses rebeldes. O vizir do rei estava recrutando camponeses à força para os seus navios de guerra, conduzindo-os à morte em uma tentativa insana de reconstruir o Império Amuleno do passado. Meu pai e seus amigos protestaram queimando guarnições e guaritas, roubando armas e sabotando navios." O rosto de Aladdin se fecha. Ele se inclina para trás e tira a moeda de Neruby do bolso. Eu nem tinha notado que ele a pegara. Distraído, ele a atira no ar; nela, brilha o rosto de um rei morto há tanto tempo que ninguém neste mundo saberia seu nome. "Por fim, ele conseguiu convencer minha mãe a participar. Em pouco tempo, as pessoas começaram a chamá-lo de *o* Alfaiate e foi oferecida uma recompensa pela cabeça dele. Sua agulha se tornou o símbolo da rebelião."

Escuto em silêncio, observando suas mãos. São mãos inteligentes, as unhas bem cuidadas, os dedos longos e ágeis. Ele gira a moeda e a apanha várias e várias vezes enquanto fala.

"Meu pai foi capturado quando eu tinha 12 anos. Lembra daquele príncipe do deserto, o Darian? O pai dele, nosso *eminente* Vizir Sulifer, me prendeu e me forçou a ver as cabeças dos meus pais seram cortadas. Darian estava lá. E riu de mim quando comecei a chorar." Aladdin faz a moeda desaparecer em sua manga e então toma um grande gole de vinho. "Depois, Sulifer me obrigou a pegar as cabeças deles e segurá-las para que pudesse prendê-las em estacas. Ele expôs as cabeças em praça pública por semanas."

Eu me recosto, com as mãos no colo. "Por que está me contando tudo isso?"

Ele dá de ombros e funga. "Você queria saber por que eu... quase desejei a morte do Darian." O vinho está quase no fim, assim como a sensatez de Aladdin. "Desde que era jovem, as pessoas pensavam que eu seria o próximo líder da rebelião, que me revoltaria e retomaria a luta. Acham que *eu* é que deveria estar libertando pessoas da prisão e detendo essas malditas pragas. Acham que desperdicei minha vida porque me tornei um ladrão e um criminoso. Bem, não tenho nenhum interesse em lutar por causas perdidas que só fazem com que as pessoas morram. Tudo que quero é vingar meus pais, não começar uma guerra que não podemos vencer."

Ergo meu rosto. Ele me encara com uma intensidade ébria, os lábios fechados em uma linha fina. "E agora descubro que nem tenho coragem de ir até o fim", continua. "Darian estava bem na minha frente! E nem consegui... Falhei com eles."

Com um suspiro, tiro a caneca meio vazia das mãos de Aladdin, bebendo simplesmente para não restar mais nada para ele. O vinho é barato, mas forte, e queima minha garganta, embora não vá fazer nenhum efeito aos meus sentidos.

Um rugido no ringue perto de nós chama a atenção de Aladdin. A luta acabou, e o menor dos dois homens está inconsciente no chão em uma poça de suor e sangue. O vencedor ergue os braços musculosos e urra, triunfante.

"Quem vai enfrentar Ukkad, o Touro?", berra um homem maltrapilho que sobe no ringue. "Vinte moedas de ouro para o vencedor! Cinco para o perdedor!"

Aladdin começa a virar de volta, mas então a multidão do lado oposto do ringue se abre e surge um lutador, que sobe agilmente na pequena arena. Risadinhas se espalham pelo público, e Aladdin se levanta, arregalando os olhos.

É uma jovem esbelta de mais ou menos 17 anos. Usa um corpete simples acima do umbigo e um longo sarongue de linho preso por um cinto de couro. A saia expõe uma perna longa e atlética e, exceto por uma corrente de ouro simples em torno do tornozelo, seus pés estão descalços. Ela tira sua capa e a pendura com cuidado sobre a corda que envolve o ringue. Em seguida, estica os braços a sua frente e inclina a cabeça em direção a cada ombro, estalando o pescoço. Ela é bonita, seu cabelo escuro e espesso preso em uma trança e os olhos completamente manchados de kohl para que pareça estar usando uma máscara. Ela sorri para o Touro e se curva, abrindo bem as mãos envoltas em couro.

Olho para Aladdin e vejo seus olhos brilharem de interesse.

Aladdin chama Dal com a mão. "Quem é ela?", pergunta.

Dal revira os olhos. "Não sei. Imagino que seja do leste. Ela tem estado aqui todas as noites faz duas semanas: luta e depois some. Nem mesmo recolhe o que ganha." Então fala em tom amargo: "Eu manteria distância se fosse você. Essa provavelmente vai quebrar seu braço se ficar irritada".

Os tendões no pescoço do Touro parece que vão explodir quando ele fica vermelho e ruge: "Está zombando de mim? Vim aqui para lutar com homens, não contra menininhas!".

A garota cospe no chão entre eles, ainda sorrindo. "Eu também, mas parece que nós dois vamos sair desapontados."

A multidão engole em seco, e os olhos do Touro quase saltam de seu crânio. Aladdin abre caminho até a beira do ringue, e eu corro para acompanhá-lo. Olho melancolicamente para a porta, mas parece que meu amo está decidido a testemunhar o que vai acontecer. Resignada, apoio-me em um dos postes de madeira que sustentam o perímetro de cordas e volto minha atenção para a garota.

Os dois lutadores começaram a se rodear, com movimentos amplos e tensos, os olhos fixos um no outro, mas o Touro ainda parece hesitante, como se pensasse que tudo não passa de uma brincadeira.

"Você deveria voltar a assar pão", diz ele. "Ou será que ganha a vida aquecendo camas? Depois de quebrar seu lindo nariz, talvez eu possa usar meu prêmio para fazer você aquecer a minha."

"Não me envolvo com animais", retruca ela.

Com um rugido sem palavras, o Touro ataca. O público prende a respiração. Aladdin fica tenso, um sorriso fascinado repuxando seus lábios. Por um instante, parece que a luta chegou ao fim para a garota, mas, no último momento, ela se esquiva graciosamente para o lado e acerta o cotovelo na têmpora do Touro, desequilibrando-o.

A multidão volta à vida. As lutas nos outros ringues estão suspensas, e agora todos se concentram na disputa central. As apostas são feitas esmagadoramente a favor do Touro, mas alguns espíritos aventureiros apostam na menina. Aladdin leva a mão ao bolso e pega a moeda de Neruby, pensando.

"Você não faria isso", digo.

"O quê? Gosto do estilo dela."

"Essa moeda é muito provavelmente a última coisa que resta de uma civilização outrora poderosa que existiu por centenas de..."

"Uma moeda de ouro na garota!", grita Aladdin, chamando a atenção de um agente de apostas.

Suspiro e viro de volta para a luta.

Os dois continuam naquele baile. Ela parece um rato que tenta desesperadamente evitar ser esmagada pelas patas de um elefante e, quanto mais foge, mais cansada fica. A multidão está frenética, e as apostas no Touro aumentam. Aladdin se inclina e murmura: "Vamos, vamos... ".

Noto alguns rostos por toda a arena que assistem com silenciosa intensidade, os olhos cheios de preocupação. Todas garotas da idade da jovem guerreira, e todas se vestem da mesma forma.

Então o Touro hesita, parando para recuperar o fôlego, e a garota aproveita para descansar também. Está parada ao alcance do braço, bem diante de Aladdin e de mim. A garota se curva e apoia as mãos nas coxas, em busca de ar, o suor pingando na areia.

Aladdin se apoia na corda e sussurra: "A perna direita dele é lenta. Repuxa toda hora. Se você for rápida...".

Ela olha por cima do ombro, através dos fios de cabelo suado que escaparam da trança. "Apostou em mim, bonitão?"

Aladdin sorri. "Está ocupada mais tarde?"

Ela encolhe os ombros e estala os nós dos dedos, examinando os ombros e o peito dele. "Acho que tenho um tempinho."

O sorriso de Aladdin se alarga, e a garota de repente salta para a frente, correndo em direção ao poste atrás do Touro. Ele bufa e se move para interceptá-la, mas ela é rápida demais. Com um grito, ela pula no ar, planta um pé no poste e dá impulso, saltando em direção ao oponente. Antes que o Touro possa fazer qualquer movimento, ela acerta os pés no rosto do adversário, virando a cabeça dele com um sonoro ruído. Touro balança a cabeça, zonzo e desequilibrado, e a garota evita um dos socos sem força dele e joga a perna nua para o alto, enganchando-a no pescoço dele, e subindo em seguida com a outra. Com os tornozelos travados atrás da cabeça dele, ela se arqueia e se retorce, até conseguir derrubar o Touro de cara no chão. Rápida como uma cobra, a garota rola e se levanta, depois planta um pé na nuca carnuda dele.

Bastante embriagado, Aladdin quase cai na arena, assobiando e gritando, e faz-se o caos entre a multidão presente quando a luta termina. Os apostadores saldam suas dívidas, e os poucos sortudos que apostaram na garota recebem seu dinheiro e, espertamente, desaparecem antes que possam ser assaltados. Aladdin recupera sua moeda de ouro e ganha uma pilha de moedas de prata.

"Vou entrar! Me deseje sorte!", diz ele sem fôlego, então pula a corda e se junta ao grupo reunido em torno da garota, comemorando a vitória dela e lhe oferecendo bebidas. Apoio-me no poste e observo, balançando a cabeça. Aladdin parece ter esquecido toda a tristeza.

Dal surge ao meu lado, com as mãos cheias de copos vazios. Ela me avalia, arqueando a sobrancelha. "Conheço esse olhar."

"Que olhar?"

"Não se preocupe, amiga. Todas já passamos por isso." Ela suspira. "As garotas que ele amou e deixou."

Irritada, desvio o olhar. "Não sei do que está falando."

"Claro que não." Dal sorri com tristeza. "Você pode odiá-lo ou aceitar que ele é assim mesmo. Quando Aladdin coloca seu coração em algo, ou *alguém*, nada o impede de conseguir o que quer. E, quando consegue, percebe que não é o que queria, e então outra coisa chama sua atenção, e lá vai ele mais uma vez. De novo e de novo. E nós, as vítimas, ficamos aqui."

"Não sou vítima de ninguém."

Aladdin se aproximou da garota e fala algo no ouvido dela, cruzando os braços musculosos para se exibir. Não consigo deixar de revirar os olhos.

"Ela é bonita", diz Dal. "E é durona. Mas não é o que ele quer. Não que ele vá acreditar nisso antes de conquistá-la."

"E *o que* ele quer?" Viro para encarar a taberneira.

"A mesma coisa que todos nós. Ele só não admite isso." Vejo nostalgia nos olhos dela, e também raiva, quando olha para Aladdin. "Libertar-se do passado."

Pensativa, observo o ladrão, e meu rosto se suaviza.

A garota no ringue diz algo, e Aladdin dá um sorriso que ilumina seu rosto. Ele se aproxima e sussurra no ouvido dela, e ela balança a cabeça, então pega sua mão e timidamente o leva para fora do ringue, esquivando-se dos admiradores.

Dal suspira e balança a cabeça com tristeza. "Dou a ela quatro, talvez cinco dias... Ei! Aonde você está indo? Esquece ele, amiga! Não vale a pena!"

Passo por baixo da corda e entro no ringue, ignorando-a. *Você não nada sabe de nada, "amiga"*. Sou a última pessoa no mundo que se interessaria por Aladdin. O que *me* interessa é ficar perto o suficiente para não ser inconvenientemente sugada de volta para a minha lâmpada.

Abro caminho pela multidão, tentando alcançá-lo, mas de repente começa uma briga entre dois apostadores e sou jogada no chão. Em vez de tentar me levantar para chegar até Aladdin, me transformo furtivamente em um gato fulvo e corro pelas pernas das pessoas até alcançá-lo. Se alguém me viu, é provável que atribua isso ao consumo excessivo de *simmon*. Tenho certeza de que já tiveram alucinações mais estranhas neste antro de suor e barbárie.

Aladdin e a garota escaparam para a rua felizmente silenciosa, onde riem e caminham pelas sombras. Em uma das construções próximas, um bebê chora e um cachorro late em resposta. Posso sentir o cheiro de carne assada e condimentos fortes que vem de uma janela acima de nós. Embora a multidão no Ringues com certeza ainda esteja gritando e aplaudindo, nenhum som escapa pelas grandes pedras sob nossos pés.

Fico à espreita na rua de paralelepípedos, a cauda erguida e os ouvidos atentos a qualquer som, enquanto tento ignorar o ruído das risadas e sussurros de Aladdin e sua nova amiga. Por fim, eles param e olham nos olhos um do outro, a garota pegando as mãos de Aladdin e puxando-o para perto.

"Qual é o seu nome?", pergunta ele.

"Primeiro me diga o seu."

"Aladdin."

"Já ouvi falar de você." Ela sorri e passa as mãos pelo peito dele.

Aladdin parece embriagado, mas não só pelo vinho. Ele se inclina para a frente, até a garota encostar na parede, e então cheira o cabelo dela. "Ah, sério? E o que você ouviu?"

Ela contorna o maxilar e os lábios dele com as mãos. "Que você é audacioso e que é o melhor no que faz. Que você...", ela dá um beijo de leve no canto de sua mandíbula, "até roubou algo valioso do príncipe Darian."

Ele faz uma pausa, seus lábios roçando o cabelo dela. "E onde ouviu isso?", murmura ele.

"Você sabe como nós, garotas, somos. Sempre fofocando."

"Sobre mim?" Ele sorri.

Ela ri e levanta o rosto, seduzindo-o com os lábios, mas, quando Aladdin move a boca em direção à dela, a garota vira o rosto e diz em um tom diferente: "*Finalmente.* Peguem-no, meninas. É ele".

Antes que eu possa fazer qualquer coisa, um pequeno grupo de garotas aparece no beco atrás de Aladdin e um saco preto é colocado sobre a sua cabeça. A garota que ele estava prestes a beijar o golpeia, deixando-o inconsciente. Eu as reconheço imediatamente. São as espectadoras silenciosas do Ringues.

"Uma pena", diz a líder, suspirando. "Acho que ele deve beijar muito bem."

Então ela e as outras o arrastam rua abaixo em direção à escuridão.

CAPÍTULO SETE

Após me transformar em um pardal, consigo voar e seguir as meninas, que correm pelas ruas, carregando o corpo inconsciente de Aladdin. A garota do ringue assume a liderança, e o grupo segue silenciosamente para o sul, dando preferência para as ruas secundárias e evitando lugares cheios e iluminados.

Por enquanto, eu as acompanho sem chamar atenção, esperando para ver o que vão fazer. Para ser sincera, estou um pouco irritada com Aladdin, e não muito inclinada a me meter e salvar sua pele de bêbado.

Viu no que dá beijar garotas desconhecidas em becos escuros? É o que tenho vontade de lhe dizer.

As garotas param para descansar após algum tempo, deixando Aladdin cair pesadamente no chão. Pouso em uma viga acima e escuto.

"Falta muito?", pergunta uma delas. Sua voz soa aguda e juvenil através do véu.

"Mal avançamos", responde outra.

"Minhas costas estão me matando!"

"*Eu* vou te matar se não parar de reclamar, Ensi."

"Nada de nomes!", dispara a líder.

"Não tem ninguém ouvindo!", protesta Ensi. "Olhe em volta... estamos sozinhas!"

"Tem *sempre* alguém ouvindo. Então fiquem em silêncio e vamos continuar andando."

As meninas suspiram e levantam Aladdin outra vez, duas segurando os braços, e duas, as pernas. Vigas expostas acima servem de poleiros para eu pousar enquanto os acompanho.

"Ele é mais pesado do que parece", reclama uma.

"São todos esses músculos", diz Ensi, rindo. Ela está segurando um dos braços dele e aperta o bíceps com ar aprovador. "Você não nos disse que ele era tão *bonito*. Pena que tivemos que colocar um saco na cabeça dele. E você estava com ele na palma da mão!"

"Shhh!" A líder vira e leva o dedo aos lábios, pedindo silêncio.

De repente, uma sombra cai à frente, e as meninas param. A sombra se levanta e tira o capuz. É outra garota, alta e ágil, carregando um arco flexível.

"Raz!", grita Ensi. "O que foi?"

"Guardas à frente", relata a recém-chegada. "Tarde demais para correr. Ajam com naturalidade."

As garotas praguejam, largam Aladdin abruptamente, rolam-no para uma sarjeta e se recostam à parede, escondendo-o com suas capas. Pouso na beirada do telhado acima delas, o vento frio da noite bagunçando minhas penas. De onde estou, posso ver além da curva da estrada, por onde os guardas vêm em direção às meninas. São seis ao todo, usando cota de malha e capacetes pontiagudos.

Quando dobram a esquina, as meninas olham para os pés. Se estavam querendo parecer *naturais*, não estão fazendo um bom trabalho. Cinco garotas, vestidas de preto da cabeça aos pés, paradas em silêncio na sarjeta não é exatamente uma visão comum em nenhum horário, muito menos no meio da noite.

E, de fato, os guardas param ao avistarem-nas.

"Vocês aí!", grita um. "O que estão fazendo? Não sabem que há toque de recolher?"

"Estávamos a caminho de casa", diz a líder das meninas, evitando o encarar.

Os guardas, em vez de seguirem em frente, reúnem-se ao redor delas, sorrindo e cutucando um ao outro.

"E onde fica essa casa?", pergunta o primeiro. "A casa de prazeres da Madame Padyme, talvez?"

Seus companheiros riem do comentário, com os olhos brilhando de interesse. As garotas se agrupam mais e movem sutilmente as mãos, agarrando armas escondidas. Atrás delas, Aladdin geme.

O guarda inclina a cabeça. "O que vocês têm aí?"

"Não é da sua conta." A líder das meninas levanta o queixo, dando um passo à frente e encarando o guarda.

Ele apenas ri. "Vamos fazer o seguinte, moças. Proponho um acordo. Vamos lhes dar a chance de nos *convencer* a não prender vocês por comportamento suspeito. O que me dizem?"

Ensi se aproxima do guarda e passa o dedo pelo peito dele. "Bem, eu diria que é muito generoso da sua parte."

Ele passa a língua pelos lábios e põe o braço em volta da cintura dela, mas a garota de repente gira o corpo, saindo do alcance, e atira um punhado de pó azul que explode em direção ao rosto do homem. Ele cai instantaneamente. Ensi já tem outro punhado do material pronto, retirado de um saquinho no cinto. As outras garotas pegam adagas, e Raz coloca uma flecha no arco. Todas cobrem o rosto com véus, protegendo-se do pó que Ensi joga.

Os guardas, assustados apenas por um instante, sacam as espadas, mas as garotas já estão atacando e se movem com precisão mortal. O pó envenenado de Ensi derruba outro guarda enquanto a líder e uma terceira garota deixam outros dois inconscientes com o cabo das adagas. No início, não consigo dizer como a quarta garota vence seu oponente, mas então entendo: uma cobra amarela e branca enrolada em seu braço. Sua vítima espuma pela boca, os olhos revirando enquanto cai, uma das mãos agarrada à área da mordida no pescoço.

O último guarda recua, com o rosto branco.

"Eu... eu sou novo nisso. Nunca quis... Por favor!" Então ele vira e foge.

A líder acena para a arqueira. "Não o mate. Eles *estão* só fazendo seu trabalho, ainda que de maneira repreensível."

Raz balança a cabeça e puxa sua flecha. O homem está a vinte passos de distância quando ela dispara. A flecha atinge o capacete dele, derrubando-o no chão, antes de desviar sem causar maiores danos. O homem bate com a cabeça nas pedras e permanece imóvel.

A luta acaba antes mesmo de começar, sem que um único guarda conseguisse dar um golpe. As meninas limpam a cena rápido, arrastando-os para trás de uma pilha de barris entre dois prédios, onde provavelmente passarão despercebidos até o amanhecer. Ensi administra algumas gotas de um líquido claro àquele com a picada de cobra.

"Ele vai sobreviver", diz ela. "Mas não vai visitar nenhuma casa de *prazeres* tão cedo." Então cospe nele e depois solta uma risadinha.

A líder suspira e cutuca Aladdin com a ponta da bota. "Bem, não é exatamente como eu esperava que as coisas acontecessem. Teremos que nos apressar."

Ensi, dona de um estoque de pós e poções impressionantemente abrangente, desperta Aladdin segurando uma pequena garrafa com um líquido branco sob o nariz. Ele acorda engasgado e começa a tossir. Com rostos sérios, as meninas formam um círculo fechado ao seu redor.

Depois da breve luta com os guardas, elas carregaram Aladdin pela cidade, até um antigo armazém perto da muralha sul. Lá dentro, repousa o casco parcialmente construído de um barco, mas a julgar pelas teias de aranha que se acumulam, ninguém toca nele há algum tempo. O barco está de cabeça para baixo, como a caixa torácica de uma baleia. As garotas jogaram Aladdin de joelhos no chão sob essa estrutura, as mãos amarradas atrás. Eu estou sentada perto, na forma de um gato preto de olhos verdes, observando. A lâmpada ainda está escondida, mas sabe-se lá por quanto tempo.

Estou começando a me sentir meio exausta. Primeiro, o príncipe no deserto, agora essas garotas assassinas ou o que quer que sejam... Uma coisa devo dizer sobre o ladrão: o tempo que passei com ele tem sido tudo menos entediante.

Aladdin pisca e geme, virando a cabeça. "Pelos deuses..."

Ele se concentra nos rostos ao redor e fica imóvel, a confusão fazendo-o semicerrar os olhos. Elas o observam à luz de tochas enquanto ele torce as mãos amarradas, seus dedos roçando a lâmpada escondida. "Pelos céus sombrios, quem são vocês?"

"Nós é que fazemos as perguntas, ladrão", replica a líder das meninas.

Os olhos dele percorrem o espaço como se estivesse à procura de algo, e saio furtivamente das sombras. Quando me vê, ele ergue uma sobrancelha e eu pisco devagar em resposta.

"Ah, vejam!", exclama Ensi, seguindo o olhar. "Um gato! Aqui, docinho!" Ela se abaixa e estende a mão, e eu corro até a menina e me esfrego em seu tornozelo, ronronando quando ela me pega e coça minhas orelhas. Aladdin revira os olhos discretamente. Sibilo para ele.

A líder remove o capuz e puxa a trança sobre o ombro. "Você *é* Aladdin, filho do alfaiate Mustafá, não é?"

"Termine aquele beijo que você ia me dar, e talvez eu responda." Ele inclina a cabeça, observando-a com fascinação.

"Me lembro de ouvir histórias sobre o seu pai rebelde", responde ela, atraindo os olhos de Aladdin de volta. "Quando criança, eu admirava a coragem dele, embora meus pais muitas vezes amaldiçoassem seu nome."

Ele a encara com atenção, erguendo ligeiramente os cantos dos lábios, como se estivesse se divertindo. "Você derrubou o Touro como se ele não fosse maior do que uma cabra. Quem é você? Por que nunca ouvi falar de você antes?"

A garota se agacha em frente a Aladdin, puxando uma adaga e girando-a com indolência enquanto olha fixamente em seus olhos. "Algumas semanas atrás, contratei você para roubar algo. E é o que quero agora."

"O quê?" Ele olha para as outras meninas, perplexo. "Olha, não sei do que está falando. Nunca vi você antes. E com certeza não roubei nada..."

A garota pressiona a adaga à bochecha de Aladdin, e ele fica tenso.

"O anel", diz ela, baixo. "Onde está?"

Aladdin ergue uma sobrancelha. "Não me diga que trabalha para o *Xaxos*. Com certeza eu teria ouvido falar de você se fosse o caso."

"Não trabalho para o Xaxos", responde ela, baixando a adaga. "Xaxos trabalha para mim."

Ele digere isso em silêncio, o choque dando lugar ao ceticismo. "Está me dizendo que *você* é a Fênix? O rebelde misterioso que libertou aqueles prisioneiros e acabou com uma praga?"

"Nós a ajudamos", diz Ensi, fazendo beicinho. "Não sei por que não nos chamam de *as* Fênix. Fui eu que preparei todos aqueles frasquinhos de remédio, lembra?"

"Quieta, Ensi", diz a líder. Para Aladdin, ela responde: "É complicado, certo? Mas é para *mim* que o Xaxos trabalha, e é a *mim* que você tem que responder por não ter me entregado o anel!".

"A Fênix", repete Aladdin, balançando um pouco a cabeça. "*A* Fênix. Xaxos sabe que você é uma garota da metade da idade dele?" Ele ri. "Eu adoraria ver a cara dele..."

"Quanto tempo isso vai levar?", pergunta a arqueira de repente. "Vão notar que sumimos."

"*Existem* maneiras mais rápidas de interrogar alguém", diz a garota com a cobra. Ela abre a capa, e a víbora se enrola em seu braço, com a língua mexendo. Meu corpo se retesa nos braços de Ensi, e os pelos se eriçam. A cobra levanta a cabeça e me encara; os animais nunca se deixam enganar pelos disfarces dos gênios.

"Quieta, Khavar", diz a líder. "Raz, vigie lá fora, caso algum guarda fique curioso."

A arqueira balança a cabeça e se dirige para a porta, prendendo o arco no ombro. Khavar continua fuzilando Aladdin com o olhar, a cobra se enrolando em seu braço e descansando a cabeça nas costas de sua mão.

Aladdin engole em seco, os olhos fixos no réptil. "Olha, mesmo que seja verdade, não estou com o anel. Talvez Xaxos não tenha explicado essa parte, mas nunca estive com ele para começo de conversa. Não que eu não tenha *tentado*." Ele ri e ergue um ombro. "Eu *sou* o melhor ladrão em..."

"Está mentindo." A líder se levanta e cruza os braços. "Duas noites depois que encarreguei Xaxos de contratar um ladrão para roubar o anel, Darian saiu cavalgando como um louco no meio da noite, na companhia de seus melhores soldados. Não o veem há dias. Ele só se empenharia tanto em recuperar um objeto. Você *roubou* aquele anel, e agora vai entregá-lo para mim."

"O que quer com isso?", pergunta ele. "Quem *é* você? Uma revolucionária? Uma ladra? Qual é o seu nome?"

A garota só encara Aladdin, franzindo a testa. Parece hesitar por um momento, então olha para uma das meninas e assente.

"Nessa, diga a ele."

Nessa, a mais quieta do grupo, se coloca atrás da líder e diz em voz baixa: "Aladdin rai Mustafá, preste seus respeitos à filha do seu rei, sua princesa e soberana, Cáspida nez Anadredca de Partênia, Herdeira do Trono, Joia dos Amulenos, a Amada dos Deuses e Primeira Filha da Dinastia Anadredca".

Absolutamente perplexa, encaro Cáspida com novos olhos. Já conheci uma Anadredca antes: a rainha Roshana Mithraya nez Anadredca. Esta garota é *sua* descendente, *habiba*. Sua herdeira. Será que é possível que, depois de tudo que se passou naquele dia, sua linhagem tenha sobrevivido? Que sua filhinha tenha sido salva da destruição, levada para fora de Neruby e coroada em meio às ruínas de seu império?

Aladdin fica muito quieto, com a expressão indecrifrável, mas vejo com algo mais que olhos. Meu sexto sentido capta as vibrações de choque e raiva que emanam dele.

"Você está falando *dela*?", pergunta ele devagar. "Da garota que eu beijei?"

"*Quase* beijou", corrige Cáspida.

"Ela é sua futura *rainha*!", dispara Khavar e o empurra para a frente com o pé, fazendo-o cair esparramado no chão. "Mostre mais respeito."

"Khavar! Já chega." Cáspida estende a mão. "Afaste-se."

Khavar chega para o lado e lança um olhar de ódio para Aladdin, que se coloca de novo de joelhos, o rosto pálido. Ele encara Cáspida com os olhos arregalados. E então dá uma risada, e as garotas olham para Aladdin espantadas, a voz dele ecoando pelo armazém. Raz enfia a cabeça pela porta, fazendo sinal para ele ficar quieto, e só assim ele para, tossindo um pouco.

"Desculpe, *princesa*." Ele traz as mãos para a frente, e as cordas com que tinham amarrado seus pulsos caem ao chão. Khavar se lança adiante com ar ameaçador, mas Aladdin levanta a mão. "Calma aí, olhos de cobra. Não vou fugir."

Virando-se para Cáspida, ele pergunta: "O que está acontecendo aqui? Eu deveria acreditar que é um tipo de rebelde, só para descobrir depois que faz parte da *realeza*?". Ele aponta para a porta. "Há pessoas por aí que deixam ofertas nos templos em nome da Fênix. Acreditam que é uma guardiã, uma salvadora. Cantam seus louvores, usam seu símbolo... mas não têm ideia de que é um *deles*. Um dos mesmos governantes opressores dos quais supostamente você os está protegendo!"

"Nunca me proclamei uma salvadora", responde ela, fria. "E acredite em mim, gostaria de poder contar a verdade. Mas nem todas as batalhas podem ser travadas à luz do dia. Esse *povo* lá fora é o *meu* povo, ladrão, e vou lutar por eles. A Fênix é a única maneira que tenho. No momento em que eu sair das sombras, meu tio cuidará para que eu nunca mais o confronte. Aladdin, estou do *seu* lado! Por que acha que pedi a Xaxos para contratar *você*? Ouvi falar que era um ótimo ladrão, mas pensei que, mais do que qualquer outro, você entenderia minha causa."

"Bem, acho que não me conhece bem o suficiente", diz Aladdin em tom sombrio. "Não sou meu pai. Não sou nenhum tipo de rebelde nem líder. Aceitei o trabalho que Xaxos me ofereceu pelo dinheiro, nada mais."

"Chega", suspira Cáspida, levantando a mão. "Ladrão, o anel que roubou pertence a mim. Está na minha família há centenas de anos, desde a minha ancestral Roshana, a Sábia."

O pelo de minhas costas se arrepia, e Ensi me acaricia, preocupada. Você não tinha esse anel, *habiba*. Com certeza, eu saberia se tivesse um talismã tão poderoso, ainda mais um destinado a levar o portador até mim. Meu interesse por este anel aumenta dez vezes, e eu gostaria muito que não tivesse se perdido.

"Isso está demorando demais", diz Khavar. "Basta revistá-lo!"

"Deixa comigo!" Ensi se oferece como voluntária, os olhos brilhando.

"Está bem, está bem!" Aladdin se esquiva das mãos dela. "Roubei o anel!"

Ensi se retira com pesar, e Cáspida o encara, interessada. "Continue."

"Roubei, e juro que *pretendia* entregá-lo a Xaxos. Mas... eu o perdi no deserto."

Ela franze a testa. "O que estava fazendo no deserto?"

Ele faz uma pausa e morde o lábio, estudando-a por um instante antes de responder: "Princesa, você já *usou* o anel?".

Ela hesita. "Uma vez."

"E o que sentiu?"

"O que senti? Nada. Por que pergunta?"

"Quando eu o coloquei, o anel... meio que falou comigo. Não com palavras, exatamente, mas... como uma espécie de corda puxando um cavalo. E então me *levou* ao deserto, como se quisesse me mostrar algo."

Completamente absorvidas, as garotas se inclinam para mais perto, as tochas bruxuleantes projetando sombras dançantes em seus rostos.

"E?", pergunta Ensi. "O que você achou?"

Ele dá de ombros. "Nada. Simplesmente *parou*. Como se tivesse chegado aonde quer que estivesse me puxando. Mas não havia nada lá, fora algumas ruínas antigas. Talvez *nunca* tenha havido nada lá. De qualquer forma, Darian me encontrou e o pegou de volta."

A princesa franze a testa, perplexa. "São as ruínas de Neruby, a antiga capital amulena. Mas o lugar está vazio, dizem que é assombrado pelos gênios. Tem *certeza* de que não havia nada?"

"Só areia e torres quebradas." Ele inclina a cabeça, os olhos brilhando à luz das tochas. "A que você *achava* que levaria?"

Ela olha para cada uma de suas companheiras, depois de volta para Aladdin, os olhos arregalados, como se estivesse pensando se devia contar ou não.

"Eu não sei", diz ela. A princesa mente bem, e quase não noto a aceleração dos batimentos cardíacos e a discreta pausa antes de falar. Mas não consigo ver em seus pensamentos o que ela realmente sabe sobre o anel e a lâmpada. Sabe que o anel leva até mim? E será que sabe quem eu sou, ou que ela e eu estamos ligadas por meio de você, *habiba*, sua poderosa ancestral?

Inquieta, observo mais com atenção a princesa e suas amigas, tentando discernir qual é o objetivo delas. As garotas são todas amulenas, ao que parece, exceto uma — a calada, que escuta mais e fala pouco. Nessa, de pele negra e cabelos escuros, é tytoshi, a julgar por sua aparência e sotaque, embora as roupas e o amuleno fluente digam que já está em Partênia há bastante tempo. Usa o cabelo torcido em *dreadlocks*, cada mecha com um enfeite de prata na ponta que tilinta de forma musical quando ela se move. Apenas a realeza usa prata nos cabelos; todos os outros usam enfeites de bronze ou cobre. O que uma princesa tytoshi está fazendo tão ao norte?

Então avisto algo escondido sob sua capa preta, e meu pelo se arrepia. Para olhar mais de perto, pulo no ombro de Ensi e depois no de Nessa. Surpresa, ela me pega nos braços e acaricia minha cabeça. Enfio o focinho sob sua capa e cheiro a flauta que ela leva ao quadril, depois me afasto, silvando.

"Você está machucando a gatinha!", diz Ensi, pegando-me de volta. Tudo bem. Já descobri o que eu precisava saber.

Aquela não é uma flauta comum, e Nessa não é uma garota comum.

Ela é uma encantadora de gênios, capaz de hipnotizar minha espécie com aquela flauta, gravada com símbolos eskares, e nos prender em garrafas. Eu a observo com desconfiança e sei que, mais do que nunca, precisamos ir embora depressa.

Porque agora eu sei onde Zhian está.

CAPÍTULO OITO

Afastando-se de Aladdin, Cáspida faz sinal para as companheiras, e elas se reúnem onde ele não possa ouvir.

"Você acredita nele?", sussurra Ensi, enrolando meu rabo em torno do dedo.

"É claro que ela não acredita", interrompe Khavar. "Ele é um ladrão, é mentiroso por natureza."

"Não tenho certeza se acredito nele *de fato*", diz Cáspida, devagar e pensativa, correndo o dedo pela lâmina da adaga e olhando por cima do ombro para Aladdin, que está com as mãos nos bolsos, tentando parecer inofensivo. "Afinal, onde está Darian? Como o ladrão escapou do meu primo e seus homens e conseguiu chegar à cidade antes? Alguém teve notícias de Darian na última semana?"

Ensi balança a cabeça. "Tenho interceptado todas as mensagens enviadas por pombos e não chegou nada do príncipe."

"E o meu tio? Sulifer entrou em contato com ele?"

"Não que eu saiba. O vizir raramente deixa as câmaras do conselho e mantém seus assuntos em segredo."

"Você tinha razão desde o início, Khavar", diz a princesa. "Nunca devíamos ter contratado outra pessoa para roubar o anel de volta. Eu mesma devia ter feito isso."

"Sulifer está sempre atento a tudo que você faz", argumenta Ensi. "Nunca teria conseguido, e, se tivesse sido pega, as consequências seriam muito graves. Por falar nisso, realmente deveríamos voltar ao palácio."

A cobra de Khavar se afasta e sibila para mim, e eu rebato. Khavar pega a cabeça dela e a coloca de volta na capa. "Será que é mesmo ruim que Darian esteja desaparecido? Eu não derramaria uma lágrima se nunca mais aparecesse. Pense nisso, Cas. Você não teria que se casar com ele."

"Duvido que seja tão fácil", responde Cáspida. "E, por mais que eu odeie meu primo, não desejaria a morte dele." Ela faz uma pausa e acrescenta: "Uma cela cheia de ratos nas masmorras, talvez. Mas não a morte". Ela suspira e esfrega a ponte do nariz. "Devíamos ter destruído o anel há muito tempo."

"Não tínhamos como saber que Darian iria roubá-lo", replica Ensi. "O anel ficou em segurança naquela cripta por centenas de anos. Não é culpa sua, Cas."

"Eu devia ter protegido o anel de Roshana", rebate ela categoricamente. "Não quero que me consolem. Quero que o anel seja encontrado e destruído. Não sei o que faz, mas sei que está ligado aos gênios, e isso nunca é uma coisa boa."

"Temos mesmo que voltar ao palácio", diz Nessa. "Já estamos muito tempo fora."

"E o ladrão?", pergunta Khavar. "Não podemos arrastá-lo junto."

"Revistem-no", diz Cáspida. "Só para o caso de ele estar mentindo."

Aladdin, ouvindo a última declaração, me lança um olhar horrorizado, mas já estou em ação. Pulo dos braços de Ensi e desapareço nas sombras, transformando-me em fumaça assim que fico fora de vista. Tenho apenas alguns segundos antes que elas revistem Aladdin e encontrem a lâmpada. Duvido muito que a princesa amulena seja tão compreensiva com relação a minha presença quanto Aladdin, não quando sua própria aia faz parte dos encantadores de gênios que provavelmente prenderam Zhian.

Passo por uma rachadura na parede, saio do prédio e não perco tempo em criar um terrível alvoroço. Bato no exterior do armazém, gritando com uma voz grave e masculina: "Quem está aí? Apareça!".

Raz, que está de vigia, corre para alertar as outras. Então viro vento, escancaro a porta e descubro que as garotas já se foram, assustadas com o barulho, sumindo em direção à cidade escura com passos furtivos e apressados. Aladdin está sozinho, incólume. Ele dá um tapinha na lâmpada.

"Bom trabalho", diz ele. "Não me importaria de levar você junto quando eu tiver um servicinho pra fazer."

"Se eu estiver junto, você não vai *precisar* de nenhum servicinho", respondo secamente.

"Justo."

Aladdin vai até a porta e contempla a noite, com o corpo rígido. Ele é uma corrente escura sob um mar calmo.

Volto a ser uma garota, vestindo uma roupa de seda preta com pequenas damas da noite brancas enfeitando meu cabelo. Enquanto espero que ele fale, conjuro pulseiras em meus pulsos, cada uma inscrita com um verso da "Canção de Roshana", o poema escrito em homenagem a seu 19º aniversário por doze dos poetas mais estimados do mundo.

Roshana Mithraya, rainha valente,
nas asas de um gênio, foi para a guerra inclemente,
Roshana Mithraya, brava e honrada,
de aço e ouro era a sua espada.
Por amor ou medo, juravam seus inimigos
Que não voltariam a lutar contigo.

A princesa não sai de meus pensamentos. Depois que você morreu, *habiba*, alguém deve ter tirado sua filha pequena de Neruby antes que os gênios destruíssem a cidade. Sua linhagem sobreviveu, e seu espírito também, ao que parece; essa Cáspida é impetuosa como você. O que ela pensaria de mim se soubesse quem sou? Minha velha culpa está à espreita dentro de mim, como um lobo em uma caverna, e olho para o palácio no distrito norte, que brilha como uma pérola sob as estrelas.

Agora ela combate gênios. E tem até uma encantadora de gênios própria ao lado. Não sei se Nessa é a mesma encantadora que engarrafou Zhian, mas encantadores são raros e não pode haver muitos outros na cidade. Portanto, parece que o melhor lugar para começar minha busca é o palácio real. Mesmo que Zhian não esteja lá, talvez eu possa encontrar uma pista do paradeiro dele.

Mas, primeiro, preciso descobrir um jeito de entrar no palácio.

Observo meu amo, pensativa.

Aladdin se mexe enfim, virando para me olhar por cima do ombro, seus dedos dançando sobre a lâmpada.

"A Fênix é a princesa", murmura ele. "E eu estou falando com uma gênia. Por todos os deuses, esta noite está ficando cada vez mais estranha."

Ele começa a caminhar pela rua escura com a cabeça ainda meio enevoada. Passamos por outros armazéns, carpintarias fechadas e espaços para construção de barcos. Um cachorro sai do caminho de Aladdin, rosnando para mim com os pelos eriçados, sem se deixar enganar por meu disfarce humano. Passamos perto dos portões da cidade, fechados durante a noite e banhados à luz alaranjada de enormes braseiros que pendem do alto. De cada lado, há guardas de vigia. Aladdin os contorna, permanecendo escondido nas sombras.

Por fim, chegamos ao centro da cidade, onde o rio corre em um canal de pedra cortada. A água que passa por ali é profunda, rápida e escura, suas margens limitadas por paredes baixas de tijolos retangulares. Os dejetos que vêm das sarjetas e das casas deságuam no rio através de grades no canal, juntando-se à corrida louca até o mar.

Aladdin para no centro de uma ponte em arco, seu parapeito de madeira lisa sustentado por estátuas esculpidas à semelhança dos semideuses. Foram deixadas pequenas oferendas ao pé de cada escultura: velas, flores, bonecos de palha, cada um representando uma oração. Aos pés de Nykora, há dez vezes mais oferendas que aos pés das outras e tantas velas acesas que ela parece brilhar. No parapeito acima tremulam fitas e colares de contas. Nykora é a semideusa dos pobres e oprimidos, e seu símbolo é a fênix.

Aladdin para diante da estátua por um bom tempo, com as mãos enfiadas nos bolsos e o rosto suavizado pela luz das velas. Sua capa, esfarrapada e remendada, se agita com a brisa que sopra rio acima.

"Ela realmente é a Fênix. E o povo a ama." Ele levanta o rosto e me encara. "Não consigo me lembrar da última vez que adoraram alguém desse jeito. Até mesmo meu pai foi odiado por muitos por causar problemas."

Ao longo do parapeito oposto, crescem trepadeiras cheias de damas da noite brancas. Eu me debruço e vejo o rio correndo lá embaixo em direção aos penhascos, onde deságua no mar à espera, como uma moça apaixonada que corre para encontrar o noivo. Pensativo e com os ombros curvados, Aladdin se afasta do pequeno santuário e se junta a mim.

"Quando eu era menino, vinha a esta ponte com meu pai", diz ele, baixinho. "Fazíamos pequenos barcos de madeira, com velas que ele costurava. Então os colocávamos na água e corríamos ao longo da margem para ver qual sairia da cidade primeiro. Uma vez, escorreguei e caí, e meu pai saltou para me salvar. Ele nem sabia nadar. Não sei como fez isso. Mais tarde, ele me disse que a deusa Nykora devia ter nos tirado do rio." Aladdin vira e olha para o santuário. "Deixamos um barquinho ali como forma de agradecimento. Mas nunca acreditei em Nykora. As pessoas se lembram de meu pai como um herói que ateava fogo e liderava marchas. Eu me lembro dele como um herói por causa daquele dia no rio."

Em seguida, ele vira de volta para mim e diz: "Não sou um herói, Zahra. Não sou meu pai". Afastando-se, Aladdin pega algo da manga. É uma das adagas da princesa, o cabo gravado com delicados lírios. Como ele conseguiu roubar isso dela, não faço ideia. "Na noite em que me infiltrei no palácio para roubar o anel, eu levava uma adaga como esta. Muito mais simples, claro, mas com o mesmo comprimento e peso." Ele a equilibra no dedo. "Depois de roubar o anel, entrei sorrateiramente nos aposentos de Sulifer. Me aproximei do vizir enquanto ele dormia e empunhei a lâmina, tentando criar coragem para cortar a garganta dele."

Aladdin suspira e enfia a adaga no parapeito, fazendo tremer a empunhadura. "Talvez eu seja um covarde. Mas não pude vingar meus pais. Quando o anel começou a me puxar, eu sabia que devia ser encantado. Então pensei que se era tão valioso para o príncipe guardar trancado no próprio quarto, talvez pudesse me vingar roubando aquilo a que me levasse. Que acabou sendo *você*, e foi aí que pensei que essa era a minha chance. Eu podia apenas desejar minha vingança. Mas, ao que parece, sou covarde demais até para isso."

"*Covarde* não é a palavra que eu usaria", digo, baixinho.

Ele dá de ombros e arranca a adaga do parapeito. "E agora tem essa princesa. A minha vida inteira, pensei que ela era como os outros membros da realeza: egoísta e mimada. Afinal, está noiva do Darian, e dizem que o pai dela, o rei, é viciado em *simmon* e não tem força e poder algum. O tio dela executou meus pais." Aladdin ergue a adaga e encara seu reflexo na lâmina. "Mas agora ela diz que é a Fênix, que está do *nosso* lado. O que eu faço sobre isso?"

"Nem todo mundo é o que parece."

Seus olhos se voltam para mim. "Como você?"

Ergo uma sobrancelha. "E o que eu pareço ser?"

Aladdin me observa, e de repente me sinto constrangida e me viro. Pego uma dama da noite e arranco suas pétalas uma a uma, deixando-as cair no rio.

"Você parece triste", diz ele. "E solitária."

Deixo o caule da flor cair e rio. "Você não sabe nada sobre mim."

Ele dá de ombros, ainda me observando com atenção. "Não acho que seja a mesma gênia de que falam as canções. Acho que há algo mais por trás da sua história. Matou mesmo aquela rainha? Não acredito nisso."

Um pouco assustada, encaro os olhos dele. "Eu a matei. Sou uma gênia, Aladdin. Sou uma criatura desalmada e sem coração, nunca pense o contrário."

Ele olha para baixo e aproxima uma de suas mãos até a parte de trás de um dos dedos tocar meu pulso. Olho fixamente para a mão dele, sem conseguir respirar. Sinto minha pele ficar quente com esse contato gentil. "Já salvou minha vida duas vezes. Não acho que seja desalmada."

Eu me afasto rápido, deixando minhas mãos caírem e ficarem fora de seu alcance. "Não precisa dizer isso."

Ele franze a testa, retirando a mão. "Talvez eu queira. Até um ladrão pode ter honra, e até mesmo uma gênia pode ter coração."

O barulho do rio enche meus ouvidos. Evito seu olhar e atravesso para o outro lado da ponte, olhando para o norte, em direção à sombra escura do Monte Tíssia, enquanto tento engolir o nó na garganta.

Preciso de um plano. Um plano para entrar no palácio.

Um plano para esfriar as brasas que o toque de Aladdin despertou.

Ao me virar, eu o encontro me observando, cauteloso e curioso.

"Você deveria fazer um pedido."

Na mesma hora, ele me encara com ar cético. "O quê?"

Uma parte de mim se odeia por alimentar sua obsessão. Essa parte quer que eu diga que ele é assombrado pelos mortos, que sei como é, pois já bebi esse veneno muitas vezes. E ainda me sinto mal. Mas não faço isso porque sou um espírito egoísta e, ao olhar para a lua que definha, quase posso sentir o elo entre mim e a lâmpada se rompendo de uma vez por todas.

"A princesa", explico. "Ela é a herdeira do trono, certo? Quem quer que se case com ela será o homem mais poderoso do reino." Eu me viro e olho para a estátua de Nykora. "Ele poderia fazer o que quisesse. Daria ordens ao vizir, aos militares, aos guardas aqui da cidade..."

Ao encará-lo, vejo que seu corpo se retesou e está tenso como a corda puxada de um arco.

"É isso, não vê? Pode se vingar sem ter que matar ninguém. Eu posso te ajudar."

"O que está dizendo?", pergunta ele.

Sorrio e me inclino para sussurrar: "Posso colocá-lo no palácio. Posso lhe dar poder, riqueza e títulos. Posso ajudá-lo a conquistar a princesa e, com isso, obter sua vingança. O que irritaria Darian mais do que ver seu inimigo tomar sua noiva? O que seria mais doce do que ver o vizir forçado a se curvar diante de você, o príncipe?".

Aladdin prende a respiração e posso ver que entendeu o que eu quis dizer. Não é a primeira vez que me sinto horrível de verdade. Sempre odiei os gênios por serem cruéis e egoístas. Lembra que uma vez eu lhe disse que não era como eles? Mas, no vazio que tenho no lugar do coração, sei que não sou diferente em nada.

Sou uma gênia incrível, e isso é muito ruim.

Mas *liberdade, habiba*... Pela liberdade, posso me tornar qualquer coisa. E me assusta pensar no que eu seria capaz de fazer por ela. Nunca quis nada tanto assim, então deixo minha consciência de lado e aceno de modo encorajador para o meu amo.

"Pode dar certo", diz ele, baixinho. "Zahra, você é *brilhante*."

Endireito o corpo, minhas mãos começando a formigar. "Então diga as palavras."

Aladdin faz uma pausa e respira fundo, criando coragem. Quando finalmente fala, sua voz soa cheia de convicção.

"Zahra, desejo que me torne um príncipe."

DOIS: A PRINCESA

Como costumavam fazer no final da tarde, quando o sol estava se pondo e o dia, meio enevoado, a rainha e a gênia caminhavam juntas à sombra do Jardim de Joias no coração do palácio, que a rainha desejara e a gênia materializara para ela. As duas falavam de muitas coisas, de guerras e governantes passados, de terras distantes, de deuses e gênios. Pois a gênia já tinha visto e vivido muita coisa, e a rainha, dona de uma mente perspicaz, tinha muitas perguntas.

Por fim, a rainha disse: "Tu te tornaste mais que uma amiga, és como uma irmã para mim. Agradeço não só teus conselhos, mas também a tua companhia. Posso te perguntar qualquer coisa?".

E a gênia respondeu: "Tive muitos amos, mas nenhum como você, ó rainha. Sinto-me honrada de ser tua amiga e sem dúvida responderei a tudo que me perguntares".

"Então o que te preocupas?", indagou a rainha. "Pois conheço teu olhar e vejo que teus pensamentos estão revoltos como um mar tempestuoso."

"É verdade, habiba", disse a gênia. "Pois estou com medo."

"O que temes?!", exclamou a rainha. "Diga e darei fim no que for por ti."

Então a gênia tomou as mãos da rainha e respondeu: "Há muito tempo é proibido que um gênio e um humano possam ter qualquer amor um pelo outro, mas, ainda assim, em meu coração, te tornaste uma irmã".

"Quem ousa nos proibir?", perguntou a rainha.

"Aquele que chamam de Nardukha, o shaitan, quem governa os gênios e toda Ambadya. Ele é tão antigo quanto os deuses, e ninguém o pode derrotar. Se ele soubesse do amor que tenho por ti, rápida seria sua ira. Pois esta é a primeira regra dos gênios: que nenhum gênio ame um humano. Pois devemos lealdade a Nardukha, e a mais ninguém."

"Então que deixe sua morada sob a terra e me diga ele mesmo", falou a rainha. "Pois não me curvo às leis daqueles que incutem o medo. Ele proíbe isso e aquilo, mas não é todo-poderoso. Até mesmo o Desejo Proibido pode ser verbalizado, e não há nada que ele possa fazer para impedir isso."

Ao ouvir isso, a gênia deixou escapar um grito aflito. "O que sabes sobre o Desejo Proibido?"

"Certa vez, tu me disseste que o shaitan era o único que poderia te libertar da lâmpada, mas sei que não é assim. Pois eu poderia desejar tua liberdade, e não há nada que ele possa fazer para impedir."

"É verdade", respondeu a gênia, angustiada. "Mas todo desejo tem seu preço, e o preço do Desejo Proibido é tua vida. Deves jurar pelas almas de teu povo que nunca dirás essas palavras. Nunca me perdoaria se sofresses por amor a mim. Já transgredimos a lei que separa os homens dos gênios, e temo que nosso tempo juntas esteja se esgotando."

"Não digas essas coisas", pediu a rainha. "Temos hoje e ontem, e desfrutaremos do amanhã. Teremos todo o tempo do mundo se formos inteligentes o suficiente."

"De que serve o tempo contra o poder de Ambadya?"

"Minha querida gênia." A rainha sorriu. "O tempo é a magia mais forte de todas."

— Da *Canção da Queda de Roshana,*
Última Rainha de Neruby,
por Parys zai Moura,
sentinela e escriba da rainha Roshana

CAPÍTULO NOVE

O poder me atinge como um raio no cérebro.

Irradia de Aladdin em tentáculos luminosos e se enrosca em meus braços e pernas. Penetra em minha pele e se concentra no peito, uma bola pulsante de energia incandescente. Os pelos de meus braços se arrepiam. A sensação é a de engolir o sol. Há séculos que não sinto tanto poder à disposição. O primeiro desejo de Aladdin foi um mero truque, uma mera reestruturação da realidade. Só exigiu uma poça de magia. Este desejo clama por um oceano inteiro.

É claro que Aladdin não consegue ver nada disso. Ele me vê respirar fundo, buscando o ar, vê meus olhos se arregalarem, talvez. E me observa com atenção, o rosto vermelho de entusiasmo.

Viro as mãos para cima, onde a magia se enrosca em padrões dourados e atravessa minha pele. Fazer de Aladdin um príncipe será complicado. Não haverá nenhuma grande exibição de fogo e explosões. Nem floreios ou fanfarras. Antigamente, eu poderia ter criado um espetáculo que seria visto por léguas ao redor, mas se é para Aladdin ser recebido no palácio, e não decapitado diante dele, tudo deve ser feito com discrição. Peneiro meus pensamentos como se fossem areia, em busca de joias escondidas.

“Pegue minha mão”, digo.

Ele olha para a minha mão aberta e estremece. "O que você está..."

Impaciente — preciso liberar essa magia ou vou explodir —, agarro a mão dele e o mundo gira, e de repente estamos em um penhasco alto com vista para o mar. Muito, muito lá embaixo, as ondas quebram contra as rochas, e a lua, suspensa sobre a água escura, parece muito maior e mais próxima do que na cidade.

Aladdin dá um grito e se afasta da beirada, cambaleando e parecendo enjoado.

"O que está fazendo?", dispara ele.

"Pensando." Olho fixamente para o mar e minha visão se tinge de loucura. Todo esse poder é inebriante. Posso ver as possibilidades brilhando em cada superfície do mundo, da mesma forma que um escultor pode ver as formas escondidas em um bloco de pedra. Posso transformá-lo, moldá-lo, fundi-lo da maneira que eu precisar para realizar o desejo de Aladdin. Minhas mãos estão coçando para começar. Meu corpo exala energia.

Estendo uma das mãos e aponto para o horizonte, concentrando-me com todas as forças. Lá longe, no mar iluminado pela lua, a magia se condensa. A água começa a fazer espuma. O ar canta e queima. Vejo os fios de realidade, e os agarro, retorço e teço, formando novos padrões. A água se transforma em madeira; o ar, em tecido. Reúno os elementos e os transformo.

"É um navio", sussurra Aladdin, agora à beira do penhasco, extasiado.

"É o *seu* navio", explico.

Em alguns instantes, está terminado. O navio é feito de cedro vermelho, com três fileiras de remos e uma figura de proa alta esculpida na forma de um leão que ruge. O aríete lustroso logo abaixo está pintado de preto. Um navio de guerra como deve ser. Um navio digno de um príncipe.

Enquanto o mar ao redor do navio se acalma, me viro para Aladdin, que continua boquiaberto como um marisco. "Bem? Quer olhar mais de perto?"

* * *

"Isso", diz Aladdin sem fôlego, "é *incrível*."

Ele está de pé na proa, com ar orgulhoso, admirando a beleza de meu navio mágico.

"Fico feliz que tenha gostado", murmuro. Então me apoio meio sem força na borda, com o estômago revirado. Assim que nos transportei para o convés do navio, senti uma onda de arrependimento.

"Está *enjoada*?", pergunta Aladdin, os olhos brilhando como quem acha graça.

"Cale a boca, humano."

Depois de conjurar o navio e nos transferir para o convés, encantei os remos e os coloquei para funcionar, mas o vento está contra nós, e cada onda atinge o casco como a chicotada de uma cauda de baleia. Sempre odiei o mar. Tão escuro, profundo e úmido. Ele traga as coisas e nunca as devolve.

Com um calafrio, agito a mão em direção aos remos e os acelero um pouco.

É preciso parecer que estamos chegando ao porto como qualquer outro navio, e é por isso que o conjurei a tal distância. Conta a história que o príncipe Rahzad rai Asnam, o filho mais novo do xá de Istarya, saiu para explorar e fazer fortuna. Após um terrível confronto com uma tribo de ferozes marids, apenas ele e sua serva, a humilde mas encantadora Zahra, sobreviveram. E assim chegamos ao porto de Partênia, em busca de refúgio na corte do rei.

Uma pena. Contemplo o lindo navio, tentando pensar na melhor forma de destruí-lo.

"Aladdin, é melhor você ficar perto de mim."

"Por quê? O que você está... Não! Meu navio, não!"

"Abaixa!" Então mando uma torrente de água sobre a sua cabeça para quebrar o mastro e rasgar as velas. Aladdin observa, consternado.

Algumas ondas aqui e ali, algumas marcas de dentes nas tábuas — marids são famosos por suas terríveis mordidas — e, por fim, uma fenda no casco finalizam o trabalho. Faço tudo rápido, lutando o tempo todo contra a náusea. Aladdin parece à beira das lágrimas ao ver seu belo navio ficar aos pedaços.

Convenientemente quebrado e destruído, o *Artemísia* agora cambaleia pela água como um pato bêbado. Aladdin e eu ficamos juntos ao mastro e fazemos o possível para parecermos arrasados, o que não é muito difícil, já que o balanço das ondas me deixa enjoada e irritada, e Aladdin está cabisbaixo e pensativo. Para dar o toque final, mudo nossas roupas para vestes caras, de seda e damasco, porém sujas e rasgadas.

A aparência de Aladdin é um problema; a princesa e suas aias viram o rosto dele, e acho que não teríamos como explicar isso. Então faço um pouco de magia penetrar em suas feições, criando uma máscara encantada. Não é um feitiço infalível. Alterar de forma permanente a aparência dele exigiria outro desejo. Mas é o suficiente para desencorajar o reconhecimento. Quando a princesa olhar para Aladdin, verá apenas um jovem que pode lembrar vagamente o ladrão do Ringues.

Enquanto esperamos a maré nos levar até o porto, treino Aladdin a respeito de sua nova identidade, fazendo-o repetir várias e várias vezes até ele lançar as mãos para o alto, irritado.

"Não vou repetir nem mais uma vez, gênia!"

Aborrecida, cruzo os braços e desvio o olhar. "Não quero acabar morta por um de seus assassinos de gênios."

"Nem *eu*. Olha, tenho tudo sob controle."

Ainda não convencida, lanço-lhe um olhar duvidoso, e ele sorri. "Fumacinha, se tem uma coisa em que sou bom é em improvisar."

E assim chegamos a Partênia, Rahzad rai Asnam de Istarya, o príncipe charmoso, mas cansado da viagem, e sua serva. Tudo acontece em um turbilhão após sermos rebocados até o porto. Soldados nos levam pela cidade até o palácio, diante de multidões boquiabertas. Lá, deixam-nos com um grupo de ministros barbudos, que fazem perguntas ao meu amo enquanto o escoltam pelos corredores ressonantes. Aladdin, que só lhes dá respostas curtas e simples, não para de virar a cabeça de um lado para o outro, absorvendo todo o esplendor da corte parteniana. O palácio é de mármore e arenito, repleto de curvas suaves e vastos espaços vazios preenchidos por sussurros e pavões que desfilam pelo lugar. Suntuosas tapeçarias adicionam cor às paredes e ao chão, e passamos por vários pátios com fontes murmurantes. Nobres espreitam pelos cantos, observando e sussurrando, formando fila atrás de nós.

Aladdin é levado para outro recinto, onde o vestem com roupas limpas, seda fina e caxemira em tons de verde e dourado. Na maior parte do tempo, sou esquecida, e apenas sigo meu amo em silêncio. Não me importo nem um pouco. Aproveito para rastrear o palácio em busca de algum sinal de Zhian, mas parece que minha busca não será tão simples. Não consigo senti-lo de forma alguma.

"Vossa Alteza", diz um ministro que se aproxima, com a barba longa e perfeitamente penteada, a cabeça coberta por um alto chapéu cilíndrico roxo e dourado. "Sou Jalil rai Feruj, o Ministro da Diplomacia aqui na corte do rei Malek. Você é de... de onde mesmo? Perdoe-me. Não conhecia o nome."

"Istarya", diz Aladdin. "Bem ao sul."

"Ah, sim, claro." Jalil balança a cabeça, mas seu olhar ainda parece confuso. Então faz sinal para um garoto ali perto, com os braços cheios de pergaminhos, que se aproxima depressa. Jalil pega um pergaminho e o desenrola, franzindo a testa. "Istarya... Istarya... Queira me perdoar, Vossa Alteza. Minha memória anda tão fraca nos últimos tempos."

Dou um passo à frente e seguro a borda do mapa, sorrindo para o ministro. "Se me permite, senhor?"

Enquanto ele está distraído, com os olhos fixos em mim, a última gota de magia do desejo de Aladdin escorre de meu polegar e segue pelo pergaminho, transformando-se em tinta.

"Aqui está", comento, apontando.

Jalil olha para baixo e pisca, avistando a pequena ilha na parte inferior do mapa. "Ah! Claro. Bem, permita-me acompanhá-lo ao trono de Sua Majestade, que está ansioso para conhecê-lo."

"Mostre o caminho, meu velho!" Aladdin dá um tapa no ombro do ministro e, notando os rostos surpresos ao redor, tosse e esboça uma reverência. "Quero dizer, hum, obrigado, meu senhor."

O corredor para a sala do trono é de bom gosto, mas bastante ornamentado, com uma série de arcos fantásticos, esculpidos com folhas e videiras detalhadas e sustentados por colunas de mármore cor de sangue. Janelas altas entre os arcos deixam entrar a luz do sol, que faz as cores e padrões da pedra brilharem, revelando os delicados veios brancos do mármore vermelho escuro, como se as colunas fossem feitas de músculos expostos.

A sala do trono do rei fica no centro do palácio, como o eixo de uma enorme roda. Paramos em frente a imensas portas de teca polida com entalhes de videiras. De cada lado, leões de pedra da altura de três homens escancaram a boca em rugidos silenciosos intermináveis, os olhos cegos fixos em nós.

As portas são abertas por guardas estoicos com capacetes pontiagudos, e entramos no salão mais grandioso que já vi em Partênia. A câmara é enorme, dividida por fileiras duplas de pilares de pedra em três longas e estreitas seções que se estendem de uma extremidade à outra, sustentando um telhado que se eleva em três cúpulas maciças. Pombos circulam pelo espaço no alto, preenchendo o ar com o som de asas e atravessando feixes de luz que entram por vãos quadrados no teto, as sombras tremulando pelas colunas. Nas paredes, entalhes enormes retratam em detalhes diversas sequências de batalha, alguns relembrando parte da história amulena que eu mesma testemunhei, como o saque de Berus e a rendição do rei Madarash das ilhas Baltoshi.

Meus olhos se fixam em um baixo-relevo que me dá calafrios: mostra você, *habiba*, no alto do Monte Tíssia, e Neruby ardendo ao fundo. Você está de joelhos, com ar pio e triste, enquanto às costas, uma gênia feia, com chifres, asas e garras, prepara-se para rasgar sua garganta. Acho que essa deve ser eu. Abaixo do relevo estão gravadas as palavras "A Queda de Roshana, a Sábia".

Desvio o olhar para não ver mais nenhum desses entalhes.

Em um trono sobre um estrado alto no centro do salão, flanqueado por enormes grifos de pedra pintados para parecerem surpreendentemente reais, está o homem que herdou seu grande legado. Cercado pela grandiosidade do imenso salão e diminuído por seus grifos de pedra, o rei dos amulenos é pequeno, com ar doentio, e se senta encurvado em seu trono sob pesadas estolas de pele de leopardo. Sua pele é pálida, quase translúcida, e suas mãos tremem. A coloração amarelada nos olhos revela a origem de sua condição: consumo de *simmon*.

Os poderosos amulenos são governados por um viciado em drogas.

Cáspida está ao lado do trono, a mão pousada sobre o ombro do pai, como se tentasse transmitir sua força para ele. Parece bem diferente da garota que cuspiu e lutou no Ringues na noite anterior, embora seus olhos estejam um pouco cansados. Ela usa um vestido em tom de ouro claro, com uma fina echarpe de seda vermelha nos ombros. Da bainha do vestido, pendem borlas que roçam suas sandálias cravejadas de pedras preciosas. A jovem olha para o rosto encantado de Aladdin sem sinal de reconhecê-lo; o olhar frio e avaliador, e um pouco desconfiado.

Sinto uma vibração de pânico em Aladdin ao ver Cáspida, mas ele se acalma quando nota que meu encanto deu certo e os olhos dela não mostram tê-lo reconhecido.

Enquanto Jalil e Aladdin se aproximam do trono, fico para trás, às sombras dos pilares, e observo tudo com atenção. Há guardas junto à base de cada coluna, parados como se fossem estátuas, e eles não me impedem de caminhar ao longo da parede sob os frisos. Outros servos se movem nas sombras, e os nobres se reúnem em grupos de quatro ou cinco, falando aos sussurros abafados enquanto observam Aladdin com óbvia curiosidade. Misturo-me a eles, também como uma sombra, de onde posso ver e ouvir tudo junto ao trono.

O rei faz um esforço para se endireitar quando meu amo se curva diante dele, mas seus olhos parecem enevoados e desinteressados. Há poder neste salão, mas sinto que não está no trono.

O arauto da corte, um homem de peito largo e chapéu alto pontudo, está anunciando o rei: "... Malek, filho de Anoushan, filho de Arhab, filho de Oshur, Rei dos Reis, Rei de Partênia, Rei de Niroh, de Beddan e de Mon Asur, Escolhido por Imohel, Abençoado pelos Deuses, Preferido de Amul, Rei dos Amulenos...". Assim continua, listando uma litania aparentemente interminável de títulos, até que enfim ele se vira para encarar o rei e apresentar Aladdin.

"Apresento à Vossa Majestade: Rahzad rai Asnam, príncipe de Istarya."

A lista termina aí, quase ironicamente curta em comparação com a de Malek. Aladdin, durante toda a árdua introdução, permaneceu curvado, como fora instruído por Jalil, e agora se levanta, sem demonstrar nenhuma emoção, esperando Malek falar.

Só que Malek adormeceu.

Jalil tosse e encara os pés. Aladdin, ficando vermelho, começa a lhe falar algo, mas o homem do outro lado do trono se curva e sussurra no ouvido do rei, e Malek pisca intensamente e olha para Aladdin. Então o homem se endireita e fixa os olhos em meu amo, com uma das mãos na lateral do trono.

Enquanto Malek cumprimenta Aladdin com um discurso formal ensaiado, oferecendo-lhe hospitalidade e desejando-lhe saúde, observo o homem que acordou o monarca. A semelhança entre ele e o rei é aparente, agora que presto mais atenção. O vizir Sulifer é uma versão mais robusta e mais forte do irmão mais velho, sua carne preenchida onde a de Malek afunda. Eles têm a mesma fronte, o mesmo nariz aquilino e queixo redondo, traços também compartilhados pelo filho de Sulifer, Darian, embora é claro que ele não esteja presente. O sobrinho do rei levará pelo menos uma semana para fazer a jornada de volta ao palácio. Então esses são os Anadredcas, a dinastia amulena que herdou seu grande legado, *habiba*.

Quando a troca de cumprimentos formais termina, Malek afunda no trono, como se estivesse cansado, e deixa Sulifer assumir. Os outros homens parecem aceitar isso com alívio, como se vissem seu rei como uma figura decorativa ou uma marionete. Como se estivessem pensando: *Finalmente, o idiota acabou*. Apenas Cáspida parece preocupada com ele e aperta seu ombro, o olhar dela correndo para Sulifer quando ele dá um passo à frente.

Os olhos de Aladdin não deixam transparecer nenhuma emoção conforme ele encara o homem que matou seus pais. Sulifer fica diante do trono e o encara de volta. Suas vestes são cortadas em estilo militar, tingidas de azul profundo e com debrum prata. Na faixa vermelha na cintura, ele leva um espada cerimonial com inscrições em amuleno gravadas na bainha. Não usa nada na cabeça, deixando os longos cabelos grisalhos caírem pelos ombros, enquanto a barba é aparada curta e afilada. A expressão ardilosa em seu rosto me deixa inquieta. Talvez eu devesse ter me transformado em uma aranha, para me pendurar no ouvido de Aladdin e sussurrar conselhos.

Mas não. Se vai realmente se passar por um príncipe, ele deve aprender a *ser* um príncipe. A pensar como um, a tramar como um, a olhar nos olhos de lobos como esse Sulifer e não ter medo. É um momento crucial para nós dois. Dei a ele o navio, as roupas, a história de que precisava para entrar neste salão. Mas se quiser mesmo convencer essas pessoas de sua falsa identidade, deve fazer isso aqui e agora... e por conta própria. Só posso ficar nas sombras e encorajá-lo em silêncio. Ele me disse que era bom em improvisar. Espero que não esteja mentindo. Nossos destinos dependem disso.

Sulifer pergunta a Aladdin sobre a sua chegada a Partênia, e meu amo repete a história mais uma vez.

"Nunca tínhamos ouvido falar de Istarya", diz Sulifer.

"Não me surpreende", responde Aladdin, a voz forte e clara. "É uma ilha muito pequena, e nosso povo não costuma se aventurar tão ao norte."

"Mas *você*, sim", afirma o homem.

"Ouvimos falar sobre a força de Partênia para combater os gênios. Naturalmente fiquei intrigado, então vim aprender, se possível, como fazer para resistir a esses monstros. Pelo que me disseram, sua bravura e destreza são incomparáveis. Poucas cidades estão dispostas a irritar os gênios. Pelo contrário, a maioria deixa ofertas para apaziguá-los."

Solto o ar, aliviada, sentindo uma pontada de orgulho. Ele não demonstra a menor hesitação, não se ouve nenhum tremor em sua voz. É o maior mentiroso que já conheci, e olha que conheci muitos grandes mentirosos, *habiba*.

Os outros homens acenam a cabeça e murmuram, agradecidos pelas palavras de Aladdin, mas Sulifer o examina com atenção, estreitando os olhos perspicazes. "Um belo discurso e um sentimento valoroso, jovem príncipe. Precisamos conversar mais sobre as suas viagens depois que tiver descansado. Jalil, acompanhe nosso hóspede até os aposentos dele e cuide para que não lhe falte nada."

Aladdin faz uma grande reverência. "Meus agradecimentos ao senhor e a Vossa Majestade. Ouvi falar da bravura dos amulenos, e estar aqui entre vocês é a maior das honras."

Ele se retira, curvando-se brevemente diante de Cáspida, e não vira as costas para o rei até alcançar as portas. Esgueiro-me pela multidão e saio da câmara pouco antes de as portas se fecharem.

CAPÍTULO DEZ

Após muitas reverências e trocas de gentilezas, somos deixados em nossos aposentos em algum lugar próximo à ala leste do palácio. São três câmaras: uma para relaxar e receber visitas, um quarto para Aladdin e um menor, de criada, para mim. As câmaras se abrem para um pequeno pátio gramado coberto de lírios brancos e uma figueira carregada. Pego alguns figos e coloco na boca enquanto caminho pelos aposentos, absorvendo tudo. O piso, feito de lisos ladrilhos de argila pretos e brancos, é forrado por elegantes tapetes, e os arcos abertos que levam ao pátio são cobertos por cortinas transparentes. Aladdin entra no quarto e se joga na cama, deixando escapar um longo suspiro.

"Pelos deuses!", exclama ele. "Podem cortar minha cabeça ou me esquartejar ou o que quer que façam com impostores, desde que eu possa dormir uma noite nesta cama. Terá valido a pena. Posso até agradecer a eles."

"Agradecer a *eles*?"

Ele rola de bruços e olha para mim pela porta, sorrindo. "Ah, certo. Fui *eu* quem fez o pedido, não é? Acho que mereço todo o crédito."

Um figo o acerta bem no meio da testa e arrebenta. Ele gagueja e lambe o suco que escorre por sua bochecha.

"Entendido. *Obrigado*, Zahra." Aladdin levanta e se apoia na porta, com os braços cruzados, e fica me vendo andar pelo cômodo. "Mas, para ser sincero, tudo isso me deixa meio enjoado. Pensar que muitos de nós crescemos dormindo em sarjetas, como ratos, quando um único homem tem todo esse espaço só porque há uma palavra a mais na frente de seu nome." Ele faz uma pausa, fechando a cara. "Você o viu? Parado lá como um rei, achando-se intocável. O grande vizir de Partênia." Um sorrisinho seco repuxa seus lábios. "E aqui estou eu, bem debaixo do nariz dele."

Ouvimos uma batida na porta, e então um par de criados — uma menina e um menino — entram com roupas limpas para nós.

"Vossa Alteza, meu nome é Esam, e esta é a Chara", diz o menino. "Estaremos às suas ordens durante toda sua estada. Permita-me ajudá-lo a se vestir para o jantar."

Aladdin fica um pouco vermelho e gagueja: "Ah, acho que não...".

"É costume em nossa terra natal que os príncipes se vistam", intervenho um pouco apressada. Não será nada bom se alguém vir a lâmpada escondida sob as roupas de Aladdin. "É uma tradição que remonta a muitas gerações. Aqui, eu fico com isso. Tenho certeza de que são necessários em outro lugar, não é?" Em seguida, acompanho os dois até a porta e a fecho na cara deles, sorrindo.

"Então, se eu encontrar um nobre que é *mais velho* do que eu, mas de posição inferior..." De pé no pátio coberto de grama, Aladdin coça o cabelo com ar cansado. "Eu me curvo assim?"

Ele faz uma reverência, estendendo o braço.

"Pelos deuses, não." Estou sentada diante dele, saboreando uma romã fresca e tentando fazê-lo aprender o maior número possível de regras de etiqueta antes do jantar. "Esse cumprimento é para um ministro que ocupa seu cargo por mais de dez anos, ou que tem uma frota pessoal de navios."

"Tem certeza? Achei que essa fosse *assim*." Ele tenta outra reverência desajeitada. "Mas por que mesmo estou te dando ouvidos? Você viveu em uma lâmpada nos últimos quinhentos anos!"

Atiro uma semente em cima dele. "Ainda sei como me comportar em uma corte, o que é mais do que se pode dizer de você! Agora como seria a saudação adequada para um homem que é parente do rei, mas que não tem nenhum direito ao trono?"

Ele pensa por um instante, então junta as mãos e se curva hesitantemente, antes de erguer a sobrancelha para mim com ar esperançoso.

"Desisto!", resmungo, jogando a casca da romã para o lado. "Você não tem jeito. Melhor fazer só uma reverência básica curvando-se pela cintura e deixar que atribuam suas terríveis habilidades sociais ao fato de ser estrangeiro. As pessoas são sempre mais tolerantes com quem é de fora."

Aladdin desaba na grama e suspira. "Isso é exaustivo. Deve haver uma maneira mais fácil de derrubar Sulifer. Uma maneira que não envolva *se curvar* a ele."

Já se passaram uma semana e dois dias desde que chegamos ao palácio de Partênia, e ainda não encontrei nenhum sinal de Zhian. Gostaria de poder congelar o tempo, mas o tempo é o único elemento que nenhum gênio pode controlar, nem mesmo o *shaitan*.

À noite, quando Aladdin dorme, escapo para o corredor, me transformo em um gato e exploro o palácio. Mas minha corrente invisível não chega muito longe e, embora eu tenha coberto cada centímetro que posso, a maior parte do palácio está fora do alcance. Espero não ter cometido um erro em nos trazer aqui para depois acabar descobrindo que Zhian está em um lugar completamente diferente.

Quando Aladdin está acordado, treino com ele a etiqueta da corte, para que se torne um príncipe também nas maneiras, e não apenas no nome. Servos nos trazem as refeições duas vezes por dia, e Aladdin está bem suprido de roupas e outros artigos. Também tem recebido muitos convites para jantar de vários nobres e mercadores curiosos, o que me dá um pouco de tempo para vasculhar outras partes do palácio, ainda sem sucesso.

Aladdin está impaciente para conhecer Cáspida — desta vez como príncipe Rahzad, e não ladrão sequestrado —, mas ela é muito evasiva, e ninguém, nem mesmo um príncipe, pode visitar uma princesa sem ser convidado. Então nós dois estamos frustrados e nervosos, e as aulas não têm ajudado.

"Você é mais teimoso que um camelo fedorento!", protesto, após ele afirmar mais uma vez que pode ir descobrindo as coisas na prática.

E ele só dá de ombros e sorri daquele seu jeito enlouquecedor. "Já fui chamado de coisas piores."

Às vezes, acho que ele comete erros só para me enfurecer. Como hoje. Já repassamos essas reverências mil e uma vezes, mas ele continua se confundindo.

Alguém bate na porta bem quando Aladdin começa a cochilar na grama, ignorando meus protestos de que vai manchar as roupas. Ele estreita os olhos em minha direção.

"Atende lá, sim?"

Eu o fulmino com o olhar. "Não sou sua criada *de verdade*."

"Eu sei", diz ele, com um meio sorriso travesso. "Mas gosto quando você fica com raiva de mim. Sai fumaça dos seus ouvidos."

"*Mentira*."

Abro a porta e vejo dois jovens nobres. Um eu reconheço: Raz, a arqueira alta que estava lá na noite em que a princesa sequestrou Aladdin.

O outro nobre é um jovem bonito com aparência tytoshi e cabelo torcido em *dreadlocks* com pontas de prata. Posso ver de imediato que é irmão, talvez até gêmeo, de Nessa, a encantadora de gênios e aia da princesa. Será que também carrega uma flauta para encantar gênios?

Curvo-me para Raz e saúdo o tytoshi da maneira tradicional de seu povo: jogando meu cabelo por cima do ombro e puxando as pontas para mostrar que estão sem nenhum adorno para cobri-las e que, portanto, minha condição social é inferior. Um olhar de surpresa e depois de apreciação passa pelo rosto dele. Então ele vira e se curva para Aladdin, e eu me afasto.

"Saudações, príncipe Rahzad, e bem-vindo a Partênia. Eu sou Vigo, filho de Vigor. Esta aqui é lady Razpur nez Miran. Viemos acompanhá-lo ao jantar."

Aladdin se curva com rigidez — infelizmente, é a reverência que deveria ser usada apenas com oficiais da Marinha — e passa pela porta. Raz e Vigo o flanqueiam, tentando parecer indiferentes, mas trocando olhares de curiosidade pelas costas dele. Sigo atrás, recatada e de cabeça baixa, com olhos e sentidos aguçados para captar cada detalhe.

"Soubemos de sua viagem até aqui", diz Raz. "Devia nos contar mais qualquer hora. Sobreviver a um ataque de marids em mar aberto... é incrível!"

"Sim", acrescenta Vigo. "Incrível, não é? Quase incrível *demais*."

Raz lhe lança um olhar zangado, e o tytoshi dá de ombros.

Somos conduzidos por um pátio de azulejos e depois por um longo caminho emoldurado por uma série de elegantes arcos brancos, através dos quais podemos ver o céu do crepúsculo. Uma criada com uma túnica cinza se apressa de arco em arco, acendendo velas estrategicamente ocultas que, quando acesas, fazem os arcos brilharem como se encantados. Dos dois lados, ciprestes podados em esferas perfeitas exalam um rico aroma terroso.

Raz espanta um pavão branco que pousa na calçada à nossa frente, depois estende o braço em direção a um prédio baixo rematado por um gracioso minarete. Embora cobertas, as paredes se abrem para o exterior e posso ver os membros da corte sentados em almofadas lá dentro.

"Por aqui, Vossa Alteza. Sua serva, claro, pode se juntar aos outros na cozinha." Embora esta última observação seja dirigida a mim, Raz não faz contato visual. Só acena sem dar muita importância em outra direção, para um prédio de pedra mais simples com várias chaminés fumegantes.

Assinto e caminho até lá, mas, assim que estou fora de vista, me escondo atrás dos ciprestes e me transformo em um pavão. Não é minha forma favorita. Minhas pernas ficam finas e balançar tanto a cabeça vai deixar meu pescoço dolorido mais tarde, mas é a maneira mais segura de entrar no refeitório. Vários outros pavões entram e saem livremente do prédio. Ninguém vai notar mais um.

Já disfarçada, saio para o espaço aberto, arrastando as longas penas de minha cauda, e entro com audácia no salão de jantar.

A corte se divide em dois grupos: homens e mulheres. Estão separados por telas de treliça, simbolicamente, mais do que qualquer outra coisa, já que é fácil espiar um ao outro através das telas, o que a maioria dos jovens faz. Os mais velhos ignoram esse flerte. No fundo da sala, um músico dedilha uma melodia suave em uma enorme harpa, e reconheço alguns acordes das canções que eram cantadas em sua corte, *habiba*. Os homens estão sentados em um grande círculo ao redor de uma série de pratos que é continuamente reabastecida por servos de túnica cinza, que trazem tigelas de arroz, pita fumegante, kebabs de cordeiro, carne bovina e frango. Mesmo em minha forma de pavão, os cheiros de canela e açafrão são deliciosos.

Encontro Aladdin sentado entre Vigo e um nobre velho e peludo que cheira a alho. Meu amo acena a cabeça com entusiasmo enquanto Vigo aponta os pratos que ele devia experimentar. Noto com pesar que ele já tomou meia taça de vinho. Mau sinal, considerando que ainda estamos no início da noite e os amulenos o observam como leopardos famintos à procura de um sinal de fraqueza. Não abertamente, claro. Tentam dissimular, mas a suspeita está no ar, queimando por trás de suas expressões agradáveis.

Examino a sala em busca de qualquer sinal do rei ou de seu irmão, mas nenhum dos dois parece estar presente. Não os vemos desde o primeiro dia no palácio.

O jantar inclui nobres de classe média a alta, a julgar pelas roupas e maneiras. Mas, no lado da sala das mulheres, vejo Cáspida cercada por suas aias. Elas sussurram, riem e tomam vinho, lançando olhares curiosos para o outro lado da tela. Vistas assim, parecem inocentes e inofensivas como pombas, nada parecidas com a pequena unidade de combate que sequestrou Aladdin.

Pavoneio-me ao redor da sala, ouvindo conversas, esperando alguém falar sobre um gênio prisioneiro. Mas o que contam é decepcionantemente banal. Aproximo-me de Vigo e bico seu casaco, em busca de uma flauta escondida, até ele me enxotar e eu ser forçada a fugir.

De repente, a sala fica em silêncio e todos se levantam. Aladdin se esforça para imitá-los, fazendo uma grande reverência, quando um pequeno grupo entra pelo pátio. Quando vejo quem é, minhas penas se eriçam de irritação.

Darian chega com três de seus amigos. O príncipe está usando uma *kurta* preta justa arrematada por intrincados bordados, calça da mesma cor e uma faixa dourada. Ele acena a cabeça e todos voltam a se sentar conforme vários nobres se afastam para lhe dar espaço.

"Príncipe Darian!" Um nobre levanta sua taça de vinho. "É bom vê-lo de volta! Como foi a caçada?"

"Péssima", diz Darian. "Não resta nenhum antílope maior do que um cachorro em um raio de cem léguas. Os malditos ghouls comeram toda a boa caça."

Os outros o cumprimentam calorosamente, bebendo a sua saúde. Darian cumprimenta todos pelo nome, mas seus olhos toda hora correm para Aladdin. Fazendo sinal para que os outros se sentem, ele balança a cabeça para o meu amo.

"Creio que não nos conhecemos", murmura ele.

Aladdin se curva, notavelmente composto. "Sou o príncipe Rahzad rai Asnam de Istarya."

"Sei o seu nome. Seria um péssimo anfitrião se não soubesse tudo sobre os meus convidados, não acha? Embora aparentemente se saiba muito pouco sobre Rahzad de Istarya. Quase nos faz pensar se não saiu de alguma história." Darian gira os pulsos e estende as mãos para que dois servos rapidamente as limpem com panos úmidos e quentes. Então se senta, e Aladdin o copia. O príncipe parte um pedaço de pão e o mergulha em azeite e condimentos. "Ouvi dizer que teve problemas com os gênios."

"Foram só alguns marids", responde Aladdin. "Mas lutaram com vontade. Perdi minha tripulação e quase fui junto."

"E ainda assim aqui está você. Imohel o favorece." Darian pega uma xícara de chá com um criado.

"Imohel, destino, pura sorte... Acho que algo zela por mim", replica Aladdin com frieza.

Os olhos de Darian brilham sobre a borda da xícara. "Que sorte encontrar nosso porto bem quando seu navio estava prestes a afundar. Que sincronização divina, não é mesmo?"

"Prefiro deixar o divino para os sacerdotes." Aladdin ri. "Dê-me terra firme sob meus pés e um copo deste vinho e rezarei para um figo no palito, se quiser."

"Apoiado!", diz um jovem nobre, erguendo o copo. Os outros se juntam ao brinde, e Aladdin sorri.

Darian olha para os homens em volta, toma um grande gole, então coloca o cálice na mesa com um sonoro tinido.

"Deve ser um viajante e tanto, príncipe Rahzad, para sobreviver a um ataque de marids. Bem... se é que podemos contar como *sobreviver* quando sua tripulação morreu. Diga-nos, como conseguiu ficar vivo? Deve ter matado dezenas das criaturas."

Os homens ficam em silêncio, olhando em expectativa para Aladdin. O ladrão olha fixamente para Darian, um sorriso tenso nos lábios.

"Nem todos os meus homens se perderam", diz Aladdin em voz baixa.

"Ah, sim. Havia uma garota, não era? Uma criada? Bonita também, pelo que me disseram." De repente, Darian solta um pequeno suspiro e estala os dedos. "Ah, então é isso." Ele se inclina para a frente, sorrindo. "Não se preocupe. Entendo perfeitamente. Conheci algumas garotas que poderiam fazer com que *eu* me ausentasse de uma batalha também. Tenho certeza de que seus homens não o culparam por não subir ao convés." Ele pisca em busca de cumplicidade e levanta a xícara para um servo a encher de novo.

Aladdin segura com força a taça de vinho, o rosto empalidecendo perigosamente.

Não fale, imploro em silêncio. *Não morda a isca.*

Os outros homens, sentindo a tensão crescente entre os dois príncipes, de repente parecem bem interessados na comida em seus pratos, mas seus olhos correm de forma furtiva de Aladdin para Darian.

"Querido primo, finalmente de volta?", diz uma voz, quebrando com habilidade a tensão entre os dois rapazes.

Todos os homens se voltam para Cáspida, que contorna a tela que divide a sala. Darian se levanta para ir até ela, então pega sua mão e se curva.

"Príncipe Rahzad, conheceu minha noiva?" Darian a puxa para perto, os dedos brincando com as pontas do cabelo dela.

Aladdin levanta e faz uma reverência. "Princesa. É uma honra."

"Ela é a mulher mais bonita da cidade", diz Darian. "Talvez até do mundo. Quando nos casarmos, talvez eu a leve em uma grande viagem pelo mundo, para ter a chance de compará-la às beldades das outras nações. O que me diz, meu amor?"

O rosto de Cáspida permanece sereno como porcelana, mas seus olhos brilham quando sorri para Darian. "Infelizmente, na última vez que navegamos, meu querido primo sentiu-se enjoado e ficou sob o convés."

O rosto de Darian fica imóvel. "Você se equivoca, meu amor. Volte para onde estão as mulheres. Não é adequado que compartilhe o pão com os homens."

Ela sustenta o olhar de Darian por um instante, e me pergunto se vai perder a compostura e acertar a cara dele. Mas, em vez disso, Cáspida vira e acena a cabeça para Aladdin, então deseja aos outros uma boa-noite e volta para o lado das mulheres, de onde suas aias observam em silêncio pela tela.

Darian ri, volta a se sentar e levanta a xícara pedindo mais chá. "Mulheres! Acham tão romântico quebrar as regras. Mas o que somos se não seguimos as tradições, não é mesmo?"

Os homens riem e concordam com a cabeça, mas Aladdin encara o príncipe com seriedade.

"Sempre ouvi falar sobre as maravilhas desta cidade", diz Aladdin. "Li sobre a vida de seus reis, rainhas e generais. Mas não me lembro de ter ouvido falar de você. Como disse mesmo que é o seu nome?"

Darian franze a testa. "Darian. Filho de Sulifer."

"Ah, certo. E quem é ele mesmo?"

"O vizir de toda a Partênia, o comandante do exército amuleno *e* irmão do rei." Os dedos de Darian se tensionam em torno da xícara de chá, fazendo barulho ao apoiá-la na mesa. "Talvez vocês, istaryanos, precisem atualizar seus registros históricos."

Aladdin dá de ombros. "Ah, certo. Ele. Sim, lembro-me de ter lido algo sobre o seu vizir. Se bem que, depois de conhecê-lo, tenho certeza de que nossos historiadores devem ter se enganado."

A sala toda fica em silêncio. Darian, frio como o inverno, diz: "O que quer dizer?".

"Não é nada, na verdade. Só algo sobre estar tentando reconstruir o Império Amuleno. E que envia avôs e crianças para trabalhar em seus navios de guerra, mas não ganhou uma única batalha." Aladdin sorri. "Sei que deve ser tudo um mal-entendido. Com certeza, não é *tão* estúpido."

Ah, que os deuses nos salvem.

"*O que* disse?" Darian se levanta rapidamente.

Todos olham claramente espantados e, do outro lado da tela, Cáspida pressiona o punho contra os lábios, franzindo os olhos. Sinto os músculos de Aladdin ficarem tensos, a irritação aumentando, os pensamentos passando da raiva para a violência: hora de acabar com a festa.

Com um forte grasnido, lanço-me para o alto, batendo pesadamente minhas grandes asas, e invado o círculo. Viro pratos e taças de vinho com a cauda e as patas, e os homens gritam e praguejam. Aterrisso diante de Aladdin, abrindo as penas da cauda em uma magnífica exibição — realmente me superei com esta forma — e pulo de um lado para o outro, batendo as asas, guinchando e grasnando com minha garganta de ave. Cáspida começa a rir e sai depressa com suas aias. Então criados surgem das sombras onde estavam e acenam os braços, tentando me expulsar. Eu saio, dobrando as asas e a cauda, e grasnando como se fossem *eles* atrapalhando. Sou enxotada em direção ao pátio enquanto outros criados permanecem para ajudar a limpar os nobres perplexos e furiosos, incluindo Aladdin. Eu os despisto em meio à escuridão e volto, transformando-me em um gato preto para me misturar silenciosamente às sombras.

O jantar acabou. Darian está repreendendo os criados, os nobres estão se dispersando, e Aladdin está parado junto a uma coluna, parecendo mal-humorado. Corro até ele e bato com a pata em seu pé.

"Sai daqui, gato", diz ele. Sibilo em resposta e arqueio as costas, então ele para e olha com mais atenção. "Ah. É você."

Ele me segue até o pátio e contornamos um pequeno pavilhão, onde ficamos sozinhos. Lá, volto a me transformar em humana, de novo com minhas roupas simples de serva.

"Está com fome?", pergunta ele. "Tenho uma coisa aqui. Espera." Então tira um guardanapo do bolso, cheio de tâmaras, pão e carne, tudo amassado em um monte indiscernível que ele me estende.

"Obrigada, mas... isso é nojento."

Ele suspira e devolve a maçaroca de comida para o bolso. "Velhos hábitos, acho. Quando se cresce sem saber de onde virá sua próxima refeição... Você o viu? Aquele cretino do Darian estava lá. Eu poderia ter estrangulado o idiota... mas então um pássaro ficou maluco e foi direto pra cima do jantar."

"Criaturas desmioladas", murmuro.

"Os homens ou os pavões?", diz uma voz. "Páreo duro saber qual."

Aladdin e eu nos viramos e vemos Cáspida se aproximando, o rosto parecendo tremular sob a luz alaranjada do braseiro aceso no alto. Não há nem sinal de suas aias, mas, quando investigo com meu sexto sentido, posso senti-las à espreita nas sombras, vigilantes e silenciosas.

"Princesa", diz Aladdin sem ar, seus olhos clareando um pouco.

"Príncipe", responde ela, cordial. "Quer dar uma volta comigo?"

Ele dá um passo à frente, animado, e eu os sigo um pouco afastada. Com as mãos cruzadas atrás das costas, os passos um pouco vacilantes, Aladdin deixa que a princesa o guie escada acima até um pórtico voltado para o norte, que dá para as colinas acima de Partênia. Com a cidade atrás de nós, as estrelas cintilam como diamantes espalhados sobre uma seda preta. Algumas luzes brilham nos cedros que crescem abaixo, indicando fazendas e postos avançados espalhados pelo interior.

"Sua chegada causou comoção entre o meu povo", diz Cáspida. Seu vestido, feito de seda verde-azulada cintilante, arrasta-se atrás dela, e o elaborado colar de joias em seu pescoço reflete a luz das lanternas penduradas nos arcos do pórtico. Ela é uma verdadeira princesa e, ao lado dela, Aladdin é... um verdadeiro príncipe. Vários centímetros mais alto do que Cáspida, ele anda com a cabeça inclinada, para que possa olhar nos olhos da princesa enquanto ela fala. "Já fazia algum tempo que Partênia não recebia a visita de alguém importante. Já não somos mais tão influentes no mundo, e receio que muitas das grandes cidades do sul nos achem estranhos e atrasados. É natural que acabe sendo visto como algo raro e curioso pela minha corte."

"Como um macaco treinado", diz Aladdin.

Ela acha graça, e seus lábios se curvam nos cantos. "Houve uma época em que recebíamos príncipes, reis e rainhas de todo o mundo. Partênia era um centro de aprendizagem e arte, célebre por suas portas abertas e corte tolerante. Mas nossa rivalidade com os gênios nos enfraqueceu, e agora mal conseguimos manter as próprias fronteiras. Esse longo claustro tornou meu povo desconfiado e preconceituoso. Tememos aqueles que um dia recebemos de braços abertos e vemos gênios à espreita em cada esquina."

Ela faz uma pausa e se inclina sobre o parapeito, contemplando o horizonte. "Não quero parecer pessimista. Só quero que compreenda o estado de espírito da minha corte."

Aladdin, de costas para a paisagem, observa Cáspida. "Por que está me contando isso?"

Ela sorri sem achar graça. "Para não achar que todos nós somos retrógrados e preconceituosos. Algumas pessoas dessa corte gostariam que estendêssemos as mãos para reacender nossas antigas alianças e reunir apoio contra Ambadya. Se todos nos juntássemos contra os gênios, poderíamos vencer. As nações do nosso mundo já se acovardaram por muito tempo diante desses monstros e seus caprichos."

"Está falando de você?"

Cáspida baixa os olhos para as mãos, mexendo distraidamente em suas pulseiras. "Os renos orientais não acham que as mulheres foram feitas para governar, sabia? Há até quem pense aqui em Partênia que eu deveria ser preterida em favor de meu tio ou de meu primo Darian. Acham que nossos inimigos não nos levariam a sério com uma mulher no trono."

"Deixe que pensem. Enquanto estiverem ocupados rindo, você estará ocupada governando. Ser subestimada não é lisonjeiro, mas é uma vantagem." Ele encolhe os ombros. "Fui subestimado a minha vida inteira, e acabei descobrindo que isso é uma capa tão útil quanto a invisibilidade."

Cáspida vira o rosto para ele, examinando-o com o olhar. "Você é astuto, Rahzad rai Asnam. Por acaso é um aprendiz da arte da guerra?"

Aladdin ri. "Imagino que não tenha visto meu navio, ou não perguntaria."

"Então o que você é?" Ela dá um passo em direção a Aladdin, erguendo o rosto para observá-lo com atenção. "Um erudito? Um artista?"

"Estou mais para sonhador."

"Deve ser bom se permitir sonhar."

"Você não sonha?"

"Sonhos não vão proteger a cidade contra os gênios. Sonhos não vão alimentar meu povo. Sonhos não..." Ela comprime os lábios.

Com uma voz mais gentil, Aladdin pergunta: "Princesa, se pudesse desejar qualquer coisa no mundo, o que desejaria?".

Ela o estuda por um bom tempo, como se não tivesse certeza se ele está brincando ou falando sério. Em seguida, deixa escapar um pequeno suspiro e diz: "Você não deveria comprar briga com o Darian. Ele é mais perigoso do que parece".

"Você o ama?"

Ela recua, assustada com a pergunta direta e a franqueza do olhar de Aladdin. Por um instante, só o encara, avaliando-o, com as bochechas corando. Depois se vira e ergue o queixo. "Boa noite, príncipe Rahzad. Espero que goste de sua estadia aqui."

A princesa entra, e Aladdin fica ali, batendo a cabeça contra um pilar de pedra.

"Fumacinha, isso não vai ser nada fácil, não é?", murmura ele.

Sinto o riso repuxar meus lábios. "Nem um pouco, ladrão."

CAPÍTULO ONZE

Assim que Aladdin adormece, escapo pela porta e me transformo em um gato, então sigo depressa pelos corredores, com as orelhas em pé e os bigodes se contraindo. O palácio fica muito silencioso à noite, os corredores escuros, exceto pelo luar que entra pelas altas janelas em arco. Grilos cricrilam nos diversos pátios, e eu passo pelos pavões empoleirados em um pequeno terreno repleto de limoeiros. Paro para escutar diante de todas as portas e sigo em frente quando não encontro o que procuro.

Estou quase no limite do perímetro mágico da lâmpada quando finalmente ouço a voz de Darian.

A porta de seu quarto está fechada, mas isso não me detém. Eu me transformo em uma aranha e passo por baixo, então subo pela parede, permanecendo nas sombras. Assumir a forma de uma aranha é difícil, pois são muitas pernas para controlar, e ver através de todos aqueles olhos me deixa zonza. Então, quando chego ao teto, me transformo em um morcego e me penduro de cabeça para baixo, enganchando meus dedos a uma ranhura na parede.

Darian e Sulifer estão no meio de uma discussão acalorada. Os dois estão ofegantes, e noto uma tigela estilhaçada no chão. Os aposentos são maiores e mais suntuosos do que os de Aladdin e, fora a cerâmica quebrada, estão impecavelmente arrumados.

"... e por um *ladrão qualquer*, ainda por cima!", diz Sulifer. Sua voz está baixa e perigosa, seus olhos parecem fendas. Não vejo nenhum sinal do vizir formal e composto que conhecemos na sala do trono há quase dez dias.

"Ele deve ter tido ajuda de dentro", replica Darian em tom abafado. Está apoiado em uma mesa, com os ombros curvados e o rosto oculto de minha vista. "E quando ele já estava com a lâmpada, como eu poderia detê-lo? A gênia estava do lado dele, e ele fez um pedido! Eu poderia ter *morrido*. Tudo que consegui foi isso."

Darian enfia a mão no bolso, tirando o anel que Aladdin estava usando quando me encontrou. Sulifer o pega e o segura com força.

"Por que o anel falou com o ladrão e não comigo ou com você?"

Darian responde de forma amarga: "Não sei, pai. Não sou especialista nessas coisas. Nunca quis participar de nada disso!".

Sulifer levanta a mão, e o príncipe se encolhe, mas então o vizir para.

"Você disse que o ouviu fazer um pedido. *O que*, exatamente, ele disse?"

"Desejou ir para casa."

"Ele está aqui. Na cidade", pondera Sulifer. "Por que não contou logo, seu idiota? Tudo que precisamos fazer é enviar os encantadores tytoshis com suas flautas. Isso deve fazer a criatura sair de seu esconderijo, e nos levará até o garoto."

"Acha mesmo que é *a* gênia?", pergunta Darian. "A mesma que traiu a rainha Roshana e começou esta guerra?"

"O marid que capturamos nos disse que a lâmpada continha a mais poderosa de todos os gênios. Que outro monstro poderia ser?" De repente, o olhar de Sulifer parece distante e ganancioso. "Dizem que criou um jardim para Roshana feito inteiramente de joias, a maior riqueza já vista no mundo." Ele franze a testa para o filho. "Suponho que não tenha encontrado nenhum sinal *disso* em sua infeliz incursão no deserto?"

"Assim que o ladrão escapou, dei meia-volta e cavalguei direto para cá, como bem sabe", dispara Darian. "Não tive tempo de escavar velhas ruínas. De qualquer forma, não sei por que está tão obcecado por essa gênia. Temos uma centena de outros engarrafados lá embaixo, esperando serem usados."

Fico tensa e abro bem minhas orelhas de morcego.

"Esses gênios são selvagens e incontroláveis." Sulifer rola o anel entre os dedos, com os lábios franzidos de nojo. "Assim que deixar sair um, ele se voltará contra você. Nada os obriga a conceder desejos, não têm nenhuma lealdade a seus amos. Só os antigos gênios da lâmpada farão isso, e restam muito poucos. Não! *Eu* vou colocar minhas mãos nessa e, quando conseguir, nosso povo finalmente recuperará seu lugar no mundo. Chega de se enconder atrás dessas paredes. Vamos desfazer a maldição que a tolice de Roshana lançou sobre nós e expandir nosso império mais uma vez. Amanhã cedo mande Vigo começar a tocar sua flauta pela cidade."

Darian fulmina o pai com os olhos antes de se virar. "Cavalguei por vários dias seguidos. Estou exausto."

Mas Sulifer continua como se Darian nunca tivesse falado. "Se o ladrão continua por aqui, é provável que esteja escondido, esperando para ver o que faremos. Vou forçá-lo a sair de onde se esconde e cravar sua cabeça em uma estaca, assim como fiz com seus pais agitadores. Avise-me quando despachar o encantador. Não vou tolerar mais nenhuma incompetência de sua parte."

Sem dizer mais nada, Sulifer sai furioso do cômodo, batendo a porta.

Darian se recosta na parede e então desliza para o chão, fechando os olhos. Ele solta um longo suspiro antes de enterrar o rosto nas mãos.

Sem fazer barulho, me transformo em fumaça cinza e me enrosco pelo teto, desço pela parede e passo por baixo da porta antes que ele levante o rosto de novo.

Os passos de Sulifer ainda ecoam pelo corredor, e assumo a forma de um gato para correr atrás dele, mas não dou mais do que dez passos quando sinto a lâmpada me puxar, dissolvendo-me em fumaça. Só posso me enfurecer em silêncio enquanto sou levada depressa pelo corredor, por baixo da porta de Aladdin e pelo bico da lâmpada.

Zhian está aqui, em algum lugar. *Lá embaixo*, disse Darian. Já vi escadas que conduziam aos níveis inferiores, mas não pude descer. Tenho que encontrar uma maneira de atrair Aladdin lá para baixo, para eu ter a chance de descobrir onde Sulifer guarda os gênios engarrafados.

Não me resta muito tempo. Já se passou mais de uma semana, e a lua está um quarto cheia.

Giro de um lado para o outro ao redor da lâmpada, pensativa. Tudo se encaixa agora. Nardukha enviou um marid à cidade para ser capturado, para que pudesse contar a Sulifer sobre o anel para conduzi-lo até mim. Mas o anel não funcionou com Sulifer nem com Darian. Então por que falou com Aladdin? Quem o criou e por quê? Acabo sempre voltando para as mesmas perguntas.

Enroscada, fico pensando dentro da lâmpada, uma fumaça lenta e preguiçosa, esperando o amanhecer para que Aladdin possa me deixar sair de novo.

“Para onde você vai à noite?”

Espantada, pisco e olho para Aladdin. “O quê?”

“Toda noite você sai de fininho. Acha que eu não noto. Fica fora por horas, e às vezes volta correndo, em forma de fumaça, para a sua lâmpada.”

Estamos sentados à sombra de uma pequena lona à beira de um campo de *chaugan*. Cavalos galopam na grama, os cavaleiros se inclinando com seus tacos para atirar uma pequena bola de uma ponta a outra do campo. Os nobres acompanham a partida de sua sombra nas laterais, assim como nós, passando mais tempo fofocando e bebendo do que assistindo ao jogo. Fazia muito tempo que eu não via uma partida de *chaugan*, e isso foi no dia em que o Rei Sangrento de Danien inventou o jogo. As regras parecem as mesmas após todos esses séculos, exceto pelo fato que a partida original era jogada não com bolas de madeira, mas com as cabeças decepadas dos inimigos do rei.

Com certeza, prefiro a versão moderna.

Aladdin e eu ficamos temporariamente a sós. As visitas vêm e vão, em sua maioria nobres curiosos... e muitas jovens mulheres tímidas. Aladdin relaxa como um rei, uma bandeja de frutas em uma das mãos, uma caneca de vinho caro na outra. Fico atrás, pronta para atender a cada um de seus caprichos, embora até agora eu tenha fechado a cara para todos os pedidos.

Aladdin vira para me encarar, claramente decidido a me fazer responder.

“Eu gosto de andar por aí”, digo, dando de ombros. “Minha espécie é mais ativa à noite, sabe.”

Ele ergue as sobrancelhas como se não tivesse considerado isso, então vira de volta para assistir ao jogo.

"O Ringues é tão mais emocionante", diz ele, bocejando. "Eu deveria levar esses riquinhos para a cidade uma noites dessas, mostrar o que é diversão de verdade."

"Isso seria uma má ideia. Passar muito tempo com quem o conhece só enfraqueceria o encanto que esconde sua verdadeira identidade."

Ele suspira e pega algumas uvas da bandeja ao lado, mas, em vez de comê-las, só as rola pela mão. Seus olhos não estão fixos no jogo, e sim no pavilhão erguido do outro lado do campo. Darian está sentado lá com seus amigos, e Cáspida, ao lado. O príncipe e a princesa não se falam e nem sequer olham um para o outro. Ele conversa com os rapazes enquanto ela está sentada bem rígida, com os olhos vagando pela multidão.

Sulifer aparece na outra extremidade do campo, cercado por ministros e oficiais militares que disputam sua atenção. Aladdin acompanha o vizir com os olhos e esmaga as uvas em sua mão, uma a uma. Uma escuridão enevoa seu olhar, e ele trinca a madíbula com tanta força que temo que possa quebrar um dente.

"Por que você não odeia os gênios?", pergunto, distraindo sua atenção.

Aladdin se vira, a raiva em seu rosto se dissipando. "Odiar os gênios?"

"Todas as outras pessoas aqui arrancariam minha cabeça sem pestanejar se soubessem quem eu sou."

Ele passa a mão pelo cabelo. "Não sei. Por ter morado sempre dentro da cidade, nunca tive que lidar com os gênios. E, além do mais, como eu poderia te odiar? Sem você, eu não estaria aqui."

Ele poderia me odiar se soubesse que o estou usando, manipulando, conduzindo em direção ao perigo e, o que é ainda pior, tudo por razões egoístas. O que ele diria se soubesse a verdade? Talvez eu devesse lhe contar. Talvez precise ver o ódio em seus olhos para conter o frio que sinto no estômago toda vez que o vejo. Mas a verdade se transforma em fumaça em minha garganta, e eu a engulo.

"Príncipe Rahzad!", exclama alguém alegremente, e Vigo se aproxima, girando algo na mão. Trinco os dentes ao perceber o que é: uma flauta encantadora de gênios, idêntica à de Nessa. "Está gostando do jogo?"

Aladdin sorri e se levanta, apertando a mão do tytoshi. "Está uma verdadeira chatice."

Vigo joga a cabeça para trás, com uma sonora gargalhada. "Eu não poderia estar mais de acordo, amigo! Se deixar, esses amulenos veem isso por horas e horas! E em Istarya? O que faz para se divertir nesse lendário reino insular de que ouvimos falar tão pouco?"

Aladdin acena a mão como quem não dá importância. "Ah, você sabe. Muita coisa ligada à água. Lutar contra tubarões e coisas assim. E em Tytos?"

"Eu não saberia dizer. Não vou lá desde que era criança. Estou indo para a cidade fazer um trabalho." Então bate a flauta de leve na testa. "Quer vir junto? Tocar isso o dia todo é bem entediante, mas depois eu poderia te apresentar a umas garotas bem divertidas. Isto é, se, hã..." Ele olha para mim.

Aladdin também se vira para mim e, notando meu olhar, volta a falar com Vigo: "Obrigado, cara, mas já prometi jogar dados mais tarde".

"Certo, claro." Vigo sorri e ergue as sobrancelhas para mim, depois bate no ombro de Aladdin. "Divirta-se!"

Em seguida, ele vai embora, e eu solto a respiração que vinha prendendo.

"Então?" Aladdin se vira para mim. "Qual é o problema? Por que não queria ir?"

"Eu..." Pega de surpresa, acabo me atrapalhando um pouco. "Você disse a ele que não só porque eu não queria ir?"

"Estamos nisso juntos, não é, Fumacinha?" Aladdin dá um sorriso torto e confuso.

"Mas... você é o amo. Tenho que fazer o que me disser. Não tenho escolha."

Ele ri, e franzo a testa, surpresa. "Você acha isso engraçado?", pergunto.

"Não! Desculpa. Eu provavelmente deveria dizer como é terrível ter que ir aonde eu quiser, mas... quando olho para você, vejo uma gênia que não tem medo de me dizer o que pensa. Que não tem medo de discordar de mim. Se eu fizer um pedido, pode usá-lo para acabar comigo. Já fez isso antes, não é? Arruinou seus amos com os próprios desejos deles?"

Levanto um ombro, concordando com relutância.

"Não acho que você seja tão indefesa quanto gostaria que as pessoas pensassem."

"O que isso quer dizer?"

Aladdin me encara por um bom tempo, então diz baixinho: "Quando eu era pequeno, e os guardas vinham e batiam no meu pai até que ele pagasse o que queriam, minha avó me levava para o telhado da nossa casa para eu não ter que ver aquilo. Eu perguntava por que meu pai resistia aos guardas se eles sempre acabavam ganhando. Por que simplesmente não se poupava da dor e pagava logo o que queriam? Ela me dizia que às vezes não se pode escolher o que acontece com a gente, mas podemos decidir quem nos tornamos por causa disso. E era por isso que meu pai resistia. Ele sabia que, no final, não mudaria nada. Mas não permitiria que as circunstâncias controlassem quem ele era". Seus olhos se turvam. "Sempre achei que não havia liberdade alguma em revidar. Só a morte. Qual é o sentido de lutar por uma causa perdida? Você é como o meu pai. Você resiste."

"E acha que sou tola por isso?"

"Não. Acho que é... corajosa."

"Corajosa?" Reprimo uma risada. "Esquece quem eu sou? Ou por que seu povo se esconde dentro desses muros, temendo os gênios? Sou a... O que suas canções dizem mesmo? Sou a Bela Traidora. Diga-me, ó amo, o que tem de corajoso em trair alguém que você ama?"

"Ama?"

Fico paralisada, perguntando-me como pude ser tão tola de deixar a palavra escapar. Mas agora é tarde demais. Olho para Aladdin, como se fosse sua culpa, como se ele tivesse me convencido a revelar meu segredo.

"Esquece", murmuro.

"O que aconteceu naquele dia? Realmente traiu aquela rainha e começou esta guerra?"

"Sim, traí." Embora não da maneira que ele imagina. Eu te amava, *habiba*, e, por causa disso, te traí. As regras eram claras, o custo, inevitável. Mesmo assim, fui arrogante e me achei inteligente demais, pensando que podia fazer amizade com uma humana e sonhar com a paz entre nossas raças. Eu me achava acima da lei que tornava todos os gênios cativos, imaginava que poderia transpor o abismo que separava os homens dos gênios desde o início dos tempos. Mas aprendi minha lição, a sua custa, à custa de seu povo, de sua cidade. E as consequências de minha tolice ainda ecoam através dos séculos.

Retiro-me para trás de Aladdin, procurando evitar que ele faça mais perguntas. Em breve, terei resgatado Zhian, e Nardukha me concederá a liberdade.

E, quando finalmente eu estiver livre para correr, nem mesmo as sombras do passado serão capazes de me alcançar.

CAPÍTULO DOZE

Mais uma semana se passa. A lua está quase cheia. E ainda não encontrei nenhum sinal de Zhian.

Estou ficando desesperada.

Os membros da corte se revezam na atenção que dão a Aladdin, como se fosse um animal de estimação exótico, passando-o de um grupo a outro, convidando-o para jogos de cartas e corridas de camelos. Vou sempre atrás, aproveitando quando é possível para lhe dar mais aulas de etiqueta, mas logo percebo que não é necessário. Ele tinha me dito que sabia improvisar, mas eu o havia subestimado. Ele se mistura com tranquilidade, seus modos são encantadores e sua conversa, fascinante.

"Querem que eu conte a história de como eu e meus dois irmãos roubamos um ovo de roca?", pergunta ele a um grupo de moças nobres uma noite durante um jogo com dados e fichas. Elas riem animadas, e ele começa a contar sua história absurda. Fico atrás de Aladdin, como sempre, pronta para pegar vinho ou qualquer outra coisa que ele queira. À medida que a história fica cada vez mais insana, vejo os rostos das ouvintes passarem do fascínio para o choque e então o horror.

"Subimos cada vez mais alto, com as Grandes Cataratas de Oznar ribombando ao redor, e as rocas berrando enquanto se lançavam em nossa direção." Aladdin se inclina para a frente, e seu público, arrebatado, prende a respiração. “Mas não se esqueçam que levávamos flechas de marfim, único material conhecido capaz de matar uma roca. Fomos disparando enquanto subíamos, mantendo-as afastadas, até que finalmente chegamos ao topo, onde a mãe roca esperava em seu ninho. Um ninho tão vasto quanto este palácio!”, diz ele, abrindo bem as mãos.

Várias pessoas arquejam ao redor, e eu pisco, vendo-me envolvida em sua história. Aladdin realmente tem o dom da palavra e, embora suas histórias fiquem mais improváveis a cada noite, nunca deixa de atrair uma multidão. De onde tira essas fantasias, não sei dizer. Posso ter inventado Istarya, mas Aladdin a trouxe à vida. Este ladrão é muito mais do que eu imaginava, e os nobres não são os únicos que começam a cair em seu feitiço.

Várias vezes me pego ouvindo extasiada suas histórias quando deveria estar procurando Zhian, uma constatação que me deixa confusa e alarmada. Procuro me lembrar de por que estou aqui, o que estou procurando.

Procuro me lembrar do custo do fracasso.

“Você não tem vergonha?”, pergunto a Aladdin mais tarde naquela noite, quando o jogo, as bebidas e as histórias terminam enfim, bem depois da meia-noite. Vigo caminha conosco, ele e Aladdin bêbados e apoiados um no outro. O tytoshi já se acostumou a me ver conversar com Aladdin como iguais e não faz perguntas, mas suas suposições são claras pela maneira como nos olha e sorri.

“O que foi?”, pergunta Aladdin, arregalando os olhos com ar inocente.

“A mulher tinha o dobro da sua idade e você a fez corar como uma virgem.”

Ele faz cara de que não liga, passando o braço pelos ombros de Vigo. “Gostei do colar dela. Era um belo colar, não era, Vigo?”

“Muito bonito. Maravilhoso”, comenta Vigo, de forma arrastada.

“Viu? Vigo também gostou. Bem, eu gostei tanto...” Aladdin pisca um olho e afasta a faixa em torno da cintura apenas o bastante para revelar o brilho do rubi.

“Você *roubou* isso.” Passo a mão por meu rosto.

“Você *tem* que me ensinar a fazer isso”, pede Vigo.

“Aqui”, diz Aladdin. “Vamos praticar com a Zahra. Venha, coloque o colar.”

"Ah, vejam!", exclamo, parando e abrindo uma porta. "O quarto de Vigo."

"Um-hum." Completamente grogue, Vigo dá um tapinha no ombro de Aladdin. "Corrida de cavalos amanhã... Você vai, Rahzad?"

"Com certeza."

Coloco a mão na parte de baixo das costas de Vigo e o empurro para a porta. "Boa *noite*, Vigo."

O tytoshi entra cambaleante, e eu fecho a porta, encolhendo-me ao ouvir um baque alto lá dentro.

"Tenho certeza de que ele está bem", digo. "Vem. Vou levar você para a cama."

Passo um braço em volta de Aladdin e o ajudo pelo resto do caminho. Ele enrola uma mecha de meu cabelo em torno do dedo e murmura: "Onde eu estaria sem você, Zahra?".

Ele está tão perto que seu hálito esquenta meu pescoço. "Você estaria no deserto, uma pilha de ossos descorados, com certeza."

"Hum. Certo. Aliás, já te agradeci alguma vez? Acho que não agradeço o suficiente. Vigo pensa que você é minha concubina. Sabia disso?"

"Aqui estamos!", digo um pouco alto demais, abrindo a porta com o ombro e o levando para os aposentos.

"Você ficou vermelha." Ele ri e se joga no divã.

"Não fiquei!" Eu me viro, escondendo o rosto corado, mas ele agarra minha mão.

"Não vá."

Assustada, fico tensa e quase viro fumaça. Ele me observa, o olhar firme — ainda que um pouco vidrado — e a mão quente na minha. Sento ao lado dele, hesitante, e puxo minha mão. Ele se recosta e suspira.

"Está prestes a chegar uma tempestade", diz Aladdin.

Olho para o pátio, onde é possível ver uma faixa de céu escuro. Nuvens cada vez maiores cobrem as estrelas, e o vento curva as figueiras antes de entrar no quarto. As chamas das lanternas se apagam, deixando-nos na escuridão. Logo depois, um raio pulsa dentro de uma nuvem, iluminando o rosto de Aladdin por um segundo. Seus olhos estão fixos em mim.

Quando o trovão reverbera, baixo e raivoso, abro a mão e conjuro uma chama sobre a minha palma. A luz amarela tremula no rosto de Aladdin quando ele baixa o olhar e entreabre ligeiramente os lábios.

"Vou pegar umas velas", diz ele.

"Não precisa." Passo a chama de uma das mãos para a outra. "Não funcionaria. O fogo não é real. É apenas uma parte de mim. Magia de mudança de forma. Não vai acender nada."

A chama se reflete nos olhos dele enquanto a tempestade vem chegando do mar, preenchendo o ar com o cheiro do sal. As cortinas transparentes que pendem dos arcos ondulam e se agitam. Os relâmpagos iluminam o céu em rápida sucessão, faíscas incandescentes lançadas da bigorna dos deuses.

Aladdin levanta a mão e a passa devagar pela minha palma, através da fina chama que brinca em minha pele. O fogo dança a seu toque e um calafrio percorre meu corpo, arrepiando os pelos da nuca, como se ele tivesse passado os dedos por meu cabelo.

Olho em seus olhos, sentindo as vibrações do trovão lá fora ecoarem em meu peito.

A maneira como ele me olha — de um jeito firme e silencioso, alegre e atrevido — me faz sentir como se a tempestade lá fora estivesse presa dentro de mim, com trovão, chuva e raios, agitando-se em meu interior.

"Você é linda", murmura ele. "Como alguém poderia acreditar que é só uma criada?"

Fecho a mão e a chama desaparece, então desvio o olhar.

"Você está bêbado", digo.

Ele deixa escapar uma gargalhada rouca e balança a cabeça, assentindo. Em seguida se recosta e esfrega o rosto de cansaço. "Deve estar quase amanhecendo."

A tempestade já começa a se dissipar, sua fúria esgotada. Uma chuva fina cai no pátio, escurecendo as pedras. Levanto e procuro uma pederneira para acender as lanternas, mas, antes que a encontre, Aladdin adormece no divã, ainda sentado, com a cabeça caindo em direção ao peito.

Afasto as almofadas e o deito suavemente de lado, depois puxo um cobertor de caxemira por cima dele. Aladdin suspira e se mexe, e espero que se aquiete de novo antes de me sentar de frente para ele. Por um bom tempo, fico ali vendo Aladdin dormir, e sinto uma dor estranha no peito. Eu deveria sair para procurar Zhian nas poucas horas que restam antes do amanhecer, mas não consigo me afastar.

Estendo a mão e acaricio seu cabelo, os dedos se demorando nos cachos pretos. Sinto sua força vital crepitando como faíscas em minha pele. Tão brilhante e fugaz como um raio, esse mortal.

"O que estou fazendo?", sussurro. Sei aonde essa estrada leva, pois já a percorri antes. E, por mais tentadora que seja, não me atrevo a segui-la outra vez. Se ao menos fosse tão fácil apagar o fogo que arde dentro de mim como o da palma de minha mão.

Por fim, levanto e caminho até a porta, sentindo um aperto no estômago, o rosto vermelho e as mãos trêmulas. Então me recomponho e viro fumaça.

Passo o resto da noite rondando os corredores e uma hora acredito sentir brevemente um fraco sinal de... *alguma coisa*. Uma força se contorcendo lá embaixo. Não humana. Mas esse sinal some de repente e, quando tento ir atrás, quase me afasto demais da lâmpada. Paro no limite da guia invisível e fico ali por vários minutos, incapaz de seguir adiante e com medo de voltar.

Na manhã seguinte, estou descansando no pátio na forma de um tigre, atacando preguiçosamente algumas moscas, quando ouço uma batida na porta. Na mesma hora me transformo de novo em garota e corro para abrir.

É Khavar, com a cobra enroscada como um colar vivo no pescoço.

"Minha senhora, a princesa Cáspida, requer sua presença nos aposentos dela", diz a menina em tom entediado. "Agora mesmo, se possível."

"Terei que o acordar", respondo. "Ele está..."

"Ele não. *Você*."

Olho para ela por um instante, então bato a porta. Procuro remediar a situação, abrindo-a outra vez e dizendo: "Só um minuto". Depois volto a fechar a porta na cara dela.

Entro no quarto de Aladdin, para onde se arrastou em algum momento durante a noite para deitar na cama, e abro a pesada cortina de damasco, deixando a luz do sol entrar. Aladdin leva a mão aos olhos, reclama e cai da cama.

"O que você está... Por quê...?!"

“Cáspida mandou me chamar.”

Ele geme e massageia a cabeça. “Isso dói. Tudo dói. Luz. Sons. Ai...”

“Da próxima vez, talvez pense melhor antes de deixar os chacais te embebedarem”, digo alegremente. “Se vai vomitar, faça isso lá fora. Eu não vou limpar.”

“Ugh... ”

“Estou indo falar com a Cáspida. Não saia se puder evitar. Não faça nada estúpido. E *não* largue minha lâmpada. Podemos explicar seus maus modos. Mas não podemos explicar eu evaporar diante dos olhos dela. *Aladdin.*” Tiro as mãos dele de cima do rosto para ter certeza de que entende. Ele estreita os olhos e geme pateticamente. “Está me ouvindo ou não?”

“Sim. Agora vai embora. Me deixa sozinho.” Ele puxa o cobertor da cama e se cobre, enroscando-se no chão mesmo.

Então o deixo ali, abro a porta e sorrio para Khavar. “Estou pronta.”

Cáspida vai querer me interrogar sobre Aladdin, tenho certeza. É mais fácil me convidar, a única criada dele, e evitar provocar rumores escandalosos. Ótimo. Eu estava esperando por isso. Talvez enfim consiga uma pista sobre o paradeiro do Zhian.

Khavar me leva pelo palácio, passando por arcos, portas e pátios de pedra. Vemos muitos servos, mas poucos nobres. Desconfio que Aladdin não é o único a acordar com dor de cabeça esta manhã. O palácio foi construído para ser iluminado e ventilado, com seus diversos arcos e janelas. O ar fresco da manhã é preenchido pelo canto dos pássaros e pelo murmúrio de água das diversas fontes nos pátios, e passamos pelo bando de pavões a que me juntei no jantar de uma semana atrás. Vários correm até mim e bicam meus sapatos com curiosidade. Khavar os enxota, e eles se espalham.

“Por aqui”, diz Khavar, abrindo uma porta estreita de cedro. Os cômodos lá dentro são amplos e abertos, conectados por arcos com finas cortinas de seda. Assim como os aposentos de Aladdin, se abrem para um pátio e ainda um espelho d’água largo e raso. Khavar me leva até um quarto exuberante, repleto de tapetes e almofadas, seda e bordados.

As aias de Cáspida estão todas ali, e há outra presença: um filhote de elefante bem no meio do cômodo. As garotas pintam indolentemente desenhos na pele dele, e me lançam olhares curiosos antes de voltarem ao trabalho. Raz dispara flechas sem muito entusiasmo em um travesseiro do outro lado do cômodo, que, apesar de passarem perigosamente perto da cabeça de Nessa, acertam o alvo todas as vezes. Nessa mal parece notar.

Cáspida descansa em uma longa almofada em frente ao elefante, oferecendo-lhe punhados de fatias de maçã, que o filhote pega com a tromba e enfia na boca. Ela ri quando ele puxa seu cabelo, pedindo mais, e por um instante a vejo como a garota que é e não como a futura rainha, como se apresenta diante da corte.

A princesa levanta os olhos quando entro, sua mão pairando sobre a tigela de maçãs. O filhote a cutuca com a tromba.

Cáspida está descalça e usa apenas uma *kurta* branca e uma saia, mas o tecido é coberto por delicadas flores bordadas que uma costureira muito habilidosa deve ter levado vários meses para fazer. A princesa usa um simples adorno de ouro cravado na narina, com uma delicada corrente que pende dele até o lóbulo da orelha, roçando seu rosto liso.

"Você deve ser Zahra."

Faço uma grande reverência. "Vossa Alteza."

"Com fome?" Ela levanta a tigela de maçãs e empurra para o lado a tromba de elefante quando o animal tenta pegar uma fruta.

Olho para a tigela, então para Cáspida, lendo as palavras não ditas em seus olhos. Trata-se de um antigo jogo que já vi ser ganhado e perdido muitas vezes. Se pegar a fruta, demonstrarei que minha lealdade ao meu amo pode ser testada e talvez até rompida. Se eu recusar, ela saberá que sou dele até o último suspiro.

"Será uma honra", digo, e pego uma fatia de maçã.

Ela dá um sorriso lento, estreitando os olhos com interesse. "Caminhe comigo."

Sem levantar a saia, ela entra no espelho d'água raso em frente aos arcos, deixando a tigela nas mãos de Khavar. Eu a sigo, entrando na água que só chega aos meus tornozelos, mas é fria e refrescante. Não há limo nem areia nos ladrilhos pretos e brancos do fundo. Flores de lótus flutuam placidamente pela superfície e deslizam para o lado com suavidade ao passarmos por elas.

Cáspida pisa em uma área gramada além do espelho d'água. O palácio nos rodeia por todos os lados, e a sombra de um minarete alto escurece a água, mas este pequeno jardim é emoldurado por treliças e árvores de modo a parecermos estar no centro de um oásis distante. No meio do terreno gramado, vejo a estátua desgastada de uma mulher alada segurando uma lâmpada em uma das mãos e uma espada na outra. Não consigo deixar de ficar sem ar ao vê-la.

O elefante entra atrás de nós, e as garotas gritam consternadas quando suas pinturas começam a manchar. O filhote brinca na água, esguichando-se alegremente com a tromba, e então as meninas, desistindo de suas obras de arte, começam também a jogar água umas nas outras.

A princesa se senta na grama, com as pernas dobradas, a saia se estendendo ao redor como uma poça de seda. Ajoelho-me ao lado e espero que ela fale primeiro. Seu silêncio é preenchido pelo canto dos pássaros, esguichos e as risadas suaves das meninas. Ela observa o elefante e suas aias por alguns instantes antes de começar a falar, deixando de lado as amenidades e indo direto ao ponto.

"Fale-me sobre o seu senhor."

Faço que sim com a cabeça. "Ele é o oitavo na linha de sucessão ao trono, filho de..."

"Não, não", interrompe Cáspida, irritada. "Diga-me *como* ele é."

"Ele é um jogador", respondo. Não vale a pena mentir sobre essas coisas. "Ele é corajoso, mas imprudente. Valente, porém impetuoso. Um homem que... guarda rancores." Faço uma pausa e termino falando baixinho: "Ele arriscaria a vida para salvar outra pessoa, sem nem mesmo pensar duas vezes".

Cáspida vira um pouco a cabeça, o interesse aumentando em seus olhos. "E resolve partir em uma louca viagem e navega direto para um ninho de gênios."

"Meu amo é nobre, mas não falei nada sobre a sua inteligência", comento, sorrindo.

"Nunca ouvi falar de Istarya, então fiz algumas pesquisas. Sabia que nenhum dos pergaminhos ou histórias de nossa biblioteca menciona esse lugar?"

"Somos uma nação pequena, Vossa Alteza, e somos muito reservados."

Ela me encara com um olhar astuto, mas não responde.

O filhote de elefante descobriu que pode sugar água e borrifar nas meninas e parece achar isso muito divertido. As garotas gritam e tentam se esconder, mas o elefante avança alegremente, disparando água em jatos reluzentes. Cáspida observa, mas não sorri.

"O nome do filhote é Shasi. A mãe dela morreu ao lhe dar à luz, e meu tio ia mandar matá-la porque ela nasceu pequena e doente. Mas nós a acolhemos e a ajudamos a se recuperar, e ela prefere brincar com minhas aias do que com a própria espécie." Distraída, a princesa corre o polegar e o indicador pela corrente em sua bochecha, fazendo-a tilintar baixinho. "Minha bisavó Fahruaz era parte tytoshi. Foi ela quem importou o primeiro de nossos elefantes de guerra. Ela era uma grande estrategista e comandou nosso exército por mais de trinta anos. Contam que nossos inimigos prepararam muitas armadilhas para a minha bisavó, mas ela era inteligente demais, pois sempre via a verdade por trás das mentiras. Alguns acham que sou muito parecida com ela."

Cáspida se vira para mim. "Você não é uma serva, Zahra. Esconde bem isso dos outros, mas seus olhos são orgulhosos demais, seus olhares, muito desafiadores. Mas se não é uma serva, o que é? Membro da realeza? Nobre? Uma soldada disfarçada que jurou proteger seu senhor?"

Agora sou eu que a encaro. "Você tem mesmo um olhar aguçado."

"Cresci na corte", responde ela. "Todos que conheço são mentirosos renomados. Aprendi há muito tempo a ver a intenção por trás das máscaras. Então me diga, Zahra, o que você é para Rahzad? Sua amante?"

"Não!"

Ela me lança um olhar malicioso. "E gostaria de ser?"

"*Não*." Talvez eu tenha dito a palavra com ênfase demais, porque a princesa abre um discreto sorriso.

"Foi uma pergunta sincera. Ele é bonito, e você fala muito bem dele."

"Nós somos amigos." Meus pensamentos são traiçoeiros, evocando insensivelmente a imagem de Aladdin no telhado, seus olhos cheios de preocupação ao me ver acordar depois que as proteções contra gênios me apagaram.

Toda a atenção de Cáspida agora está voltada para mim, e seus olhos penetrantes parecem me ver por dentro. "Creio que terei que ter cuidado com você. Vejo que mente com tranquilidade, e é rápida nas respostas. Eu a trouxe aqui para saber mais sobre o seu príncipe, mas talvez eu devesse prestar mais atenção em *você*."

Já é hora de levar esta conversa para um terreno mais seguro. Por mais que eu fosse adorar contar a verdade à princesa — afinal, ela tem seu sangue, *habiba*, e seu espírito é forte nela —, sei que não posso confiar em Cáspida, não quando tem uma encantadora de gênios como aliada. Então procuro me concentrar de novo em minha missão.

Levanto, caminho até a estátua da mulher alada e coloco uma das mãos sobre o seu pé com reverência. O pedestal em que ela se encontra é alto, e seus joelhos estão na altura de minha cabeça.

"Isso é formidável", comento. Cáspida me observa com atenção enquanto circulo a estátua, inspecionando-a de todos os lados. "Quantos anos tem essa estátua?"

"Foi feita para a minha mãe, quando ela se casou com meu pai."

Então me viro para Cáspida e pergunto em um tom disfarçadamente neutro: "É uma ancestral sua?".

"Muito distante, sim." A princesa levanta e se junta a mim, erguendo a vista para admirar a face de pedra, que, verdade seja dita, não se parece muito com você. O tempo foi enfraquecendo a lembrança que tinham de você, ou então eu não poderia andar livremente por aqui, usando seu rosto. "Esta é Roshana, a última rainha do Império Amuleno, na época em que meu povo governava todas as terras de leste a oeste. Ela é uma espécie de lenda entre nós. Toda rainha aspira aprender com os erros dela."

"Com os erros? Imagino que queira dizer com as vitórias."

"O quê?"

Franzo a testa para a princesa. "Roshana foi uma das maiores rainhas do mundo. Acabou com as Guerras da Montanha, derrotou Sanhezriyah, o Louco, ela..."

"Para uma criada estrangeira, é estranhamente bem versada na história amulena."

"Eu passava muito tempo nas bibliotecas quando era menina."

"E estava lá para tirar pó dos pergaminhos ou para lê-los?"

"Com certeza as vitórias de Roshana têm mais importância que seus erros."

"Quanto mais alto sobe, mais dura a queda. Mesmo com tanta sabedoria, Roshana foi enganada pelo gênio, acreditando ser uma amizade, e isso a destruiu. Desde esse dia, meu povo tem caçado os gênios. Não existem criaturas mais cruéis e traiçoeiras no mundo."

"Não foi assim que ouvi essa história", digo com suavidade. "Meu povo conta de outra maneira. Dizem que a gênia era realmente amiga de Roshana, mas foi forçada a se voltar contra ela. Que não teve escolha."

"Sei muito bem como morreu minha própria antepassada", rebate a princesa, um pouco acalorada. "De qualquer forma, foi há muito tempo, mas nós, amulenos, não nos esquecemos do que houve."

"Não", murmuro. "Suponho que não. E se tornaram lutadores fortes e inteligentes, pelo que ouvi falar. E tem até alguns entre vocês que podem capturar os gênios."

Atenta, Cáspida me observa, com um pequeno sorriso curioso nos lábios. "Os encantadores de gênios existem há séculos. Não inventamos a arte. Vocês não têm deles em Istarya?"

"Temo que estejamos entre aqueles que preferem se curvar aos gênios do que lutar contra eles."

"Mas não seu senhor", observa Cáspida. "Ele não está aqui para estudar nossos métodos?"

"O que fazem quando prendem um gênio? Parece perigoso. Com certeza se desfazem deles."

Ela me observa por um momento, depois diz: "Talvez um dia eu lhe conte. Perdoe-me, mas não tenho o direito de revelar os segredos do meu povo".

É uma princesa se desculpando com uma serva. Falando comigo como se fôssemos iguais. E então me ocorre, como não havia acontecido antes, que realmente é sua descendente, que alguma parte de seu espírito passou para ela. Sinto que a conheço muito mais intimamente do que alguns minutos de conversa tornariam possível. Vejo você na princesa e, por isso, não posso ficar com raiva dela.

"Não", digo, baixinho. "Perdoe-me. Eu não queria bisbilhotar. Não com relação a isso nem... sobre Roshana. Tenho certeza de que sua versão é a verdadeira."

"Bem, foi há *muito* tempo", responde ela, graciosa. "Um mundo completamente diferente. E, de qualquer maneira, você também tem razão. Roshana derrotou Sanhezriyah, o Louco, e enfrentou os exércitos dos gênios mesmo quando todos os seus aliados a abandonaram. Ela foi uma heroína, uma das maiores rainhas que já existiram, em uma época em que as mulheres eram iguais aos homens. Mas o mundo mudou, e outras terras preferiram reis a rainhas. Suas formas de pensar envenenaram a nossa, e agora, quando falam de Roshana, sussurram como se fosse uma piada. Aquela mulher tola e caprichosa que confiou em seu coração e acabou fazendo seu reino pagar o preço. Usam o exemplo dela contra mim, esquecendo todos os seus grandes feitos." Cáspida suspira e se ajoelha à beira do espelho d'água. Seu reflexo cintila de volta. "Mas, se eu pudesse ser metade do que ela foi, já me consideraria uma mulher de sorte."

"Nisso, nós concordamos", sussurro.

De repente, meu estômago se contrai violentamente, uma sensação que conheço muito bem. *Droga, Aladdin, o que está fazendo?* A lâmpada está se afastando, e me encontro no limite da fronteira invisível. Sinto meu estômago revirar de novo, e fico um pouco ofegante.

"Você está bem?", pergunta Cáspida, baixando as sobrancelhas com ar preocupado.

"Não... não muito", respondo com um gemido. Afasto-me em direção ao espelho d'água, tentando aliviar a dor. Quanto mais resisto, mais dói, como se alguém tivesse enfiado a mão dentro de mim e estivesse retorcendo meu estômago. Posso sentir minha pele ficando mais pálida, preparando-se para se dissolver em fumaça, mas procuro resistir com todas as forças.

"Zahra!" Cáspida levanta e põe a mão em meu braço. "Está fria como gelo!"

"Ah!" Curvo o corpo gemendo de dor, os braços cruzados sobre a barriga, e falo com dificuldade: "É melhor eu ir embora. Provavelmente foi algo que comi!".

"É claro. Vou mandar Nessa levá-la ao médico."

"Não precisa. Eu vou ficar bem. Obrigada."

Esboço uma reverência e atravesso depressa o espelho d'água com Cáspida ao lado. As garotas conseguiram acalmar o filhote de elefante, subornando-a com frutas. Elas me lançam um olhar curioso enquanto corro para a porta. Depois de se despedir brevemente, Cáspida me deixa sair.

Mais alguns passos e a dor desaparece. Apoio-me na parede por um instante e apenas respiro, tentando me acalmar. No fundo do peito, sinto o movimento da lâmpada. Aladdin está em algum lugar do outro lado do palácio, e agora, graças aos deuses, está parado. Após mais alguns instantes de descanso, volto a andar, perguntando-me o que Cáspida e suas aias devem estar pensando de mim.

Não andei muito quando sinto que estou sendo seguida. O corredor não tem janelas ou claraboias e está bem escuro, fora pela luz de alguns braseiros fumegantes. Dobro uma esquina, como se estivesse voltando para os aposentos de Aladdin. Mas então paro e viro fumaça, elevando-me no ar.

Quando Ensi e Khavar chegam, mudo de volta para a minha forma humana, caio do teto e aterrisso agachada atrás delas. Ensi grita e Khavar se vira, afastando rapidamente meu braço, então aperta meu pescoço com uma das mãos e pega uma faca com a outra. Em seguida me empurra com força contra a parede. Ensi, com olhos arregalados, segura um punhado de pó vermelho que estava prestes a atirar em meu rosto. A cobra de Khavar sobe em seu ombro, sibilando.

"Ora, ora." Não consigo deixar de sorrir. "Cáspida tem um pequeno grupo de assassinas, assim como Roshana. Também se chamam de Sentinelas?"

Ensi, parecendo envergonhada, guarda seu pó venenoso em um saquinho escondido sob o casaco fino de seda. "Deixe-a ir, Khavar."

"Não", rosna a outra garota. "Não confio nela. Ela faz muitas perguntas." Ela pressiona o braço contra a minha garganta, e faço uma careta, em busca de ar. "Você não estava passando mal?"

"Se fosse você, eu ouviria sua amiga", falo meio sufocada, mas ainda sorrindo.

"Como chegou lá em cima?", indaga Ensi, observando o teto com curiosidade. "Deve ser muito ágil."

"Quem é você de verdade?", exige saber Khavar. "Fale ou vou estrangulá-la."

Dou de ombros. "Bom, dei-lhe uma chance justa." Com uma torção, um giro e um grunhido, inverto nossas posições, pressionando o rosto de Khavar contra a parede e prendendo seu braço para trás. Ela mostra os dentes, com raiva, e Ensi cobre a boca, reprimindo um grito de susto.

"Deixe-me explicar uma coisa", digo baixinho no ouvido de Khavar. "Não quero ver ninguém espionando ou seguindo meu senhor e eu. Não queremos nenhum mal a vocês, juro, mas não vou tolerar ser vigiada o tempo todo. É exaustivo e inútil para vocês e para mim. Khavar, vou soltar você agora. Podemos conversar como pessoas civilizadas?"

Quando a solto, Khavar vira e ergue as mãos de forma defensiva, mas já estou vários passos para trás, as mãos abertas de maneira amistosa. Ensi se coloca entre nós, os olhos correndo nervosos de mim para a amiga.

"Então, vocês *são* Sentinelas mesmo?", pergunto.

Ensi suspira e torce o cabelo nas mãos. "Somos descendentes das Sentinelas originais designadas pela rainha Roshana."

"E sua ordem sobreviveu todos esses séculos?", quero saber.

Ensi sorri com orgulho. "Nosso conhecimento foi transmitido, de mãe para filha, por gerações. Há centenas de anos protegemos as rainhas e princesas amulenas. Khavar, aqui, descende diretamente de Parys zai Moura, escriba pessoal de Roshana."

Olho para o rosto amargo de Khavar. *Aposto que sim.* Parys não gostava de mim, e posso ver a mesma desconfiança nos olhos de sua descendente. "Volte para a sua princesa", digo. "Por favor, transmita meus cumprimentos e diga que *não* devem espionar o príncipe Rahzad."

Eles assentem e se afastam, observando-me com cautela até dobrarem a esquina. Fico ali por um minuto, com ouvidos atentos, até ter certeza de que foram embora, então solto um longo suspiro e corro para ver no que meu amo se meteu desta vez.

CAPÍTULO TREZE

De todos os lugares em que Aladdin poderia estar, eu o encontro na biblioteca.

Por um instante, paro atrás de uma estante alta e o observo. Ele está sob o raio de sol que entra por uma janela alta, examinando um pergaminho aberto, com partículas de poeira girando ao redor. As prateleiras em volta transbordam de pergaminhos e papiros, em folhas e rolos e encadernações. Aladdin está vestido com um colete vermelho na altura dos joelhos, a cabeça descoberta e o cabelo despenteado. Seus lábios se movem enquanto ele lê, embora eu não creia que perceba isso. Conforme o observo, sinto uma agitação sutil, um redemoinho em meu coração de fumaça, um reavivamento de brasas. Sei o que significa, e sei como é errado, perigoso. É algo tão pequeno, frágil e otimista, quase não suporto sufocá-lo.

"O que houve?", pergunto, saindo de trás da estante.

Aladdin se assusta e fecha depressa o pergaminho. Então pisca para mim por um instante até seus olhos focarem e sua mente deixar qualquer que fosse o mundo em que estava.

"Zahra! Hum, eu pensei..." Sua mão corre para a lâmpada, e os olhos, para a direita. Sigo seu olhar e vejo Jalil sentado a uma mesa baixa perto dali, preenchendo meticulosamente um pergaminho com uma longa pena de pavão. Ele parece perdido no trabalho, mas, ainda assim, precisamos ter cuidado com o que dizemos.

Vou até Aladdin e pego o pergaminho que ele segura, fingindo analisar o conteúdo.

"Quase me transformei", sussurro. "Bem na frente dela. O que aconteceu? Por que deixou seus aposentos?"

"Sinto muito", sussurra de volta. "Ele insistiu em me mostrar a biblioteca e disse que, se eu estava decidido a aprender sobre Partênia, este era o lugar por onde começar. Não consegui pensar em uma maneira de escapar."

Olho de volta para o seu pergaminho e ergo uma sobrancelha. "Um tratado sobre os gênios? Muito histórico."

Ele pega o pergaminho de volta. "Eu só estava..."

"Procurando informações sobre mim. Ou sobre a minha espécie, de todo modo." Franzo a testa e cruzo os braços. "Você sabe ler? Um garoto pobre?"

"Não fique tão surpresa. Minha mãe já foi escriba e me ensinou as letras. E, de qualquer forma, não éramos *tão* pobres assim, não no início." Seu olhar fica distante. "Meu pai tinha um bom negócio de alfaiataria, e minha mãe escrevia cartas e cuidava dos registros contábeis para as pessoas. Nós íamos bem até..." Ele balança a cabeça e enrola o pergaminho. "O que Cáspida queria?"

"Falar sobre elefantes e rainhas mortas."

"O quê? Sério?"

"Ah, não faz essa cara. Ela perguntou sobre você também... Como você é, que tipo de pessoa é. Não se preocupe." Dou um tapinha em sua mão com ar de cumplicidade e sorrio. "Eu menti."

"E então?" Aladdin balança o pergaminho com impaciência. "Ela parecia, não sei, interessada?"

"Interessada? Ela mal trocou uma dúzia de palavras com você. Dê mais um tempo."

Aladdin assente distraidamente e coça a orelha. Continua usando seu brinco, um simples aro de ouro. Eu queria que ele o tirasse no navio — qualquer parte de sua antiga vida facilitaria alguém ver através do encanto —, mas insistiu em mantê-lo.

"Estamos aqui há mais de duas semanas", diz Aladdin. "E só a vejo em jantares, quando não podemos conversar. Como vou conquistá-la se nem consigo falar com ela?"

Em uma mesa próxima, alguém deixou de fora um mapa-múndi, seus cantos presos por grifos de pedra. Corro a mão pelo pergaminho, traçando a costa. Na borda do mapa, foram registradas algumas datas em uma caligrafia bem minúscula. Olho pensativa, então mostro um dos números.

"Fahradan."

"O quê?" Aladdin vem para trás de mim, olhando por cima de meu ombro.

"Em duas semanas, os amulenos celebrarão a festa de Fahradan, em homenagem ao deus Hamor." O deus dos amantes e dos tolos... Que apropriado. "A menos que as tradições tenham mudado drasticamente desde a última vez que comemorei, é o momento perfeito para chamar a atenção de Cáspida."

"Por quê?"

Viro e o encaro, franzindo a testa. "Nunca comemorou o Fahradan?"

"Se por *comemorar* quer dizer furtar coisas do bolso das pessoas enquanto dançam..."

Reviro os olhos. "Eu deveria ter imaginado. Olha, durante a noite de Fahradan, qualquer um pode convidar quem quiser para dançar, e ninguém pode dizer não."

Um sorriso lento se abre em seu rosto. "Entendi. Mas... duas semanas? Isso é uma eternidade!"

Também é uma noite antes que a lua morra e meu tempo acabe.

"Confie em mim, com certeza não é", digo secamente. "Ou achou que entraria no palácio, pediria a mão dela e se casariam em uma semana?"

"Não sei." Ele pega um dos grifos de pedra e o joga de uma das mãos para a outra. "Acho que não pensei nada. E, não esqueça, foi tudo ideia *sua*." Aladdin olha para mim com ar preocupado. "Isso está me matando, Zahra. Ver o vizir todos os dias, passar por ele no corredor, fingindo me curvar e me rebaixar. Odeio isso."

Olho para Jalil, perdido em seu trabalho, depois de volta para Aladdin. "Vem."

"O quê?"

"Vamos sair daqui. Tem muita poeira. Muita... história." Pego o pergaminho sobre os gênios de sua mão e o coloco em uma prateleira. "Quero me sentar ao sol e sentir a brisa do mar no rosto."

"Tudo bem", diz ele, achando um pouco de graça. "E pode me contar mais sobre os gênios."

* * *

Subimos a torre mais alta do palácio e chegamos ao telhado, de onde contemplamos a cidade sob um toldo de lona listrado. Desta altura, parece perfeita, como a cidade de uma história, banhada pela luz dourada do meio da manhã. Telhados brancos assam ao sol, com toldos coloridos estendidos entre eles, enquanto as copas das palmeiras e de outras árvores projetam sombras pontiagudas nas ruas. Além da muralha sul, os penhascos dão para o mar azul-turquesa. Não há nenhuma nuvem no céu, e o sol brilha como o olho de um deus benevolente. Aves marinhas voam pelo ar quente, pairando no céu e descrevendo círculos preguiçosos ao redor dos minaretes cintilantes do palácio.

"Olha só", diz Aladdin, baixinho. Ele se inclina sobre o parapeito, e seus cotovelos roçam as folhas de um limoeiro plantado em um vaso, os galhos repletos de pequenos frutas. "Essa vista até que é boa. Eu bem que poderia me acostumar com isso."

"Ora. Querer se tornar um príncipe não é *só* uma questão de vingança, é?"

Ele sorri para mim. "Com certeza há outros atrativos."

"Você acha que consegue mesmo seguir com isso? Casar com a princesa, banir ou prender o vizir e então governar esta cidade? Guiar seu povo? Ver seus filhos navegarem pelas águas traiçoeiras da corte?"

Aladdin dá de ombros e levanta o rosto para o sol, fechando os olhos e desfrutando do calor. "Com uma vista como essa? Eu poderia me acostumar com qualquer coisa. É claro que tudo depende de conquistar a princesa. Pode ser que ela me odeie."

"Pode ser."

Ele revira os olhos. "Não está ajudando, Fumacinha."

"Meu nome não é..." Mas eu suspiro e deixo pra lá. Isso já não me irrita mais tanto como há algumas semanas. Estou me acostumando demais ao apelido. E me acostumando demais a *ele*.

Aladdin abaixa o rosto. "É verdade que todos os gênios já foram humanos?"

Pega de surpresa, me viro bruscamente para ele. "Por que quer saber?"

"O pergaminho que eu estava lendo falava sobre isso. E me perguntei se era verdade." Ele vira o corpo, recostando-se ao parapeito com os braços cruzados.

Suspiro e me sento no chão quente de pedra, apoiando as costas no limoeiro. Pego uma fruta que pende sobre o meu cotovelo e a reviro nas mãos.

"Nem todos. Os mais velhos nasceram gênios, mas a maioria de nós foi... adotada. Muito tempo atrás, havia apenas dois reinos: o dos deuses, conhecido como terras dos deuses por vocês, e o dos gênios, Ambadya. Os gênios foram a primeira criação dos deuses, que os fizeram poderosos, orgulhosos e magníficos."

Uma borboleta amarela pousa em meu joelho, e paro por um momento, vendo-a esfregar as pernas no rosto antes de sair voando de novo.

"E?", insiste Aladdin.

"Por muitas eras, os gênios viveram em paz. Havia os marids, seres da água, pequenos e adoráveis. Havia os ifrites, criaturas do fogo, pouco numerosos, mas de grande poder. Havia os ghouls, criaturas da terra, que mesmo naqueles dias eram os mais desprezados dos gênios. Viviam em cavernas e buracos, como ratos, mas eram em sua maioria inofensivos, pois não sabiam trabalhar juntos. Havia os silas, gênios do ar, vistos raras vezes pelos outros porque passavam a maior parte de suas vidas flutuando pelo céu, invisíveis e reservados. E havia os mais poderosos de todos, os *shaitans*, mestres de todos os elementos, senhores de todos os gênios. Naquela época, Ambadya era muito parecida com seu mundo: rica em vida e cores, bonita, vasta e selvagem."

Aladdin se senta ao meu lado, o ombro contra o meu. "Sempre me falaram que o mundo dos gênios era sombrio e arrasado."

"Agora é. O mundo foi arruinado quando começaram a guerrear entre si. Queimaram tudo, deixando-o em ruínas. Foi por isso que os deuses criaram os homens. Queriam recomeçar. E é por isso que os gênios e os humanos nunca se deram bem. Os gênios ficaram com inveja, por terem visto sua posição privilegiada ser usurpada. Tentaram várias vezes dominar este mundo, mas os deuses sempre intercederam."

Ele está sentado perto demais. Minha garganta fica seca, e paro para engolir, sem conseguir me desligar de seu calor e do cheiro de menta do sabonete que ele usou para lavar o rosto de manhã.

"Por fim, os deuses os castigaram com a infertilidade: não poderia mais nascer nenhum gênio. Mas Havok, o deus do renascimento, teve pena dos gênios e permitiu-lhes reabastecer as fileiras apenas com humanos que fossem entregues a eles. Esses sacrifícios deveriam apaziguar os gênios, e esses humanos eram transformados em ifrites e silas, marids e ghouls. Alguns até em *shaitans*."

"Sacrifícios humanos?", pergunta Aladdin, indignado. "Já ouvi dizer que em outras partes do mundo ainda deixam crianças, garotas e guerreiros para os gênios, mas não quis acreditar."

"Mas devia. É a maneira mais fácil de garantir que os gênios não queimem suas colheitas ou façam adoecer seu gado. Depois que os deuses abandonaram o mundo, templos chamados *alombs* tornaram-se santuários para os gênios, lugares onde as pessoas podiam deixar seus sacrifícios em troca de mais um ano de proteção."

"Zahra... *você* foi sacrificada?"

Eu não pensava naquele dia havia muito, muito tempo. Aconteceu há mil e uma vidas. Ignoro a pergunta e aponto para o norte, em direção à montanha ao longe, atrás de uma cortina de névoa. "Existe um desses *alombs* no cume daquela montanha."

Ele me observa, percebendo claramente que fugi da conversa, mas não insiste. Seu olhar se volta para o norte. "Nós não os usamos. É proibido. É por isso que nossa cidade está morrendo de fome. Poucas cidades negociam conosco, porque acham que deveríamos fazer oferendas aos gênios, assim como eles."

Balanço a cabeça, assentindo. "Roshana foi a primeira rainha amulena a proibir sacrifícios. Foi uma decisão ousada, mas enfureceu os gênios."

Ele se apoia em mim, cutucando-me de leve com o ombro. "Então? E *você*? Como é ser *shaitan*?"

Eu o encaro. "O que te faz pensar que sou *shaitan*?"

"Já vi você conceder desejos, e a maneira como muda de forma... Você é, não é?"

"Sim", admito. Faço parte de uma raça em extinção, uma dos três que restaram. Dos outros dois, um vive em Ambadya, governando os gênios, e o outro provavelmente está em algum lugar sob meus pés, preso em uma garrafa.

"Estava em Ambadya antes que ela fosse destruída?", pergunta Aladdin.

"Claro que não. Sou uma gênia há 4 mil anos. Ambadya foi arrasada muitíssimo antes."

"Quem você era? Onde vivia?"

"Não importa mais." Então me levanto, deixando cair o limão, e me viro para olhar a cidade. "Está muito quente aqui. Vamos entrar. Vou te ensinar como entrar corretamente em uma sala dependendo de quem já está lá, e se estão sentados, em pé ou comendo."

Aladdin grunhe. "Estou farto de bancar o príncipe. Vamos furtar uns bolsos por aí."

"Não."

"Espere um minuto, Fumacinha..." Ele se inclina para me observar mais de perto, imitando o hábito de Jalil de erguer bem alto uma sobrancelha quando está desconfiado. Não consigo evitar; sua expressão me faz dar risadinhas, de fato *dar risadinhas*, como uma garotinha. "Você por acaso *sabe* furtar?"

"Claro que sim", minto. "Já furtei mil e um..."

"Sei, sei, já fez tudo mil vezes. Entendi." Ele ergue a sobrancelha com ar de dúvida. "Então prove."

"Aquele", murmura Aladdin. "O que tem uma pena no chapéu. Ele tem um cachimbo no bolso esquerdo."

Estamos nos jardins do palácio, fingindo admirar uma enorme estátua do rei Malek. Muitos nobres estão ao ar livre, descansando em torno das fontes e dos espelhos d'água, passeando sob a sombra das árvores. Quase tão vastos quanto o próprio palácio, os jardins se estendem como um magnífico tapete verde, organizados em perfeita simetria. Seria possível caminhar por horas ali e nunca chegar ao fim.

Nosso alvo é um homem um pouco mais velho que Aladdin, que caminha em nossa direção. Estamos em um local mais isolado, de costas para ele e, quando passa atrás de nós, Aladdin tosse.

Viro, vou direto até o homem e enfio rapidamente a mão em seu bolso, mas o cachimbo está muito no fundo e não consigo alcançá-lo.

"Sua desastrada! Pelos deuses! Está tentando me *roubar*, garota?" O nobre agarra meu pulso e o puxa de seu bolso. Minha mão sai agarrada ao cachimbo. Olho fixamente para ele, aterrorizada.

"Eu..."

Estamos perto de uma cerca viva alta e bem aparada e, sem dizer mais nada, agarro o nobre e o arrasto para os arbustos comigo. Saímos do outro lado em uma clareira particular com pequenos cervos semidomesticados, que se assustam e fogem. Cercados por arbustos e árvores altas, estamos escondidos da vista de qualquer pessoa que passe perto.

"Vou mandar arrancarem sua cabeça por isso!", esbraveja o homem. "Será chicoteada!"

Aladdin passa pela cerca viva atrás de nós. Agarro o homem pelo casaco enquanto ele pragueja, o rosto ficando vermelho como fogo e a barba salpicada de saliva.

"O que está fazendo?", sibila Aladdin.

"Não sei!" Olho para ele, impotente. "Entrei em pânico!"

Revirando os olhos, Aladdin se dirige ao homem: "Quer calar a boca?".

"Nunca fui tão...!"

Aladdin cobre a boca dele com a mão, prendendo-o em uma chave de braço. "Calma, velho. Pelos deuses, não vamos matar você."

Eu o solto e deixo escapar um longo suspiro. O homem para de lutar e me encara com um olhar fulminante.

"Está bem, ouça", diz Aladdin. "Veja, isso tudo faz parte de um jogo. Uma espécie de caça ao tesouro. Foi tudo ideia do príncipe Darian, devo acrescentar. Cá entre nós", ele abaixa a voz para um sussurro, "acho que ele está um pouco maluco. Mas, se quiser reclamar, fale com ele. Tenho certeza de que seria razoável a respeito disso. Vou soltar você agora. Não grite, ou terei que amordaçá-lo e deixá-lo aqui até escurecer."

Devagar, ele solta o homem, que se vira com raiva, mas não grita. O nobre ajeita o chapéu e o casaco, olhando de Aladdin para mim.

"Eu nunca... Os jovens de hoje em dia!"

"É, somos terríveis", concorda Aladdin. "Pode ir. Se topar com Darian, não deixe de dizer a ele o que pensa."

O homem sai apressado, olhando toda hora para trás, o rosto ainda vermelho. Então Aladdin solta um pesado suspiro e esfrega o rosto.

"Peguei o cachimbo", digo, mostrando-o.

Ele me encara por um minuto, piscando, e depois cai na gargalhada. Alguns cervos curiosos enfiam a cabeça entre os arbustos para ver que confusão é essa. Aladdin dobra o corpo de tanto rir, alto o suficiente para assustar os pássaros nas árvores, e, depois de um instante, começo a rir também. Eu não ria tanto assim havia muito, muito tempo, e é maravilhoso. Nós nos sentamos na grama e rimos até ficarmos vermelhos e sem ar.

"Você é a *pior* ladra que já vi", declara Aladdin.

"Não sei do que está falando. Consegui pegar, não foi?"

"Minha avó furtaria melhor do que isso! Embora não seja muito justo falar isso; minha avó era a melhor do ramo em Partênia. Ela que me ensinou todos os truques. Deixava minha mãe louca."

Aproveito o local mais reservado para me transformar em tigre e rolar na grama, rugindo de prazer. Os poucos cervos restantes entram em pânico ao me verem e saem correndo.

Aladdin se deita ao meu lado, com as mãos bem abertas, os olhos fechados e o rosto voltado ao sol. O céu é de um tom de azul radiante e a grama, exuberante e alta. Alongo o corpo, desfrutando da terra fria sob minhas garras. Então, suspirando, volto a ser uma garota e me afundo na grama.

"Se pudesse formular um desejo", diz Aladdin, "qual seria?"

Meus olhos estão semicerrados, meus pensamentos lentos e preguiçosos. "Passar um dia em Ashori, comendo uvas." Não acrescento que também seria livre, sem uma lâmpada ou um amo à vista, e ficaria pelo tempo que quisesse e não responderia a ninguém.

Ele rola de lado, a cabeça apoiada na mão. "Sério? *Uvas?* Poderia desejar qualquer coisa, mas pediria... *uvas*?"

"Suponho que nunca tenha provado uma uva de Ashori." Fecho os olhos e a imagino. "São doces, carnudas e deliciosas... O último portador da lâmpada pedia aos montes."

"Hum." Ele arranca uma pequena margarida branca que brotou na grama. "Preciso provar uma dessas uvas."

Abro um olho. "Isso é um desejo?"

Ele faz uma careta e joga a flor para mim, que cai em cima de minha bochecha. Então a pego e giro entre os dedos. Eu poderia ficar ali fora o dia todo, sem me mover um centímetro, sentindo o sol no alto e a grama por baixo. Com um suspiro de satisfação, abro bem os braços, passando os dedos pela grama, e acabo roçando a mão de Aladdin. Puxo minha mão rápido, sentindo o rosto quente. Ele ri.

"Às vezes, esqueço que você deveria ter 4 mil anos", diz ele. "Tem horas que é tímida como uma garota de 16 anos."

"Não sou!" Eu me sento e o encaro com um olhar fulminante.

Ele sorri e dá de ombros, colocando as mãos sob a cabeça. Vejo uns pedacinhos de grama presos em seu cabelo e, após hesitar por um instante, estendo a mão para tirá-los.

Aladdin me observa em silêncio, com a garganta oscilando. Baixo meu olhar.

Ele pega o cachimbo que roubei e o enfia entre os dentes.

"O que acha?", pergunta, mordendo o cabo. "Pareço um nobre?"

Arranco o cachimbo, e seus dentes se fecham com um estalo. "Não sabe que isso pode te matar?"

Aladdin me encara por um minuto, com um brilho maroto nos olhos. Então, de repente, ele se lança para cima de mim.

"Devolve!"

"É meu! Eu o roubei!"

"Salvei você de ser açoitada!"

Ele tenta agarrar o cachimbo, e eu rolo para o lado, mantendo-o fora de alcance. Com uma risada travessa, Aladdin me faz cócegas, e eu largo o cachimbo na pressa de afastá-lo.

Aladdin pega o cachimbo, brandindo-o com ar triunfal, conforme me deito na grama e rio.

"Quem diria que os gênios sentem cócegas?" Ele se senta de pernas cruzadas e bate o cachimbo no joelho. "Eu deveria contar a Cáspida. Descobri a maior fraqueza dos gênios! Claro, odeiam ferro, mas basta agitar uma pena na ponta de uma vara, e fugirão para o outro lado do mundo!"

"Foi uma jogada desonrosa, ladrão."

"Como se eu tivesse alguma honra para começo de conversa."

Ergo os olhos para o céu e começo a me afastar, mas Aladdin estende a mão e agarra meu pulso, me detendo. Olho para ele sem entender e congelo.

Seus olhos estão fixos nos meus, repentinamente curiosos e pensativos, e um vento estranho passa por meu corpo. Ele levanta a mão e passa o dedo suave e delicadamente por meu queixo, e fico paralisada, sem nem mesmo respirar. Ele me olha como se me visse pela primeira vez, os lábios ligeiramente entreabertos.

Por um instante, tenho certeza de que dirá algo de que se arrependerá, e a apreensão toma conta de mim.

Mas então Aladdin recua com uma risada rouca, desviando o olhar. *"Uvas."*

CAPÍTULO QUATORZE

As duas semanas passam lentas, até que finalmente chegamos ao dia de Fahradan. A escuridão cai, mas o festival não começará antes da meia-noite. Após um longo e rígido jantar com os nobres, ao qual Darian não compareceu, Aladdin retorna a nossos aposentos e vê que um novo conjunto de roupas foi deixado para ele. São trajes esplendorosos e chamativos, em tons de dourado e escarlate, com uma capa e um turbante emplumado para completar o visual. Aladdin olha para as roupas, consternado, depois vai para o quarto se vestir.

Quando reaparece com todo o traje menos o turbante, perco o ar, pega de surpresa. O corte justo do casaco longo acentua seu abdômen firme e ombros largos, e a roupa é arrematada na cintura por um fino cinto preto. O tecido escarlate com o primoroso bordado preto e dourado realça os reflexos acobreados em seus olhos, e o colarinho alto, que chega à metade do pescoço, roça a barba por fazer quando ele olha para baixo, se examinando. A capa, escarlate por fora e forrada com tecido em tom claro de dourado, sai do ombro esquerdo e cobre o braço direito.

"E então?", pergunta com ar mal-humorado. "Como estou?"

"Hum." Engulo rápido e desvio o olhar. "Creio que deva chamar a atenção da princesa."

"Estou todo me coçando. Se soubesse que ser príncipe consistia em usar esses malditos trajes desconfortáveis, nunca teria feito esse desejo."

"Está com coceira porque precisa se barbear", observo. "Sente-se."

Pego uma navalha de barbear e um sabonete cremoso de leite de cabra e jogo um cobertor de lã sobre Aladdin para proteger os trajes finos. Ele resmunga, mas obedece quando o mando se sentar em um banquinho na grama, à luz de uma forte lanterna.

Aladdin inclina a cabeça para trás e engole enquanto eu coloco sabão nas mãos e depois o espalho por suas bochechas e seu queixo, deixando uma camada espessa de espuma.

"Não se mova", digo suavemente. Seus olhos seguem os meus quando pressiono a ponta da lâmina a seu rosto e raspo suavemente os pelos curtos e grossos. Suas íris ficam douradas à luz das velas, e os cílios longos e escuros dão a impressão de que seus olhos foram delineados com kohl.

"Onde aprendeu a fazer isso?", pergunta ele.

"Não fale a menos que queira que eu corte sua garganta", advirto. "Já estou neste mundo há muito tempo. Você acaba aprendendo as coisas."

"Há quanto tempo está na lâmpada?"

"O que eu disse sobre falar?" Suspiro.

"E então? Quanto tempo?"

Curvo-me sobre ele, passando a lâmina ao longo do ângulo do maxilar. "Desde que sou gênia."

"Quem te colocou lá?"

"Por que se importa?"

Ele franze ligeiramente a testa. "Porque me parece errado manter alguém preso, só à espera de melhorar a vida de outras pessoas."

"Quem disse que tornei a vida delas melhor? Quer fazer o *favor* de ficar quieto?"

"Foi Nardukha?"

Eu paro, descansando a lâmina em seu rosto. "De onde tirou essa ideia?"

"Bem, ele não é o Rei dos Gênios ou algo assim?"

Agarro suavemente o queixo dele com minha mão livre, forçando-o a ficar de boca fechada enquanto raspo sob o nariz. Pelos deuses, como pode ter lábios tão perfeitos? E por que me sinto quente como fogo? "Ele é. E sim, é o único gênio que restou com poder suficiente para nos prender em lâmpadas, garrafas e outras prisões similares."

"Como os encantadores de gênios?"

Afasto a lâmina de forma brusca. "O que sabe sobre os encantadores de gênios?"

"Só que às vezes tocam nas ruas, ou fora dos muros da cidade. Dizem que a música deles pode atrair os gênios direto para as garrafas."

"Mais ou menos assim", respondo. "Mas a magia de Nardukha é muito mais forte. Não só nos prende aos nossos receptáculos, mas também nos despoja de nossa magia e nos obriga a conceder desejos."

"Por que ele faz isso?", pergunta Aladdin, quando paro para limpar a lâmina.

"Porque pode", respondo categoricamente. "É uma das formas de nos manter sob controle. Se lhe desobedecemos ou o ameaçamos, ele nos torna escravos dos humanos até nos arrependermos e implorarmos por perdão. Mesmo assim, nem sempre cede."

"E o que você fez? Você o ameaçou ou lhe desobedeceu?"

Raspo a barba sob seu queixo e sigo descendo pelo pescoço, tomando todo cuidado perto de suas veias delicadas, antes de responder: "As duas coisas".

"Isso é tudo que vai me dizer, não é? Não importa o quanto eu pergunte?"

Dou um sorriso discreto e raspo o resto de sua barba. "Que bom que já me conhece."

Então atiro um pano macio em sua cabeça e digo para ele se limpar.

Aladdin se levanta, limpando o rosto, enquanto ando pelo cômodo, acendendo lanternas e abrindo as cortinas de seda para deixar entrar o ar frio da noite. Ainda posso sentir a pulsação de seu pescoço na ponta de meus dedos. O que Nardukha faria se me visse correndo os dedos pelo maxilar de Aladdin? Estremeço só de pensar.

"É melhor irmos logo", digo. "O baile começará em uma hora."

"Baile. Que maravilha", comenta ele em tom de desânimo.

Com um suspiro, fecho a porta de vidro da última lâmpada. A chama arde firme e brilhante, projetando padrões rendados cintilantes através da estrutura de metal que a envolve. "Não me diga que não sabe dançar."

"Ah, claro, porque eu tive *tanto* tempo para dançar enquanto tentava não morrer de fome e não ser jogado na prisão." Ele larga o pano que usou para limpar o rosto. "Conheço vários tipos de dança. Meu preferido se chama *Não Ter as Pernas Quebradas por Roubar Figos daquele Padeiro*."

"Isso com certeza vai fazer a princesa querer se casar com você na hora."

Ele sorri com ar travesso, depois se aproxima e pega minhas mãos, tentando me levar para o espaço aberto. "*Você* pode me ensinar a dançar."

"Não." Puxo minhas mãos de volta e viro de costas para ele.

"Achei que a ideia do Fahradan fosse que todo mundo *tem* que dançar."

"Faça um pedido, e posso transformá-lo em um dançarino tão bom que seria capaz de atrair os peixes para fora do mar."

"*Zahra*. Você está brava comigo?" Ele dá a volta para me encarar. "É porque ganhei nos dados outro dia?" Então arregala os olhos e cai de joelhos a minha frente. "Peço desculpas do fundo da minha alma, ó grande e poderosa gênia da lâmpada."

"Não ganhou de mim. Eu deixei você vencer."

"Zahra." Aladdin se aproxima e pega minhas mãos. "*Preciso* da sua ajuda."

Então deixo escapar um gemido suave, solto as mãos e as ergo no ar. "Está bem! Mas para de rastejar assim! Deveria ser um *príncipe*, seu idiota. Além disso, vai acabar sujando essas roupas chiques."

Seu rosto se ilumina de alegria, e ele me levanta pela cintura e me gira antes que eu consiga escapar.

"Me coloca no chão!" Eu me transformo, e as mãos dele se fecham em torno de uma fumaça branca. Em seguida, reapareço atrás dele, descalça no pátio de ladrilhos lisos, usando uma túnica de Fahradan vermelha e dourada para combinar com a roupa de Aladdin e um pente turquesa no cabelo, de onde pende um rubi em forma de lágrima no centro de minha testa.

Aladdin vira e fica paralisado, deixando escapar baixinho: "Ah". Seus olhos me examinam da cabeça aos pés, com a boca ligeiramente aberta.

"Vem aqui." Faço um sinal com a mão.

Ele se aproxima depressa, parando a um passo de distância. As lâmpadas penduradas nos pilares ao redor projetam padrões de luz delicados nas paredes brancas e no chão, e esses brilhos parecem pequenas estrelas presas. Exceto pelo canto de um noitibó nas árvores e o murmúrio da fonte na parede, tudo está em silêncio.

"O Fahradan é uma dança de paradoxos", começo. "É um conflito entre controle e paixão. Desejo e pureza. Avançar e recuar."

Ergo os braços sem joias. "A dança nasce nos pulsos. São os pontos em que o resto do corpo se baseia."

Como forma de demonstrar, começo a girar as mãos, movendo um pé depois o outro, remexendo os quadris ao som de uma música imaginária. Minha túnica farfalha ao roçar o piso enquanto movo os pés descalços, erguendo apenas o calcanhar.

"É uma das poucas danças compartilhadas por um homem e uma mulher", prossigo. "Aproxime-se."

Ele obedece, engolindo em seco, e ergue os pulsos na altura dos ombros. Sem parar, chego mais perto e pressiono a parte interna do pulso esquerdo suavemente ao seu direito.

"Nada mais se toca, só os pulsos", sussurro em seu ouvido.

Posso sentir as batidas de seu coração através da pele delicada do pulso: quentes, fortes e vibrantes. O poder de sua energia flui por mim como uma rajada de vento.

"Quando dançar com a princesa, deve resistir a ela e ao mesmo tempo deixar que te seduza. Você é pedra, e ela é água. Você é a terra, e ela é o céu." Com um giro rápido, inverto as direções, colando o outro pulso ao dele. "Viu só? Avançar e recuar. Controle e paixão."

Ele faz que sim e umedece os lábios, os olhos fixos nos meus.

"Agora, quando eu der um passo à frente, você dá um passo para trás", digo. "Quando eu virar para a esquerda, vira para a direita. Somos espelhos um do outro, entende? Mas sempre voltamos, pulso com pulso. Imagine que estamos presos por uma fita invisível que sempre nos traz de volta ao ponto de partida. Esta dança, como o tempo, é cíclica."

Ele começa a dançar comigo, espelhando meus movimentos, até que estamos contornando um ao outro, girando, rodopiando e sempre voltando à posição inicial, os pulsos opostos pressionados, veia contra veia, uma pulsação na outra.

"A mulher lidera, e o homem resiste. A mulher convida, e o homem a segue. Sua parte é fácil. Deixe Cáspida liderar. Espelhe os movimentos dela, e entrarão em sintonia. Seus corpos vão ler os batimentos do coração um do outro através dos pulsos, e as pulsações se tornarão um só ritmo."

"Acho que entendi", diz ele com a voz rouca.

"Então prove."

Giro para longe, depois de volta para ele na ponta dos pés, sempre rotacionando ligeiramente os quadris. Aladdin reage meio atrapalhado a princípio, mas logo a falta de jeito desaparece e ele começa a copiar meus movimentos, reproduzindo-os de maneira espelhada. Dançamos assim, pulso a pulso, girando e rodopiando, passo a passo, por mais alguns minutos. Ele sustenta meu olhar, nossos olhos se conectando a cada volta, antecipando os movimentos um do outro.

Sua pulsação é tão forte contra o meu pulso que ecoa por mim, quase como uma batida de meu coração. Sinto minha pele esquentar e a respiração ficar presa na garganta. Sei como estou perto de cruzar a linha de destruição, mas não consigo me deter. Ele é inebriante, sua força vital, um vício que não posso recusar. Não me sinto viva assim há séculos, desde quando você, *habiba*, me ensinou a dança do Fahradan. Ainda que nossa dança tenha sido de risadas bobas, uma dança de amigas, irmãs, uma dança de vida, juventude e esperança.

Mas essa é diferente.

Não sou eu, mas ele quem seduz, invertendo os papéis tradicionais da dança. E resisto porque devo, porque se não o fizer, se eu ceder aos típicos desejos humanos que tomam conta de mim... será Aladdin quem vai pagar o terrível preço.

"Para." Deixo cair os pulsos e me afasto, e ele faz a mesma coisa, ainda me copiando. Só que ele está arfando, seu peito subindo e descendo pelo esforço, e me encara com um olhar estranho, maravilhado e curioso. Ele se aproxima, os olhos fixos nos meus e, apesar de tudo, não consigo afastar o olhar.

Hesitante, Aladdin leva a mão a minha bochecha. Paralisada de medo e desejo, me limito a observá-lo, corando, quando ele a desliza suavemente por meu rosto. Fecho os olhos, inclinando-me ligeiramente em direção ao toque, e meu estômago dá um pulo. Ansiando. Desejando.

Sinto que ele chega mais perto, curvando o corpo, o rosto se aproximando do meu.

"Não", sussurro. "Não posso."

"Zahra..."

Então me afasto, desviando o olhar. "Você está pronto para ela."

Em seguida, viro e corro de volta para o palácio.

CAPÍTULO QUINZE

É costume que, durante a noite de Fahradan, as linhas entre as classes sejam temporariamente apagadas, e uma criada possa dançar com um príncipe e uma cozinheira possa partilhar a refeição com um rei. Então, quando Aladdin entra na grande sala do trono do rei Malek, estou a seu lado, como uma igual esta noite. Uso a túnica de seda vermelha e dourada que conjurei, e um rubi enfeita minha testa.

Ainda sinto o toque de Aladdin queimando meu rosto, o peso de seu corpo se inclinando em minha direção. Ondas de calor percorrem minha pele, e nunca senti minha forma tão fora de controle. Não consigo me livrar desse frio no estômago ou da imagem dos olhos dele fixos nos meus enquanto bailávamos, rodopiando.

Foi uma casualidade, um acidente, digo a mim mesma. Não vai acontecer de novo. Ainda assim, sinto cada centímetro do espaço que nos separa enquanto caminhamos e me pergunto se ele também sente. Não ouso olhar para ele e descobrir, porque temo encontrar seus olhos e ver a verdade neles... Que o que aconteceu *não foi* um acidente.

Que pode ser real.

E pior, que talvez eu queira que aconteça de novo.

Não é para isso que vim aqui, procuro lembrar. Preciso me concentrar, encontrar Zhian, e *rápido*. Tenho mais dois dias antes de perder minha chance de liberdade, e Nardukha descarregar sua fúria sobre Partênia. Não se trata mais só de mim. Trata-se das pessoas dançando ao meu redor, completamente alheias à catástrofe que se abaterá sobre elas. Trata-se de salvar Aladdin. E o que senti há alguns minutos em nossos aposentos... não pode se repetir.

Há muita coisa em jogo.

Nossa entrada não é grandiosa: nos juntamos à multidão e, com todos vestidos de vermelho e dourado, é fácil nos misturarmos. Mas Aladdin começa a atrair olhares de apreciação e inveja, de desejo e de hostilidade declarada — este último vem dos vários homens acompanhados de damas que olham fascinadas para o meu amo. E Aladdin está mesmo de tirar o fôlego, movendo-se pela multidão com a graça e a postura de um príncipe nato. Onde aprendeu isso? Onde aprendeu a manter a cabeça tão erguida, os ombros tão aprumados, a olhar nos olhos de cada pessoa que passa, dando um sorriso discreto como se fossem velhos amigos? Ele tem um porte que de modo algum minha magia poderia ter lhe conferido, uma força interior que é toda sua. Observá-lo me faz doer por dentro.

"Eles estão me encarando", sussurra Aladdin. "Pelos deuses, Zahra, essa coisa está ao contrário?" Ele puxa o casaco.

"Para com isso", sibilo, batendo em sua mão. "Você está ótimo. Está... bem principesco."

Ele dá um sorriso radiante, e o prazer ilumina tanto seus olhos que é quase difícil suportar. Desvio o olhar, procurando rostos familiares na sala. Ainda que a tradição determine que os servos se misturem livremente a seus senhores, é fácil perceber que a maioria das pessoas ali é da nobreza. Os servos devem estar comemorando o próprio Fahradan em alguma outra parte do palácio. Mas nem todos. Alguns desafortunados serpenteiam por entre a multidão, levando jarros de vinho ou bandejas de folhados.

O trono vazio está cercado por um cordão de seda, à espera do rei. Um palco temporário foi montado contra uma parede, em que um grupo de músicos toca uma melodia rápida e cadenciada, ao som da qual alguns casais já dançam de pulso colado, como ensinei a Aladdin. Braseiros sustentados por enormes tripés e do dobro da altura de um homem projetam luzes que chegam até mesmo ao topo das imponentes cúpulas no alto. Não vejo os pombos que povoavam o teto no dia em que conhecemos o rei, e me pergunto quem foi o pobre coitado encarregado de se livrar deles. Aqui e ali, a multidão se abre para dar espaço para cuspidores de fogo, acrobatas, encantadores de serpentes e engolidores de espadas.

"Não estou vendo a princesa", diz Aladdin. "Será que ela vem? E se ela..."

"Shhh. Olha."

Na extremidade mais distante da sala do trono, no topo de uma escadaria dupla entalhada com cavalos e homens alados, uma magnífica porta alta de teca se abre devagar, puxada por quatro servos, revelando Cáspida e suas aias, que entram no salão como se estivessem flutuando. A princesa usa um vestido em um tom claro de dourado com arremate carmesim. Seu cabelo, preso em um penteado elaborado, está coberto por uma rede formada por delicadas correntes de ouro, de onde pendem pequenos diamantes. Seu cabelo parece uma noite estrelada, mas nada brilha mais do que seus olhos, que percorrem a sala. O dorso de suas mãos está decorado por delicados padrões vermelhos de hena que se espiralam como fumaça.

A corte deixa escapar um suspiro de admiração, e todos param para reverenciá-la. Ela desce a escada suavemente, flanqueada por suas aias. Darian surge na porta mais acima, vestindo um casaco vermelho justo e um turbante dourado. Ele acena regiamente antes de descer, com a cabeça erguida e os lábios repuxados em um sorriso.

Eu me inclino e cutuco Aladdin, que olha fixo para a princesa, completamente estupefato. "Ande. Vá convidá-la para dançar antes que outra pessoa faça isso!"

Ele assente, atordoado, e dá um passo adiante. Solto o ar brevemente, forçando-me a deixá-lo ir sozinho. Está por conta própria, e só posso torcer para que não faça papel de bobo. Agora, se eu conseguir escapar do salão, posso voltar a procurar Zhian. Os segundos passam mais rápido do que nunca, e meu estômago se contorce de preocupação.

Eu me viro para sair e quase dou de cara com um nobre magricela com bigode fino e mau hálito.

"Me concederia a dança, senhorita?", pergunta ele. Então, curvando--se, sussurra: "Você não pode negar! Não esta noite".

Fico presa entre ele e um dos pilares altos, e me encolho quando sou atingida por seu hálito. Ele agarra meu pulso com força e tenta me puxar para o centro do salão, quando de repente uma mão se fecha sobre o seu braço e o afasta.

"A senhorita já me prometeu a próxima dança", diz uma voz.

Viro o rosto para ver quem veio ao meu resgate... e congelo.

Darian exibe um sorriso contido e discreto. Ele se curva, mas o gesto é de deboche conforme seus olhos observam descaradamente meu corpo através do vestido.

"Não fomos apresentados", diz ele. "Sou o príncipe Darian."

O magricela resmunga um pedido de desculpas e desaparece. Começo a me virar, mas Darian desliza a minha frente, colando seu pulso ao meu e me girando em direção ao centro do salão. A multidão se abre ao redor, dando-nos espaço para virar. Fico vermelha de irritação. Os deuses estão conspirando contra mim esta noite.

"Vossa Alteza, eu sou..."

"Sei quem você é", diz Darian. "Zahra, a garota de Rahzad." Ele se vira bruscamente e eu o copio, observando-o pelo canto do olho.

"Você é muito ousado para um príncipe", digo a ele, rodopiando e voltando a encostar o pulso no seu.

"Você é muito bonita para uma criada."

Nesse instante, vejo Aladdin, não muito longe, começando a dançar com Cáspida. Ele está falando alguma coisa para a princesa, com um sorriso grande demais no rosto, e ela parece mais interessada em observar minha dança com Darian. Nossos olhares se cruzam, e vejo que os olhos dela ardem de curiosidade, mas então giramos em direções opostas.

"Qual é a jogada do seu amo?", pergunta Darian em tom baixo.

Descrevemos um círculo ao redor um do outro, nossos pulsos pressionados juntos, a pulsação dele acelerada de ódio. Ele viu Aladdin e Cáspida dançando, e a raiva arde por dentro de seu exterior tranquilo.

"Receio não saber do que está falando, meu senhor. Sou apenas uma criada."

"Mentirosa. É mais do que isso. Sei que despertou o interesse de Cáspida, e vejo que me encara sem desviar os olhos. Sinceramente, não me importa quem ou o que é de fato. O que quero saber é o que seu senhor tem na cabeça para pensar que pode me contrariar."

Procuro disfarçar uma careta. Sempre fui péssima em me fazer passar por criada. *Impressionada demais consigo mesma para o seu próprio bem,* como você costumava dizer, *habiba*.

"Como ele poderia ser uma ameaça para você?", pergunto a Darian.

"Não é. Ele me irrita."

"É um costume dele." A música acelera, e nossos passos a acompanham, então de repente estamos girando e rodopiando a uma velocidade vertiginosa.

Darian para de falar para se concentrar na dança, mas, quando a música desacelera, ele diz: "Cáspida e eu estamos noivos desde que nascemos. Ela me ama".

"E como não amaria?" Chego mais perto dele, minhas saias roçando suas pernas enquanto giramos um ao redor do outro, então trocamos de pulso. "Você é bonito e poderoso. É o sonho de qualquer menininha princesa."

Sua mão paira sobre a minha cintura e meu quadril, sem me tocar. "E com o que sonham as menininhas criadas?", sussurra ele.

Com um sorriso, giro para longe dele, os braços estendidos a minha frente, dando espaço para as minhas saias se abrirem enquanto rodopio. Então, antes que ele possa me pegar, deslizo para o meio da multidão, deixando-o ali sozinho.

Cáspida e Aladdin ainda estão dançando, com passos rígidos e formais, e ele não parece conseguir fazê-la rir. Quando me vê espiando, ergue as sobrancelhas em um pedido de ajuda. Encolho os ombros e sorrio. *Basta desejar, ladrão, que posso fazê-la implorar por seu amor.*

Os diamantes no cabelo dela refletem minúsculos pontos de luz no rosto dele, fazendo-o parecer enfeitiçado. Formam um belo casal, como amantes de uma história unidos pelo destino. Suspiro e começo a me afastar, mas uma voz me impede.

"Parece que chupou um limão."

Ao virar, vejo Nessa ao meu lado. Ela está usando um traje carmesim de duas peças que deixa à mostra sua barriga musculosa e o pequeno aro de ouro no umbigo. Os *dreadlocks* estão presos em um penteado trançado no alto da cabeça, as pontas prateadas em volta como uma coroa. Fico tensa ao vê-la, mas ela não parece ter trazido a flauta, apenas um volume de pergaminhos encadernados debaixo do braço.

Percebendo meu olhar, ela ri e dá um tapinha no livro. "Sempre fico entediada durante essas coisas. Então trouxe um amigo." Ela pega o livro e começa a folheá-lo. "Uma história das maiores rainhas dos reinos do mar oriental, remontando à Rainha Pastora de Ghedda, que se ofereceu como sacrifício para evitar que sua cidade se afundasse no mar."

Sinto um arrepio na pele e me viro para olhar direito para ela, esquecendo temporariamente a ansiedade de encontrar Zhian. "Uma história antiga", comento, devagar. "Poucas pessoas a conhecem."

"Conheço muitas histórias antigas de que a maioria das pessoas nem se lembra", diz ela, passando o dedo pela lombada. "E a biblioteca parteniana é uma maravilha. Seria possível passar a vida inteira explorando o lugar e nunca sequer contar todos os pergaminhos e livros que contém."

"Vossa Alteza me permitiria perguntar como uma princesa tytoshi se encontra em uma corte amulena?"

"Suponho que sim, já que é Fahradan." Ela corre os olhos pela multidão, detendo-se brevemente para observar Aladdin e Cáspida. "Quando um rei tytoshi morre, em geral seu sucessor limpa a casa real, matando seus irmãos e os filhos deles para proteger seu trono... e não sem razão. Poucos governantes tytoshis morrem de causa natural, sabia?" Nessa se vira para mim de novo, falando com naturalidade. "Quando meu avô morreu, meu tio mais velho se tornou rei. Para que meu irmão Vigo e eu não fôssemos estrangulados durante o sono, nossa mãe nos trouxe para cá. Na época, ainda éramos bebês."

"E foi sua mãe quem lhes ensinou a arte de encantar gênios?"

A única indicação de alarme que Nessa deixa transparecer com minha pergunta é uma ligeira dilatação das narinas. "Perdão?"

"Desculpe-me. Notei sua flauta outro dia. Vi que tem símbolos eskares entalhados. Não é um instrumento para tocar melodias por distração."

Ela me observa por um bom tempo, o maxilar tenso, antes de responder de forma breve: "Meu irmão gêmeo e eu trabalhamos pelo nosso sustento". Então acena a cabeça em direção a Aladdin e Cáspida. "Seu príncipe e minha princesa estão despertando muitos comentários."

Dou uma olhada em volta e percebo que os nobres só têm mesmo olhos para Cáspida e seu acompanhante. Sussurram por trás de seus vinhos com especiarias, e nem todas as expressões são benevolentes.

"Eu diria ao seu amo para tomar cuidado", continua Nessa. "Darian deve estar em algum canto tramando um assassinato." Ela desvia o olhar, com o rosto impassível, e eu suspiro. Essa conversa provavelmente não vai me ajudar a encontrar Zhian. A multidão vai se fechando à minha volta, até que fica difícil respirar. Preciso sair, continuar procurando. Já perdi muito tempo.

Antes porém que eu possa fazer qualquer movimento, um toque de trombetas e um arauto anunciam a chegada do rei. Todos param e ficam em silêncio, observando de cabeça curvada, e eu contenho um gemido. Sair agora só atrairia atenção indesejada.

A porta no topo da escada se abre, e Malek lidera uma pequena procissão, Sulifer a sua direita. Pálido e encurvado, o rei entra no salão, e os trajes de cores vivas do festival parecem mais cômicos do que majestosos em seu corpo debilitado. Ele desce a escada tropegamente e quase cai antes de decidir se apoiar no braço do irmão. Apoiado em Sulifer, Malek alcança o salão de dança e faz uma pausa para recuperar o fôlego. Seus olhos vidrados vagam com desinteresse.

Algumas risadinhas correm o recinto, despercebidas pelo rei. Vejo um jovem nobre em um canto distante — um dos amigos de Darian — imitando o rei, cambaleando e fingindo segurar um cachimbo de *simmon* junto aos lábios enquanto esboça um sorriso distante. O próprio Darian não demonstra nada, mas vivi o suficiente para aprender a ler as emoções sob a superfície. Ele disfarça todo seu repúdio e sua satisfação ao olhar para o rei.

O rosto de Cáspida está plácido como a lua. Sem dizer uma palavra a Aladdin, ela abre caminho pelos presentes e chega ao lado de Malek. Então faz um gesto para Sulifer, dispensando a ajuda, e pega o braço do pai. O rei parece despertar de seu estupor ao toque dela, e sorri, dando um tapinha em sua mão. Ela o leva até o trono, ajudando-o a se sentar e ajeitando almofadas atrás das costas dele. As pessoas começam a perder o interesse e voltam a dançar e conversar.

"Há quanto tempo ele está assim?", pergunto a Nessa.

Ela suspira e observa Cáspida e o rei com olhos tristes. "Desde que a rainha morreu, há dez anos. Ele era inteligente e forte e adorava Cáspida com todas as forças."

"Como a rainha morreu?"

O olhar de Nessa fica sombrio. "Um ataque de gênios, há muito tempo. Pegaram a rainha e todas as Sentinelas em uma emboscada enquanto estavam a caminho de Ursha para tentar uma aliança. Nossas mães. Perdemos todas em um único dia."

Ah. Não é de se admirar que a princesa odeie tanto os gênios. Sentindo-me angustiada e inquieta, meus pensamentos vagueiam por caminhos que tentei muito evitar: o que acontecerá com Aladdin quando eu conquistar minha liberdade? O que Cáspida fará quando descobrir que ele conseguiu entrar no palácio fazendo uso da magia dos gênios?

Vigo aparece de repente ao lado da irmã, dando um sorriso travesso. Seus *dreadlocks* descem em uma trança grossa pelas costas, as pontas prateadas tilintando. "Vem, Ness! Vamos mostrar como os tytoshis dançam."

"Tudo bem, feio, mas não chora quando não conseguir acompanhar." Nessa sorri e me entrega seu livro. "Segura isso pra mim, Zahra."

Os dois deslizam para o salão e se lançam em uma dança animada composta de saltos, gritos e rodopios, que parece extremamente exaustiva. A multidão ao redor aplaude e bate palma. Observo, esboçando um pequeno sorriso, e relembrando campos inteiros cheios de tytoshis dançando na época em que eu pertencia a um de seus reis. Depois de um tempo, olho para o livro de Nessa e o abro na primeira página, que traz uma ilustração da Rainha Pastora de Ghedda contemplando sua cidade enquanto ondas se erguem para devorar o local.

Estremeço e fecho o livro bruscamente.

De repente, sinto uma mão deslizar em volta de minha cintura, e uma voz sussurra em meu ouvido: "Que tal aquela dança, querida?".

É o Mau Hálito, agora completamente bêbado e fedendo a vinho. Ele me empurra por trás, em direção à pista de dança, e agarra meu pulso com força. Quando tenta me forçar a girar, eu sibilo: "Vou lhe dar exatamente três segundos para contemplar o erro que está cometendo antes de quebrar seu...".

Então ele arregala os olhos, e seus lábios se abrem em uma careta quando Aladdin, com o rosto sombrio, aparece atrás do homem e torce a mão livre dele.

"Afaste-se agora e talvez saia com o braço ainda preso ao corpo, seu cretino", diz Aladdin.

O homem geme, mas me solta e se afasta, resmungando sozinho: "Por que isso sempre acontece comigo?". Aladdin, satisfeito consigo mesmo, faz uma reverência para mim.

"*Me* concede essa dança? Ou só aceita convites de cretinos como o Darian?"

Reviro os olhos, enfio o livro de Nessa no bolso e, em seguida, ergo o pulso. Ele cola o próprio pulso ao meu, levando-me para o meio dos outros dançarinos. "Eu não precisava de ajuda."

"Uma dama não deveria ter que sujar as mãos em uma noite como esta."

"Ah, você é um príncipe e tanto. Conseguiu impressioná-la?"

Sua expressão muda na mesma hora, e o ar presunçoso dá lugar à tristeza. "Ela mal trocou dez palavras comigo."

"Estou chocada." Sorrio, virando de costas, nossos pulsos se encontrando atrás de minha cabeça. "Tentou poesia?"

"Você não está ajudando."

Ao me virar para encará-lo, chego mais perto e sussurro: "Deseje o amor dela e será seu".

"Então não seria amor." Ele sorri com amargura.

"E o que você sabe sobre o amor?"

"Que deve ser uma escolha."

"Ah, meu ingênuo ladrão." Paro brevemente para olhar em seus olhos. "Raras vezes o amor é uma escolha."

A música fica mais lenta e a maioria dos outros dançarinos sai para beber e conversar. Começo a me afastar também, motivada pela urgência de encontrar Zhian, mas Aladdin diz baixinho: "Só mais um pouco. Acho que estou começando a pegar o jeito".

Ergo a vista, e seu olhar é ardoroso demais para resistir. Volto a dançar, mas mantenho os olhos baixos, lutando contra os nós que me retorcem por dentro.

Restam apenas dois outros casais: Nessa e Vigo, e Cáspida e Darian. O príncipe e a princesa movem-se com rígida formalidade, os passos bem mecânicos. Darian parece frustrado com a indiferença da princesa.

"Ela não o ama", sussurro para Aladdin. "Com as palavras certas, pode conquistá-la."

"Se tem alguma sugestão, sou todo ouvidos", responde ele, a voz repentinamente desolada.

Estreito os olhos, observando seu ar desamparado. "Ora, príncipe Rahzad, está começando a se apaixonar?"

Ele pisca, seu olhar clareando, e então me encara com firmeza. Giro para o outro lado, e depois de volta, mas seus olhos acobreados continuam fixos em mim.

"Não estou aqui para me apaixonar, estou? Vim para vingar meus pais."

"E essas duas coisas não caminham lado a lado?"

Bruscamente, ele para de dançar e se afasta. Aladdin me encara com olhos tão profundos quanto a noite.

"Não", responde suavemente. "Não sei se é bem assim."

Ele me deixa ali parada, perplexa, enquanto vira de costas e se perde na multidão.

CAPÍTULO DEZESSEIS

Cansadas de dançar, as pessoas passam para um grande pátio sob o céu estrelado. Do alto, pendem lanternas coloridas que balançam com a brisa suave, ardendo na escuridão da noite como as chamas das velas, fortes e radiantes. Saio também, ainda que não preste muita atenção a todos ao redor, pois procuro estender meu sexto sentido o mais distante e profundamente possível, à procura de Zhian. Até mesmo envio sussurros hesitantes na silenciosa língua dos gênios: *Você está aí? Irmãos e irmãs, tem alguém aí?* Mas não recebo nenhuma resposta.

Aladdin está ao lado de Cáspida. Eles se movem por entre os jovens cavalheiros e damas, todos rindo e flertando. A princesa e meu amo parecem reticentes e evitam se olhar. Aladdin dá uma espiada em volta, e então seus olhos me encontram e se fixam nos meus. Estou afastada dos outros e, retribuindo seu olhar, aceno incisivamente para a princesa. Ele me encara por mais um instante antes de virar de volta para Cáspida e fazer um comentário que conquista um sorriso educado.

Encontro um canto sossegado em meio às sebes altas que cercam o pátio e me sento na base de uma estátua escondida ali. É a escultura de mármore de um grifo com o rosto aparentemente baseado no do rei Malek, embora esse seja mais forte e mais cheio, como o homem que Malek poderia ser se não tivesse se acabado pelo uso de *simmon*.

Inclino minha cabeça para trás, e a lua e eu nos entreolhamos em silêncio, como inimigos que se enfrentam em um campo de batalha. É a mesma lua que vi na noite em que Aladdin me tirou daquela cripta sob o deserto: uma lua que quase não se vê, que não passa de uma piscada irônica na escuridão do céu.

Dois dias até que desapareça por completo.

Deixo minha mente considerar a possibilidade de um fracasso, algo em que nem me atrevera pensar até agora. Shaza me alertara que, se eu não conseguisse libertar Zhian durante o mês determinado, Nardukha derramaria a morte sobre mim e Partênia. Não é difícil imaginar o que isso significa.

Pego o livro de Nessa, que ainda trago no bolso, e o coloco no colo, aberto na primeira página, onde um desenho a tinta retrata uma donzela triste vendo uma cidade ser engolida pelas ondas.

Já o vi destruir cidades com fogo, água, tremores de terra. Ele destruiu Neruby com areia e vento. Destruiu Ghedda, a cidade do desenho, ao fazer com que a montanha sobre a qual estava construída entrasse em erupção. E já teria destruído Partênia, se isso não colocasse a vida de Zhian em risco. É mesmo espantoso o *shaitan* ter mantido seu notório temperamento difícil sob controle por todo esse tempo. Se eu falhar, é provável que faça Partênia e todo seu povo afundarem no mar e, em seguida, enviará seus marids para procurarem a garrafa de Zhian entre as ruínas.

E Aladdin vai morrer.

Esse pensamento é o que me atinge com mais força. Ergo os olhos e o vejo rindo com os jovens cavalheiros, seus rostos voltados para ele como flores para o sol. Também tenho sentido essa mesma atração, essa sedução misteriosa que exerce sobre mim. Tenho sentido isso há semanas e está ficando cada vez mais difícil resistir. Penso nele no jardim, deitado na grama, sua mão roçando a minha, e estremeço com o prazer que essa lembrança me traz.

Fecho o livro e o deixo ao meu lado. Chega de ficar sentada, esperando que Zhian se manifeste. Olho em volta e vejo o príncipe Darian nas imediações, girando uma garrafa de vinho e observando Aladdin e Cáspida passearem.

Um plano se desenrola em minha mente, então me levanto e caminho até ele.

"Sozinho no Fahradan? Que pena."

Ele se assusta, derramando vinho no casaco, e então limpa, irritado. "É assim que se dirige ao seu amo? Se uma das minhas servas tivesse só metade da sua impertinência, eu mandaria que a chicoteassem e, em seguida, fosse expulsa da cidade para que os ghouls fizessem bom proveito dela."

"Você está bêbado."

Ele encolhe os ombros como se isso fosse de se esperar. "Tenho pensado em maneiras de ensinar ao seu amo qual é o lugar dele na minha corte."

"*Sua* corte? Perdoe-me, Majestade. Eu não sabia que estava na presença de um rei." Olho cinicamente para Darian enquanto ele me lança um olhar fulminante, em seguida aponto para um banco próximo em sinal de convite. Ele se senta ao meu lado, um pouco perto demais, seu hálito fedendo a vinho.

"Qual é o motivo *real* para ele estar aqui?", pergunta Darian.

Pego a garrafa e tomo um grande gole de vinho antes de responder: "Para desfrutar do prazer de sua radiante companhia".

O príncipe praguеja e de repente agarra meu pulso, com os olhos febris. "Diga-me a verdade, garota, ou expulso vocês dois desta cidade."

Puxo a mão de volta, fechando a cara, e replico com rispidez: "Você não tem poder sobre nós. Somos convidados do rei".

"O rei é um idiota e um inválido. Todo mundo sabe que meu pai é o verdadeiro governante de Partênia."

Evito rebater, forçando-me a me concentrar em meu verdadeiro objetivo. Respiro fundo para controlar a língua, então sorrio de forma contida e respondo em um tom mais gentil: "Sim, o grande vizir Sulifer, comandante das forças armadas partenianas. Um grande guerreiro, pelo que soube".

O peito de Darian infla. "De fato. E todos dizem que sou muito parecido."

"Posso ver isso." Aproximo-me dele e corro um dedo por sua manga, sem erguer os olhos. "Deve ter matado muitos gênios."

"Vários", grunhe ele, chegando perigosamente perto. Reclino o corpo para trás, saindo do alcance de seus lábios ansiosos.

"Eu não acredito."

"Como assim?" Ele fecha a cara.

Viro de costas, dou de ombros e corro os dedos por meu cabelo. "Qualquer um pode *dizer* que derrotou muitos gênios, mas um verdadeiro guerreiro provaria. Sabia que nas montanhas de Ursha os membros da tribo cortam os polegares de seus inimigos mortos e os usam em seus cintos como troféus?"

"Isso é bárbaro."

"Os homens podiam ter uma esposa para cada polegar. Alguns tinham vinte ou trinta polegares." Olho para ele de lado. "Quantos gênios você matou?"

Darian passa uma mecha de meu cabelo pelos dedos, e resisto ao impulso de me afastar do toque. Seus olhos ardem de modo decidido quando ele se levanta. "Vou te mostrar."

Sinto um aperto no peito de excitação, mas hesito.

"É muito longe?" Lanço um olhar preocupado em direção a Aladdin. Não posso me arriscar a me afastar demais e ser forçada a me transformar na frente do Darian.

O príncipe dá de ombros. "Não vai perder nada aqui, acredite em mim. Este festival é mais chato do que uma corrida de tartaruga. De qualquer forma, é logo ali."

Saímos do pátio sem sermos vistos, por uma pequena porta que dá acesso ao palácio. Darian não solta minha mão. A dele está suada e me segura com força, mas não digo nada que possa distraí-lo. Quero ver o que tem para me mostrar e espero, contra todas as expectativas, ter feito uma boa jogada e não estar desperdiçando mais horas preciosas. O tempo é como areia e escorre por entre os dedos.

"Por aqui", diz Darian, descendo comigo por uma escada estreita e sinuosa. Tenho medo de que "logo ali" tenha sido exagero, ou que Aladdin possa sair andando por aí e involuntariamente me puxe de volta para a lâmpada. Mas essa chance de encontrar Zhian é boa demais. Enquanto caminhamos, conto meus passos com cuidado.

... 64... 65...

As paredes de arenito ressoam à medida que descemos, a escuridão se fechando e nos engolindo. O brilho e as luzes do Fahradan se desvanecem rápido, até que o príncipe e eu nos vemos sozinhos em um mundo subterrâneo de passagens escuras e câmaras empoeiradas. Meu sexto sentido investiga o vazio das profundezas do palácio, mas minha percepção está embotada, a clareza da visão ambadyana, turva. As paredes são cobertas por tiras de ferro, e o metal interfere em meus pensamentos, repelindo meu sexto sentido de volta. Pisco freneticamente, esperando que Darian não perceba minha vacilação mental.

Um, dois, três andares. Os arquitetos de Partênia foram bem fundo para fazer esses alicerces. Quanto mais longe, mais nos afastamos da lâmpada, e sinto a distância se estirando como uma corda. Eu ainda não tinha explorado essa área; estamos distantes dos aposentos de Aladdin e bem afastados do perímetro que me manteve cativa todas as noites até agora. Sinto um formigamento de excitação e nervosismo. É o mais perto que cheguei de encontrar Zhian e, finalmente, conquistar minha liberdade. E todos os meus pensamentos estão concentrados em não arruinar esta chance.

... 101... 102...

Sinto um aperto no estômago. A qualquer momento, Aladdin pode andar para um lado enquanto caminho na direção contrária, e vou ser puxada de volta e virar fumaça. Será que Darian percebe o quanto estou tensa? Ele ainda segura minha mão com tanta força que não consigo me soltar.

As paredes são lajes de pedra, todas gravadas com glifos e símbolos esmaecidos. Darian consegue encontrar uma tocha com um pouco de óleo restante, presa a um gancho de latão na parede, e a acende, atritando a faca decorativa que traz em seu cinto a uma pederneira presa à tocha.

"A antiga cripta", diz Darian, erguendo a luz. Ele aperta ainda mais minha mão, e olho para ele com ar curioso. Darian está com medo do escuro, das profundezas ou dos mortos. Como se percebesse que notei sua vulnerabilidade, ele franze a testa e me puxa para a frente.

"Os antigos reis e rainhas estão enterrados aqui. Agora, nós os sepultamos em tumbas na superfície, nas colinas ao norte. Mas as paredes aqui são cobertas de ferro, o que torna a cripta perfeita para guardar nossos... prisioneiros *especiais.*"

Sinto os pelos de minha nuca se arrepiarem. É isso. De verdade. Vou encontrar Zhian.

Bem na hora.

... 126... 127...

Enquanto todo meu ser grita para eu me virar e correr de volta, pergunto-me se Aladdin já percebeu minha falta, mas logo depois me repreendo por chegar a pensar nele em um momento como esse. Preciso me concentrar por completo na missão que tenho em mãos. Sei que em breve, talvez até mesmo esta noite, terei que me despedir de Aladdin para sempre. Mas por ora evito pensar nesse assunto tão doloroso.

"Prisioneiros?", pergunto com voz aguda e assustada. "Tem certeza..."

"Você está segura comigo", me garante Darian. "Estamos quase lá."

... 138... 139... Se eu tivesse um coração, estaria batendo com a força de um tambor.

Darian para em frente a uma porta feita de ferro, uma coisa imensa que não teria como ele abrir sozinho. Mas então solta minha mão e abre um painel de madeira na parede que esconde um sistema inteligente de engrenagens. Ele puxa uma manivela, prende-a a uma das engrenagens, então me entrega a tocha para poder segurar a manivela com as duas mãos e colocar seu peso contra ela. Darian pragueja, empenhando toda a força, até que aos poucos as engrenagens começam a girar. Ouço zumbidos e estalos quando as alavancas começam a funcionar, e a porta corre lentamente para o lado, deslizando para dentro da parede.

Quando a porta abre o suficiente para uma pessoa passar, Darian encaixa uma barra de ferro nas engrenagens para evitar que deslizem, então se vira para mim.

"Agora verá como nós, guerreiros amulenos, somos poderosos."

E, por fim, chegou a hora. Estou passando mal de tanta apreensão, a distância entre mim e a lâmpada parecendo zunir de forma ameaçadora. Só mais alguns passos. Posso aguentar. *Tenho* que aguentar.

Ele entra e eu o acompanho, um coração fantasma batendo forte em meu peito.

Dentro da sala, posso sentir todos eles.

Centenas de gênios, de todos os tipos, estão presos em pequenas garrafas de argila e bronze, vidro e porcelana, dispostas em prateleiras que se estendem de parede a parede. A sala é grande, com pé-direito alto, o chão vazio, fora uma mesa com rolos pesados de pergaminho e várias penas.

Os gênios me sentem entrar, sentem minha verdadeira natureza e começam a clamar e gritar, as vozes me atingindo como uma maré avassaladora. Fico zonza e ofegante com todo aquele barulho e desespero.

Darian, claro, não pode ouvir nada e parece satisfeito com minha reação. "Sim, é muito impressionante. Temos engarrafado gênios por centenas de anos. Não há ninguém melhor nisso."

"Você... você mesmo os engarrafa?", pergunto, apoiando a mão na parede para me equilibrar.

"Bom... não *eu*, exatamente. Mas dou ordens aos *eristrati*, que combatem os gênios, e aos encantadores dos gênios que trouxemos dos tytoshis. Desde que estou no comando, engarrafamos mais de trinta gênios, apenas em alguns anos." Ele caminha orgulhoso pela sala, como um caçador exibindo os troféus. "Estes são os marids, os gênios da água. Tem também os ifrites, gênios do fogo, e os ghouls, da terra. Temos até alguns silas." Ele acena para umas garrafas de vidro grandes em uma prateleira alta. "Muito difíceis de pegar porque em geral estão invisíveis."

Irmã! Irmã! Seus gritos ressoam em meus pensamentos como uma tempestade. *Ajude-nos! Liberte-nos!*

Deduzo a partir de seus gritos erráticos que alguns estão ali há mais de trezentos anos. Presto atenção às vozes, tentando identificar a de Zhian, mas é difícil me concentrar com Darian e sua ladainha sobre os vários encantamentos de gênios que testemunhou.

"Este aqui andava pelos lados de uma das nossas vilas de pescadores. Esperamos a noite e, quando ele apareceu, mandei Vigo com a flauta..."

Fiquem em silêncio, todos!, ordeno, e as vozes clamam ainda mais alto. Meus olhos vasculham as prateleiras de cima a baixo, procurando. *Zhian! Zhian, está aqui?*

"E *este* aqui...", continua Darian, "este aqui é o nosso maior prêmio. Não se trata de um ghoul ou ifrite nem marid ou sila, mas outra coisa. Algo maior."

Meus olhos correm para o seu rosto, e preciso me conter para não me transformar em um tigre e prendê-lo no chão até que fale.

"Qual deles?", pergunto, sorrindo com ar inocente e torcendo para que não haja fumaça escapando por entre meus dentes.

Darian aponta para um jarro de barro acima, com uma parte afunilada e uma alça graciosa. "Ali. Capturamos há dois meses. Pensamos que podia ser um ifrite, em razão do fogo que lançava, mas a maneira como mudava de forma: de homem para dragão e então para nuvem de fumaça. Nenhum ifrite faz isso. Apenas ghouls podem mudar de forma, e só se comerem a alma de um humano ou de um animal e tomarem seu corpo. Temos debatido sobre o que pode ser. Acho que..."

"Posso segurá-lo?", pergunto.

Darian pisca e estreita os olhos. "Claro que não. É extremamente perigoso. Se deixar cair e quebrar..."

"Só quero olhar!", disparo, minha fachada ruindo, mas, ao ver a expressão de desconfiança de Darian, baixo meus olhos e sussurro: "Sinto muito. É que nunca vi nada assim. Você realmente é um grande guerreiro. O terror dos gênios!".

"Sim", pondera ele, com o rosto mais relaxado. "Bem, tenho muita prática."

Zhian, é você? Envio as palavras para o jarro de barro acima de Darian.

A resposta chega como um trovão:

TIRE-ME DAQUI!

Tropeço com a força das palavras, e Darian dá um passo à frente para me firmar.

"O vinho está fazendo efeito?", pergunta ele, sorrindo.

Aceno a cabeça distraidamente, meu corpo se retesando um pouco quando suas mãos deslizam por meus braços.

Zhian, estou aqui para ajudá-lo.

TIRE-ME DAQUI AGORA!

Darian começa a tomar certas liberdades, colocando uma das mãos em minhas costas e a outra em meu queixo. Seu toque é repulsivo, as batidas do coração, erráticas e rápidas demais. Sinto-me invadida por todos os lados: pelos gritos de Zhian, pelo clamor dos gênios, pelo desejo de Darian.

"Você realmente é muito bonita", diz ele, baixando os olhos para os meus lábios. "Eu te mostrei um segredo. Agora o que vai me mostrar?"

Crio coragem, agarro seu casaco e dou um passo à frente, imprensando-o contra as prateleiras. As garrafas balançam perigosamente em volta.

"Calma", alerta ele, mas seus olhos brilham com avidez. Nossos rostos estão a apenas alguns centímetros de distância, seus olhos fixos nos meus. "Você é do tipo atrevido. Soube no momento em que te vi. Não é de admirar que Rahzad goste de tê-la por perto."

"E quanto à princesa?", murmuro, passando uma das mãos por trás dele como se fosse correr os dedos por seu cabelo oleoso.

"Cáspida não sabe apreciar os verdadeiros prazeres da vida. Eu, por outro lado, tenho o apetite de um rei."

Darian se afasta da parede e me beija à força, e mal consigo agarrar o jarro de Zhian antes que esteja fora de alcance. Não é maior do que minha mão, então é simples escondê-lo na manga. O príncipe dos gênios está furioso lá dentro, mas o ignoro e me concentro no humano tentando forçar a língua em minha garganta. Sinto que estou no limite da fronteira da lâmpada. Ondas de fumaça correm sob minha pele e preciso me esforçar ao máximo para não me transformar, a ponto de ter lágrimas nos olhos.

Empurro Darian com força, e ele grita ao se chocar contra a parede de gênios engarrafados. Algumas caem das prateleiras, e o pânico salta a seus olhos enquanto tenta pegar todas.

"Por todos os deuses, sua vadia!", ruge ele. "Está louca?"

"Meu amo provavelmente está me procurando", digo meio sem ar. "Preciso ir."

Então viro e fujo da sala, deixando escapar um grito aliviado quando a força de atração que a lâmpada exerce sobre mim diminui. Darian vem muito depressa em meu encalço, então não tenho tempo de assumir uma forma mais rápida. Corro pela cripta escura com o jarro de Zhian chacoalhando na manga e subo as escadas, o príncipe logo atrás.

"Pare!", grita ele. "Ou mandarei açoitá-la!"

Irmã!, grita Zhian. *Liberte-me que eu devoro o desgraçado!*

Procuro me desligar dos dois e subo de três em três degraus, mal conseguindo me equilibrar com minhas saias se embolando nas pernas.

Quando chego ao corredor do andar principal, acelero ao máximo, mas Darian consegue me alcançar, agarra meu braço e me puxa para trás.

"Vadia!", vocifera ele, jogando-me contra a parede com tanta força que vejo estrelas. Sibilo, furiosa, o tigre em mim ameaçando emergir e rasgar sua garganta, mas um grito me traz de volta à realidade.

"Zahra!"

Viro a cabeça e vejo Aladdin correndo em nossa direção. Quando ele percebe que é Darian quem me prende contra a parede, seu rosto é tomado de tanta raiva que fica irreconhecível.

Ele se lança contra Darian antes mesmo que o príncipe possa dizer qualquer coisa. Os dois caem no chão, e Aladdin acerta um soco com toda a força na mandíbula dele.

"Parem com isso!", grito. "Príncipe Rahzad!"

Os rapazes me ignoram, rolando e se debatendo como cães.

Deixe-os!, ruge Zhian. *Solte-me daqui!*

"Como ousa tocá-la?", dispara Aladdin, agarrando Darian pelos cabelos e pressionando o rosto do príncipe contra o piso de pedra. "Seu cretino!"

"Não fiz nada que ela não tivesse pedido", rebate Darian. "Saia de cima de mim ou ordenarei que seja executado!"

Vou me intrometer, mas uma voz fria atrás de mim faz nós três congelarmos.

"*Darian.*"

Dou meia-volta e vejo o vizir parado nas sombras, seu rosto uma máscara de fúria glacial.

Aladdin solta o príncipe, que se levanta com dificuldade, o rosto vermelho.

"Pai, eu..."

"Meu próprio filho, brigando nos corredores como um cachorro por uma cadela no cio? Repugnante."

Darian abaixa a cabeça, lançando a Aladdin um olhar sombrio.

"Quanto a *você*, Rahzad", diz Sulifer, seu olhar gélido correndo para Aladdin, "é assim que os príncipes de Istarya se comportam nas casas que os abrigam?"

Aladdin, sem medo algum nos olhos, cospe no chão antes de se levantar com altivez. "É como nos comportamos com covardes que não sabem controlar as mãos."

Sulifer olha para mim com desinteresse. "Darian, recomponha-se e venha comigo. Príncipe Rahzad, talvez esteja na hora de se recolher esta noite. Acho que o nosso vinho amuleno se provou muito forte para os seus sentidos."

Darian dá um risinho e nos lança olhares ameaçadores antes de se juntar ao pai. Os dois se afastam, Darian mancando um pouco.

"Você não precisava interferir", digo a Aladdin.

Ele vira para mim, ainda ofegante. "Ele estava te agarrando."

"Nada que eu não pudesse resolver."

Ele desvia os olhos e cerra os punhos ao lado do corpo. "É verdade? Você *pediu* a ele para virem aqui?"

Diga que sim, penso. Com uma palavra, poderia cortar de uma vez por todas o que quer que haja entre nós. Eu poderia libertar Zhian sem o menor remorso.

Mas... poderia fazer isso com Aladdin? Poderia machucá-lo assim? E negar a verdade que cresce dentro de mim?

"Por que está aqui?", pergunto. "Deveria estar com Cáspida, oferecendo sua mão em casamento."

A boca de Aladdin se abre, e ele me olha por um instante com a dor escancarada no olhar.

"Acabo de fazer isso", murmura ele.

Então, com os olhos enevoados de raiva, ele passa depressa por mim e desaparece em uma esquina antes que eu possa dizer qualquer coisa. Fico olhando, sentindo o estômago revirar de desalento e confusão.

Sua gênia idiota! DEIXE-ME SAIR DAQUI!

Sobressaltada por meus pensamentos, pego o frasco de Zhian da manga e o viro na mão. Posso facilmente imaginá-lo lá dentro, uma nuvem de fumaça e fúria em torvelinho.

Fique quieto, Zhian. Eu que decido quando vou soltá-lo e, no momento, não está inspirando meu lado mais piedoso.

Ele grunhe e pragueja, mas tento ignorá-lo e vou atrás de Aladdin.

Finalmente estou com Zhian. A qualquer instante poderia quebrar o jarro e libertá-lo, cumprindo minha parte do acordo para reivindicar minha liberdade. Mas o que aconteceria então? A humilhação de ter sido capturado pelos humanos com certeza deixou Zhian furioso. Teve duas luas para alimentar o ódio pelos humanos, que no momento deve ser voraz, destrutivo. Se eu o deixar sair, Partênia não terá a menor chance. Ele vai destruir a cidade a partir de dentro, independente de meu acordo com seu pai.

Tenho que libertar o gênio fora dos muros da cidade e confiar que as barreiras encantadas protegerão todos de sua ira inevitável.

Aladdin volta para os aposentos e eu o sigo à distância, meu peito mais vazio do que nunca.

Chegou a hora de dizer adeus.

CAPÍTULO DEZESSETE

Eu o encontro em nossos aposentos, de pé no pátio. Algumas velas queimam em lanternas coloridas que os empregados do palácio penduraram nas figueiras, iluminando a grama com tons suaves de azul e vermelho. Aladdin está apoiado contra um pilar, de costas para a porta e, se me ouve entrar, não demonstra. Paro apenas para deixar o jarro de Zhian no quarto. Não posso suportar ouvi-lo praguejar e fazer ameaças no momento.

Aladdin não se mexe nem mesmo me cumprimenta quando chego perto. Seu casaco está caído sobre o divã atrás dele, e vejo que está usando apenas uma *kurta* branca simples, as mangas puxadas até os cotovelos. Seu turbante está amassado no chão.

O olhar dele me perturba. Durante toda a noite, esteve radiante como uma chama, sorrindo, dançando, flertando. Mas esse rapaz não está mais ali. O Aladdin diante de mim parece assombrado. Seu maxilar está rijo, o cabelo bagunçado, os punhos tão cerrados que os tendões de seus braços se salientam como cordas.

"Aladdin..."

Ele fica tenso, mas continua sem olhar para mim.

"O que aconteceu entre você e Cáspida?"

Então ele me encara, e a raiva em seus olhos me pega de surpresa. "Eu disse a ela todo tipo de mentira. Que tenho um exército em Istarya, e tesouros repletos de ouro, e que tudo seria dela caso se casasse comigo."

Uma criada deixou um bule de chá e comidinhas ao lado do divã. Encho uma xícara e aqueço minhas mãos com ela para evitar que tremam. "E o que ela disse?"

"Que pensaria a respeito." Ele ri amargamente, depois fica em silêncio por um bom tempo. Eu queria poder ler seus pensamentos, mas seu rosto é um mistério para mim.

"Quando vi você no corredor com o Darian, senti mais raiva do que nunca", diz ele enfim. "Eu estava com raiva e... com medo de que você *quisesse* estar lá, de que quisesse que ele te tocasse. Aquele único olhar me fez sentir mais coisas do que jamais senti com Cáspida. Zahra, acho que você tem razão. O amor não é uma escolha. Se eu pudesse escolher amar Cáspida, talvez tudo fosse diferente, mas não acho que seja possível. Não mais."

Toda a fumaça dentro de mim desaba quando olho para ele. "O que está dizendo?"

Ele se vira e olha bem nos meus olhos. Por mais que eu queira, não consigo de forma alguma desviar o olhar. A intensidade de seus olhos acobreados me deixa hipnotizada.

"Acho que você sabe", diz ele em voz baixa. "Ou sou o único que sente isso?"

Sinto um formigamento na pele e na raiz do cabelo, como se o ar ao redor estivesse carregado, uma tempestade prestes a desabar.

"Não sei do que está falando." As palavras soam amargas em minha língua.

Com um grunhido de frustração, Aladdin vira e coça a cabeça. "Nunca sei quando está mentindo. Isso me deixa louco. Sou um bom mentiroso e reconheço uma boa mentira quando ouço uma. Mas você... você é exasperante!"

Abro um discreto sorriso, sem achar graça, pensando que eu poderia dizer o mesmo dele.

Ele continua: "Imaginei o dia do meu casamento com Cáspida, várias e várias vezes. Sonhei em mandar Darian aos confins do mundo e condenar Sulifer a passar a vida esfregando o chão e finalmente vingar meus pais. Passei a vida toda imaginando essas coisas, mas já não me trazem o mesmo prazer de antes".

Ele dá a volta no pilar, vindo ficar atrás de mim, e o tom de súplica em sua voz atravessa todas as minhas defesas, deixando-me sem ar.

"As coisas que antes eram doces para mim agora são amargas. O sol já não brilha mais tanto. As estrelas parecem esmaecidas. Todo esse luxo e riqueza parecem sem sentido. Todo o mundo fica à sua sombra, Zahra. Não posso deixar de ver você quando fecho os olhos."

Ele corre os dedos por meu cabelo com hesitação. Meu corpo se retesa, e Aladdin retira a mão.

Em seguida, coloca-se a minha frente, com o olhar aflito. "Sei tão pouco sobre você, e isso me corrói dia e noite. Quem é você? Por que domina a minha mente?"

"Para, Aladdin. *Por favor.*" Com a voz trêmula, reajo enfim, dando um passo à frente e erguendo as mãos. "Não faça isso. Não agora." *Não quando estou tão perto de conquistar minha liberdade.* Vim aqui pronta para me despedir de Aladdin para sempre, mas ele fez a primeira jogada, e agora me encontro na defensiva, esquivando-me e bloqueando o ataque de suas palavras. Mas muitos golpes acertam em cheio.

Sempre fui capaz de sentir meus amos, mas com Aladdin é diferente. Quando fecho meus olhos, ele está lá, sorrindo, gargalhando, desafiando-me com seus olhos castanho-acobreados.

Pela primeira vez, penso no que virá depois de conquistar minha liberdade. Por tanto tempo, esse foi meu único objetivo, mas e depois? Volto para Ambadya, onde todos me odeiam? Fico no mundo humano, onde me destruiriam se soubessem o que sou? Não tenho para onde ir e ninguém com quem desfrutar minha liberdade, e pela primeira vez começo a me perguntar se isso é realmente liberdade, ou se estou trocando uma prisão por outra.

"Não sou a pessoa certa *para* você", digo, desesperada. "Somos tão diferentes. Mil e um mundos nos separam. Não daria certo. E é *perigoso*."

Mas seu rosto apenas se ilumina. "Então você *sente* a mesma coisa."

"Não somos iguais... e essa é a questão principal! Não sou humana, Aladdin. Tudo que já houve de humano em mim foi destruído, e fui forjada em algo totalmente distinto. Não estou aqui para ajudá-lo. Nunca estive aqui para ajudá-lo nem ajudar nenhum de meus amos."

Ele balança a cabeça. "Não acredito nisso."

"Não importa no que acredita", declaro com amargura. "As coisas são como são, e isso não tem nada a ver com o que você *quer*."

Ele dá a volta por mim, forçando-me a encará-lo. "Você me ajudou a fugir do Darian no deserto. Depois me ajudou a entrar no palácio quando poderia ter deixado que descobrissem quem eu realmente era. Pelos deuses, me ensinou a dançar! Teve uma centena de oportunidades de me enganar e me trair, mas não fez isso. Ajudou mesmo sem eu fazer nenhum pedido."

"Uma galinha não voa como as outras aves, mas ainda é uma ave."

"Zahra!" Ele estende as mãos, e o vento bagunça seu cabelo. "*Sei* que se importa. Noto isso quando você pensa que não estou olhando."

"Para! Não sou o que pensa, Aladdin! Eu *vou* te trair e *vou* te machucar, porque é assim que eu *sou*. Por que acha que Nardukha arranca as almas dos vivos e cria gênios? Por que acha que ele nos envia ao mundo? Para realizar seus sonhos miseráveis? Para lhes trazer *felicidade*?" Rio de forma cínica. "Ele lhes dá o que mais desejam e usa isso para destruí-los. Olha para você. É um príncipe. Tem dinheiro, poder, privilégio. A chance de vingar seus pais. E está infeliz."

Aladdin me encara e vejo pena em seus olhos. "Eu tenho me feito infeliz a vida inteira", diz ele, baixinho. "Há muito tempo me convenci de que, se pudesse me vingar de Sulifer, poderia enfim *seguir em frente*. Que poderia apagar a lembrança do dia em que meus pais morreram, quando segurei suas cabeças decepadas e vi o sangue deles correr para a sarjeta. Mas, como disse, aqui estou eu, a um passo dessa vingança... e isso tudo se azedou para mim. Já não é mais o que eu *quero*."

Ele suspira e olha para o céu, como se procurasse palavras entre as estrelas. "Não é você que me deixa infeliz, Zahra. Sou eu que faço isso comigo mesmo, porque sou muito fraco e tenho muito medo de admitir que não é do Sulifer que tenho raiva... mas de *mim*. Meus pais foram mortos por *minha* causa. Um dia antes de serem executados, os guardas me prenderam por roubar um brinco e, quando descobriram quem eu era, Sulifer mandou que me chicoteassem até que eu contasse onde estavam os meus pais. E, depois que eles morreram, ele me devolveu o brinco como pagamento por entregar minha mãe e meu pai." Aladdin baixa o olhar para encontrar o meu e roça os dedos pelo aro na orelha. "Uso isso todos os dias desde então para me lembrar de que nada, *nada*, vale trair alguém que se ama."

Ama?

A palavra paira entre nós como uma fruta proibida, madura, doce e, ah, extremamente mortal. Olho para ele, consternada.

"Por favor", sussurro. "Para."

"Zahra..."

"Não entende? É proibido, Aladdin! Nós, gênios, devemos obedecer a muitas regras, mas a primeira e mais importante de todas é a de *nunca* nos apaixonarmos por um humano!"

Ele recupera o fôlego, engolindo em seco. "E você sempre segue as regras?"

"Eu..." Olho para o céu e respiro fundo, procurando as palavras certas entre as estrelas. "Não se trata disso. Sabe que tipo de destruição causaríamos? Você não ouviu a história de seu povo, como sua cidade foi destruída, como milhares de pessoas morreram? Não foi o ódio que desencadeou a guerra entre o seu povo e o meu, Aladdin. Foi o *amor*. Dei as mãos à Roshana, a Sábia, e a chamei de irmã, e essas palavras atearam fogo ao nosso mundo!"

Pronto. Minha maior vergonha, exposta. A verdade jaz entre nós como vidro quebrado. Com certeza agora ele me vê como realmente sou: uma traidora, um monstro, uma inimiga. Aladdin olha fixamente para mim e seu rosto se suaviza.

"Não foi sua culpa", diz ele. "Amar alguém nunca é errado. E, como você disse, não é uma escolha. Apenas acontece, e ficamos indefesos frente a seu poder."

"Isso não muda o fato de que as consequências são desastrosas. Como dizem os poetas, quem faz amizade com os gênios, cumprimenta a morte."

"E se não fosse uma gênia? E se estivesse livre das regras deles?"

Eu o encaro. Seu maxilar se tensiona, e a determinação no olhar me assusta profundamente. Uma nuvem passa pela lua crescente, e o pátio escurece. Aqui e ali, a grama continua amassada onde Aladdin e eu dançamos poucas horas antes. Baixo o olhar e a observo, tremendo da cabeça aos pés.

"Não diga isso, Aladdin. Nem sequer *pense*." O medo se avoluma dentro de mim como uma nuvem de tempestade, escura e ameaçadora.

Aladdin se aproxima. Pega minhas mãos. Sua pele está quente, crepitante de energia, o que me deixa em chamas.

"Ainda tenho um desejo", murmura ele. "E este é para você."

"Não, Aladdin! Não fale o que está pensando. Não peça o Desejo Proibido. O custo..."

“Dane-se o custo. Zahra, desejo...”

Eu o detenho com um beijo.

Porque é a primeira coisa em que penso para que não diga as terríveis palavras. Porque ele me enche de luz, esperança e o mais absoluto pavor. Porque vinha desejando isso havia dias.

Sinto o choque tomar conta dele, e seu corpo se retesar. Mas em seguida relaxa, fundindo-se comigo, e dá um passo à frente, prendendo--me entre ele e a parede, perto da tocha que crepita ao meu lado. Suas mãos deslizam por minhas costas, quadris e coxas, deixando um rastro de fogo. Seu coração bate rápido o suficiente por nós dois, as batidas fortes reverberando através de mim.

Enterro as mãos em seu cabelo escuro, meus dedos se enroscando nas ondas espessas. Sou dominada pelo desejo, e colo o corpo ao dele, passando uma perna em torno de sua cintura. Aladdin me levanta, e enrosco a outra perna em torno dele, a saia deslizando para cima de minhas coxas, minhas costas pressionadas contra a coluna.

Seus lábios são macios, quentes e gentis, salientados por uma urgência mal contida. Quero cada vez mais. Tiro sua *kurta* e a deixo cair no chão. Então pressiono as mãos contra o seu peito nu e sinto seu coração contra a palma de minha mão, os pulmões subindo e descendo com a respiração. Seu ombro traz a cicatriz da flechada que ele levou em meu lugar. Aladdin me beija de novo, com mais força, e corro as mãos por seu maxilar e pescoço, pelos ombros, pelos músculos retesados das costas.

Ele se vira, sem me soltar nem interromper nosso beijo, e caímos no divã macio. Aladdin se mantém sobre mim, com o abdômen contraído e o cabelo caindo na testa. Seus lábios vão descendo por meu queixo, pela curva do maxilar, pelo pescoço.

Minhas mãos são vorazes, explorando as superfícies planas e os ângulos de seu corpo. Seus dedos encontram os meus e se entrelaçam. Ele levanta nossas mãos sobre a minha cabeça, pressionando-as ao travesseiro sob meu cabelo, enquanto deixa beijos por minha clavícula, e então vai descendo e abre os botões de meu vestido, correndo os lábios por minha barriga nua.

Fico sem ar e arregalo os olhos, meu corpo emprestado experimentando sensações que nunca senti antes, nunca me atrevi a sentir, nunca pensei que *pudesse* sentir.

“Aladdin”, murmuro. “Não deveríamos...”

“Shhh.” Ele me silencia com um beijo, e ergo o queixo para retribuir. Um vento quente sopra por meu corpo, revirando brasas e avivando as chamas. Não quero parar. Não quero pensar nas consequências. Só quero Aladdin, em toda parte.

Eu desejo...

Não. Não, não posso fazer nenhum desejo. O custo é alto demais para nós dois.

“Para”, digo, com a voz entremeada por uma fraqueza traiçoeira.

“Por quê?” Seus olhos encontram os meus.

“*Para*”, digo com mais firmeza.

Eu o empurro para longe de mim e sento com o rosto nas mãos, meu cabelo como uma cortina para me proteger. Aladdin não se move, só me encara, ainda com a respiração pesada.

“Zahra? Qual é o problema?”

“Tudo!” Levanto a cabeça e fico de pé em um pulo. “Você não entende. Isso não pode acontecer!”

“Desculpa.” Ele fica de joelhos e estende as mãos. “Desculpa de verdade. Não sei o que deu em mim. Por favor...”

“Me deixe em paz!” Passo correndo pela porta e a bato com força, então caio contra ela, ofegante e aos soluços, no corredor vazio. Como deixei isso acontecer? Como pude ser tão fraca?

“Zahra?” Ele está do outro lado da porta, com a voz abafada. “Desculpa.”

“Não é o que você pensa”, digo a ele. “Você não sente nada por mim. Só está atraído pelo meu poder, pelos desejos que lhe concedi.”

“Não...” Mas sua voz soa incerta.

Sentindo-me a maior traidora do mundo, digo: “Fui um tola em usar esta forma com você. Não sou humana, Aladdin. Não sou uma boa opção para você”. Abro a porta e lá está ele, o cabelo despenteado e o peito brilhando de suor, com aquele olhar de cão sem dono que me desarma completamente. Mas permaneço firme.

“Esta”, digo, mostrando a mim mesma, “não sou eu. Não sou assim. Este corpo que vê pertencia a outra pessoa tempos e tempos atrás, e, sendo o monstro que sou, eu o roubei. É uma máscara. Uma mentira.”

“Não me importo com a sua aparência.”

"Fala isso, mas se importa, *sim*. Teria me beijado se eu fosse assim?" Com uma explosão de fumaça, me transformo em uma velha enrugada. Aladdin engole em seco, mas não desvia o olhar. "Ou assim?" Então me transformo em um homem feio e cheio de cicatrizes, com verrugas no rosto. Aladdin empalidece.

Em seguida, volto à forma de garota, suspiro profundamente e puxo minha roupa. "Isto tudo não passa de uma forma. Não está *me* vendo de verdade."

"Então me mostra como você é", implora ele. "Quero ver você, Zahra. Quero saber quem realmente é."

Fico olhando para ele e, sem dizer uma palavra, lentamente me transformo em uma espiral de fumaça vermelha brilhante.

"Eu não tenho forma", digo, e minha voz muda e se multiplica, uma dúzia de vozes falando ao mesmo tempo. "Não tenho nome. Sou a Escrava da Lâmpada, e sua vontade é a minha. Seus desejos são uma ordem."

Ele balança a cabeça com teimosia, mas dá um passo para trás. Expando-me e avanço, levando-o mais para dentro do cômodo, faiscando por dentro como uma nuvem de tempestade. Cresço e preencho o ar, fazendo-o engasgar e cair de joelhos, tossindo. Pressiono as mãos esfumaçadas contra as paredes, enrosco-me em torno das colunas e o subjugo.

"Zahra, para!", grita ele. "Por favor!"

Na mesma hora me transformo em uma garota e volto a ficar diante dele. Aladdin ergue a vista com cautela, os olhos arregalados de dor.

"Entendeu?", pergunto sem emoção.

Ele está ofegante, o peito nu coberto de suor. "Só me responde uma pergunta: sente alguma coisa por mim? Existe alguma chance..."

"Não." Pelos deuses, como a mentira queima em minha língua.

Ele hesita, então acena a cabeça uma vez. Seus olhos se inundam de confusão e dor, e Aladdin se levanta e se afasta de mim, com os ombros caídos.

Sentindo o peso da vergonha, viro e sigo até a porta. Paro brevemente antes de atravessá-la e digo: "Nunca quis que as coisas chegassem a esse ponto. Eu sinto muito".

Então saio em disparada pelo corredor e acabo esbarrando em um braseiro em chamas, que balança precariamente, as brasas acesas se espalhando pelo chão e faiscando em volta de meus pés como pequenas estrelas explodindo. Recosto-me contra a parede, com o rosto enterrado nas mãos, por um bom tempo. Nunca havia me sentido tão fora de controle, o corpo tomando decisões antes que a mente pudesse acompanhá-lo. Continuo tremendo e inspiro e expiro pela boca, tentando me acalmar.

Não deveria tê-lo beijado, *habiba*. Mas não sabia mais o que fazer. As palavras estavam lá, subindo pela garganta dele, palavras de liberdade, palavras de morte. Melhor beijá-lo e abandoná-lo do que deixar que formulasse o Desejo Proibido.

Preciso encontrar uma maneira de sair da cidade, para libertar Zhian e, em seguida, fugir para o mais longe daqui possível antes que me enrede ainda mais com esse menino humano.

Vagamente, percebo que alguém por perto está gritando e consigo sair do torpor em que me encontro. Tem algo acontecendo do outro lado do palácio. Um criado passa correndo por mim, carregado de pergaminhos. Eu o chamo, mas ele me ignora e segue em frente. Vou depressa atrás, e os gritos ficam mais altos. Então, por cima do barulho, ouve-se uma lamúria aguda e arrepiante.

"O rei!", grita a voz. "O rei está morrendo!"

CAPÍTULO DEZOITO

"Zahra!"

Estou correndo pelo palácio quando ouço o grito de Nessa e, ao virar, deparo-me com ela vindo em disparada pelo corredor. Espero por ela. Está sem fôlego e com os olhos arregalados, seus *dreadlocks* se soltando do coque.

"Você ouviu?", pergunta ela.

"Sim. Onde está a princesa Cáspida?"

"Com o pai. Estou indo para lá agora."

"Vou com você."

Nessa e eu voltamos a correr. A notícia sobre a piora do estado de saúde do rei deve estar se espalhando rápido porque as pessoas começam a sair de seus quartos e os sussurros tomam conta dos corredores.

Chegamos aos aposentos do rei, que ficam perto dos de Cáspida e dentro do perímetro da lâmpada. Uma pequena multidão já se formou, a maioria nobres em trajes de dormir e ainda com os penteados e maquiagens da noite de festa. Um grupo de guardas bloqueia a porta, detendo qualquer um que tenta entrar.

"Nessa!"

Khavar e outra aia estão ali perto e acenam para nós.

"Alguma notícia?", pergunta Nessa.

Khavar faz que não.

"Cáspida está lá dentro, com Sulifer e os médicos. Ninguém saiu ainda."

"Com licença", digo, recuando. "Acho melhor voltar para o príncipe Rahzad."

As meninas acenam distraidamente a cabeça, sem perceberem que tomo o corredor que leva na direção oposta à dos aposentos de Aladdin. Quando estou sozinha, assumo a forma de um pequeno lagarto cor de areia e corro de volta para os aposentos do rei.

Desvio dos pés dos nobres parados em frente à porta, passo depressa por cima da bota de um guarda e me enfio por baixo da porta. Estendendo toda hora a língua, atravesso várias câmaras luxuosas até chegar à cama do rei. O ar está carregado de fumaça de *simmon*, e as pessoas reunidas ao redor usam panos amarrados sobre a boca e o nariz. Cáspida, ainda usando o vestido de Fahradan, está ajoelhada ao lado da cama, com as mãos agarradas às do pai.

Os médicos estão reunidos em um lado da sala e, a julgar pelas expressões sombrias, já desistiram do paciente. Um grupo de mulheres chora aos pés da cama. Sulifer e Darian estão ali perto, silenciosos e reflexivos.

Noto que a pele de Malek está amarelada e cheia e crostas, o rosto, fundo, as olheiras, tão escuras que parecem borrões de kohl. Sua respiração é irregular e entrecortada, e o peito mal se mexe.

Os olhos de Cáspida estão secos e fixos no rosto do pai, ardendo de ferocidade, como se estivesse tentando trazê-lo de volta à vida. Subo pela coluna da cama e fico de cabeça para baixo no teto, presa pelas almofadas pegajosas de minhas patas de lagarto. Meus olhos redondos de réptil me permitem ver todos ao mesmo tempo.

Sulifer segura uma folha de pergaminho e uma pena com tinta, e se inclina sobre o irmão, falando em voz baixa.

"Pelo bem do povo, Malek, precisa garantir que essa transição seja o mais estável possível", diz ele.

"Deixe-o em paz!", dispara Cáspida. "Ele está *morrendo*, seu abutre!"

Sulifer a encara com ar de pena. "Mesmo em seu leito de morte, um rei tem responsabilidades. Observe e aprenda, princesa."

Ela lhe lança um olhar fulminante quando ele se abaixa mais e coloca a pena na mão de Malek, segurando o pulso do irmão para que o rei possa pressionar a ponta ao pergaminho.

"Por favor, irmão", murmura Sulifer. "Seu povo cantará louvores sobre a sua sabedoria e visão. Eles se sentirão seguros com um rei e uma rainha para governar depois de você, e seus inimigos vão tremer. Pois quem se oporia a um casal que combina tão bem como meu filho e sua filha? Que seu último ato abençoe a felicidade deles e garanta seu legado."

Os olhos febris de Malek vão de Cáspida até o irmão, e ele geme.

"Dê o fora!" Cáspida se levanta e aponta para a porta, os olhos ardendo de fúria. "Vou chamar os guardas!"

"Pare de agir como uma criança mimada", retruca Sulifer pacientemente. "Seu pai está morrendo, e insiste em fazer birra."

"*Baba*, por favor", diz ela, pegando o rosto do pai nas mãos. "Eu te amo. Não faça isso."

"Foi ele quem arranjou essa união anos atrás", diz Sulifer. "Vai contrariar os desejos dele agora, quando está a um sopro das eternas terras dos deuses?"

"Ele foi manipulado", rebate ela. "Isso foi obra *sua*! Você o persuadiu quando ele estava frágil após a morte da minha mãe!"

"Você se atreve a chamar o rei de fraco?", interrompe Darian acaloradamente. "Ousa questionar a vontade dele?"

"Você é que ousa usurpá-lo!", esbraveja ela. "E manipular um homem em seu momento mais frágil! Não vou deixar que o faça assinar esse seu decreto idiota!"

"Vai contrariá-lo até o último suspiro?" Sulifer mostra os dentes com raiva.

Ela encara fixamente o pai com os olhos atordoados. "Claro que não. *Baba*, farei tudo que quiser. Mas, por favor, que seja a *sua* vontade e a de ninguém mais."

Malek murmura algo.

"*Baba*?" Cáspida se curva sobre ele. "O que é?"

"Melhor...", geme ele. "Melhor... coisa para você... Mantê-la segura."

"*Baba*?" Os olhos de Cáspida se enchem de consternação.

Sulifer a encara com ar de superioridade. "O rei falou. Afaste-se, princesa, e deixe-o fazer cumprir sua vontade."

Ele a empurra para o lado e estende o pergaminho, apoiando o braço de Malek enquanto o rei assina. O rosto de Cáspida perde a cor, e Darian desvia o olhar, disfarçando um discreto sorriso.

"Está feito", entoa Sulifer. "O rei declarou sua vontade. Está tudo aqui assinado na presença de testemunhas."

"O rei declarou sua vontade", murmuram os médicos. "Nós somos testemunhas."

Darian pega o braço de Cáspida. "Mesmo nesta noite trágica, temos motivos para estar contentes. Seu pai nos deu um grande presente, Cas. Não estrague isso sendo egoísta."

De repente, Malek fica sem ar, os olhos arregalados, as pupilas contraídas. Os médicos correm para tentar socorrê-lo, mas não há nada que possam fazer. Cáspida se atira de joelhos ao lado do rei.

"Não, não, não", murmura ela, os olhos agora cheios de lágrimas. "*Baba*, por favor!"

Os olhos de Malek encontram os dela. Ele abre a boca como se fosse dizer alguma coisa, e ela se inclina em expectativa, mas a única coisa que escapa é uma respiração longa e fraca que se estende até seus pulmões esvaziarem e não voltarem mais a encher.

"Meu irmão partiu para as terras dos deuses", entoa Sulifer. "Que descanse em paz."

"Que descanse em paz", ecoam os médicos.

As mulheres começam a chorar e rasgar as vestes. Uma segura um pote de cinzas e as joga no ar. Enquanto os médicos se apressam em realizar os ritos fúnebres que ajudarão a alma de Malek a alcançar a eternidade, Cáspida se levanta e sai do quarto.

Desgrudo rapidamente minhas patas e a sigo.

Ela sai correndo dos aposentos do rei, abre caminho depressa entre os nobres que se aglomeram por perto e ignora suas aias quando a chamam. Com o vestido se agitando em torno das pernas, ela corre pelo palácio, deixando para trás as poucas pessoas que tentam segui-la. Tenho que descer para o chão e me transformar em um gato para acompanhá-la, minhas patas silenciosas na pedra. Cáspida chora enquanto corre, deixando um rastro de manchas escuras nas pedras onde as lágrimas caem.

Por fim, para em frente aos aposentos de Aladdin. Fica ali por um instante, recostada à parede e abraçando o corpo, enquanto tenta controlar a respiração. Ela para de chorar e limpa o rosto com o vestido.

Em seguida, respira fundo, endireita os ombros e bate na porta de Aladdin.

A porta se abre de imediato.

"Zahra, eu..." Ele fica paralisado. "Princesa Cáspida."

"Príncipe Rahzad. Posso entrar?", pergunta ela.

Aladdin olha para os dois lados do corredor, então faz que sim e dá um passo para trás. Cáspida entra e, pouco antes que ele feche a porta, corro para dentro do quarto. Aladdin percebe e me olha com cautela. Fico sentada no canto, minha cauda enrolada em torno das patas, observando impassível.

Cáspida está no pátio gramado e parece perdida e indefesa. Seu cabelo solto se emaranhou enquanto corria e os pés estão descalços. Aladdin se aproxima dela devagar, o rosto cheio de preocupação.

"Você está bem?", pergunta ele.

"Meu pai morreu", diz Cáspida sem emoção na voz.

Aladdin para e fecha os olhos, soltando o ar lentamente. "Eu sinto muito."

Ela dá de ombros e desvia o olhar, o maxilar tenso.

Aladdin caminha até ela com ar hesitante. "Há... algo que eu possa fazer?"

Cáspida pisca rápido, contendo as lágrimas. Seu corpo parece rígido e tenso, como se ela estivesse prestes a fugir. "Eu vim aceitar."

"Aceitar?"

"Sua oferta de casamento."

Aladdin abre e fecha a boca. Então pisca os olhos, atordoado.

"Então?", dispara ela. "Vai ficar aí de boca aberta ou vai dizer alguma coisa?"

"Hum. Eu não acho... Não sei se está com cabeça agora para tomar uma decisão como essa. Seu pai acabou de morrer. Deveria estar de luto por ele, não..."

"Sulifer fez meu pai assinar um decreto momentos antes de ele... partir. O documento diz que devo me casar dentro de dois dias, antes de ser coroada, ou abdicar."

Os lábios de Aladdin formam um círculo perfeito. "E... você quer se casar comigo em vez de Darian."

"O decreto não menciona o nome de Darian. Só diz que devo me casar com um príncipe."

Aladdin morde o lábio, franzindo os olhos. "Tem certeza de que quer fazer isso?"

"Você disse que queria me ajudar! Bem, é isso. Estou pedindo ajuda!"

"Está bem, está bem", diz ele, erguendo as mãos. "É claro que vou ajudar. Só quero ter certeza de que é isso que você quer."

"Quero que se case comigo", declara ela com firmeza. "E depois quero que convoque seu exército."

O rosto de Aladdin fica impassível. "Meu exército."

"Você *tem* um exército, não é?" Seu olhar fica assustadoramente sombrio.

"Hã... sim. Quer dizer, é claro."

"Bem. Quando conseguem chegar aqui?"

"Hum. Não sei. Um mês, talvez?" Ansioso, Aladdin olha para mim, e eu baixo a vista para as patas.

Ela assente. "Certo. Precisamos começar a traçar nossos planos de batalha."

"Planos de batalha", ecoa ele sem emoção.

"Meus batedores relataram que há gênios reunidos nas colinas. Mais do que jamais vimos."

Endireito o corpo, com as orelhas de gato em alerta.

"Tem algo acontecendo ali", continua Cáspida. "E não pode ser nada bom se há gênios envolvidos. Tememos que possam iniciar um ataque e precisamos estar prontos. Seus homens podem ajudar, não podem?"

"É claro." Aladdin olha para mim em um pedido silencioso de ajuda. Permaneço exatamente onde estou, sentada em uma das almofadas sobre a qual ele me beijou poucos minutos antes.

"Princesa, talvez eu deva acompanhá-la de volta aos seus aposentos. Suas amigas devem saber confortá-la melhor." Ele hesita e depois acrescenta: "Sinto muito pelo seu pai. Perdi o meu quando tinha 12 anos. Sei como é".

"Sabe o que é sentir o peso de um reino inteiro cair de repente em seus ombros?", pergunta ela bruscamente, e então fecha os olhos com força. "Sinto muito. Fui rude. Deve me achar patética, por vir correndo para cá desse jeito."

Aladdin segura suas mãos com delicadeza. "Você não é patética. E tem razão. Não sei como é. Mas sei que você é capaz de aguentar isso. Sei que é forte o bastante e que está cercada por pessoas que estarão ao seu lado em todos os momentos. Não está sozinha, princesa."

Ela ergue as sobrancelhas e respira fundo para se acalmar. "Eu deveria voltar. Meu pai... Preciso tomar providências."

Aladdin assente. "Permita-me ajudar."

"Depois", diz ela. "Esta noite é o velório."

De repente, ela fica na ponta dos pés e beija de leve os lábios dele, sem jeito e hesitante. As sobrancelhas de Aladdin se erguem de surpresa, e os olhos dele correm brevemente para mim. Inveja toma conta de mim, mas a reprimo implacavelmente.

Tudo que eu queria era que Cáspida aceitasse a proposta de casamento, e ali está ela, no momento perfeito. Em geral sou a primeira a descartar a ideia de destino, mas talvez abra uma exceção. Afinal, Aladdin conseguiu sua princesa. Talvez esse desejo não acabe em perda e tristeza. Pelo menos, não para os humanos. Essa perspectiva deveria me deixar feliz. Mas sou um espírito egoísta, e isso não acontece.

Cáspida sai tão depressa quanto chegou, deixando Aladdin atordoado. Ele fica parado por um instante, os ombros retesados como a corda de um arco. Então entra, pega um jarro de barro de trás de um travesseiro e toma um gole grande e demorado. Quando abaixa o jarro, cambaleia em minha direção e desaba nas almofadas.

"Bem." Ele leva o jarro aos lábios, os olhos arregalados e desfocados. "Acho que venci, afinal."

Com um redemoinho de fumaça, volto a me transformar em humana. Sento ao lado dele e fico olhando para o chão, tentando me sentir aliviada.

"Parabéns", digo.

"E agora?" Ele toma outro gole, cada vez mais perto de ficar bêbado. "Desejo um exército?"

"É o que parece."

Talvez devesse contar a Aladdin a verdade sobre Zhian e o acordo que fiz com os gênios. Mas será que posso suportar a decepção em seus olhos quando confessar que o tenho manipulado esse tempo todo, convencendo-o a embarcar em um casamento que ele não quer, apenas para atender aos meus próprios fins?

"Zahra, o que acontecerá com você quando eu fizer meu último desejo?"

"Quando seu terceiro desejo for concedido, deixará de ser meu amo. Poderá ter a lâmpada, mas não mais me invocar. Voltarei para dentro dela e aguardarei o próximo portador da lâmpada."

Ele se levanta abruptamente e atravessa o cômodo. Quando chega à parede, vira e me encara. "Então, para ter minha vingança, devo perder você."

"É o que parece." E eu *preciso* encontrar uma maneira de libertar Zhian antes que isso aconteça, ou estaremos todos perdidos. Nardukha está observando tudo atentamente, e meu tempo mingua com a lua. Os gênios estão se reunindo nas colinas.

"Zahra!" Em três passos, ele me alcança, agarra meus ombros e procura meus olhos. "Não fica só me olhando assim! Diga alguma coisa!"

"O que quer que eu diga? O que quer que eu faça, Aladdin? Implorar para que não faça mais nenhum desejo? Insistir que há outra maneira? Bem, não há."

Ele vira de costas. Seus ombros estão contraídos, rígidos de tensão. É como um leão enjaulado, andando de um lado para o outro, inquieto.

"Para com isso", disparo. "Sempre soube que ia acabar assim. É sempre assim. Não adianta lutar, Aladdin. É como as coisas são."

"Não posso aceitar isso."

"Mas *tem* que aceitar."

"Como pode simplesmente desistir? Como pode *dizer* isso?" Seus olhos se iluminam, e ele pega a lâmpada em seu cinturão e a agarra com tanta força que os nós dos dedos ficam brancos. "Mais cedo, antes de me beijar, eu estava prestes a desejar sua liberdade."

Fico de pé em um pulo. "Aladdin, *não pode* fazer isso de jeito nenhum. Nem sequer pense nisso!"

"Por que é tão ruim? Você seria *livre*."

"É chamado de Desejo Proibido por um motivo!"

"Por *quem*? Nardukha? Pois deixe que venha. Tenho mesmo umas coisas que gostaria de dizer a ele."

"*Eu* proíbo isso. Aladdin. Se o que vivemos juntos significa alguma coisa para você, *por favor*, confie em mim. Não faça esse desejo. É o pior que pode fazer. É... Vai partir meu coração."

"Por quê?", pergunta ele gentilmente. "O que não está me contando? O que acontece se eu desejar sua liberdade?"

Estou trêmula, as palavras sobem por minha garganta, até que não consigo mais contê-las.

"Como todos os desejos, o Desejo Proibido tem um preço. Minha liberdade deve ser comprada com uma morte, uma vida paga em sacrifício. E não vou deixar fazer esse sacrifício, não por mim."

Fecho os olhos, incapaz de suportar o choque e a dor em sua expressão. Aladdin fica sentado em silêncio por um longo tempo, o olhar perdido. Então, por fim, ele se levanta e vai para o quarto.

Passo o resto da noite encolhida em um canto, pensando em você, *habiba*, e naquele momento no topo da montanha quando viu que estava tudo perdido, que tínhamos sido derrotadas. Você virou para mim e disse que queria fazer o Desejo Proibido, que queria oferecer sua vida pela minha. Lembro-me com tanta nitidez do horror que senti. E, para a minha eterna vergonha, da centelha de esperança. Esperança de me ver livre da lâmpada. Mesmo agora, fico vermelha de desprezo por mim mesma. Mas, apesar da esperança, eu não poderia permitir que desse sua vida por mim. Embora, no fim das contas, não tenha precisado detê-la.

Nardukha fez isso.

Sinto-me tomada pelo terror ao ver que Aladdin quase fez a mesma coisa, sem nem saber o que estava fazendo. Bem, agora ele sabe o preço de minha liberdade. Agora sabe que não há esperança possível.

A única maneira de salvar nós dois é cumprindo meu acordo com Nardukha. Eu serei libertada, e Aladdin continuará vivo. Então, irei para o mais longe possível desta cidade, porque só um tolo voltaria. Mesmo livre da lâmpada, não serei livre para amar Aladdin. Essa regra continua valendo para todos os gênios. Amar um humano é a pior coisa que eu poderia fazer, e não é um erro que eu queira cometer pela segunda vez. Irei para um lugar tão distante que nenhum mortal jamais me verá de novo: o extremo norte, onde o mundo é branco e coberto de gelo. Estarei sozinha, mas serei *livre*.

Não é o mais importante?

Passo o resto da noite tentando pensar em maneiras de libertar Zhian, mas meus pensamentos se rebelam, voltando toda hora para o olhar de Aladdin quando lhe disse que preço teria minha liberdade.

O amanhecer traz consigo o luto e o lamento que ecoam sombriamente pelo palácio, acompanhados do toque incessante de chifres nas muralhas externas, que anunciam a morte do rei à cidade. Khavar e Ensi chegam à nossa porta, cobertas por capuzes e capas, e eu acordo

Aladdin. As garotas trouxeram bandejas com chá quente, frutas, pão e queijo, mas praticamente não comemos nada quando se sentam conosco e nos contam que vieram a mando de Cáspida.

"Os próximos dias serão cruciais", diz Ensi. "Sulifer controla o exército e a maior parte da corte, e o anúncio do noivado de Cáspida com Rahzad encontrará muita resistência."

"Estamos aqui para protegê-lo, príncipe Rahzad", diz Khavar, acariciando sua cobra.

Aladdin olha com certo ceticismo para as duas garotas esguias. "Acho que posso cuidar de mim mesmo, mas obrigado pela oferta."

"Não vamos a lugar nenhum, então melhor se acostumar conosco."

Ensi se inclina para a frente. "Vamos anunciar o noivado logo após o enterro do rei. De acordo com o decreto que Malek assinou antes de morrer, Cáspida deve se casar com Darian amanhã. Em vez disso, ela se casará com *você*."

Respiro fundo. O enterro do rei... Darian me disse que os reis são enterrados nas colinas ao norte da cidade. Essa pode ser minha chance de libertar Zhian em segurança, bem longe dos portões da cidade.

Khavar encara Aladdin com ar sério. "Permita-me explicar uma coisa. Qualquer uma de nós morreria pela Cáspida. Qualquer uma de nós mataria por ela." Ela levanta o braço, e sua cobra desliza para fora da manga e ergue a cabeça para olhar Aladdin. "Se algum dia você magoá-la, saiba que será a última coisa que fará. Não vai nos ver chegar. Não terá uma segunda chance."

Aladdin engole em seco e recosta, voltando-se para Ensi, que olha firmemente em seus olhos.

"Que sorte a dela em ter amigas como vocês", diz ele, tranquilo.

As meninas parecem aceitar isso e trocam um olhar antes de Khavar dizer: "O cortejo fúnebre vai sair em breve. Todos nós devemos estar presentes. Vamos esperar você se trocar e o acompanharemos".

Aladdin acena a cabeça e parece aliviado em escapar dali, desaparecendo em seu quarto. Ensi tira uma faca da manga e fica limpando as unhas. Eu tiro os pratos do café da manhã enquanto ouço a conversa abafada das meninas.

"Eu gosto dele", diz Ensi.

"Eu não", replica Khavar.

"Você não gosta de ninguém."

Por um instante, imagino como seria se eu realmente fosse criada de Aladdin. Como seria fazer parte daquela casa, e talvez até mesmo me juntar às Sentinelas para proteger a família real. Mas então estremeço e procuro afastar esses pensamentos.

Tenho convivido com essas pessoas já há bastante tempo e acabei me envolvendo demais com seus problemas e dramas humanos. Procuro me lembrar como são efêmeros. Em um piscar de olhos, tudo já terá acabado. O tempo tem um significado diferente para mim, e esses acontecimentos que parecem tão monumentais no momento, um dia não passarão de uma linha em um pergaminho. Esses humanos são apenas letras que ficarão gravadas com tinta na história. Daqui a cem anos, já serei livre. Terei esquecido seus nomes e rostos, e as lutas que travaram não terão nenhuma importância. O tempo se encarrega de enterrar as coisas, mudando como o deserto e engolindo civilizações inteiras, apagando-as do mapa e da memória. No final, tudo sempre volta ao pó.

Não faz sentido fingir que sou algo que não sou. É hora de seguir em frente.

É hora de reivindicar minha liberdade.

CAPÍTULO DEZENOVE

Os monarcas partenianos são enterrados em enormes criptas de pedra construídas na lateral de um penhasco íngreme ao norte da cidade. Muitos dos túmulos estão lascados e desgastados, e os elaborados frisos esculpidos deram lugar a formas vagas com o passar do tempo. A tumba de Malek ainda não foi concluída, e lascas de pedra e frisos inacabados atestam o trabalho em andamento. Uma grande laje foi colocada na entrada da tumba, e Cáspida está diante dela, parecendo solitária mesmo em meio à multidão. Ela se encontra um pouco afastada, usando vestes pretas que tremulam com o vento.

O dia está quente e o ar, pesado. Nuvens se agitam sobre o mar, avançando lentas em nossa direção. Aves marinhas voam sobre as nossas cabeças, alertando-nos com seus trinados da tempestade que se aproxima. Nobres se abanam sob a sombra de ciprestes e carvalhos que cobrem a encosta, e, diante da tumba, carpideiras choram em tons ululantes. Em torno de todos, postam-se os *eristrati*, cobertos por mantos pretos, atentos a qualquer sinal dos gênios, e vejo Vigo e Nessa rondando pelo perímetro, tocando melodias suaves em suas flautas para encantar qualquer gênio que possa tentar se infiltrar no meio dos humanos. Conjurei um lenço de seda que cobre firmemente minha cabeça e as orelhas para bloquear a música. Embora não possam me engarrafar em razão de meu vínculo com a lâmpada, as melodias podem me colocar em transe, expondo minha verdadeira natureza. Os gênios mantêm distância; não vejo nenhum entre as árvores e as rochas. Tenho certeza de que estão à espera de que meu tempo se esgote esta noite e Nardukha ordene o ataque à cidade.

Paramos a uma curta distância do túmulo. Aladdin, com uma expressão indecifrável, observa Cáspida. Ele está vestido de preto da cabeça aos pés, a cabeça descoberta. O vento bagunçou seu cabelo, que penteara com tanto cuidado pela manhã. Khavar e Ensi estão perto, firmes e atentas. Os olhos de Ensi se turvam, mas ela pisca para se livrar das lágrimas.

Fico mais para trás até a multidão se concentrar na cerimônia do enterro, então saio sorrateiramente em direção aos arbustos e sigo pela colina. O jarro de Zhian chacoalha sob minha saia, seu fluxo interminável de exigências interferindo em meus pensamentos.

Liberte-me! O que está esperando, sua criatura estúpida?!

"Você!", grita uma voz aguda. "Aonde está indo?"

Viro e vejo um *eristrati* coberto por um véu, me lançando um olhar fulminante e agarrando com força sua lança.

"Ah..." Então estremeço e aponto para os arbustos. "É só um minuto. Por favor. Não aguento mais."

O homem tosse desconfortavelmente, então assente e murmura em um tom rouco algo como "Vai rápido".

Não se preocupe. É o que pretendo fazer.

Encontro uma pequena clareira gramada, não muito longe do rio onde lavei a ferida de Aladdin naquela primeira noite agitada, a exatos 142 passos da lâmpada. É um local bonito, cheio de oliveiras carregadas de frutos, com vista para a cidade e o mar mais adiante. Estou fora do alcance do som dos encantadores de gênios, então tiro o lenço de seda da cabeça e deixo o vento despentear meu cabelo.

Respiro fundo e pego o jarro de Zhian de um saquinho que conjurei embaixo da saia. Deixo que o saquinho se desintegre e vire fumaça, então seguro o frasco com as duas mãos, sentindo a excitação martelar dentro de mim, quase como o pulsar de um coração.

Anda logo, apressa-me Zhian. *Tire-me daqui, Zahra. Tire-me daqui.*

Ouça primeiro, exijo. *Tem encantadores de gênios por aqui... Consegue ouvi-los? Eles estão tocando, enchendo as colinas com encantos. Você não pode se aproximar dos humanos, ou nós dois voltaremos ao ponto de partida.*

Podemos acabar com eles juntos, replica Zhian. *Você e eu... trabalhando em equipe. Seríamos imbatíveis!*

Então me limito a lhe enviar uma imagem da lâmpada, e ele pragueja. Repasso rapidamente o acordo que fiz com Nardukha. Zhian se agita no jarro, sua impaciência martelando meus pensamentos.

Quando termino, ele dispara: *Então anda logo! Deixe-me sair!*

Olho em volta, certificando-me de que estamos sozinhos, em seguida levanto o jarro bem alto antes de atirá-lo contra uma rocha. A cerâmica se quebra, assim como o encanto que mantinha Zhian preso dentro.

Um redemoinho de fumaça preenche o ar, vermelho e furioso, expandindo-se e trovejando.

"Quieto!", sibilo. "Assim eles vão vir!"

Não temo mortais!

"Então é um idiota. Se não fosse por mim, ainda estaria engarrafado nas criptas."

Meu pai não permitiria! Zhian gira em torno de mim, e o vento que provoca puxa meu cabelo e manto preto. Cabeças de dragão se materializam na fumaça, sibilando e abrindo a boca de força ameaçadora perto de meu rosto. *Ele atearia fogo na cidade por minha causa! Afundaria os navios e destruiria as muralhas!*

"Bem, mas ele não fez isso, não é? Ele *me* enviou. Acalme-se, porque tenho mais uma coisa a dizer."

Zhian continua descontando a raiva, quebrando árvores e levantando redemoinhos de poeira. Então, por fim, ele se recompõe, assumindo a forma de uma enorme figura semelhante a um humano, de quase 3 m de altura, com cascos e chifres. É uma de suas formas favoritas, inspirada na imagem do pai. Ele usa apenas uma tanga de pele de leopardo e seu peito se infla de músculos e orgulho. Em suas mãos, vejo uma longa corrente, de onde pende uma estrela da manhã cheia de pontas.

Ondulação-da-Cauda-do-Tigre, ronrona ele, os olhos escuros cintilando. *Fumaça-ao-Vento. Garota-que-Oferece-as-Estrelas. Você escolheu uma bela forma. Sutil, mas desejável.*

Reviro os olhos e agarro a corrente entre suas mãos, puxando-o para perto. "Seu pai está esperando, então voe até aquela montanha e atravesse o *alomb*. Encontre Nardukha e diga a ele que cumpri minha parte no acordo. Agora é a vez dele."

Ele me encara, com uma luz perigosa no olhar, que corre para além de mim, na direção do funeral. Agarro seu braço musculoso e aperto com força.

"Não."

Zhian faz cara de deboche e move a mão rápido para pegar a minha. Então me puxa para perto e baixa a cabeça para me encarar.

"Zahra", murmura ele, a voz como rochas caindo. "Por que se importa com esses humanos? Por milhares de anos, eles escravizaram você, forçando-a a se curvar aos seus caprichos tolos. Eles a maltrataram, tiraram vantagem, e ainda assim os defende?" Zhian solta sua estrela da manhã para aninhar minha cabeça em sua outra mão, e umedece os lábios. Suas presas brilham. "Venha comigo para Ambadya. Seja minha noiva, como sempre esteve destinada a ser."

A repulsa me sufoca, e eu me afasto, dando um tapa com força em sua cara, mas ele praticamente não sente o golpe. "Não sou nada sua, Zhian. E nunca serei. Devia ter deixado essa ideia de lado há muito tempo."

"Não barganhei por sua vida para ficar bancando a serva desses mortais! Meu pai teria matado você há milhares de anos, como fez com todos os outros *shaitans*, se eu não tivesse intervindo!"

"Nunca pedi isso."

Ele ruge, e tapo os ouvidos para abafar o som terrível. Em algum lugar atrás de mim, um chifre soa duas vezes.

"Eles ouviram, seu idiota!", disparo. "Os *eristrati* estão chegando, e os encantadores vão engarrafá-lo de novo! Vai, *anda*!"

Zhian volta a rugir, tentando me agarrar, mas me transformo em um tigre e rujo de volta para ele, com os pelos eriçados.

Sai daqui, Zhian! Encontre Nardukha e conte que eu te libertei! Agora é a vez de ele me *libertar.*

O chifre toca outra vez. Por fim, Zhian recupera o juízo e se afasta, furioso.

Voltarei para te buscar, esbraveja ele. *E você e eu finalmente ficaremos juntos, o príncipe dos gênios e sua princesa, imbatíveis e incontestáveis!*

Volto a ser uma garota e aceno com firmeza para ele sair logo dali. Enfim vai embora, sua forma monstruosa dando lugar a uma fumaça cinza, que desliza colina acima em direção ao distante Monte Tíssia.

Então me viro e volto depressa por onde vim, transformando-me em um pássaro canoro. Voo por entre as árvores e sobre as cabeças dos *eristrati*, que correm em direção à clareira.

Pouso em uma pedra perto do funeral e adoto de novo a forma humana, parando um instante para me recompor antes de passar discretamente por entre as pessoas até chegar a Aladdin.

"Zahra!", sibila ele. "Onde você esteve?"

"O que quer dizer?", murmuro, meus olhos na montanha no alto.

Ele franze a testa, mas não insiste no assunto.

Continuo olhando para a montanha, imaginando quanto tempo Nardukha levará para cumprir sua promessa e como vai acontecer. O que vou sentir? Ele virá pessoalmente? Não vejo nenhum sinal de Zhian, então só posso esperar que esteja a caminho do *alomb*, se é que já não o atravessou.

Terminado o funeral, Cáspida segue à frente da procissão que retorna ao palácio. Ela caminha sozinha, com Sulifer e Darian alguns passos atrás. O vento fica cada vez mais forte até quase o ponto de uivar, e todos precisam cobrir o nariz e a boca para evitar respirar a poeira que levanta. Um estrondo agourento soa à distância, sobre o mar cinzento agitado.

Aladdin, já pensando nas proteções nos portões da cidade, oferece o braço para eu me apoiar e, com um esforço colossal, consigo disfarçar a dor diante dos símbolos eskares. Passamos depressa, ele procurando agir casualmente enquanto faço de tudo para não desmaiar. Esses portões são menores do que aqueles pelos quais entramos na cidade pela primeira vez, e as proteções me liberam mais rapidamente, mas se passam vários minutos antes que minha visão clareie e eu possa respirar de novo.

A corte se reúne na sala do trono, e Cáspida se coloca diante do grande assento de seu pai, de frente para a multidão. Quatro guardas estão posicionados em cada canto do estrado, e há uma fileira de escribas sentados atrás, prontos para registrar tudo que acontece em longos rolos de pergaminho de cor creme, com as mangas enroladas e potes de tinta junto aos cotovelos.

Sulifer e Darian estão ao pé do trono, com expressões solenes idênticas. Em frente estão Raz e Nessa, ilusoriamente recatadas nos trajes pretos de luto, mas seus olhos não perdem nada.

Ouvimos os sussurros e o farfalhar das roupas dos presentes, com trajes discretos que os deixam quase indistinguíveis dos servos vestidos de cinza postados junto às paredes. Bem no alto, através das aberturas das cúpulas, veem-se nuvens de tempestade que correm e retumbam, fazendo o salão ecoar com os trovões. Grandes urnas de cerâmica foram colocadas diretamente abaixo das aberturas no telhado, para o caso de começar a chover.

Assim que todos estão reunidos no salão e as grandes portas de teca são fechadas com uma série de fortes estrondos, Cáspida se levanta. Todos ficam em silêncio, e os rostos voltados para ela revelam todo tipo de expectativa: curiosidade, esperança, pena e fome.

"Meu pai, Malek, filho de Anoushan, filho de Arhab, filho de Oshur, Rei dos Reis, Rei de Partênia, Escolhido por Imohel, Rei dos Amulenos, está morto!", exclama ela com uma voz alta e clara que ressoa pelo salão.

"O rei está morto", murmura a multidão em resposta.

"Eu sou Cáspida, filha de Malek e Parisandra, Princesa de Partênia, Escolhida por Imohel, Princesa dos Amulenos. Por direito de nascimento, reivindico este trono."

"O rei está morto", diz a multidão de novo. "Vida longa à rainha."

Ao meu lado, os rostos de Khavar e Ensi se iluminam, os olhos transbordando de orgulho quando Cáspida se senta no trono, com o queixo erguido e os olhos brilhando. Ela já preenche o imenso assento melhor do que o pai doente.

Todos esses rituais estão me deixando nervosa e não consigo me concentrar muito bem nas coisas em volta. Espero, tensa e impaciente, que Nardukha cumpra sua parte no acordo. Observo as aberturas nas cúpulas no alto, como se o próprio Senhor dos Gênios fosse descer por lá.

Um arauto se posiciona atrás do trono. "Eis aqui vossa rainha, amulenos, a escolhida de Imohel e filha de reis. Cáspida, a Primeira, que foi considerada digna."

"Digna e escolhida", ecoa a multidão.

Então Cáspida levanta a mão e todos fazem silêncio.

"Antes de morrer, meu pai deixou um último decreto", afirma ela.

Ensi se inclina para Aladdin e sussurra: "Esta é nossa deixa".

Lentamente, ela e Khavar assumem posições na frente e atrás de Aladdin e começam a escoltá-lo em direção ao trono. Precisamos cobrir certa distância, e os nobres lançam olhares irritados à medida que avançamos, abrindo caminho pela multidão. Mas, em meio à imensidão do salão, nosso movimento mal é percebido.

Cáspida prossegue: "Para assegurar o futuro do reino, o rei Malek desejava que eu, sua herdeira, me casasse antes de receber a coroa".

Os presentes murmuram sua aprovação. Sulifer fecha a mão em torno do ombro de Darian, e o rosto do rapaz se ilumina. Ele encara o pai, com os olhos brilhando, e Sulifer abre um discreto sorriso.

"Anda, anda", diz Ensi, apressando e empurrando Aladdin.

"Para cumprir a vontade do meu pai, vou me casar amanhã ao amanhecer."

Minha atenção se volta para a rainha, os rostos ao meu redor entrando em foco.

Todos os olhos se voltam para Darian, a maioria sorrindo. Ele não consegue conter o sorriso por mais tempo e endireita o casaco, preparando-se para subir o estrado onde fica o trono.

"E, assim, tenho o prazer de anunciar meu noivado com o homem que governará ao meu lado e conduzirá Partênia e seu povo a uma nova era."

Darian aperta a mão do pai, então vira e põe o pé no primeiro degrau, encarando Cáspida com os olhos ardentes de paixão.

Sem olhar para ele, Cáspida faz um movimento amplo com a mão e anuncia:

"Príncipe Rahzad rai Asnam de Istarya!"

A multidão fica boquiaberta.

Darian vacila, a confusão contraindo suas feições. O peito de Sulifer se infla, e os olhos escurecem. Todos giram a cabeça em nossa direção para acompanhar Aladdin, que alcança o estrado e sobe as escadas. Cáspida estende a mão para recebê-lo, enquanto, a poucos passos dali, o rosto de Darian fica escarlate.

"Não!", brada ele. Todos prendem a respiração ao vê-lo tentar interceptar Aladdin. "É mentira! Sou *eu* que vou me casar com a rainha! Nosso noivado foi selado anos atrás!" Darian se vira para Sulifer. "Pai, diga a eles!"

Sulifer está cercado por autoridades, sussurrando e gesticulando com raiva. Cáspida intervém antes que seu tio possa dizer qualquer coisa.

"Desça daí, Darian." A voz dela está rígida e imponente. "O decreto do meu pai diz que devo me casar, não que tenha que ser com *você*."

Ele gagueja e olha dela para Sulifer. O vizir finalmente reage e sobe o estrado, assomando junto à Cáspida. Aladdin faz menção de se aproximar, mas a jovem levanta a mão, e ele para.

"Princesa, isso é infantil e irresponsável", diz Sulifer em voz baixa. "Não pode faltar com a palavra, nem mesmo como rainha, o que, se me permite lembrá-la, ainda não é."

"Não posso descumprir uma promessa que não fiz", responde Cáspida com tranquilidade. "E nenhuma promessa será feita em meu nome. De agora em diante, nenhuma voz determinará meu futuro, a não ser a minha. Afaste-se, tio. Vou cumprir o decreto do meu pai, mas nos meus termos e não nos seus." Ela se levanta, inabalável. "Faça o favor de se retirar."

Sulifer a encara com ar neutro, mas seus olhos estão fervilhando de raiva. Ele se vira para Darian. "Venha."

Sem olhar para trás, Sulifer desce e caminha por entre a multidão. Darian hesita, seu rosto vermelho.

"Você ouviu a rainha", diz Aladdin com frieza.

Depois de lançar um olhar furioso a Aladdin, Darian corre para alcançar o pai. Os presentes, completamente estarrecidos, abrem espaço. Ninguém quer ficar no caminho de Sulifer. O vizir e o filho saem pela porta central, deixando-a bater com força.

Só então Cáspida se volta para Aladdin e estende a mão, que ele aceita, com o rosto meio pálido, e juntos os dois encaram a corte.

"Que comecem os preparativos do casamento", diz Cáspida.

Em seguida, ela se senta no trono, com Aladdin de pé ao lado, os dois ainda de mãos dadas. O arauto se aproxima, após um sinal de Cáspida, e dispensa os nobres, que se demoram a sair, examinando demoradamente o casal no estrado. Os guardas aceleram o processo, conduzindo todos para fora, até que o salão fica vazio, com exceção de uns poucos guardas, Cáspida e Aladdin, as Sentinelas e eu.

A princesa solta um suspiro profundo e dobra o corpo com o rosto entre as mãos. As garotas correm até ela, empurrando Aladdin para o lado e se ajoelhando diante da princesa.

Aladdin fica parado em silêncio. Então me aproximo dele e nossos olhares se encontram. Ele me encara com ar ansioso e inseguro, e logo tenho que desviar os olhos, incapaz de aguentar muito tempo.

É melhor assim, querido ladrão.

"Sulifer não vai desistir facilmente", diz Cáspida. "Agora mesmo deve estar reagrupando com seus seguidores. Precisamos agir rápido. Pelo menos, os *eristrati* são leais a mim, assim como alguns dos ministros."

Khavar assume, atribuindo tarefas às outras para a preparação das iminentes núpcias. Em poucos minutos, as garotas planejaram toda a cerimônia, com atenção especial à segurança.

"Encontre o capitão Pasha", diz Cáspida, sentada no trono com os joelhos dobrados, o rosto franzido e pensativo. "Ele é leal a mim. Diga-lhe para reunir os *eristrati* e todos os guardas de sua confiança e trazê-los aqui.

Nessa arregala os olhos. "Acha que Sulifer vai atacar?"

"Há anos sabemos que esse momento chegaria. Sulifer tentará me controlar como fazia com meu pai. Se eu lhe der qualquer espaço, mesmo que por um dia, ele se insinuará inextricavelmente em meu reinado. As próximas horas são cruciais. Preciso me estabelecer de forma independente dele e provar ao meu povo que não serei dominada. Quero falar com meu conselho de ministros para discutir os detalhes da coroação."

Aladdin fala de repente, e as garotas se assustam. "Então o que estamos esperando? Por que não o atiramos nas masmorras agora mesmo?"

Cáspida franze a testa. "Não é tão simples, Rahzad. O vizir conta com a lealdade do exército, assim como de grande parte da corte. Prendê-lo só vai colocá-los contra nós."

"Mas você é a *rainha*. Não pode fazer o que quiser?"

"Não sei como agem os reis e rainhas istaryanos, mas em Partênia nosso poder se apoia na boa vontade da aristocracia e dos militares", responde ela, um pouco ríspida. "Se eu fizesse *tudo que quisesse*, haveria conflitos estourando em cada esquina."

Aladdin me lança um olhar frustrado, mas não há nada que eu possa fazer. Ele precisa aprender que Cáspida tem razão. Sua vingança terá que esperar mais um pouco.

"Rahzad, não quero ser rude com você", diz Cáspida mais suavemente. "Como tem sido paciente enquanto arrasto você por aí como uma cabra nas rédeas. Gostaria que tivéssemos tempo para fazer isso do jeito certo. Para enviar presentes aos reinos um do outro, discutir os termos da nossa aliança. Não conheci sua família e sei tão pouco de seu povo."

Aladdin se encolhe. "Não há muito o que saber."

"Quando isso acabar, vamos refazer nossos passos e começar de novo. Não posso deixar minha cidade até que essa questão com os gênios tenha sido resolvida, mas, quando a hora certa chegar, viajarei com você para Istarya e conhecerei sua terra pessoalmente."

Ele dá um sorriso fraco e se vira para mim, seus olhos brilhando de pânico. Sinto-me um pouco mal ao retribuir o olhar, sabendo que não estarei por perto para ajudá-lo. Sabendo que é minha culpa ele estar metido nessa confusão. As consequências de meus últimos atos parecem estar se acumulando e me sinto como uma aranha que teceu uma teia fina demais.

Cáspida nos faz esperar pela chegada do capitão Pasha com um contingente de *eristrati* antes de deixar a sala com suas aias. Aladdin e eu, cercados por uma dúzia de guardas, saímos atrás.

De volta a seus aposentos, Aladdin insiste que os guardas esperem do lado de fora, o que eles só fazem depois de vasculhar os quartos em busca de assassinos, veneno ou outras maquinações.

Quando finalmente ficamos a sós, Aladdin desaba nas almofadas e deixa escapar um longo e sofrido suspiro. Lá fora, os ventos da tempestade agitam as cortinas de seda presas entre os arcos e a chuva cai no pátio. Embora seja meio-dia, está escuro como se fosse meia-noite.

"Tudo está acontecendo tão rápido", diz ele. "Eu não tinha parado para pensar... Vou me casar com a princesa em uma questão de *horas*."

"E ainda assim parece que engoliu vidro quebrado."

"Ela não me ama." Ele passa lentamente a mão pelo cabelo, os olhos fixos no chão.

Paro em um dos arcos e deixo a chuva molhar meu rosto enquanto as cortinas ondulam ao redor. A fumaça que pulsa e se agita dentro de mim ecoa a fúria da tempestade. Observo o céu em busca de qualquer sinal de um gênio, o vínculo com a lâmpada atritando como uma corda em torno de minha essência. Onde está Zhian? Onde está Nardukha? Por que estão demorando? Quero voar para longe dali, escapar do olhar de Aladdin e me esconder nas nuvens.

"O amor é um caminho repleto de rosas", digo com amargura. "Mas que conduz à beira de um precipício, e todos os que o seguem estão fadados a cair. Você não encontrará sua felicidade lá."

"Então o que *traz* felicidade, Zahra?", pergunta ele com rispidez, levantando-se. "Diga-me. Em 4 mil anos, desvendou esse segredo?"

Sua voz tem um tom de desafio que me faz estremecer. Desvio os olhos do céu e me viro para ele. "Não. Não desvendei. O que só pode significar uma coisa: *não há* segredo para a felicidade. Porque a felicidade em si é uma construção mítica, um sonho que vocês, humanos, inventaram para suportar o dia a dia. É a lua, e vocês, como o sol, estão sempre incansavelmente atrás dela, perseguindo-a constantemente sem chegar a lugar algum. E, ainda assim, nunca lhes ocorre pensar que sua busca é em vão. Por quê?" Dou um passo à frente e olho fixamente para ele. "Diga-me, Aladdin. *Por quê?* O que os leva a essa insanidade?"

"Fé", responde ele, contemplando a chuva, pensativo.

Ao ouvir isso, rio amargamente. "Em quê? Em Imohel? Nos semideuses?"

"Talvez. No caso de alguns. No de outros, fé em nós mesmos. Fé naqueles que amamos. Fé no amanhã."

"Você soa como um poeta chinfrim."

"O que seria preciso para fazer você acreditar, Zahra?" Ele me encara com ar observador.

"Já vivi tempo demais para acreditar na felicidade."

"Esteve nessa lâmpada por tempo demais. E isso deixou seu coração amargurado. Acho que você acredita, sim, e só não quer se machucar. Tem medo."

Cerro os punhos, virando de costas para ele e de frente para a tempestade.

Ele levanta e se aproxima, firme contra o vento que sopra ao redor, bagunçando seu cabelo e agitando a capa preta. "Você amou antes, e ela foi tirada de você. Desde então, tem medo de amar de novo. Insiste que é um monstro porque tem medo de ser *humana*."

Fico completamente indefesa, sem palavras. De que adianta negar a verdade, *habiba*? Séculos atrás, sua amizade despertou algo em mim, uma humanidade adormecida que resistiu ao longo dos anos, e que, após sua morte, recuou e se escondeu outra vez.

Mas Aladdin a despertou novamente. Com seu sorriso radiante, seu olhar risonho e seu jeito de fazer as perguntas mais difíceis. Depois de você, jurei que nunca voltaria a amar.

Mas eu o amo.

E por isso devo deixá-lo ir.

CAPÍTULO VINTE

Digo a mim mesma que preciso ser paciente. Passaram-se apenas algumas horas desde que libertei Zhian, e Ambadya é um mundo bem vasto. Ele levará algum tempo para cruzar as terras vermelhas e as montanhas escarpadas até a fortaleza de Nardukha, onde o *shaitan* se encontra. E quem sabe quanto tempo Nardukha levará para conceder minha liberdade, ou de que maneira o fará. O tempo passa mais devagar para os eternos; podem-se passar dias quando para os humanos são apenas horas, então ainda posso ficar presa aqui por algum tempo.

Curiosamente, o pensamento traz algum conforto. Por mais que eu deseje me livrar de Aladdin e dos sentimentos que desperta em mim, também não queria ter de me separar dele nunca. Assim que eu for embora, ele estará sozinho neste ninho de víboras que é a corte.

Há muito o que fazer nas horas que antecedem o amanhecer, quando será realizado o casamento. Em geral os casamentos amulenos precisam de uma semana de preparação, com cada dia cuidadosamente planejado. Mas a tradição precisa ser sacrificada em prol da velocidade e, portanto, procuramos nos ater ao essencial.

Acima de tudo, Aladdin precisa de um banho.

O banho cerimonial na véspera do casamento é uma das tradições mais sagradas. E então Aladdin, acompanhado por meia dúzia de soldados, é escoltado até a sala de banho do palácio. Sigo na forma de um pardal, voando de um lado para o outro do corredor, a alguns passos de distância. Antes de deixar o quarto, Aladdin me fez prometer que eu esperaria do lado de fora, mas pouso no alto do capacete pontudo do último guarda e passo despercebida dentro da sala de banho.

A sala está escura, exceto por finos raios de luz que penetram através de pequenos buracos na cúpula acima. Há seis grandes piscinas redondas uniformemente espaçadas em um piso de ladrilhos brancos. Lótus brancos e pétalas de rosa flutuam serenas na água turquesa. A sala está vazia quando chegamos, e Aladdin se dirige aos guardas:

"Vocês não se importariam de esperar lá fora, não é?"

"Temos ordens estritas de não tirarmos os olhos de você", responde um homem estoico.

Aladdin esfrega o rosto. "Sim, eu sei. Mas, olha, não tem mais ninguém aqui. Se precisar de ajuda, eu grito ou coisa parecida."

Inexpressivo, o homem o encara.

Então Aladdin acrescenta, com um gemido de frustração: "Vocês sabem que, depois de amanhã, eu serei seu *rei*, não é?".

Os guardas trocam olhares incertos, depois aquiescem a contragosto, saindo pela porta. Saio voando e pouso em uma saliência na parede.

Aladdin suspira e tira a roupa, ficando apenas com uma toalha branca em volta da cintura. Para não deixar a lâmpada, ele a prende em uma corrente em volta do pescoço e então mergulha na primeira piscina. Desaparece sob a superfície, que se enche de bolhas, e permanece assim por vários segundos. Começo a me preocupar com a possibilidade de ele não sair mais da água, de seguir o mesmo caminho de tantos dos meus outros amos, que acabaram se arrependendo de seus desejos. Mas, por fim, ele levanta como um explosão, balançando a cabeça e salpicando água. Em seguida, desliza pela piscina e se senta do lado oposto, onde bate um raio de sol, estendendo os braços ao longo da borda de azulejos. Aladdin reclina a cabeça para trás e fecha os olhos.

"Eu sei que você está aí", diz ele. "Pode descer se quiser."

Voo até a borda da piscina e mudo para a minha forma humana, usando uma fina *kurta* branca que chega aos joelhos. Balanço as pernas na água.

"Para uma gênia todo-poderosa do início dos tempos", diz Aladdin, abrindo ligeiramente os olhos para me espiar, "você é bem previsível."

Levanto um pé, esguichando água nele. "Acho que você devia mergulhar de novo. Continua fedendo como se tivesse dormido com as cabras."

Ele passa a mão pela superfície para me molhar, e eu grito e entro na piscina, onde começo a atirar água nele até encharcá-lo. Aladdin cospe e levanta as mãos defensivamente, então se lança da lateral da piscina com um rugido e me pega pela cintura, afundando-me.

Por um instante, estamos sem peso, os olhos abertos e fixos no outro debaixo d'água, as flores que arrastamos conosco quando descemos rodopiam ao nosso redor em uma corrente de bolhas brancas. Meu cabelo flutua em torno de nós dois como seda preta. Suas mãos continuam em volta de minha cintura, as minhas pressionadas contra o seu peito nu. Minha lâmpada flutua entre nós.

Aladdin planta os pés contra o fundo da piscina e dá um impulso, puxando-nos até irrompermos a superfície. Ele busca o ar e sacode o cabelo molhado para tirá-lo dos olhos. Sem nos afastarmos, flutuamos em silêncio, e não consigo desviar o olhar dele. A água escorre por suas bochechas e lábios, pingando da mandíbula. Uma mecha de seu cabelo está presa à testa, e eu a descolo com delicadeza, enroscando-a em meu dedo antes de soltá-la.

"O que estamos fazendo?", sussurra ele, puxando-me para mais perto.

Não consigo responder. Não confio em minha voz. Ele baixa a testa, apoiando-a contra a minha, e tudo fora daquela piscina e daquele momento deixa de existir. Tudo que importa é o som suave de nossa respiração, nossos reflexos na água, a sensação de suas mãos em mim.

Ele é o sol, e eu sou a lua. Devemos ficar separados ou o mundo perderá o equilíbrio. Mas o que preciso admitir é que entendo a insanidade que leva os humanos a perseguirem uma felicidade que nunca alcançarão. Porque sinto o mesmo, *habiba*. Cada vez que tento me afastar, vejo-me atraída de volta para ele. Mesmo agora, na véspera de seu casamento, não consigo deixá-lo ir, não importa quantas vezes diga a mim mesmo que é o que devo fazer.

Amanhã tudo estará acabado, penso. *Ele se casará com Cáspida e, com certeza, a essa altura, Nardukha já terá me libertado.*

Descanso a cabeça em seu ombro, sentindo o coração batendo contra mim. Queria poder acumular o tempo ao redor, desacelerando os minutos, fazendo-os durar uma vida inteira.

"Nasci no reino insular de Ghedda", sussurro. Essa é uma história que nunca contei nem para você, *habiba*. Só conto agora porque não suporto deixá-lo sem saber a verdade, sem me conhecer por inteiro. Levanto a cabeça e olho em seus olhos. "Isso foi há mais de 4 mil anos. Eu era a filha mais velha de um rei sábio e generoso."

Aladdin me encara, seus olhos ternos e curiosos, encorajando-me a continuar.

"Quando eu tinha 17 anos, tornei-me rainha de Ghedda. Naquela época, os gênios eram mais numerosos, e o *shaitan* tinha maior influência sobre os reinos dos homens. Ele exigiu vinte donzelas e vinte guerreiros em sacrifício, em troca de mares calmos e comércio lucrativo. Eu era jovem e orgulhosa e desejava, acima de tudo, ser uma governante justa. Como não cedi a seus desejos, ele sacudiu nossa ilha até ela começar a afundar no mar."

Estremeço, e Aladdin me puxa para mais perto.

"Escalei até o *alomb* no topo da Montanha das Línguas e me ofereci em troca de o *shaitan* salvar minha cidade do mar." Minha voz se reduz a um sussurro, pouco mais do que uma ondulação na água. "Então ele me transformou em gênia e me prendeu à lâmpada. E depois fez a Montanha das Línguas entrar em erupção, e Ghedda foi destruída pelo fogo, pois ele tinha apenas jurado salvar meu povo do mar, não das chamas."

Fico em silêncio, esperando para ver o que Aladdin fará. Dizer que fui ingênua de confiar na palavra do *shaitan*? Ou que deveria ter me curvado aos desejos de Nardukha desde o início?

Mas Aladdin não diz nada.

Em vez disso, abaixa o rosto e beija suavemente a lateral de meu pescoço, sua boca subindo até atrás de minha orelha. Sinto um arrepio correr pela pele, e viro o rosto para que meus lábios encontrem os seus. Esse beijo é mais suave do que o último, longo, lento e contido. É um beijo de saudade. Um beijo de despedida. Suas mãos apertam com mais força minha cintura, puxando-me contra ele. Deslizamos, traçando um círculo lento, que ondula a água e faz as flores flutuantes oscilarem e afundarem.

"Você guarda tantos segredos", murmura ele. "Eu poderia passar o resto da vida te descobrindo." Ele coloca meu cabelo atrás da orelha e seus olhos devoram meu rosto. "É claro que era uma rainha. Claro que se sacrificou pelo seu povo. Você fez tudo que podia, Zahra. Não pode se culpar pelo que o *shaitan* fez. Ele teria feito de qualquer maneira."

"Eu deveria ter morrido com meu povo."

"Se tivesse morrido, eu nunca teria te conhecido." Ele me beija de novo, mais intensamente, as mãos se enroscando em meu cabelo. Deixo o toque levar o passado embora.

É Aladdin quem se afasta primeiro, com uma risada suave e rouca.

"Isso é loucura. Vou me casar amanhã", lembra ele.

Faço que sim e deito a cabeça em seu ombro.

"Não é tarde demais", diz ele. "Zahra, eu..."

"Shhh." Levo um dedo a seus lábios. "Não diga isso. Você vai se casar com Cáspida, e aprenderão a amar um ao outro. Você terá uma vida feliz, mesmo depois que minha lâmpada tiver passado para outras mãos."

"Não farei meu terceiro desejo", diz ele. "Essa é a resposta! Se eu não fizer o desejo, poderá ficar aqui no palácio pelo tempo que quiser. Nunca terá que voltar para a lâmpada. Podemos lutar contra qualquer um que tente tirar você de mim."

"Mesmo se isso fosse verdade, um dia você envelheceria e morreria. Ou, mais provavelmente, alguém descobriria minha existência e o mataria por causa da minha lâmpada. Ou, mais provavelmente ainda, Cáspida descobriria que é uma farsa e que eu sou um dos gênios que ela tanto odeia, e acabaria com nós dois."

"Ela iria entender."

"Será mesmo?"

Ele estremece. "Está bem. Não vou me casar com ela."

"E a sua vingança? Vai deixar o Sulifer vencer fácil assim?"

Ele baixa o olhar. "Tudo pelo que vivi terá sido em vão. Sulifer vai vencer. Ele forçará Cáspida a se casar com o Darian. Ela não passará de uma marionete nas mãos dele, isso se a deixarem viver por tempo suficiente. E não vai restar ninguém para se opor a Sulifer. Ele vai se safar de tudo."

Balanço a cabeça, concordando. "Seria nossa culpa."

Ele ergue os olhos, franzindo a testa. "Por que se importa com o que pode acontecer com ela? Achei que nós, humanos, fôssemos efêmeros como o vapor para vocês, hoje aqui e amanhã não mais."

"Cáspida é... diferente. Ela me lembra de alguém, alguém por quem eu daria minha vida se pudesse."

"A rainha?", pergunta ele. "Aquela que morreu?"

"Roshana. Minha querida Ro." Minha voz é suave como uma ondulação na água. "Ela governou os amulenos um dia, e Cáspida é sua descendente. A princesa tem a mesma força de espírito, e não consigo olhar para ela sem me lembrar da minha velha amiga. Se acontecesse alguma coisa com ela por minha causa... Eu não poderia suportar passar por isso ao longo dos séculos." Já carrego uma imensa vergonha nos ombros, uma lembrança constante daquele dia no Monte Tíssia.

Aladdin levanta a mão e afasta o cabelo de meu rosto. "Você é mesmo incrível, Zahra da Lâmpada."

"Não faça isso", digo, empurrando a mão dele, e me afasto nadando para a beira da piscina. "Entende por que precisa seguir em frente com o casamento?"

"Você diz que não conseguiria suportar se alguma coisa acontecesse com Cáspida. No entanto, *me* pede para viver sabendo que condenei você a *isto*!" Ele levanta a lâmpada. "Qual é a diferença?"

Desvio o olhar com raiva. "A diferença é que esta é a minha escolha, Aladdin."

"Bom, é uma escolha estúpida!"

Fico de pé. "Prometa-me que vai seguir em frente com o casamento."

Ele fecha os olhos.

"Prometa-me! *Por favor!*"

Aladdin abre os olhos, e vejo que estão cheios de dor. Mas ele assente.

"Tenho que ouvir você dizer."

"Eu prometo."

Então, recusando-se a olhar para mim, ele afunda na água outra vez, até não passar de um borrão indistinto lá embaixo. Sento-me toda encolhida contra a parede, tentando acalmar minhas emoções turbulentas. No que eu estava pensando ao beijá-lo de novo? Estou condenada a cometer os mesmos erros a vida inteira? Me apaixonar por humanos, ficar muito íntima, envolver-me demais e ver como se deixam destruir por mim?

Sinto gosto de sal e percebo que estou chorando. Esfrego os olhos com raiva. Em pouco tempo, conquistarei o que sempre quis: minha liberdade. E nada vai importar. Não disse a mim mesma há um mês, quando tudo começou, que faria qualquer coisa por minha liberdade? Perder Aladdin pode ser a coisa mais difícil que terei de fazer, mas é preciso.

Uma porta se abre e se fecha no extremo oposto da sala, e ergo os olhos, assustada.

É Darian, acompanhado de quatro rapazes.

Antes que possam me ver, transformo-me em vapor e flutuo para o alto, pairando junto ao teto, quase invisível.

Os jovens dão a volta na piscina e encaram Aladdin, que acaba de subir para respirar. Seus olhos estão fechados, e ele coloca o cabelo para trás e passa as mãos pelo rosto antes de abri-los e ver Darian de pé, no alto.

Aladdin fica imóvel.

"Príncipe Rahzad", diz Darian.

"Agradeço a intenção", diz Aladdin, observando-o com cautela. "Mas prefiro que os presentes de casamento sejam deixados em meus aposentos."

"Este precisa ser entregue pessoalmente."

"Como passou pelos meus guardas?"

"Não são *todos* seus guardas. Pelo menos não mais." Ele abre um risinho debochado. "É incrível o que algumas moedas de ouro podem comprar, e os três guardas que vigiam a porta de trás são dos mais gananciosos."

Darian começa a tirar as roupas. Os outros rapazes fazem o mesmo. Aladdin fica no meio da piscina, boiando com ar despreocupado, mas atento a cada movimento. Então vira indolentemente até estar de frente para mim, e seus olhos percorrem o ambiente até me encontrarem, pairando contra o teto.

A lâmpada.

O pavor me atinge como um raio em um dia sem nuvens. Aladdin está com a lâmpada pendurada no pescoço. Se os outros a virem... Então noto as mãos de Aladdin debaixo d'água, movendo a lâmpada para escondê-la a suas costas.

Darian entra na água. Seu corpo é esguio, não tão forte quanto o de Aladdin, mas ágil e musculoso. Os outros rapazes são mais robustos e mergulham na piscina ao redor de Aladdin, encurralando-o. Aladdin continua movendo os braços e as pernas e mantendo parte do corpo submersa em água, seus músculos dos ombros e do pescoço cada vez mais tensos.

"Se acha que esse jogo que você e Cas estão fazendo vai funcionar, então é um idiota ainda maior do que eu pensava", diz Darian calmamente.

"Cuidado", diz Aladdin. "Eu odiaria ter que retirar seu convite para o casamento."

"Ela é *minha* desde o dia em que nasceu. Fomos feitos um para o outro."

"Engraçado, ela não parece convencida disso."

"A mente dela foi envenenada. Ela passa tempo demais lendo histórias sobre rainhas míticas e acha que é uma delas. Sua arrogância e delírios são lamentáveis, mas nada que a mão firme de um marido não possa corrigir."

"Seu *cretino*", dispara Aladdin, deixando de lado a falsa cordialidade. "Fala como se ela fosse sua propriedade. Como se fosse um cavalo ou um cachorro a ser treinado."

Darian dá de ombros. "Cavalos. Cães. Mulheres. Todos têm o seu lugar e, quando tentam perturbar a ordem, semeiam o caos. Se deixássemos as rainhas governarem o mundo, todos ficaríamos entocados em nossos palácios, bordando e fofocando."

Aladdin ergue a sobrancelha. "E... sair por aí decapitando pessoas é mais civilizado?"

"Se Partênia pretende voltar a ser a potência que já foi, precisamos de um líder forte. Alguém que as pessoas vejam como exemplo. Alguém que admiram e respeitam há anos. Não um príncipe qualquer de um reino distante de que ninguém ouviu falar. Essas pessoas nunca te seguirão."

"Não preciso que ninguém me siga. Seguirão *Cáspida*."

"Você não entende!", esbraveja Darian. Então se aproxima de Aladdin, ficando a apenas um braço de distância. "Ela pertence a *mim*! É minha por direito!"

"A única coisa sua por direito é essa arrogância insuportável", retruca Aladdin. "*Essa*, com certeza, herdou do seu pai."

"Não se *atreva* a insultar meu pai."

"Seu pai é um cretino presunçoso e calculista", diz Aladdin, sorrindo e nadando para mais perto.

Darian fica vermelho. "Meu pai é o homem mais corajoso de Partênia. Enquanto o rei definhava fumando um cachimbo de *simmon* atrás do outro, meu pai manteve os gênios afastados."

"Seu *pai* mata inocentes", continua Aladdin. "Manda decapitar qualquer um que discorde dele. Diga-me, príncipe, como o rei morreu de fato? Fico pensando se ninguém deu um empurrãozinho para ele chegar às terras dos deuses."

Furioso, Darian avança para cima de Aladdin e o afunda na água. Aladdin se debate, voltando à superfície em busca de ar, mas os outros ajudam a agarrá-lo pelos ombros e pela cabeça, empurrando-o para baixo. Meu amo tenta se soltar, fazendo força e chutando, e a piscina se enche de espuma e transborda. Darian o encara com ar sombrio, os lábios curvados em um sorriso tenso, inabalável.

Então me transformo em vento e sopro pela sala, abrindo com força a porta atrás da qual os guardas ainda leais estão posicionados. Ao verem a confusão lá dentro, começam a gritar em alerta. Darian ergue os olhos, o rosto retorcido de raiva, e ele e seus companheiros saem da água depressa, pegam as roupas e fogem da sala, perseguidos pelos guardas.

No corredor em frente à sala, volto a assumir minha forma humana e corro para a sala de banho, pulando na piscina e agarrando Aladdin, caído no fundo. Puxo meu amo para cima e o deito nos ladrilhos, a lâmpada retinindo contra o chão.

"Ele não está respirando!", grito, mas não há ninguém para ouvir. Os guardas foram atrás de Darian, e os outros estão muito longe. Começo a bombear o peito de Aladdin com as palmas das mãos.

"Vamos, vamos", digo. Eu devia ter agido mais rápido, mas estava preocupada demais que pudessem encontrar a lâmpada. Devia ter me transformado em um leão e devorado todos.

Aladdin tosse, colocando água para fora. Então o levanto e o viro de lado para que possa esvaziar os pulmões.

Seus olhos arregalados de pânico me encontram, e ele tenta falar.

"Shhh", digo. "Você está bem. Está bem. Só respira."

Ele busca o ar, produzindo um som áspero e aquoso, e coloca mais água para fora. Então empurra a lâmpada para baixo do corpo, escondendo-a de vista. Os guardas voltam, parecendo aflitos. Atiro a camisa de Aladdin sobre a lâmpada para cobri-la melhor.

"Vocês o pegaram?", pergunto.

Eles fazem que não.

Viro de volta para Aladdin, que começa a respirar de forma mais uniforme. Ele esconde a lâmpada ainda mais com o braço para que os guardas não a vejam.

"Eu podia ter dado conta", diz Aladdin com voz rouca. "Estava quase lá."

Tenho vontade de aninhar sua cabeça em meu peito, de tão aliviada que me sinto por ele estar vivo. Mas não posso, não com os guardas olhando. Então o solto e me levanto, entregando-lhe as roupas. Ele recusa a ajuda dos guardas e se põe de pé, tomando o cuidado de esconder a lâmpada, mas não discute quando insistem em acompanhá-lo até seus aposentos. Dois dos guardas querem contar ao capitão Pasha e à Cáspida, mas Aladdin consegue dissuadi-los.

"Podemos nos encarregar do Darian mais tarde", diz. "Não vale a pena ir atrás dele."

Quando nos vemos sozinhos de novo, Aladdin fica quieto, e posso sentir que está tentando conter a raiva por ter sido atacado.

Eu, no entanto, dou total vazão à minha, e caminho furiosa pelo quarto na forma de um tigre, rugindo e arranhando o chão, com os pelos eriçados.

"Quer parar?", diz ele bruscamente. "Está me deixando tenso."

"E por acaso já não estava?", retruco com um rugido. "Ele tentou *matar* você!"

"Ele já fez isso antes", diz Aladdin. "E dou sempre um jeito de escapar com vida."

"Porque estou aqui para salvar sua pele!"

"Exatamente!" Ele dá um sorriso radiante. "É por isso que não posso te perder. Quem mais vai me dar cobertura assim?"

Solto um rugido e volto à forma humana, mas com um vestido com estampa de tigre. "Aladdin, você *prometeu*."

Seu sorriso desaparece. "Eu sei, eu sei."

"*Você prometeu*."

"O que quer que eu faça? Jurar pela alma da minha mãe? Cortar minha mão e assinar meu nome com sangue?"

"Não faria mal", murmuro.

Aladdin suspira e começa a responder, mas uma batida na porta o interrompe. Abro e encontro um alfaiate e dois aprendizes com rolos de tecido e caixas de costura.

"Estamos aqui para tirar as medidas do príncipe e fazer seu traje de casamento", explica o alfaiate. É um homem baixo, bem barbeado, com um turbante alto para compensar sua altura.

Digo a ele para voltar em cinco minutos, o que dá a Aladdin tempo para esconder a lâmpada no quarto. Volto relutante para dentro dela, avessa à ideia de deixá-lo desprotegido mesmo que por uma hora. Estendo meu sexto sentido durante a prova de roupa, desconfiada como um gato enjaulado, mas tudo corre bem e, assim que o alfaiate e seus assistentes vão embora, Aladdin me solta de novo. Então se sucede uma procissão interminável de criados batendo à porta, trazendo comida, vinho, presentes de Cáspida, todos os itens tradicionais que deveriam ter sido divididos ao longo de uma série de dias, agora amontoados nas poucas horas restantes.

Já passa da meia-noite quando Aladdin, exausto, deixa-se cair na cama. Sento-me em meio aos presentes: punhais e ouro, roupas e baús entalhados, espelhos e castiçais. Isso me lembra de seu primeiro prometido, *habiba*: o belo e ousado Elikum de Miniivos, e dos elaborados preparativos que fizemos para o seu matrimônio. Ainda que a semana de seu casamento tenha acabado com o noivo sendo envenenado por um traidor na véspera da cerimônia. Então, em vez de casamento, realizamos um funeral, e você só chorou três semanas depois. Sempre disse que não o amava, mas nunca acreditei.

Só espero que este casamento tenha um desfecho melhor. Para ter certeza, fico de vigia a noite toda, guardando a porta de Aladdin como se todo o exército de Ambadya pudesse tentar entrar.

Duas horas antes do amanhecer, eu o acordo batendo de leve na porta. Aladdin sai cambaleante, os olhos vermelhos por não ter dormido direito.

"Já?", resmunga ele.

"Você deveria ir se trocar", aviso. "Vai se casar em menos de uma hora, e não pode encontrar sua noiva parecendo que acabou de levantar da cama."

Ele respira fundo como se fosse falar alguma coisa, mas então suspira com ar cansado e retorna ao quarto.

Com alguns movimentos e redemoinhos, vou mudando e transformando minha roupa em um bonito vestido de seda azul e dourada, e solto meu cabelo comprido. Observo elaborados arabescos e flores marrons se enroscarem por meus braços e cobrirem as costas de minhas mãos. Mas, como hena é coisa para noivas, e não para gênias, deixo escapar um suspiro e faço tudo sumir.

Aladdin surge minutos depois, vestindo o rico traje que o alfaiate fez na noite anterior: um casaco justo em um tom fosco de dourado e bege que se abre em uma fenda na frente e nas costas, com uma calça vermelha folgada e capa da mesma cor que pende do ombro direito e roça o chão à frente e atrás.

"Espera", digo. Faço um gesto para ele se sentar e, em seguida, passo meus dedos por seu cabelo, conjurando um pente de jade com um cabo em forma de tigre que uso para partir seu cabelo e criar um topete ondulado bem acima da testa. Que cabelo lindo, tão denso e escuro. Só penso em enterrar os dedos nele e beijar sua testa.

"Pronto", digo. "Dá uma olhada."

Ele causa uma boa impressão, e será um belo noivo. Ignoro a dor que sinto no estômago ao vê-lo. *Deixe-o ir*, digo a mim mesma. A qualquer momento meu vínculo com a lâmpada pode ser rompido, e meus sentimentos por ele também devem cessar. Mas meu coração é uma estrela traiçoeira, que se recusa a se apagar quando o sol nasce.

"Como estou?", pergunta ele e faz uma pose ridícula, observando para ver se consegue me arrancar uma risada.

"Como um idiota." Balanço a cabeça. "Mas com cara de príncipe."

"Zahra, eu..." Ele dá um passo em minha direção, estendendo a mão.

"Não fale nada." Baixo os olhos, mexendo no vestido. "Nós temos que ir."

"É claro. Tem razão." Sua resposta soa tão baixa que quase não ouço.

"Só mais uma coisa..." Olho em volta e vejo uma colher de ouro na bandeja de chá que Khavar e Nessa trouxeram e a pego. Então a seguro em meio às brasas do braseiro, ainda quentes da noite anterior. Alguns minutos depois de tirá-la de lá, o ouro já resfriou o suficiente para ser moldado. Com alguns movimentos rápidos, tiro a maior parte da cobertura de ouro e uso o restante para formar um anel. À medida que o metal esfria, a parte externa fica com as marcas de seus dedos, que uso como luvas, *habiba*. Parece adequado já que a noiva tem seu sangue. Antes que o metal esfrie completamente, uso a unha para imprimir, na parte interna do aro, glifos eskares que representam o amor eterno. Os símbolos antigos, que carregam magia própria, brilham incandescentes antes de se fundirem ao anel.

"Aqui", digo. "Pode pegar, o metal já esfriou."

Aladdin pega o anel e o vira para observá-lo. "Zahra, você é incrível."

"Não é muito, mas é melhor do que nada."

Ele engole em seco e balança a cabeça, então me devolve o anel. "Você deve levá-lo para mim."

"Não posso." Eu me afasto, erguendo as mãos em sinal de recusa. Quem leva o anel deve ser o amigo mais próximo do noivo, aquele que simbolicamente tem sua mais profunda confiança e afeição. Em geral, essa pessoa é um irmão ou o amigo mais antigo.

"Quero que seja você", diz ele. "Afinal, tudo isso foi ideia sua. Por favor, Zahra."

Ele me encara com ar sincero, e meus olhos se voltam para o anel em sua mão. Com a boca seca, concordo e o pego, fechando os dedos de forma protetora em torno do anel e me sentindo pequena e indigna.

"Agora vamos", digo com a voz rouca. "Temos que te levar ao casamento."

CAPÍTULO VINTE E UM

Os nobres vão em ondas ao templo do palácio, observando e sussurrando como um bando de pombas, e se afastam para dar passagem a Aladdin, que caminha cercado por seus guardas. A multidão veste uma estranha mistura de roupas escuras, respeitando os tradicionais vinte dias de luto pela morte de um rei, e cores vivas e festivas para o casamento.

Ao chegarmos ao templo, já o encontramos transbordando de gente. Mal conseguimos passar entre todos os convidados, e somos seguidos o tempo todo por olhares maldosos. A maioria dos membros da corte, que até pouco tempo esperava ver seu amado príncipe ao lado da princesa hoje, não é grande fã de Aladdin. Mas vejo alguns rostos sorridentes entre os nobres que ele conseguiu encantar em seu curto período no palácio, e duvido que leve muito tempo para conquistar o resto, desde que sua verdadeira identidade não seja descoberta.

Há seis percussionistas diante do templo, tocando uma marcha nupcial que ecoa por todo o palácio, anunciando a chegada dos noivos. Em cada canto da sala, acólitos balançam incensórios que pendem de correntes, enchendo o ar com o doce perfume de jasmim e damas da noite. Cada porta é guardada por um sacerdote, que carrega um cajado de oração em uma das mãos e um pergaminho de versículos sagrados na outra, para afastar os maus espíritos e desencorajar os gênios de entrarem. Seus esforços são mais simbólicos do que qualquer coisa, e passo sem maiores incidentes.

Somos recebidos pelo capitão Pasha, que acompanha Aladdin a um estrado em frente ao templo, sob uma estátua de quatro andares de Amystra, deusa dos guerreiros e juízes. Suas asas de pedra se curvam em torno do estrado, envolvendo-o por três lados, e seus braços se estendem para diante do rosto voltado acima, segurando uma espada no alto.

Ao pé da escada que conduz ao estrado, Aladdin puxa o colarinho, examinando a multidão com atenção. Atrás dele, estão postados os oficiais leais a Cáspida, enquanto os escribas registram tudo em pequenas escrivaninhas de madeira de um dos lados do estrado. Garotinhas espalham rosas e jasmins ao redor do templo, cantando uma melodia doce e suave.

Assim que Aladdin se posiciona, Cáspida entra pela esquerda. A princesa usa um vestido branco longo de cauda, bordado do pescoço até a bainha com pequenas rosas brancas, que traz um braço nu e o outro coberto com seda pura. Suas mãos e pulsos estão preenchidos pela hena vermelha, que se destaca em contraste com a pele marrom. A princesa usa uma tiara prateada simples sobre o cabelo preso com tranças e salpicado das mesmas pequenas flores brancas que também vemos espalhadas pelo estrado e pelas escadas. As aias de Cáspida entram atrás, vestindo diferentes tons de verde, como se fossem folhas de uma roseira, e a princesa, a flor.

Dois sacerdotes se aproximam para oficiar a cerimônia. O primeiro traz um recipiente com brasas acesas, e o outro, um ramo de oliveira, com que bate de leve nos ombros e na testa de Aladdin, purificando-o simbolicamente, e que depois atira nas brasas, onde queima em segundos. Em seguida, os sacerdotes espalham arroz em torno dos pés de Aladdin e Cáspida, para atrair boa sorte e fortuna. Por fim, dois acólitos seguram um pedaço de seda vermelha sobre a cabeça do casal, e os sacerdotes começam a entoar as palavras do enlace, suas frases intercaladas por versos cantados por um jovem acólito com voz doce feito mel.

Aladdin está tão nervoso quanto um pedinte em uma guarita. Ele observa Cáspida de lado, tentando imitar seus gestos. Sinto um pouco de receio de que possa fugir. Cáspida, por outro lado, está serena como um cisne, com o rosto composto e majestoso. Em nenhum momento, olha nos olhos de Aladdin.

Tento ficar feliz por eles, *habiba*. Sinceramente. E uma parte de mim realmente *está*. Passei a gostar dos dois, e vê-los juntos me faz acreditar que algumas histórias terminam bem. Eis aqui um desejo que não corrompi. Duas vidas que não arruinei.

E ainda assim...

Parte de mim se sente murcha e rejeitada. Sou a erva daninha arrancada do jardim de rosas. Sou o corvo expulso do pombal. Estou no lugar ao qual pertenço, e não deveria ser suficiente? Isso não merece algum sentimento de felicidade ou, pelo menos, realização? Não conquistei o prêmio mais importante? A liberdade?

Então por que, *habiba*, sinto como se tivesse perdido alguma coisa?

Procuro tirar essa pergunta da mente. Há coisas mais importantes em que me concentrar, como a prolongada ausência de Darian e Sulifer, que não passou despercebida aos nobres reunidos. O vizir e o príncipe deixam uma lacuna na assembleia e parece que não sou a única preocupada. As aias de Cáspida também estão alertas e vigilantes, de olho na multidão. Uma tentativa desastrada de assassinato na sala de banho não pode ser o único plano, então o que estão esperando? Meus olhos vasculham os telhados, à procura de um arqueiro escondido, mas não vejo nada suspeito. Ainda assim, algo me deixa cismada, tem alguma coisa que não se encaixa.

Aladdin e Cáspida repetem as palavras ditas pelos sacerdotes, professando votos de fé, fidelidade e amor que nenhum dos dois sente de verdade. Mais alguns minutos, e estarão casados. Em vez de alívio, sinto como se estivesse prestes a ir para a forca, à espera de que o chão desapareça sob meus pés e meu pescoço quebre. Minha inquietação cresce como uma onda que avança inexoravelmente para a costa.

Talvez não aconteça nada. Talvez, depois da tentativa fracassada de afogar Aladdin, Darian tenha fugido, para evitar maiores prejuízos. Talvez Sulifer tenha decidido que prefere passar o resto da vida pescando na costa de Qopta do que planejando maneiras de manipular esta corte.

Tensa de inquietação, me viro de volta para a cerimônia, que está chegando ao fim. Um acólito traz um belo jogo de chá de jade. Assim que Aladdin e Cáspida trocarem alianças e servirem uma xícara um ao outro, estarão oficialmente casados aos olhos dos deuses e dos homens.

"Na presença de Imohel e dessas testemunhas, este homem e esta mulher vieram aqui hoje para unirem seus destinos", diz um dos sacerdotes. "O que você traz para selar esta união?"

Aladdin se vira para mim, e abro os dedos, revelando o anel. Ele o observa, sua mão pairando sobre a minha.

"Pega", sussurro.

Ele engole em seco e pega o anel, virando-o devagar, a luz cintilando dos símbolos esculpidos no metal. Então seus olhos encontram os meus.

"Zahra..." Ele fecha a mão sobre o anel. "Não posso fazer isso."

Minha mente fica paralisada. Abro a boca, mas não consigo pensar em nada para falar.

Em seguida, Aladdin dá meia-volta e respira fundo, erguendo o queixo. "Sinto muito, princesa. Mas tenho que interromper a cerimônia."

A multidão começa a sussurrar enquanto Aladdin e a princesa se encaram com igual pesar e alívio. Os sacerdotes trocam olhares perplexos.

"Vossa Alteza, o que significa isso?", pergunta um deles.

Aladdin endireita o corpo, criando coragem. "Princesa Cáspida, tenho grande respeito e admiração por você. Esta cidade realmente terá a rainha de que precisa. Mas não posso me casar com você."

A princesa está completamente petrificada, seu rosto indecifrável. "Por que não, príncipe Rahzad?"

"Sinto muito", responde ele. "A verdade é que estou apaixonado, mas é por outra pessoa."

Ele se volta para mim, e meu espírito levanta voo como um bando de pombas, assustado e errático. Não consigo me mexer, não consigo falar conforme ele segura minhas mãos e me encara com seriedade. Aladdin pressiona o anel na minha palma, e o ouro parece queimar a pele.

"Isso pertence a você, e somente a você. Estive tão cego, Zahra. Tão preso ao passado que não conseguia ver o que estava acontecendo diante dos meus olhos. Fui um idiota, não sei como posso esperar nada de você. Mas tenho que tentar. Tenho que dizer a verdade, e a verdade é que... eu amo *você*."

"Não", sussurro. "Você *não pode*."

"Não me importo se é uma...", ele faz uma pausa para limpar a garganta, "uma serva. É linda, impetuosa e gentil, e não consigo parar de pensar em você." Aladdin esboça um sorriso bobo e radiante. "É errado, estúpido e maravilhoso, Zahra. Não pretendia que isso acontecesse, mas aqui estou. Eu te amo."

Faz-se silêncio absoluto na sala, e nos vemos rodeados por um mar de rostos atônitos. Alguns sacerdotes sussurram entre si, parecendo em pânico. Alguém sai de fininho pela porta dos fundos, talvez para contar a Sulifer. O capitão Pasha e seus homens pegam suas armas e olham da princesa para o meu amo como se não tivessem certeza se deveriam prendê-lo ou não.

Aladdin parece não notar nada. Olha para mim fixamente, implorando, esperando que eu fale. Mas não consigo. Estou completamente imobilizada pelo choque, pelo medo e... para ser sincera, por uma centelha de esperança. Fecho a mão sobre o anel.

"Longe de mim ficar no caminho desse amor", diz Cáspida em tom gélido, quebrando o silêncio. "A cerimônia está encerrada." Para os convidados, ela diz: "Ainda haverá um banquete mais tarde e baile a noite toda. Sacerdotes, obrigada pelo serviço, mas acredito que encerramos aqui".

Ela parece indiferente como a lua. Mas posso ver o que esconde sob a superfície e sinto que está perplexa e constrangida, ansiosa para ir embora. Suas Sentinelas se reúnem a ela, puxando-a de lado com murmúrios de preocupação.

Aladdin não tira os olhos de mim. "Sei que deve pensar que sou um idiota, mas vai me dar uma chance?", sussurra ele. "Vai me deixar começar de novo?"

Eu me afasto, soltando minhas mãos das dele.

"Zahra, o que foi?"

"Sou *veneno*."

Ele franze a sobrancelha. "Não acredito nisso."

Continuo me afastando até chegar à beira do estrado e me sinto como um animal encurralado. Ele não entende, assim como você não entendeu, *habiba*. Por que vocês, humanos, insistem em cortejar a destruição? Vejo a dor em seus olhos, à espera de uma resposta, mas minha voz fica presa na garganta.

"Zahra", diz ele ternamente, "você me ama?"

"Eu..." Eu não deveria. É errado, é perigoso, é proibido.

"Zahra?" Ele me encara suplicante e ansioso.

"E sua vingança?", sussurro, as palavras despercebidas em meio ao barulho da multidão. "E quanto aos seus pais? Esperou a vida toda por este momento."

Ele balança a cabeça de um lado para o outro. "Estou cansado de viver pelos mortos. Quero viver para *você*."

"Aladdin, *não podemos*. Não devia dizer essas coisas!" Olho em volta, desesperada, perguntando-me quem pode nos ouvir. Se Nardukha ouvisse essas palavras proibidas, o preço que pagaríamos seria catastrófico. "O risco..."

"Você vale *todos* os riscos. Eu sei o que quero, Zahra. E você?"

"Eu..."

De repente, uma trombeta forte e estridente soa pelo templo. Minha pele fica gelada, e quase espero que o próprio *shaitan* entre rugindo como uma fera. Mas é Sulifer quem aparece, usando um casaco militar preto com capa grande, o turbante escuro acentuando sua altura já considerável. A barba está bem curta, realçando os fios grisalhos no queixo. Atrás dele marcham cerca de duas dúzias de soldados, todos com armaduras e capacetes e portando lanças e espadas. Darian surge ao lado, o rosto indecifrável.

O vizir para por um instante, observando a expressão gélida de Cáspida e minhas mãos unidas às de Aladdin. Então, com um grunhido de reprovação, atravessa o pátio do templo, e o barulho das botas dele e dos soldados é a única coisa que se ouve. Sulifer não fala nada nem muda de expressão até chegar aos pés do estrado.

Ele para, os olhos cravados em Aladdin.

"Guardas", diz ele. "Prendam este homem. Ele não é quem afirma ser."

CAPÍTULO VINTE E DOIS

No silêncio que se segue, solto o ar devagar, fechando os olhos por um instante. Sinto meu espírito se abater e tudo em volta começar a desmoronar. O que nos entregou? Será que Darian viu a lâmpada, afinal?

"Use o seu desejo", sussurro para Aladdin, abrindo os olhos. "*Por favor.*"

"Se eu fizer isso", responde ele, baixinho, "vou perder você."

Cáspida já se recompôs. Quaisquer que sejam as emoções que está sentindo depois de ser humilhada no próprio casamento, ela as esconde bem.

"Tio, chega disso", diz ela. "Você é meu parente, mas farei com que seja banido ou preso se continuar com essa farsa."

Sulifer nem pisca. "Este homem é acusado de assassinato, feitiçaria e comunhão com os gênios."

O sangue desaparece do rosto de Aladdin, e murmúrios de espanto percorrem a sala.

"Isso é ridículo!" diz Cáspida. "Como ousa..."

"Deixe-o falar", replica Sulifer, tranquilo. "E que nos diga se é inocente."

"É claro que sou!", rebate Aladdin. Então solta minhas mãos e contorna Cáspida, encarando o vizir. "Você está louco."

"Estou?" Sulifer vira para Darian e faz sinal para que ele se aproxime.

"Chega dessa loucura", interfere Cáspida. "Guardas, retirem meu primo e meu tio daqui!"

Os guardas hesitam, mas o capitão Pasha dá um passo à frente, decidido. Com um aceno de mão, Sulifer faz os próprios soldados se aproximarem. Eles apontam as lanças para o capitão, que vacila e olha para a princesa. Sulifer e Darian nem sequer pestanejam. Estão em maior número e sabem disso. Os presentes se afastam em direção às laterais do templo, bem longe das armas.

A luz nos olhos de Cáspida é perigosa. Sem interromper o contato visual com seu tio, ela faz um gesto para Pasha se afastar.

"Então é guerra?", pergunta a princesa sem se alterar.

Sulifer levanta uma das mãos com a palma para cima. "Se o rapaz provar sua inocência, deixo esta cidade hoje para nunca mais voltar."

Cáspida estreita os olhos, desconfiada. "E como propõe que ele faça isso?"

"Que seja revistado", responde Sulifer calmamente. "Com certeza, você não se opõe a isso, pois, se ele não tiver nada a esconder, ficará provado para toda a corte que estou errado."

"Muito bem", diz Cáspida após um breve silêncio. "Que ele seja revistado."

Aladdin fica pálido.

Sulifer faz uma reverência, um pouco discreta demais para ser sincera. "Obrigado, princesa."

Com avidez, Darian sobe o estrado e vai até Aladdin, agarrando-o pelo ombro e pegando uma faca.

"Parece que não consegue manter as mãos longe de mim, não é mesmo?", diz Aladdin. "Primeiro, na sala de banho, e agora isso. Fico lisonjeado, de verdade, mas meu coração pertence a outra pessoa."

Darian apenas sorri e puxa o colarinho de Aladdin para o lado, expondo a cicatriz em seu ombro nu. Então pressiona a ponta da adaga, fazendo o sangue escorrer sob a lâmina, e Aladdin se encolhe de dor.

"Soube quem você era assim que vi isso na sala de banho", sussurra o príncipe no ouvido de Aladdin. "Não acredito que não percebi antes, mas não importa agora. Você já era, *ladrão*. Vai implorar pela morte antes que eu termine com você." Ele desce a mão pelo casaco de Aladdin até alcançar o volume no quadril.

Aladdin engole em seco.

Com uma risada de triunfo, Darian puxa a faixa de Aladdin, e a lâmpada surge balançando à vista de todos. Murmúrios curiosos se espalham pela multidão. Ninguém tem certeza do que ele descobriu, mas sabem que deve ser importante pela forma como Darian grita com entusiasmo. Aladdin agarra a alça da lâmpada, tentando tomá-la do príncipe. Sinto náuseas ao quase ser sugada de volta pela lâmpada uma, duas, três vezes antes que Aladdin a recupere.

"Feiticeiro!", berra Darian. "Adorador de gênios!"

A multidão se junta aos gritos, e as palavras ecoam pela sala. Cáspida intervém, irritada, agarrando Darian e puxando-o para longe. A lâmpada, ainda ligada a Aladdin, acaba saindo de suas mãos, mas ele a pega de volta.

"O que é isto?", pergunta ela, mas, pelo pavor na voz, acho que já sabe.

"Sim, ladrão, o que é?", questiona Darian, sorrindo.

"É um costume do meu povo", diz Aladdin com a voz rouca. Seu rosto perdeu completamente a cor, mas ele ainda tenta manter o disfarce. "Sabe. Para simbolizar luz e... boa sorte... Todos os noivos istaryanos carregam uma lâmpada no dia do casamento." Então encara Darian com ar provocador, desafiando o príncipe a afirmar que Aladdin roubou a lâmpada *dele*, condenando assim os dois.

"Mentiroso", rosna Darian. "Conspirou com os gênios para se passar por príncipe, quando não passa de um criminoso. E, com a ajuda dos gênios, assassinou o rei!" Darian mostra um frasco que tirou do bolso. "Isso foi encontrado nos aposentos dele. Um veneno mortal chamado Mordida de Serpente, a mesma poção que tirou a vida do nosso rei!" Ele aponta para Aladdin. "Assassino! Regicida!"

Aladdin fica perplexo. "O rei? Eu não..."

"Toda palavra que sai da boca deste homem é mentira!", declara Darian. "Ele não é um príncipe. É uma fraude e um criminoso! Seus próprios pais foram traidores, decapitados pelo meu pai por incitarem uma rebelião. Ele não é Rahzad, príncipe de Istarya, mas Aladdin, um ladrão qualquer que atormenta nossa cidade há anos!"

E, com essa declaração, meu feitiço que oculta o verdadeiro rosto de Aladdin se rompe e se desfaz, revelando sua real imagem. Noto o brilho nos olhos de Cáspida ao reconhecê-lo, e ela é tomada pela mais sombria raiva.

"*Aladdin*", sussurra ela, levando a mão à têmpora. Em seguida, pisca com força, como se não acreditasse em seus olhos. "Isso é possível?"

Ele dá um passo à frente, com uma das mãos levantada. "Princesa, posso explicar..."

"Silêncio", ordena ela friamente, o olhar gélido. Então, aproximando-se, sussurra com raiva: "Nunca fui tão humilhada em minha vida. Você me arruinou e matou meu pai! Pensei... pensei que fosse meu amigo. Vocês *dois*". Ela pisca para se livrar de uma lágrima, fulminando Aladdin com o olhar. "Que carregue o peso desta traição para o túmulo."

Ele balança a cabeça com veemência. "Posso ser um ladrão e um mentiroso, mas não sou um assassino! Juro que não matei o rei! Cáspida, por favor, acredite em mim!"

Ela não olha para ele. Derrotado, Aladdin se vira para mim, e só consigo sorrir com tristeza.

Darian dá meia-volta e examina o lugar, sondando, procurando. E então arregala os olhos ao me encontrar.

"Claro", murmura ele. "A linda serva."

Sem dizer mais nada, ele se vira, puxa uma adaga do cinto, corta a faixa e pega a lâmpada. O mundo parece girar ao meu redor à medida que o vínculo com Aladdin, já tão familiar para mim como um membro de meu corpo, se parte como um galho. Um novo vínculo se forma entre mim e Darian, forte e absoluto, conforme fios se entrelaçam e se enrolam ao nosso redor, até nossas vontades se unirem. Então ele me encara, com olhos vorazes.

"Monstro!", brada, apontando para mim. "Revele-se!"

Não há mais sentido em me esconder. Se é um monstro o que querem, então é um monstro que vão ter.

Todos os olhos no templo de repente se voltam para mim quando começo a me transformar. O cabelo, as roupas e até mesmo o anel em minha mão viram vapor. Quase me sinto bem por finalmente abandonar minha forma humana e lhes revelar meu poder. Fumaça vermelha se enrosca em meus pés, crescendo e aumentando até me envolver. Meus olhos estão fixos nos de Aladdin, e ele observa, arrasado, meu vínculo se desfazer, fio a fio. Os membros da corte se afastam, aflitos, e Cáspida e suas aias me encaram com repugnância.

Aqui estou, mortais. Olhem e tremam, pois eu sou a gênia da lâmpada, a filha de Ambadya, um monstro entre vocês.

Subo no ar, erguida por uma nuvem de fumaça escarlate. Ardo de fúria e canalizo minha raiva através da magia de mudança de forma: luzes vermelhas faiscando na fumaça, meus olhos brilhando como brasas, minha pele se tornando translúcida para revelar o fogo que queima dentro de mim. Sou uma criatura de pesadelos e trevas.

Gritos de medo ressoam pela sala, e os nobres tropeçam uns nos outros para escapar do templo. Sulifer chama seus soldados.

"Peguem-no!"

Os soldados correm em direção a Aladdin enquanto Pasha e seus homens se afastam para criar um perímetro protetor em torno de Cáspida, que já está cercada pelas aias. As garotas me encaram com nojo e raiva, mas o que mais me impressiona é a raiva quieta e controlada de Cáspida, os olhos feridos pela traição. Parece que não é Cáspida quem está diante de mim, mas sim você, *habiba*, no topo da montanha, quando a morte veio levá-la. Seus olhares me atingem mais profundamente do que imaginam, e percebo como fui idiota em considerá-las amigas. Eu devia saber que não devia me abrir para uma dor tão inevitável. Quando me esqueci de me manter indiferente e desapegada? Quando baixei a guarda, deixando-me vulnerável? Isso é o que ganho por bancar a humana.

Os soldados se aproximam de Aladdin com cautela, as lanças apontadas para o peito dele. O ladrão permanece imóvel, seu olhar ainda fixo em mim, os ombros caídos em sinal de derrota.

"Sinto muito", sussurra ele, sua voz perdida em meio aos gritos e berros, inaudível para qualquer um além de mim. Só ele olha em meus olhos sem nojo ou medo. Só ele ainda vê a garota dentro do monstro. Mas não é suficiente.

Eu me lanço para cima dos soldados, girando em torno de Aladdin em uma grande espiral de fumaça vermelha, e os faço recuarem. Darian observa tudo boquiaberto, em parte com medo, em parte encantado com minha exibição.

"Corra!", digo a Aladdin, minha voz como o vento, soprando ao redor dele, puxando sua capa. "Vá *agora*!"

Ele começa a se mover, mas, em vez de se afastar, corre em direção aos soldados. Então parte para cima de Darian, furioso. Os dois descem as escadas rolando e aterrissam bruscamente, cada um com uma das mãos na lâmpada. Eles lutam para arrancá-la um do outro, e Aladdin consegue imobilizar Darian e lhe dar um soco com toda força no rosto antes que os soldados o detenham. Eles o arrastam para longe, e Darian consegue escapar aos tropeços, com a lâmpada bem firme em suas mãos. Ainda assim, Aladdin continua lutando e consegue tomar uma lança, que empunha com habilidade, acertando o cabo na barriga de um dos homens e usando a ponta para derrubar outro. Mas os soldados o superam muito em número e, quando a lança se quebra, partem para cima, torcendo seus braços para trás e forçando-o a ficar de joelhos.

Então, furiosa, condenso-me como metade tigre, metade fumaça e me atiro sobre Darian, garras e presas à mostra, reluzindo, mas ele ergue a lâmpada, sorrindo como um louco.

"Gênia!", grita ele. "Ordeno que volte para o seu receptáculo!"

Como um cachorro que chega ao limite da guia, paro abruptamente no ar quando a lâmpada assume o controle e me puxa. Indefesa, assumo inteiramente a forma de fumaça e sou sugada para dentro, bem quando Aladdin chama meu nome.

Debato-me com raiva dentro da lâmpada, atirando-me contra as paredes, transformando-me de fumaça para água e areia e fogo em um turbilhão frenético. É inútil. Fora da lâmpada, posso sentir a dor de Aladdin conforme os soldados o acertam seguidas vezes com os cabos das lanças. Sinto a fúria devastadora de Cáspida por ter sido traída. Sinto a euforia de Darian pelo tamborilar da pulsação em seus dedos, a lâmpada ressoando no ritmo de seu coração.

"Leve-o lá para baixo", ordena Sulifer. "Ao amanhecer, ele terá a morte que um traidor merece."

Não! O horror me invade como uma onda. Ouço Aladdin grunhir ao ser levantado, então estendo meus sentidos o mais longe que posso e percebo os passos de Cáspida quando ela desce do estrado do templo.

"Cáspida", diz Aladdin com dificuldade. "Posso explicar..."

"Silêncio", rebate ela com frieza.

Sigo Aladdin o máximo que posso, mas em pouco tempo ele é arrastado para além do alcance de meus sentidos e o perco. O desespero me revira por dentro como náusea, e me enrosco em forma de fumaça no chão da lâmpada. Onde está Nardukha agora, quando mais preciso de minha liberdade? Por que não veio? Será que fui feita de idiota? Eu sabia que não devia ter aceitado o acordo. Sabia que ele não era confiável.

"Preciso me retirar um pouco", diz Cáspida, sua voz começando a falhar. "Tenho muito em que pensar."

Ela e suas Sentinelas se viram para ir embora, seguindo em direção à porta dos fundos do templo, mas a voz de Sulifer as detém.

"Receio não poder deixá-la ir, Vossa Alteza", diz ele.

Cáspida vira de volta. Posso ouvir o espanto em sua voz. "O que disse?"

"Guardas, prendam a princesa", ordena Sulifer calmamente.

"O que significa isso?!", exclama Cáspida.

A voz de Sulifer é dura como aço. "Princesa Cáspida, está sendo acusada de ser cúmplice de feitiçaria e comungar com demônios."

"Isso é um absurdo!"

"Não recebeu a gênia Zahra em seus aposentos há algumas semanas?"

"Isso não prova nada." Percebo a compostura de Cáspida se partir como gelo sob um martelo. "Eu não conhecia sua verdadeira natureza. Não sabia nada..."

"Isso será determinado pelos juízes."

"Os juízes!" Ela deixa escapar uma risada ácida. "Você traz os juízes na coleira. São como cachorros treinados para destruir qualquer um para quem apontar."

"Prendam-na", repete Sulifer. "E suas aias também."

Sinto os soldados se aproximando das garotas, mas não chegam a pegá-las. Nessa e Khavar cortam-nos pelo meio como uma brisa afiada e mortal, e Ensi atira pó envenenado na forma de um arco cintilante. Os soldados caem, levando a mão à garganta e ao peito, à medida que o ataque das garotas os derruba como uma foice na grama seca. Cáspida se livra dos soldados que a seguram, derrubando os dois com uma série de golpes com suas mãos ágeis, que driblam as defesas deles e dizimam seus pontos nervosos, deixando-os se contorcendo no chão. Antes que Sulifer, Darian ou os guardas restantes possam fazer qualquer movimento, as jovens desaparecem, saindo depressa do templo em direção ao palácio.

"Atrás delas", diz Sulifer a Darian em voz baixa. "Traga aquela garota para mim, custe o que custar! Espera... Dê isso para mim primeiro."

Posso sentir a hesitação de Darian, mas ele acaba entregando a lâmpada a contragosto para o pai. A vontade de Sulifer substitui a de Darian, reprimindo minha mente como uma gaiola de ferro.

O príncipe chama os soldados, e eles saem apressados do templo.

Simples assim, tudo se desfaz.

CAPÍTULO VINTE E TRÊS

O dia passa como um borrão.

Sulifer se reúne com os membros do conselho. Há muitas conversas abafadas pelas sombras dos corredores. Não escuto nada. Recolho-me para dentro de mim mesma, escondida na lâmpada, a escuridão ao redor repleta de sussurros.

Isto é culpa sua.

Você falhou com ele.

Você o matou.

Não tento bloquear as palavras, porque sei que são verdadeiras. Este é o preço do segundo desejo de Aladdin, o desejo que *eu* o convenci a fazer. O preço de toda mentira é que a verdade sempre vem à tona. Eu sabia disso, sabia, mas ainda assim o conduzi a isso. E para quê? Onde está Zhian? Onde está minha liberdade? Por que ainda estou ligada à lâmpada? Como um ferreiro com um pedaço de metal retorcido, começo a forjar meu medo em raiva. Mais cedo ou mais tarde, Sulifer terá que me chamar para fora da lâmpada. Quando isso acontecer, não sei o que farei, *habiba*. Mas tenho que fazer *alguma coisa*. Não posso simplesmente deixar que executem Aladdin.

Mais tarde naquela noite, quando Sulifer está sozinho em seus aposentos, analisando um mapa em sua mesa, ouço uma batida na porta, e Darian entra. Então me obrigo a sair de meu torpor para prestar atenção.

"Ora?" Sulifer se levanta. "Onde está Cáspida?"

Darian hesita por um instante, então diz em voz baixa: "Ela sumiu. Vasculhamos o palácio inteiro, mas não há nenhum sinal dela ou das aias. Acreditamos que tenham fugido para a cidade baixa, e os guardas passarão a noite toda procurando".

Sem dizer nada, Sulifer se aproxima e dá um tapa com as costas da mão nele, atirando o filho contra a parede. Darian fica paralisado, de costas para o pai, agarrado às pedras como se tentasse se fundir a elas.

"*Que fracasso*", sibila o vizir. Todo seu ser se transforma, como se tivesse tirado a máscara de compostura, revelando o verdadeiro homem por baixo. "Dou todas as chances do mundo de se tornar alguém, e você só fracassa!"

"Eu encontrei a lâmpada!", diz Darian na defensiva, virando-se para o pai.

Sulifer o agarra pela frente do casaco e o esbofeteia várias e várias vezes. "Não me responda, garoto! Não conseguiu me trazer a lâmpada da primeira vez. Não conseguiu se casar com a princesa. Não conseguiu trazê-la para mim." A cada afirmação, seus golpes ficam mais fortes, até o sangue começar a jorrar do nariz de Darian. Só então seu pai o solta, e Darian se afasta cambaleante, levando a manga da roupa ao rosto.

"Bem?", grunhe Sulifer.

Ainda meio atordoado, Darian cai de joelhos e abaixa a cabeça. "Obrigado, pai", diz ele, arrasado.

"Obrigado pelo *quê*?"

"Por me disciplinar na minha juventude. Ouço e recebo sua repreensão." As palavras soam automáticas, monocórdias. Desconfio que já tenha dito isso muitas vezes, e o sentimento se esvaziou delas.

"Levante-se", diz Sulifer com desgosto. "Não suporto ver você rastejando como um camponês."

Darian se levanta silenciosamente, limpando o nariz, enquanto o pai pega a lâmpada. Eu me encolho dentro dela, recolhendo meus sentidos e deixando tudo escurecer. Não quero fazer parte disso. Queria estar de volta na caverna. Queria que Sulifer me chamasse, fizesse logo seus desejos e tudo isso acabasse. O que está esperando?

"Onde está o ladrão?", ruge Sulifer.

"No calabouço, como pediu", responde Darian em voz baixa.

"Bom", grunhe Sulifer, tamborilando a lateral da lâmpada com os dedos. O som é ensurdecedor e reverbera em mim. "O garoto mostra mais iniciativa e força do que você jamais teve."

"Deixe-me uma hora a sós com ele. Veremos quanto dura essa *força*", diz Darian com amargura.

"Não seja tão vulgar. Ao contrário da ralé, não nos deixamos levar por coisas mesquinhas como vingança. Agora me deixe e vá procurar Cáspida. Vasculhe todos os lugares. Ela é astuta, como a mãe. *Não* falhe de novo."

"Mas..."

"*Saia*." O vizir baixa a voz para um sussurro sibilante, e Darian se retira.

Depois que o filho sai, Sulifer dedica toda a atenção à lâmpada. Apoia-se em uma coluna e a examina com cuidado, como um homem flertando antes de um beijo, e posso sentir as ondas sufocantes de desejo e triunfo que emanam.

"Finalmente você é minha", diz ele. "Vamos nos ver cara a cara."

Ele esfrega a lâmpada, lenta e comedidamente. Não tenho opção senão atender.

Saio da lâmpada como um fio de vapor, espiralando e me enroscando até o chão, onde me concentro como uma névoa fina. Então me transformo em cobra, os olhos fulminantes, e me ergo até chegar na altura de sua cintura, mas em seguida volto a assumir a forma de uma garota, as escamas se transformando em pele, a cauda, em pernas, o capelo, em cabelo. Meu corpo está coberto por uma seda preta cravejada de diamantes, e sinto um peso no quadril, onde carrego o anel de Aladdin em um bolso escondido. Visto-me como a noite e o encaro com olhos tão escuros e vazios quanto os espaços entre as estrelas.

"Eu sou a gênia da lâmpada", entoo. "Diga-me seus três desejos, para que eu possa atendê-los e me ver livre de você."

Sulifer me devora com os olhos. Não responde de imediato e me rodeia enquanto permaneço rígida. Como se quisesse provar que sou real, ele estende a mão e acaricia meu cabelo e em seguida corre os dedos por meu rosto. Resisto ao impulso de estremecer, e, quando os dedos chegam perto demais, eu os ataco com presas de tigre, mas não mordo nada além do ar vazio.

Rápido como o bote de uma cobra, ele me esbofeteia.

A dor é intensa, mas some rápido. Na mesma hora, assumo a forma de um leopardo preto, que ruge, agachado, pronto para atacar. Não o posso ferir, mas pulo, mostrando as presas, furiosa.

Sou atirada para trás imediatamente, antes mesmo de tocá-lo, deslizando pelo chão e indo parar jogada de qualquer jeito contra a parede. Perco a forma e volto a ser fumaça na tentativa de me livrar da dor que vem da repelência mágica.

"Já li sobre a sua espécie", diz Sulifer, encarando-me impiedosamente. "Sei tudo sobre os seus truques vis e deslealdade. Demônio do fogo, ouça-me com atenção: *sou seu senhor*. Tente me contrariar e vai sofrer as consequências."

"E eu o conheço." Volto à forma de garota e estreito os olhos. "Sei o que quer. Sonha em reerguer o grande Império Amuleno das cinzas do passado, quando seu povo governava todas as terras de leste a oeste. Quer ser conquistador e imperador." Caminho até sua mesa e estendo as mãos em seu mapa, amassando o pergaminho sob minhas palmas. Sulifer vem atrás de mim, observando-me com silenciosa intensidade.

"Quando Roshana governava da grande cidade de Neruby, dizia-se que nenhum homem poderia alcançar os limites de seus domínios mesmo que cavalgasse sem parar por um ano inteiro. Havia mais cidades no império dela do que estrelas no céu." Então me viro para ele. "Posso lhe dar qualquer coisa deste mundo, vizir. Posso lhe entregar todas as nações. E farei isso com prazer... se impedir a execução de Aladdin."

Ele ri, um som pequeno e contido, mas que, vindo dele, parece o cúmulo da hilaridade. "Vai me ajudar, gostando ou não. Creio que seja para isso que *você* exista."

Irritada, pego o mapa e o rasgo em dois, deixando os pedaços caírem no chão. "Então é um idiota! Diga-me seus desejos e vamos ver o que acontece! Já destruí homens mais inteligentes do que você com suas próprias palavras."

Ele fecha a cara, alerta com a ameaça.

"Mas se libertar Aladdin, não vou distorcer seus desejos", digo com mais gentileza. "Vou servi-lo tanto em atos quanto em espírito."

Ele puxa a cadeira da mesa e se senta, tamborilando o joelho enquanto me observa, pensativo. Fico de pé, as mãos estendidas, à espera de sua resposta como um condenado aguarda sua sentença.

"Não", diz ele, abrindo um ligeiro sorriso.

Cerro os punhos e fico tão pesada quanto se feita de mármore, completamente enraizada ao chão. Não vejo nenhuma misericórdia, nenhum espaço para barganha em seus olhos. Conheci mil e um homens assim, *habiba*, e sei que ele sente prazer com minha dor.

"Então faça o seu desejo", digo em tom neutro, com olhos semicerrados.

Ele se inclina para a frente, seu olhar fervoroso. "Desejo que todos os gênios se curvem diante de mim, chamem-me de senhor e obedeçam a todas as minhas ordens."

Sulifer espera, a respiração presa, os olhos brilhando.

Quase sinto vontade de rir, mas meu espírito continua muito pesado, então apenas suspiro. "Disse que posso lhe dar qualquer coisa *deste* mundo. Os gênios não são deste mundo e, portanto, não tenho esse poder."

O rosto de Sulifer se transforma. Ele volta a ser o homem que bateu no filho, que viu a sobrinha desafiá-lo do trono do pai dela. Sua fúria é uma onda crescente, escura e profunda, precipitando-se como um rolo compressor até a costa. Posso vê-la crescendo e se aproximando em seus olhos.

E então a onda quebra.

Com o rosto vermelho, ele salta da cadeira. Levanta a mão para me bater, mas consigo me esquivar, transformando-me em fumaça e, assim, impedindo-o de me acertar. Então, ele pega um tinteiro da mesa e atira contra a parede. O líquido preto e oleoso respinga por toda parte.

"Você não pode subjugar os gênios", digo, assumindo de novo minha forma atrás dele. "Acha que Nardukha seria tão estúpido a ponto de deixar que algo assim acontecesse? Não é o primeiro humano a tentar, e com certeza não será o último."

Sinto uma pequena satisfação ao vê-lo frustrado. Sulifer se recosta na cadeira para acariciar a barba. A onda de raiva recua, voltando para o mar, e ele está outra vez frio e calmo.

"Não importa", diz ele, um tremor ainda nítido em sua voz como um tique raivoso. "Existem outras maneiras."

Em seguida, o vizir fica em silêncio por um instante, tamborilando com os dedos, o olhar distante enquanto pensa. Então pega a lâmpada e bate com ela na mesa.

"Volte já para dentro, gênia. Preciso pensar."

Quase me alegro em voltar para a lâmpada. Lá, posso me recolher um pouco e tentar me esquecer momentaneamente da culpa e do pavor que envenenam meu espírito. Ele fica sentado por algum tempo à luz de uma única vela, olhando fixamente para as sombras, perdido em pensamentos.

Por fim, Sulifer me chama de novo. Pairo diante dele, eu mesma pouco mais do que uma sombra, e espero.

"Desejo ter um exército mais numeroso do que as estrelas, invencível diante de quaisquer e todas as forças de Ambadya ou deste mundo, capaz de vencer qualquer inimigo, que não necessite de descanso, comida ou água, e que obedeça a todas as minhas ordens."

Lentamente, minha forma se solidifica, até eu me tornar uma garota vestida de preto, e então inspiro a magia do desejo de Sulifer. Sua vontade é como água, paciente e persistente, fria e sombria. E me preenche até eu começar a transbordar.

Seus olhos brilham à luz das velas quando passo por ele em direção à sacada dos aposentos, que dá para os jardins do palácio e as colinas escuras ao norte. A noite parece mais escura, sem a lua para enfeitar o céu. Mas as estrelas estão visíveis, talvez mais brilhantes em contraste com a escuridão profunda.

O vizir me segue, observando-me com atenção, como se desconfiasse de que eu possa traí-lo. Mas não precisa se preocupar. Vou conceder seu desejo, nos mínimos detalhes.

"Só existe uma coisa mais numerosa do que as estrelas", digo, olhando para o céu. "E é a escuridão que as contém."

Abro as mãos com as palmas para cima e deixo a magia fluir através de mim, expandindo-se, crescendo e se espessando, escura e silenciosa como óleo em um vidro. Nos jardins, nas colinas, nas paredes ao redor do palácio, figuras tomam forma. Sombras com aspecto humano, cem, mil, um milhão, mais. Eles crescem e então se levantam, observando tudo ao redor com olhos pretos como breu. Onde quer que haja escuridão, há um homem de sombra, segurando uma lança de sombra e um escudo de sombra. Quase não são visíveis, pois são como a própria noite.

Um guarda que patrulha a muralha norte para, piscando em meio à escuridão, sem saber se seus olhos lhe pregam uma peça. Ele agita a tocha que carrega, mas as sombras deslizam por trás.

Sulifer o observa.

"Eu lhe dou um exército de sombras, ó amo", digo ao vizir. Exausta pelo esforço, apoio-me na grade da varanda. "E eis aqui como os chamará. Uma vez para convocá-los e duas para dispensá-los."

Estendo a mão e nela se forma um chifre preto de carneiro pendurado em uma tira de couro. Sulifer o pega de maneira quase reverente. Então passa as mãos ao longo de sua extensão curva e, em seguida, leva a ponta menor aos lábios e sopra. Uma nota grave e intensa soa por todo o terreno do palácio, e os guardas da muralha olham em volta, confusos. Ao ouvirem o chamado, todos os homens de sombra encaram Sulifer, à espera.

"Dê uma ordem", sugiro.

Sulifer umedece os lábios e se sobressalta quando um homem de sombra aparece a seu lado. O vizir examina o soldado de cima a baixo e não consegue deixar de sorrir.

"Mate aquele guarda", ordena, apontando para o homem na muralha.

A sombra desaparece e, em menos de um instante, ouve-se um grito lá embaixo. O guarda uiva quando uma lança preta o atinge e depois desaparece, fazendo-o tombar de joelhos. Então seu grito é interrompido, e ele cai com toda força.

Sulifer solta uma gargalhada.

"Isso é perfeito!", diz ele. "Isso é... é ainda melhor do que os gênios!"

Depois, ele se vira para mim com um brilho de triunfo nos olhos. "Agora tenho um exército para conquistar o mundo."

"Sim, ó amo."

Sulifer volta-se de novo para o exército que o aguarda, toca o chifre duas vezes e os homens de sombra desaparecem, mesclando-se outra vez à escuridão de onde vieram. O vizir convoca e dispensa o exército de sombras mais duas vezes, até ficar satisfeito de que não há nenhum truque.

"Muito bem, gênia", diz Sulifer. Posso ver que ele está mais satisfeito consigo mesmo do que comigo. Afinal, passou horas pensando nesse desejo e prestando atenção para que não houvesse nenhuma brecha nem furo.

Devo admitir que é um desejo bem sólido até onde um desejo pode ser.

Sulifer dá meia-volta para entrar, e fico ali mais um pouco, observando as sombras à espera de qualquer ordem do vizir.

Quando ele me manda voltar para a lâmpada, obedeço com um sorriso amargo.

*   *   *

Falta uma hora para o amanhecer e a execução de Aladdin.

Sulifer dorme profundamente com a lâmpada ao lado do travesseiro. Vago dentro dela em forma de fumaça, uma névoa indistinta e infeliz, até que de repente ouço passos no quarto. Quatro guardas vigiam a entrada dos aposentos, mas esses passos vêm da direção da janela, que fica a uma altura de três andares.

Curiosa, eu me agito e deslizo contra as paredes da lâmpada, tentando descobrir quem é o intruso. Os passos se aproximam, lentos e suaves, e a animação toma conta de mim quando percebo que é Cáspida. Talvez nem tudo esteja perdido.

Deixo que meu sexto sentido vá até ela. Suas mãos ainda estão decoradas com a hena do casamento, mas está longe de parecer uma noiva. Seu colete e calça pretos destacam sua forma atlética, e sinto que carrega lâminas de todos os tamanhos e formas presas ao cinto, sapatos e até mesmo na trança justa.

Então, movendo-se com todo o cuidado, ela pega a lâmpada. Quando o vínculo se forma entre nós duas, fico surpresa em perceber como me parece familiar... Bem parecido com estar ligada a você, *habiba*. Cáspida fica mais um instante ali parada, perto do tio adormecido, levando a mão livre a uma faca no cinto.

Mas então alguém bate na porta, e ela congela.

"Senhor vizir?", chama uma voz. "Está quase amanhecendo."

Ela se esgueira de fininho pelo quarto e se esconde atrás da porta, que abre devagar. Um guarda enfia a cabeça lá dentro, e Cáspida salta sobre ele, passando o braço em volta do pescoço do rapaz e puxando para baixo a cabeça dele, que ela golpeia com o joelho. Ele cai, inconsciente, e a princesa o arrasta para dentro do quarto. Sulifer se mexe, mas não acorda.

Há mais dois guardas de vigia, e, antes que possam gritar, Cáspida derruba um deles com um chute na virilha e um golpe na cabeça, e o outro com um corte na garganta. Quando o rapaz cai, com sangue escorrendo pelo peito, a princesa passa por cima dele conforme limpa as manchas escarlates do rosto com a mão trêmula.

Um pouco mais ofegante, Cáspida envolve a lâmpada com sua capa, amarra as pontas e a pendura no ombro antes de sair para o corredor. Então segue depressa, pegando a faca no cinto.

Ela se move cada vez mais rápido até largar em disparada pelos corredores, seguindo em direção à saída mais próxima. Mas se detém ao ouvir o rangido de uma porta se abrindo e para de repente, prendendo a respiração ao ver Darian no corredor. Ele fica tenso e paralisado ao ver a princesa e olha ao redor, levando a mão à espada que traz na bainha.

"Cas?"

"Oi, Darian."

"O que está fazendo aqui? Tenho ordens de atirá-la nas masmorras. Cas, vão *executar* você!"

Cáspida franze a testa. "Primo, com certeza não acredita nessas acusações ridículas. Aladdin me enganou assim como fez com todo mundo. Mais, na verdade. Afinal, concordei em me *casar* com o cretino. Não acha que quero a cabeça dele tanto quanto você?"

Ele morde o lábio enquanto a observa, o olhar em conflito. "Nosso futuro juntos estava traçado desde que éramos crianças, Cas."

"Eu sei", geme ela, esfregando as têmporas. "Fui tão idiota. Meu primeiro dever sempre foi para com o nosso povo, Darian, e pensei que era o que eu estava fazendo." Ela olha nos olhos dele, e as lágrimas pendem dos cílios delineados com kohl. "Não posso esperar que me perdoe, mas preciso implorar de qualquer maneira. Fui um monstro com você."

"Cas..." Darian abre os braços e ela corre para ele com o corpo trêmulo. O rapaz a abraça com força, uma das mãos em volta da cintura, a outra acariciando os cabelos. "Cas, está tudo bem. Olha, eu acredito em você. Sei que meu pai também vai acreditar, assim que tivermos a chance de conversar. Tudo aconteceu tão rápido hoje que entramos em pânico. E você *fugiu*. Por quê? Isso só piorou as coisas."

"Como você disse, tudo aconteceu muito rápido." Ela ergue o rosto para olhá-lo. "Também entrei em pânico."

"Ah, Cas." Darian a envolve em seus braços e beija o cabelo dela. "É por isso que precisa de mim. Governar já é difícil para um homem... Uma garota como você não pode esperar carregar esse fardo sozinha."

"Tem razão", diz ela suavemente. Então corre as mãos pelas costas dele, de maneira gentil e sedutora. "Tenho sido tão infantil. Tão ingênua. Não é de admirar que tenha caído nas mentiras de um ladrão."

"Case comigo, Cas. Esqueça esse cara."

Ela fica tensa. "Você... me aceitaria de volta? Depois de tudo que fiz?"

Darian sorri e levanta o queixo dela. "Não foi sua culpa, amor. Ele te manipulou. Estava sozinha e assustada, e ele ofereceu apoio. Naturalmente se sentiu atraída. Mas ele era uma mentira, e eu sou a verdade. Deixe que *eu* te apoie. Deixe que *eu* te ajude a ver através dos enganos. Posso protegê-la, Cas."

Ele inclina o pescoço e pressiona os lábios aos dela. A princesa fecha os olhos e se entrega.

"Eu te amo, Cas", sussurra ele.

"Eu sei", diz ela. "Sinto muito."

"O quê?" Ele se afasta, erguendo as sobrancelhas.

"Ah, primo." A princesa segura o rosto dele com as mãos, os olhos cheios de pena. "Você quer tanto ser amado. Se deixasse de ser tão babaca por cinco minutos, talvez alguém pudesse retribuir esse sentimento."

Darian começa a tossir e suas pernas enfraquecem. Quase cai para a frente, e Cáspida o apoia.

"Sua *vagabunda*...", diz ele, buscando o ar.

"Shhh. Vai ser mais fácil se não falar."

Os lábios e as unhas de Darian ficam mais azuis a cada segundo, e ele se esforça para respirar. Cáspida o deita com cuidado no chão, acariciando seu cabelo e murmurando palavras de consolo enquanto ele se debate, arfando. Ela tira um lenço do bolso e limpa o resto do cataplasma de folha de carmesim dos lábios. Ele olha fixamente para ela, completamente apavorado.

"Vai desmaiar e acordar em uma hora", murmura ela. "Vai ficar com uma terrível dor de cabeça por vários dias, mas vai sobreviver. Eu poderia ter matado você, Darian. Mas já fomos amigos um dia, você e eu, então vou lhe dar esta chance." Ela beija sua testa e, em seguida, endireita o corpo depressa quando começa a ouvir gritos pelo corredor, vindo dos aposentos de Sulifer. Cáspida deixa Darian e foge.

Passos ecoam atrás, além dos gritos de raiva de Sulifer. Cáspida começa a ver a luz das tochas oscilando freneticamente pelas paredes atrás e à frente dela. Está encurralada.

A princesa derrapa até parar, com a trança balançando quando olha para a frente e para trás, checando os guardas que correm em sua direção. Então corre para uma janela, chutando a treliça entalhada que cobre a abertura. Passa uma perna por cima do batente bem quando Sulifer, flanqueado por guardas, aparece e grita: “Detenham-na!”.

Cáspida se joga pela janela.

CAPÍTULO VINTE E QUATRO

Estamos no segundo andar, e a aterrissagem é dolorosa. Cáspida atinge o chão e rola, mas ainda assim o impacto a deixa sem ar e faz com que torça o tornozelo. Ela respira fundo para aguentar a dor, e já está de pé, correndo, quando os guardas chegam à janela.

Chovem flechas ao redor. Cáspida se abaixa e corre mais rápido, mancando por causa do tornozelo ferido.

"Matem-na se for preciso!", grita Sulifer. "É uma traidora!"

Os terrenos do palácio são enormes, repletos de guardas e com poucas opções para abrigar Cáspida enquanto ela foge pela ampla extensão de grama em frente ao palácio. Gritos exaltados preenchem o ar, e tochas iluminam a muralha externa para onde ela corre. A lâmpada sacode em suas costas, deixando-me bem zonza.

Dois guardas a interceptam, e a princesa não hesita. Balança a capa com a lâmpada dentro, batendo na cabeça de um — e me causando pontadas de dor — enquanto aproveita o impulso para girar e dar um chute. Seu pé acerta a mandíbula do segundo guarda, fazendo-o cambalear. Sem esperar para acabar com ele, Cáspida corre o resto do caminho, fazendo careta de dor.

Quando chega à muralha, prende a capa entre os dentes e começa a escalar, encontrando pontos de apoio na argamassa erodida entre os tijolos. A muralha ao redor fica cravejada de flechas, que produzem faíscas ao se chocarem com a pedra, antes de cair. As muralhas são quase tão altas quanto o palácio, e a escalada é perigosa, mas ela continua firme.

"Mão!", grita uma voz do alto. Debruçadas sobre o parapeito, Khavar e Nessa agarram as mãos de Cáspida e a puxam para cima.

"Parece que correu tudo bem", diz Nessa, franzindo a testa ao ver a quantidade de soldados que se aproxima.

Os guardas postados nesta seção da muralha estão inconscientes, as mãos amarradas com seus próprios cintos. Mas, um pouco mais abaixo, à direita e à esquerda, outros avançam em nossa direção.

"Cas, você está bem?", pergunta Nessa.

"Vamos continuar seguindo", diz a princesa impassível.

Khavar já prendeu uma corda na muralha e a lança para longe. Sem nem mesmo verificar se está firme, Cáspida envolve as mãos com a ponta da capa, agarra a corda e desliza para baixo, plantando os pés contra a muralha para desacelerar a descida. As outras garotas a seguem.

Ensi e Raz estão à espera lá embaixo, afugentando furiosamente alguns guardas. O ar brilha com pó de folha de carmesim, que Ensi atira em amplos semicírculos. Quando está perto demais para Raz usar seu arco, ela se vira com uma pequena cimitarra curva.

"Depressa!", grita Ensi. "Meu pó está acabando!"

Cáspida, Khavar e Nessa aterrissam em rápida sucessão, bem na hora em que o único guarda restante alcança Ensi e ergue a espada, pronto para arrancar a cabeça dela de um só golpe.

A princesa saca depressa uma faca e a atira, movendo-se como um borrão. A lâmina crava no ombro do homem com tanta força que ele deixa cair a espada e tomba para trás, gritando.

"*Vamos*!", grita Cáspida.

As garotas dobram à direita e correm ao longo da muralha externa. Quando os guardas se posicionam no alto e começam a disparar flechas, elas mergulham atrás de uma carroça de repolhos abandonada ali.

"E agora?", berra Ensi.

"Temos que seguir para o sul, atravessando a cidade", diz Cáspida.

"Isso é um desastre", resmunga Khavar. "A pobre Gao está tão estressada." Ela acaricia a cabeça da cobra, que sai pelo decote de sua roupa.

"Sua *cobra* está estressada?", sibila Nessa.

"Silêncio!", ordena Cáspida. "Coloquem esta carroça em movimento. Continuem abaixadas e isso vai bloquear os disparos."

Ainda agachadas, as garotas agarram a lateral da carroça e começam a empurrá-la para a frente. As flechas acertam o outro lado e se cravam nos repolhos provocando um som úmido muito parecido com o que fariam se atingissem alguém. Pedaços de hortaliça chovem sobre as suas cabeças.

"Ugh", diz Ensi. "*Odeio* repolho."

Cáspida arrisca um olhar sobre a carroça, abaixando-se rapidamente quando uma flecha atinge a parede acima de sua cabeça. "Falta pouco."

Tenho a nauseante sensação de que sei para onde estamos indo e, estando presa, não tenho como defender minha posição e fazê-la ver a verdade. O pânico começa a pulsar dentro de mim. Dou voltas e mais voltas, me enroscando e me retorcendo de pavor. *Para, por favor, vamos conversar, vamos pensar melhor, eu posso ajudar...*

As garotas alcançam a muralha que separa o distrito nobre do plebeu e se lançam sobre ela como uma trupe de acrobatas, aterrissando do outro lado, alheias aos meus gritos.

Cáspida examina a muralha de cima a baixo. "Eles não vão parar aqui."

A cidade está acordando quando as meninas saem correndo pelas ruas. Embora o sol ainda esteja escondido, o céu começa a clarear, e o cheiro de pão assado e chá quentinho chega pelo ar. As garotas são forçadas a diminuir o ritmo para se misturarem à multidão de plebeus que, aos bocejos, segue logo cedo para montar barracas no mercado. Cáspida vai na frente, movendo-se com familiaridade pelos becos e ruas secundárias que serpenteiam entre as construções altas. As outras seguem de olhos bem abertos, todas caminhando juntas, suas roupas escuras ainda ajudando a ocultá-las na escuridão que antecede o amanhecer. A princesa prende a lâmpada ao cinto para poder se cobrir com a capa, o capuz baixo sobre o rosto.

"Guardas à esquerda", murmura Khavar. "Não olhem, mas estão vindo nessa direção."

"Eles nos viram?", pergunta Cáspida.

"Ainda não. Devíamos nos separar. Estão procurando um grupo de garotas. Separadas, teríamos mais chance."

Mas é tarde demais. Os guardas as avistam, e começam a gritar, sacando as armas. As Sentinelas saem em todas as direções, e a princesa corre para um beco. Ela entra em uma casa depois de afastar a cortina que cobre a entrada, derrubando uma pilha de potes e interrompendo uma família assustada que divide um pão velho. Um bebê começa a chorar. Cáspida leva um dedo aos lábios, misturando-se a eles e puxando firmemente a capa em torno de si para cobrir a lâmpada.

"Por favor", sussurra ela, tirando o capuz. "Não digam nada."

Os camponeses olham para ela e depois gritam de susto quando um guarda irrompe pela porta de repente. Ele olha em volta e as pessoas se encolhem e desviam o rosto. Cáspida deixa o cabelo cair sobre o rosto, escondendo suas feições. O guarda olha mais uma vez em volta, então sai sem dizer nada.

Cáspida levanta e volta a colocar o capuz. "Obrigada", diz ela. "Eu..."

A princesa observa a escassa refeição que compartilham, o bebê chorando e as quatro crianças magras e famintas. "Sinto muito. Não vou esquecer vocês. Eu juro."

Ela sai pela porta e corre de volta por onde veio, vagando ao acaso pelas ruas enquanto, pouco a pouco, dirige-se para o sul. Ela está abalada e assustada, a respiração ofegante, a pulsação acelerada. Noto que sua pele está úmida.

Por fim, ela chega aos portões sul da cidade, mas descobre que o tráfego está bem reduzido, pois os guardas interrogam cada pessoa que pretende sair. Cáspida hesita, insegura, e se esconde entre uma barraca de geleia de figo e dois homens discutindo o preço de uma carroça cheia de peixes.

Após uma breve deliberação, a princesa decide avançar. A praça em frente ao portão está ficando lotada de formas turvas que parecem nadar em meio à luz lúgubre. Várias pessoas carregam tochas, feixes de luz tremeluzentes circulando pela escuridão. O som das vozes, ainda abafadas e bocejantes, parece um rio murmurante, no qual Cáspida mergulha e se deixa levar como um peixe. Quando chega ao portão, ela se aproxima de um homem segurando as rédeas de meia dúzia de camelos, à espera de sua vez de sair da cidade.

"O que está acontecendo?", pergunta ela ao tropeiro.

Ele dá de ombros e coça uma ferida no rosto. "Acho que estão procurando alguém."

Ela acena distraidamente a cabeça, então de repente corta as cordas dos camelos com uma lâmina que parece conjurar do nada. Enquanto o tropeiro grita, indignado, ela agarra uma tocha da mão de um vendedor de especiarias assustado e balança diante dos camelos. Os animais zurram em alarme e fogem, dando coice e sacudindo a cabeça. Então se faz a maior confusão, com pessoas e barracas sendo derrubadas e gritos para todo lado, e os guardas do portão se distraem por tempo suficiente para Cáspida passar.

Já fora da cidade, a princesa começa a correr. Ela dispara pela rua empoeirada, esquivando-se dos pescadores que chegam trazendo as primeiras pescarias do dia, enquanto as pessoas gritam e praguejam junto ao portão, onde os camelos assustados semeiam o pânico que se espalha para os outros animais da área.

A estrada faz uma curva acentuada para baixo e segue ziguezagueando pela beira dos penhascos até as praias lá embaixo, iluminadas pelas luzes das fogueiras e das cabanas dos pescadores. Mais ao longe, os barcos descansam serenamente na baía, balançando para a frente e para trás com a maré. Tudo está calmo e quieto fora das muralhas da cidade, à espera do amanhecer.

Cáspida sai da estrada e atravessa a ampla faixa de terra até chegar à beira do penhasco, suas botas e calças ficando úmidas em razão do orvalho na grama alta. Caminha pela borda do penhasco até a praia lá embaixo diminuir e ela alcançar o ponto mais distante de terra, de onde observa o mar vasto. À esquerda, o horizonte arde vermelho, onde os deuses acendem suas lareiras em preparação para o dia.

Já está quase amanhecendo.

Aladdin está a minutos da morte.

A imagem da última vez que o vi não sai de minha mente: quando o arrastaram para aguardar o momento de sua execução. O desespero me dilacera como as mandíbulas de uma fera imensa. Será que ele já está morto? Eu sentiria se estivesse? Mesmo que ainda esteja vivo, mesmo que lhe restem alguns minutos, sua última e única esperança está à beira deste penhasco, longe demais para fazer algo, prestes a destruir a única coisa que poderia salvá-lo.

Talvez eu tivesse alguma chance se estivesse livre, mas ou Nardukha não está com pressa ou simplesmente não vem. Mesmo que ele acabe cumprindo sua parte no acordo, será tarde demais para Aladdin.

Cáspida pega a lâmpada, deixando o capuz cair para trás. Uma brisa salgada agita seus cabelos. O mar obscuro quebra contra o penhasco muito, muito lá embaixo. E eu me encolho dentro da lâmpada, imobilizada de pavor.

Por favor, por favor, deixe-me sair. Deixe-me falar, ah, me dê só uma última chance!

Se Cáspida deixar o mar me levar, vou parar lá no fundo, onde é provável que fique até o fim dos dias. Passei quinhentos anos dormindo na escuridão. Se tiver que passar mais quinhentos, não aguentarei. Vou me partir em mil pedaços e ficarei louca.

Já conheci gênios loucos. São piores do que monstros.

Começo a me debater dentro da lâmpada, atirando-me contra as paredes de latão com a força de um touro. Ainda que isso não vá fazer a menor diferença para ela. Eu poderia ser uma pena ou um bloco de pedra que a lâmpada não pareceria mais leve nem mais pesada. Eu poderia bater em uma das paredes com toda a força, e mesmo assim ela não notaria nada. O interior de minha prisão é um bolso no tecido do universo. Quando estou nela, sou como um homem com um pé na areia e outro na água. Nem aqui nem ali, nem neste mundo, nem fora dele.

Mas alimento uma esperança.

Esfregue a lâmpada, encorajo a princesa em pensamento. *Esfregue a lâmpada, esfregue a lâmpada, me dê só uma chance...*

A sensação do mar está mais forte agora; ela deve estar me balançando sobre a água à beira do penhasco. A qualquer momento, seus dedos vão soltar a lâmpada, eu vou cair e serei tragada cada vez mais para o fundo das ondas, da escuridão, da eternidade e da loucura...

Só preciso que um de seus dedos toque o latão, que a palma de sua mão roce a superfície...

Então eu sinto: Cáspida se afasta da beirada e esfrega a lâmpada com vigor, as mãos trêmulas.

Saio pelo bico da lâmpada e começo a descer. Lá embaixo, vejo o mar escuro, a espuma branca e as rochas escarpadas, ressoando como uma tempestade, vorazes como uma fera.

Mudo depressa de direção e, na forma de uma fumaça escarlate, começo a subir pelas mãos e pelos pulsos de Cáspida. À medida que avanço, minhas gavinhas feitas de ar dão lugar a escamas duras e lustrosas e me transformo em uma cobra branca de olhos azuis que se enrosca pelo braço dela, rápida como um raio. Depois deslizo por seu ombro e ao redor de seu pescoço e, como eu pretendia, ela tropeça para trás, assustada, afastando-se da beirada.

Em seguida, assumo uma forma menos ameaçadora: a de um gatinho cinza claro do tamanho de sua mão. Eu me acomodo em seu ombro e mio em seu ouvido, de um jeito tão frágil que o próprio Rei Sangrento de Danien teria se derretido por um instante.

Cáspida está rígida como pedra. Embora paralisada, ela me observa com os olhos meio de lado, a respiração difícil. Parece que me ver sair da lâmpada a deixou muda.

"Zahra." Um tremor enfraquece sua voz.

Volto a me transformar, desta vez para a minha forma humana usual, com uma seda branca etérea que esvoaça com o vento do oceano cobrindo meu corpo, e me coloco à frente dela, olhando em seus olhos.

"Sou a Escrava da Lâmpada", sussurro. "A poderosa Gênia de Ambadya. Tenho o poder de lhe conceder três desejos." Ela me encara com o olhar tão frio quanto o céu do norte enquanto enuncio as palavras antigas de costume. Sinto a beirada do penhasco sob meu calcanhar, e alguns pedaços de terra se desprendem e caem. "Princesa, por que me deixou sair? Por que não atirou a lâmpada?"

"Eu precisava saber." Seu olhar endurece. "Você é *ela*, não é? O monstro que traiu Roshana. Era até você que o anel levava, e o ladrão estava com você esse tempo todo."

Olho para o lado, para o horizonte a leste, onde o fogo do amanhecer se ergue cada vez mais. Não resta muito tempo. Imagino uma espada cortando o pescoço de Aladdin e estremeço.

"Eu estava lá quando Roshana morreu, é verdade." Minha voz soa dura e direta. Não há tempo para segredos, não há tempo para fingir que o passado não fecha as mãos em volta de minha garganta. Aladdin morrerá se eu não conseguir convencer a princesa a deixar de lado quinhentos anos de ódio e medo.

"Você a matou."

"Eu amava Roshana", sussurro. Sem conseguir encará-la por mais tempo, pois há muito de você nela, *habiba*, viro de frente para o mar. "Ela era mais querida para mim do que uma irmã. Após mais de 3 mil anos sendo escrava de amos cruéis e egoístas, conheci sua ancestral, a grande rainha amulena, que não só era inteligente e diplomática, mas também uma grande guerreira. Muito parecida com você, na verdade. E, ao contrário dos incontáveis amos que tive antes, ela era *gentil* comigo. E não me via como um inimigo, nem como um monstro, mas como... uma garota."

"Então me diga por que fez o que fez."

Abaixo a cabeça em um gesto submisso e respiro fundo. "Não tive escolha. Não queria. Quando o Rei dos Gênios soube como Roshana e eu tínhamos nos tornado próximas, ele veio nos punir. Tínhamos quebrado a regra fundamental de Ambadya: a de que nenhum gênio pode amar um humano. Lá, no topo do Monte Tíssia, ele ordenou que eu a matasse, que acabasse com minha querida amiga. Não tive escolha, pois o poder que ele tem sobre mim é absoluto. Eu a destruí, e então Nardukha enviou seus gênios para devastarem a cidade de Neruby como um aviso a todos os humanos para que obedecessem suas leis. Mas não se engane: não posso me desculpar pelo que aconteceu naquele dia, pois foi por minhas mãos que Roshana encontrou aquele fim. Meu amor foi sua destruição."

Cáspida me encara, a lâmpada presa com força em suas mãos. Só então percebo que não é a morte de Roshana que ela está tentando entender, mas a de sua mãe. Posso não a ter matado pessoalmente, mas, para Cáspida, dá no mesmo.

"Por quinhentos anos minha irmandade vem transmitindo um voto sagrado de geração a geração: destruir aquele que destruiu nossa rainha", diz Cáspida com frieza. "Você sabe disso, e fala essas palavras só para me enganar como a enganou. Quer que eu acredite que é capaz de amar."

"Acredite em mim quando digo que eu preferiria não ser!" Então continuo, irritada: "Não te digo isso por mim mesma! Aladdin vai morrer a qualquer momento, e a única maneira de salvá-lo é se *você* fizer um pedido! Por favor, Cáspida. Vão matá-lo ao amanhecer!". Aponto para o horizonte, onde o sol está a poucos minutos de nascer. "Deixe-me salvá-lo, eu imploro!"

Então caio de joelhos diante dela, fazendo o que nunca pensei que faria: me humilhar diante de um humano. Meu orgulho se desfaz em fumaça, levado pelo vento. Sempre me achei superior aos mortais: eu, imortal, poderosa, capaz de mudar de forma. Mas deixo tudo de lado e imploro como nunca antes. "Faça o que quiser comigo depois disso, mas me deixe *salvá-lo*!" Cravo os dedos na terra, os olhos cheios de lágrimas. Minha voz não passa de um fraco sussurro. "Por favor."

"Por quê?"

Levanto o rosto e noto seu olhar inabalável. "Porque foi ideia minha. Tudo isso de ele desejar ser transformado em príncipe. Cortejar você. Mentir todas essas semanas. Eu o manipulei e o usei, e agora vão matá-lo por isso."

"Por que o levou ao palácio sabendo que, uma hora, a verdade seria revelada e ele teria que pagar o preço?"

"Porque..." Cerro os dentes, desejando ser tragada pela terra. "Porque eu estava tentando conquistar minha liberdade. Seu povo havia capturado o príncipe dos gênios, o filho de Nardukha. O *shaitan* me enviou para libertá-lo e, em troca, ele me libertaria da lâmpada. Se eu falhasse, ele planejava afundar sua cidade no mar. Eu tinha que entrar no palácio. E Aladdin era meu único meio."

"Então não nega que é um monstro. Você o usou para interesses próprios."

Baixo a cabeça. "Eu sei o que sou. Sei que não há desculpas para o que fiz a Roshana, ou a Aladdin, ou a você. Já prejudiquei muitas pessoas, e gostaria de poder voltar atrás em muitas coisas. Não posso salvar Roshana. Mas, por favor, eu te imploro, deixe-me *salvá-lo*."

Cáspida se ajoelha e me observa. Olho em seus olhos, completamente humilhada.

"Quer que eu acredite que o ama", sussurra ela.

"Sim." A palavra sai fraca, apenas um sopro de meus falsos pulmões. "Estamos ficando sem tempo. Não posso reverter a morte ou as horas. O tempo é a magia mais forte, e nenhum gênio, nem mesmo o *shaitan*, pode reescrever o passado. Quando Aladdin morrer, não haverá mais nada a fazer. Deixe-me salvá-lo e posso ajudá-la a conquistar sua cidade."

Ela me encara por um bom tempo antes de balançar a cabeça. "Não", diz Cáspida. "Se preciso contar com a magia dos gênios para que meu povo me apoie, então não mereço governá-los. Não serei mais uma tola a cair nos seus truques."

Ela se levanta, o olhar inflexível, e sei que nada do que eu disser fará com que mude de ideia. Caio em desespero, incapaz de me mover, pensar ou respirar. É isso. Aladdin vai morrer. Eu o matei assim como matei você, *habiba*.

Cáspida caminha até a beira do penhasco, segurando a lâmpada à frente. Sua expressão é solene, quase triste, e me pergunto se de alguma forma ela lamenta o que está prestes a fazer. Não tenho vontade nem forças para detê-la. Só consigo olhar inexpressiva para a grama enquanto meu espírito se esvai.

"Adeus, Zahra", diz a princesa, levando o braço para trás e preparando-se para lançar a lâmpada.

"Faça isso, princesa", diz uma voz, "e arrancarei sua cabeça."

CAPÍTULO VINTE E CINCO

Fico de pé em um instante e estendo o braço de forma protetora na frente da princesa, que abaixa a lâmpada e olha para quem acabou de chegar.

Zhian está a poucos metros de distância, ilusoriamente calmo e bem disfarçado na forma humana de um homem alto e sombriamente bonito, usando um traje vermelho brilhante que segue em dégradé até o acabamento em preto na bainha. A roupa esvoaça em torno dele, o que parece ser mais obra sua do que do vento. Zhian sempre gostou de entradas dramáticas.

"Quem é você?", pergunta Cáspida, e posso sentir o esforço que faz para manter a voz firme.

Sem tirar os olhos dele, sussurro por cima do ombro: "É Zhian. O príncipe dos gênios".

Ela inspira de forma brusca, mas não demonstra medo.

"Por que você está aqui?", pergunto a Zhian.

Ele estende as mãos. "Trago boas notícias, Zahra. Estive em Ambadya e voltei, e vim aqui para lhe dizer que meu pai está muito satisfeito com você."

Recupero o ar e sinto Cáspida estreitar os olhos em minha direção, desconfiada. Não me ajuda muito o Rei dos Gênios enviar Zhian para mostrar sua gratidão a mim diante dela.

"Bem?", falo, baixinho.

A boca de Zhian se abre em um sorriso draconiano. "Ele concordou em lhe conceder sua liberdade."

Sinto a alegria me invadir. Dou meio passo à frente, mal acreditando em suas palavras. Ainda pode haver uma chance de salvar Aladdin.

"Deve vir comigo", continua Zhian. "De volta para Ambadya. Receberá sua liberdade diante do trono de Nardukha."

"Não. Tem que ser aqui. Tem que ser *agora*." Olho para o horizonte, onde uma linha dourada brilhante arde cada vez mais forte. Restam minutos, talvez segundos, antes que a sentença de Aladdin seja executada.

"Não seja ingrata", grunhe ele. "Ou pode fazer o *shaitan* mudar de ideia."

"Claro, isso é a cara dele", disparo. "Zhian, *você* mesmo tem que fazer isso. Agora."

"Sabe que não posso. Está recebendo a chance de voltar ao seu *lar*, conquistar sua liberdade e ficar ao meu lado!" Ele franze a testa, e seus olhos mostram irritação.

Sinto-me dividida em duas direções, minha alma titubeando diante da escolha à frente. Quanto tempo esperei por esse momento, essas palavras? A liberdade está ao meu alcance, mas, se aceitá-la, perderei Aladdin para sempre.

"Eu... eu não posso ir ainda. Tenho assuntos pendentes aqui."

Zhian olha para a princesa. "Com *ela*?"

Percebo então que ele não ouviu nossa conversa e que ainda não sabe sobre Aladdin. Eu me viro ligeiramente para sussurrar para Cáspida: "Princesa, sei que não confia em mim, mas *precisa* acreditar quando digo que este gênio vai te matar. Você tem que fazer um desejo. É a única maneira que tenho de protegê-la. Leve-nos de volta ao palácio antes...".

"Qual é o seu problema?", interrompe Zhian, mostrando os dentes. Ele se aproxima. "Zahra, este é o momento pelo qual vinha esperando. Se não vier por vontade própria, te *obrigarei*. Me dê a lâmpada, humana!"

Ele faz um movimento em direção a Cáspida, e a princesa prende a respiração e dá um passo atrás, pegando sua pequena lâmina, o que só faz Zhian sorrir com deboche.

"E o que vai fazer com isso?", diz ele. "Me espetar? Vou esmagar seus ossos e darei você aos ghouls para eles se divertirem."

"Não", murmuro, colocando-me entre eles. "Não vai tocar nela, ou na lâmpada."

O corpo de Zhian se tensiona, os olhos fervendo de raiva. Ele olha de mim para a princesa, pensando no que fazer, até que uma fúria sombria se apodera dele.

"O garoto", murmura ele. "O garoto que estava com a lâmpada e com quem você discutia na noite em que me encontrou naquele jarro."

Zhian corre de repente e agarra meu pulso, torcendo meu braço com força. Cerro os dentes e sibilo para ele, mas não grito. "Não aprendeu a lição? Ou meu pai terá que fazer você matar esse também?"

Ele segura meu queixo com a mão, baixando o rosto até que sinto seu hálito em minhas bochechas. "Sua tola. Poderia ter conquistado sua liberdade, poderia ter ficado comigo, mas, em vez disso, trai sua própria natureza por outro humano. Quantos deles vai destruir com esses caprichos? Quantas cidades devem arder? Lembro-me da última humana que você pensou em chamar de amiga, e lembro-me também de como meu pai fez você acabar com ela." Noto Cáspida se espantar ao lado enquanto Zhian continua: "Ainda assim, comete o mesmo crime *de novo*?".

Eu me transformo em fumaça, e sua mão se fecha no ar vazio. Giro à volta dele e tomo forma outra vez quando já estou fora de alcance. Ele se afasta de Cáspida. Ela ainda está com a lâmpada, e lhe lanço um olhar suplicante. *Anda, Cáspida. Precisa fazer um desejo!*

"Percebe o que vai perder se fizer isso?", pergunta Zhian.

"Sim", sussurro.

Zhian estende a mão, de repente mais calmo. "Esqueça esse garoto, Zahra, e venha comigo. Tudo vai se resolver. As coisas não precisam terminar como da última vez."

Engulo em seco e fecho os olhos, minha pele úmida. Uma parte de mim anseia por pegar sua mão, ceder à oferta e, por fim, agarrar *finalmente* minha liberdade. Quase posso imaginar: o prêmio maior, o desejo mais profundo de meu coração fantasma. Isso me tenta mais do que qualquer coisa.

Penso em todos os lugares a que poderia ir, nas coisas que poderia fazer, sem ninguém para mandar em mim. Ninguém para me prender na lâmpada. Qual seria a sensação de enfim estar no controle de meu próprio poder.

De me conceder meus *próprios* desejos.

"Trocaria mesmo a liberdade eterna", diz Zhian, e abro os olhos para encontrar os dele, "por um instante com este garoto?"

Se eu escolher Aladdin, as consequências serão desastrosas. Já passei por isso. Assombrei as ruínas de sua cidade por quinhentos anos, *habiba*, junto aos fantasmas daqueles que condenei à morte. E tudo porque fui idiota e arrogante demais para acreditar que poderia amar. Talvez fosse melhor ir com Zhian, pelo bem de todos em Partênia.

O horizonte refulge como ouro derretido e, em algum lugar, Aladdin está sendo arrastado de uma cela. O que deve estar pensando? Que eu o abandonei? E de repente percebo que nunca disse a ele que o amo. Ele deve ter me dito isso dezenas de vezes, mas sempre tive muito medo de dizer essas palavras. Temia as consequências, queria adiar o inevitável, mas agora chegou o momento e preciso escolher. *Amor ou liberdade?* Há um mês, eu teria rido ao pensar que essa escolha me provocaria tamanha agonia. Mas isso era antes de Aladdin. Isso era antes de eu conhecer o tipo de liberdade que sentia só de estar com ele.

"Se você não é livre para amar, não é livre de jeito algum", sussurro.

E de repente eu sei.

Já sei há dias. Desde que beijei Aladdin. Desde que dançamos, com a respiração presa e nossos olhos fixos um no outro. Desde que nos deitamos na grama, rindo à luz do sol de minha patética tentativa de roubo. Cada olhar, cada toque, cada sussurro entre nós foi como uma pedra acrescentada à balança, inclinando-me em uma nova direção. Não sei o momento exato em que me apaixonei por Aladdin, mas sei que ainda estou me apaixonando.

E não quero deixar de sentir isso nunca.

"Não vou para Ambadya com você, Zhian. Vou ficar aqui", declaro.

Zhian deixa escapar um longo e lento suspiro, as pupilas se dilatando até seus olhos ficarem completamente pretos. Sua forma muda, expandindo-se e se acentuando, com chifres brotando da cabeça e os pés se transformando em cascos. A pele adquire uma tonalidade avermelhada e uma nuvem de fumaça se reúne ao redor. Ele é parte homem, parte touro, parte fumaça.

Cáspida arqueja, e o som chega ao ouvido do gênio. Ele se vira para ela, seus olhos fixos na lâmpada.

"Se não vier por escolha própria, irmã", rosna ele, "então será arrastada aos pés do *shaitan*!"

"Não!", grito, saltando e me transformando ao mesmo tempo. Com minhas habilidades limitadas pela lâmpada, não posso assumir uma forma que se compare à dele em força, mas tenho que fazer algo. Então me transformo em um tigre e corro pela grama, saltando para interceptá-lo antes que ataque Cáspida. A princesa segura sua lâmina com bravura, pronta para enfrentá-lo, mas isso dificilmente pode salvá-la. Zhian tem o dobro do tamanho dela agora e é bem mais perigoso.

Eu o acerto no peito, de forma suficiente apenas para desequilibrá-lo e bloquear seu golpe.

"Cáspida!", rujo. "Não consigo deter Zhian por muito mais tempo!"

Ele me acerta com força nas costelas, e voo pelo ar, caindo com tudo na grama e cravando as garras para atacá-lo de novo. Salto em direção ao gênio, rugindo e mostrando minhas presas conforme levanto terra para todo lado. O gênio percebe de antemão meu ataque e se afasta, então bato com toda força no chão. Rolo descontrolada em direção à beira do penhasco e, por pouco, não caio. Zhian estende a mão, e uma chama ganha vida por cima dela. Em instantes, a chama aumenta, transformando-se em uma imensa bola de fogo.

Ele a atira para cima de mim, mas consigo me esquivar a tempo, e as chamas explodem bem onde eu estava antes.

"*Cáspida!*", berro, transformando-me de novo, de volta à forma humana. Desta vez, uso uma calça de couro e um corpete curto, segurando uma espada longa e curva em cada uma das mãos. Corro na direção de Zhian e, quando ele me ataca, deslizo de joelhos pela grama e acerto suas pernas. Ele ruge quando uma das lâminas corta sua coxa. Sai uma fumaça da ferida, que se fecha imediatamente.

Ele também cria uma espada, e eu cambaleio me preparando para me defender do golpe. Bloqueio uma, duas, três vezes, antes que sua força superior derrube as duas espadas de minhas mãos e elas se dissolvam em fumaça. Zhian deixa a sua evaporar também, e se lança em minha direção, segurando meu pescoço com sua mão imensa e me levantando no alto, meus pés balançando.

"Todos aqueles anos atrás, quando meu pai estava purgando os *shaitans* e eliminando todos os seus rivais, eu implorei por sua vida. Você teria sido morta como todos os outros, mas falei para ele que você era diferente. Salvei você, e é assim que me paga?"

Não consigo responder. Ele está esmagando minha garganta. Começo a me transformar, mas ele me sacode com força, fazendo minha cabeça zumbir tanto que não consigo nem pensar em que forma assumir. Minha visão escurece e percebo que ele não vai parar. Ele quer me matar aqui e agora.

Mas então um súbito formigamento de energia corre por minha pele, e as palavras penetram na dor incapacitante em minha cabeça, como penas macias flutuando em uma tempestade.

"*Desejo que minhas Sentinelas sejam trazidas em segurança para mim.*"

Cáspida fez um desejo. Não o desejo que eu queria ouvir, mas é o suficiente para me conceder mil e uma vezes mais força do que tenho sozinha. Viro fumaça, que se expande em uma nuvem acima da cabeça de Zhian. Ele rosna, furioso, e se vira para Cáspida, mas ela não está mais sozinha. Raz, Ensi, Nessa e Khavar estão todas em volta, um pouco zonzas, os olhos arregalados de confusão e horror ao ver o príncipe dos gênios. Desço para a grama, de volta à forma humana, e corro para a princesa.

"O que está acontecendo?!", grita Ensi, com as mãos nas bolsinhas de pó. "Por Imohel, o que é *isso*?"

Zhian se ergue, o olhar sombrio fixo em mim. "Sabe o que vai acontecer."

Faço que sim.

"Vou contar a Nardukha sobre a sua traição, e ele virá. Vai se levantar das profundezas de Ambadya e trazer com ele todos os gênios, e nós destruiremos você, esse garoto *e* a cidade inteira."

"Vá, então", diz Cáspida, aproximando-se e cuspindo no príncipe dos gênios. "Maldito seja você, e malditos sejam todos os da sua espécie. Eu sou a rainha Cáspida dos amulenos e não o temo. Venha com tudo, porque estarei esperando."

Toco no braço dela. "Princesa, não precisa..."

Ela se afasta de mim e ergue a espada na direção de Zhian. "Esta guerra entre os nossos povos já dura muito. Que acabe hoje. Aladdin e Zahra são cidadãos do *meu* povo, e os defenderei até meu último suspiro."

Ele rosna, tensionando o corpo como se fosse saltar em nossa direção, mas Cáspida gira e grita: "Agora, Nessa!".

Quando Zhian se lança para cima de nós, a encantadora de gênios pega a flauta e começa a tocar, e a música o paralisa. Conjuro um turbante grosso para mim, cobrindo meus ouvidos e bloqueando o som. A música mantém Zhian hipnotizado, com a boca mole e os olhos sem vida. As mãos de Nessa tremem, mas ela não erra uma nota.

"Cáspida, a aurora vai romper a qualquer momento", digo.

Ela tira os olhos de Zhian e me encara como se não tivesse me ouvido.

"Vão matar Aladdin. *Por favor...*"

"Está bem", murmura a princesa, suas palavras abafadas pelo turbante. "Acredito em você, Zahra. Não é responsável pela morte de Roshana. O *shaitan* é. E realmente ama o ladrão. Estava até disposta a renunciar à sua liberdade por ele."

"Não permita que seja em vão", imploro.

Ela assente e olha em volta para as amigas, que ainda parecem chocadas com a mudança repentina das circunstâncias. Mas elas retribuem seu olhar com a mais absoluta lealdade.

Cáspida se vira de volta para mim e segura minha mão, como se o filho monstruoso do *shaitan* não pairasse sobre nós, a mente dele encantada pelas notas ao redor. Os olhos da princesa capturam e refletem o fogo do amanhecer quando ela fala:

"Desejo salvar a vida de Aladdin."

CAPÍTULO VINTE E SEIS

Nós seis desaparecemos dos penhascos em um redemoinho de fumaça, e a música de Nessa para de tocar. Só tenho tempo de ver Zhian se transformando em fumaça e seguindo depressa em direção ao Monte Tíssia e ao *alomb* acima, para retornar a Ambadya.

Não temos muito tempo.

O sol começa a despontar no mar bem no instante em que as garotas e eu aparecemos nos degraus que levam ao palácio. No alto, vejo Aladdin de joelhos, lutando contra os guardas que tentam abaixar sua cabeça, um deles erguendo a espada. A cena me provoca um espasmo de horror e, à medida que Cáspida e as Sentinelas cambaleiam, desorientadas, eu entro em ação. O poder do desejo da princesa ainda corre através de mim, radiante como a lua, e o moldo instintivamente. Subo rápido os degraus em direção aos algozes e estendo a mão.

Tigres de fumaça e vento se materializam atrás dos soldados que rodeiam Aladdin. Os homens gritam, apavorados, quando as feras fantasmas saltam, derrubando-os no chão e arrastando-os para longe do ladrão. Espadas e lanças se chocam ruidosamente contra as pedras. Quando seu trabalho termina, os tigres evaporam no ar. Em seguida, libero a magia restante, e videiras grossas brotam do chão e amarram os soldados, prendendo seus braços nas laterais do corpo.

Não adianta mais esconder o que sou. Então subo a escada em um vestido de fumaça vermelha e seda, longo, esvoaçante e ondulante, movida por uma firmeza de propósito e clareza de pensamento que eu não sentia havia muito tempo. Perdi minha última e única chance de liberdade e não me arrependo. O anel que fiz para Aladdin desaparece de meu bolso e surge em meu dedo, cintilando ao amanhecer.

Aladdin se levanta, usando uma espada caída para cortar a corda que amarra seus pulsos. Seus olhos se arregalam ao me ver e, quando o alcanço, não hesito.

Atiro meus braços em volta dele e o beijo com paixão, colocando nesse gesto todo medo, desespero e esperança que senti no último dia. Ele corresponde de imediato, puxando-me contra o seu corpo com uma das mãos em minhas costas e a outra em meu cabelo. Seus lábios são urgentes e intensos, e sinto seu próprio medo e alívio, a adrenalina correndo através dele.

Quando nos afastamos, ele descansa a testa na minha e solta uma gargalhada rouca.

"Se eu estiver morto, então deixe que me matem mil vezes para que eu possa ser recebido assim do outro lado", murmura ele.

"Pensei que tivesse te perdido."

"Também pensei que tivesse me perdido. Mas você apareceu."

"Tive ajuda." Afasto-me, relutante, e olho para Cáspida e as Sentinelas, que sobem as escadas correndo.

"Temos problemas!", alerta Ensi, apontando para trás, e vemos mais soldados se reunindo do lado de fora do palácio.

Cáspida pragueja. "Sabem que estamos aqui."

Os soldados se aproximam, as lanças brilhando à luz do amanhecer. As Sentinelas se preparam, parecendo pequenas e delicadas em comparação com a onda de homens correndo em nossa direção, até que, de súbito, uma saraivada de flechas é disparada de uma fileira de arqueiros à esquerda. Descemos depressa os degraus e nos escondemos atrás de um muro baixo de pedra enquanto as flechas ricocheteiam na escada onde estávamos há poucos instantes. O som dos gritos e retinir das armas fica cada vez mais alto à medida que os homens se aproximam. Raz estende o corpo para fora do muro às vezes para disparar flechas e manter os soldados afastados por mais algum tempo.

"Sulifer tem todo o exército e os *eristrati* sob seu controle", diz Nessa. "Não chegaremos nem às portas!"

"Deseje a cidade, e realizarei seu pedido!", digo com urgência. "Cáspida, *está vendo* que não tem outro jeito!"

"Não posso!", grita ela, sua compostura se desfazendo ao olhar em meus olhos. "Não entende? Se eu tiver que usar a magia dos gênios para lutar contra Sulifer, então não sou melhor do que ele! Não sou uma rainha de fato!"

"Mas não temos exército", diz Nessa de forma delicada.

"Vossa Alteza, não *precisa* de um exército", intervém Aladdin de repente.

Cáspida o encara com olhar indagador, e ele se vira e mostra a cidade abaixo.

"Você tem o *povo*. Eles esperam há meses que a Fênix lhes dê um sinal. Vão segui-la a qualquer lugar!"

Os olhos de Cáspida se iluminam, mas depois ela balança a cabeça. "Não posso pedir que lutem essa batalha por mim, não contra homens armados e treinados."

"Esta não é só a sua batalha", responde Aladdin. "Tem sido a nossa luta há anos. São nossas famílias que Sulifer vem separando, nossas vidas que ele destruiu. Só estávamos esperando a pessoa certa para nos liderar, e aqui está você. Eles usam suas cores, pintam seu símbolo nas paredes. Talvez não tenha planejado iniciar uma revolução, mas a revolução vem esperando há anos pela centelha certa. Vamos lutar e tomar nossa cidade de volta juntos."

A princesa olha para as companheiras, e todas assentem. Então ela se vira para Aladdin e abre a mão para mostrar que está de acordo. "Vá, então. Que Imohel lhe conceda velocidade."

Os olhos de Aladdin brilham, cheios de propósito, e ele aperta minha mão antes de se afastar.

"Trarei ajuda", afirma ele. "Detenham o exército o máximo que puderem."

E então sai correndo pelas escadas, esquivando-se das poucas flechas disparadas em sua direção. Olho, incrédula, incapaz de suportar vê-lo desaparecer depois de acabar de recuperá-lo. Mas a lâmpada ainda está com Cáspida, e não posso segui-lo.

"Minhas flechas acabaram", diz Raz, largando o arco e a aljava vazia. "Eles estão vindo."

"Sentinelas", diz a princesa, olhando para cada uma delas de uma vez e enfim para mim, "vocês estão comigo?"

Khavar, com sua cobra enrolada firmemente no braço, saca uma adaga curta e lambe a lâmina, seus olhos cintilando com um brilho selvagem. "Na vitória ou na morte, estarei ao seu lado, irmã."

"Eu também", ecoam as outras.

"E eu", murmuro, e elas me encaram, surpresas. Olho fixamente nos olhos de Cáspida. "Já que não quer desejar que eu salve a cidade, deixe-me lutar ao seu lado." Minhas vestes de seda enrijecem, pouco a pouco, transformando-se em uma armadura de batalha reluzente, e espadas gêmeas aparecem por trás de meus ombros.

Cáspida prende a lâmpada no cinto e assente. Ela agarra minha mão, sua pulsação reverberando através de mim como um tambor de batalha. "Na vitória ou na morte, gênia."

Dito isso, a princesa se levanta, e nós nos posicionamos atrás dela.

Há cerca de vinte soldados marchando em nossa direção, todos lanceiros. Estão perto demais para que os arqueiros continuem disparando sem acertar os próprios homens.

Cáspida salta para o muro baixo e grita: "Homens de Partênia! Sou sua verdadeira rainha! Retirem-se ou serão considerados culpados de traição!".

Os homens se entreolham, mas não param de avançar.

A princesa deixa escapar um profundo suspiro, gira suas facas e acena a cabeça para nós. Partimos para o ataque, saindo de trás do muro, com as Sentinelas soltando gritos ululantes como os antigos guerreiros das montanhas.

Ensi assume a liderança, rindo loucamente, e as outras cobrem o rosto com os véus quando ela atira o primeiro punhado de pó azul, que logo acerta três soldados, cegando-os. Eles gritam e largam as armas, levando as mãos aos olhos. A jovem salta sobre os corpos caídos para atirar mais pó na fileira seguinte de homens.

O restante de nós começa a lutar com os soldados, aço contra aço. Eu e Nessa nos colocamos de costas uma para a outra, meus ouvidos rugindo com o som da batalha. Entramos no mesmo ritmo, defendendo-nos, golpeando, esquivando-nos das lanças. Toda hora olho para as escadas, esperando ver Aladdin chegar liderando os reforços, até que os soldados nos encurralam e sou forçada a me concentrar na luta.

As Sentinelas são inteligentes e conseguem separar o exército. Qualquer uma das garotas daria conta de dois, mas estamos quase em quatro contra uma, e mais soldados chegarão sem dúvida a qualquer momento, assim que Sulifer souber que estamos aqui.

Um homem ataca minhas pernas com sua lança, tentando me fazer cair, mas eu salto e giro, acertando seu braço com minha espada e forçando-o a largar a arma. Ele cai de joelhos, branco de dor, e o deixo inconsciente com o punho de minha espada. Por fim, consigo respirar por um instante, olho em volta e vejo que estão nos pressionando a recuar, superando-nos muito em quantidade. Mais soldados chegam correndo de nossa esquerda, e ouço Sulifer gritar acima:

"Matem a rainha traidora! Tragam-me a lâmpada!"

Baixo as mãos e fecho os olhos, deixando-me dissolver no vento com uma fumaça escarlate. Estendo e expando meu ser, preenchendo a ampla avenida e obscurecendo a visão dos soldados. Os recém-chegados param, confusos e desorientados, golpeando às cegas em meio à névoa.

"Recuem!", grita Cáspida. "Na minha direção!"

As Sentinelas seguem o som da voz da princesa, e eu lhes dou cobertura até voltarem para trás do muro. Enquanto as garotas recuperam o fôlego, os soldados avançam a partir do palácio, suas fileiras aumentadas pelos *eristrati* de trajes pretos. Eles avançam devagar, ainda cegos pela fumaça, mas impulsionados pelas ordens de Sulifer. Eu me retiro para me juntar à princesa, assumindo de novo minha forma humana.

"Estão quase chegando", digo. "Trinta, quarenta, talvez cinquenta deles, e há mais a caminho. Não vamos durar cinco minutos."

Acima de nós, o céu começa a escurecer, apesar do nascer do sol. Nuvens escuras se concentram perto do topo do Monte Tíssia, e sei que Zhian alcançou Nardukha e que nosso tempo está se esgotando. Observo a montanha ansiosamente, sabendo que a verdadeira batalha nos aguarda lá em cima.

"Não temos o que fazer", murmura a princesa, trazendo-me de volta à batalha em curso. "Irmãs, sinto muito tê-las conduzido a isso."

"Não faríamos diferente", diz Nessa, e as outras acenam a cabeça e se dão as mãos.

"Se vamos morrer, que seja lutando", diz Raz.

Nesse momento, um grito nos faz virar a cabeça.

"Pela Rainha Fênix! Pelo povo!", ecoa o grito ainda mais alto.

Aladdin aparece, correndo pela rua, carregando uma espada que pegou sabe-se lá de onde. Atrás dele, uma horda de pessoas avança depressa, trazendo facas e foices, bastões e chicotes de camelo. Açougueiros, vendedores de tapetes, peixeiros, donas de casa, partenianos de todas as idades, tamanhos e profissões, homens e mulheres, bradando a plenos pulmões.

"Pela Rainha Fênix!"

"Pelo povo!"

E até mesmo alguns gritos esparsos de "pelo Filho do Alfaiate!".

Todos usam braçadeiras vermelhas, e alguém agita um enorme estandarte com um símbolo da fênix, provavelmente roubado de algum templo de Nykora, a deusa fênix. Aladdin grita, exortando-os, e assobia quando nos avista. Vem flanqueado por Dal e Balak, a garota e o porteiro do Ringues.

Atrás de nós, os soldados vacilam, percebendo que seu número não é tão grande assim, não quando confrontados com as pessoas que oprimiram, enganaram e escravizaram por tantos anos.

Em algum lugar na direção do palácio, Sulifer grita: "Lutem, seus idiotas! Não passam de camponeses com pedaços de pau!".

Mas muitos desses pedaços de pau estão afiados ou pegando fogo, e alguém atira um ferro de marcar em chamas nos soldados, que, ainda que caia espalhando brasas mas sem causar nenhum dano, é o bastante para desencorajar os homens armados. Eles se retiram, mas não rápido o bastante.

Aladdin me alcança assim que a luta começa. Ele ri com toda vontade, jogando a cabeça para trás e berrando. Então sobe no muro e me puxa, brandindo a espada como um louco.

"Assim que eu lhes disse quem a Fênix realmente era e que precisava da nossa ajuda, eles largaram tudo!", conta ele. "Olha para eles! São fantásticos!"

"E olha você", replico, sorrindo. "Uma revolução de um homem só. O que houve com não lutar por causas perdidas?"

"Acho que encontrei uma causa pela qual vale a pena lutar", murmura ele, inclinando-se para um beijo, mas então seus olhos se fixam em algo atrás de mim, e ele fecha a cara. Eu me viro e vejo Cáspida perto do palácio sob uma varanda no segundo andar, sua espada erguida e as Sentinelas ao redor. No alto, Sulifer aparece apoiado ao parapeito, o olhar furioso.

"Ele não vai nem descer para lutar", rosna Aladdin. "Que covarde."

"Vamos." Agarro sua mão e atravessamos a batalha, desviando-nos de lanças e espadas, até alcançarmos Cáspida.

"Desça, tio!", chama a princesa. "Está terminado!"

"Acredita mesmo que o apoio de uma ralé com facas de cozinha faz de você uma rainha?", rebate ele.

Cáspida olha para as pessoas, que lutam com unhas e dentes contra os soldados mais bem-equipados, e responde para o tio: "Eles são *exatamente* o que faz de mim uma rainha".

"Então vamos ver como se saem contra o meu *verdadeiro* exército." Sulifer pega o chifre preto de carneiro que fiz para ele na noite passada. Cáspida franze a testa, inquieta.

"O que ele está fazendo?", pergunta ela.

"Apenas observe", murmuro.

Sulifer leva o chifre aos lábios e sopra. O chamado ressoa pelos terrenos do palácio conforme o vizir baixa o chifre e seu toque ecoa longe. Cáspida permanece imóvel, segurando firme o cabo da adaga.

Atrás de nós, homens e mulheres continuam lutando, os camponeses se movendo em bandos como lobos. Mais chegam da cidade, e o barulho da batalha é ensurdecedor. Sulifer sopra o chifre mais uma vez, mas o som é quase abafado pela luta. Então ele o baixa, os olhos fixos em mim, exigindo uma explicação.

Ergo o queixo e o encaro de forma desafiadora. "Nem mesmo a sombra mais escura resiste à luz do sol!", grito. "Até as crianças sabem disso."

"Você burlou as regras!", berra ele. "Eu disse 'invencível diante de quaisquer e todas as forças de Ambadya ou deste mundo'!"

"O sol não é deste mundo. Pertence aos céus e aos deuses. Seus homens de sombra não virão, não até a noite."

"Renda-se, tio!", diz Cáspida. "Chega de mortes por hoje! Podemos conversar e resolver isso entre nós dois!"

Ele rosna e desaparece para dentro do palácio. Cáspida segue em direção às portas, com a intenção de ir atrás dele, mas eu seguro o braço dela.

"Princesa, temos um problema maior."

"Como assim?"

Aponto para o Monte Tíssia. Acima dele, nuvens escuras rodopiam e trovejam, anunciando a vinda dos gênios, que conferem à montanha a aparência de um vulcão em erupção. "O *shaitan* chegará aqui a qualquer momento."

Cáspida empalidece. "Achei que tivéssemos mais tempo."

"Você tem sua luta aqui", digo. "Deixe-me cuidar de Nardukha. Use seu último desejo para enviar a mim e Aladdin ao Monte Tíssia. Somos nós que ele quer. Se não formos atrás de Nardukha, ele descerá a esta cidade com toda a força de Ambadya, e nada o deterá."

"Posso ir com você."

Faço que não. "O seu lugar é aqui, com o seu povo."

Ela dá uma olhada no caos em volta, donas de casa e açougueiros, pescadores e pedintes, muitos armados apenas de seus punhos nus contra toda um exército organizado de *eristrati* e da guarda do palácio. Os olhos de Cáspida se enchem de orgulho e tristeza.

"Você tem razão", diz ela, encontrando meu olhar. "Mas, Zahra, você *precisa* detê-lo. Não podemos nos tornar outra Neruby."

Aceno a cabeça amargamente e pego a mão de Aladdin. Ele sorri, mas vejo a preocupação em seus olhos. Fico vermelha de vergonha. Se ao menos houvesse alguma maneira de deixá-lo de fora e enfrentar Nardukha sozinha. Mas o *shaitan* destruiria Partênia pedra por pedra até encontrar o ladrão. O mínimo que podemos esperar é que poupe a cidade e seu povo.

"Sinto muito", sussurro. "Aladdin, não sei o que vai acontecer naquela montanha. Não sei se podemos..."

"Tenha fé, Fumacinha", diz ele, baixinho. Depois envolve meu rosto com a mão. "Isso ainda não acabou. Aconteça o que acontecer, estaremos juntos."

Cáspida pega a lâmpada em seu cinto, e suas Sentinelas reforçam o perímetro ao redor. Os soldados estão se reagrupando e meia dúzia dispara em direção à princesa. Sinto um nó retorcer meu estômago quando eles enfrentam as Sentinelas, que mal conseguem se manter firmes contra homens tão grandes e fortes.

"Depressa, Cáspida!", peço.

Ela assente e segura a lâmpada entre nós, seus olhos encontrando os meus.

"Desejo que você, Zahra da Lâmpada, e você, Aladdin de Partênia, cheguem o mais rápido possível ao Monte Tíssia, e lá nos defendam do *shaitan* e dos gênios."

Naquele momento, os soldados rompem a defesa das Sentinelas. Cáspida gira, desembainha a espada e atira a lâmpada na direção de Aladdin, que a pega, restabelecendo o já familiar vínculo entre nós dois.

Sou inundada pelo desejo de Cáspida, e redemoinhos dourados de magia resplandecente correm por minha pele. Mas ainda assim hesito ao ver os soldados fechando o cerco em torno da princesa e suas companheiras. Elas lutam ferozmente, os cabelos voando, o aço reluzindo, os pós envenenados de Ensi cintilando à luz do sol. Um *eristrati*, empunhando uma cimitarra eskar, corre em minha direção brandindo a lâmina. Rápido como um raio, Aladdin se joga em frente, atacando o homem, sem se importar com a arma. Ele acerta um soco no queixo do homem antes que o *eristrati* o atire para longe e se levante, pronto para cortar o pescoço de Aladdin. Mas o homem fica paralisado, ofegante, quando Cáspida crava sua lâmina nas costas dele.

"Vão!", grita ela, o sangue escorrendo em seu rosto enquanto ajuda Aladdin a se levantar. "Esta luta é nossa! A sua está naquela montanha, então vão embora logo!"

Ela empurra Aladdin em minha direção, e ele agarra minha mão. A magia dói em mim e já não sou mais capaz de deter a força do terceiro desejo de Cáspida. Então deixo a princesa em sua batalha, puxo Aladdin para perto e nos envolvo com uma fumaça vermelha. Nossas roupas começam a esvoaçar, e seguramos bem firme um no outro, nos entreolhando, conforme o mundo gira ao redor.

O barulho caótico da luta vai diminuindo, substituído por uma rajada de vento ensurdecedora. Aladdin me abraça forte contra o peito e pressiona os lábios na minha testa.

"Juntos", sussurra ele. "Aconteça o que acontecer."

Agarro-me a ele com todas as forças, suspirando aliviada à medida que o restante da magia se esvai.

Tudo para. A fumaça se dissipa. Deixo que ele me abrace por mais um instante antes de me afastar e respirar fundo.

Aqui estou eu mais uma vez, bem onde tudo começou, no pico pedregoso e frio do Monte Tíssia. Ao nosso redor, o topo se estende amplamente antes de começar a descer, formando uma série de planaltos rochosos. Não se vê nenhum sinal de planta ou animal ali, onde o vento é cortante como facas e sopra em volta com um uivo sombrio. Nuvens agitadas se reúnem acima e abaixo do pico, obscurecendo as terras em todas as direções, e parece que estamos completamente isolados do mundo.

O *alomb* surge à frente, uma estrutura maciça construída na época em que os deuses andavam na terra. Quatro pilares sustentam um teto abobadado de pedra preta com veios azuis brilhantes, uma magia antiga muito mais poderosa do que eu jamais seria capaz de manejar. Foi extraída da rocha que um dia sustentou a grande ilha de Phaex, onde os deuses festejavam todos os solstícios de verão, e que afundou no mar há muitos séculos. Outrora um portal de entrada para as terras dos deuses ou Ambadya, agora apenas os gênios o usam, pois o caminho para os deuses há muito se perdeu.

No centro do *alomb*, encontra-se o portal propriamente dito, um perfeito círculo de pedra, sem emendas. Existem doze desses portais no mundo e cada um leva o nome de um deus diferente. Esse é conhecido como o Olho de Jaal. O anel é flanqueado por dois maciços contrafortes entalhados à semelhança de homens ajoelhados, que o carregam nas costas.

Em geral, o portal fica vazio e silencioso, mas agora um túnel de fogo rodopia e brilha lá dentro, criando um caminho para o mundo dos gênios. O fogo arde em tons de azul, vermelho e verde, mais quente do que qualquer chama mortal e capaz de reduzir um homem a cinzas em um piscar de olhos. Do Olho, emana um odor de fumaça e enxofre.

E então há os gênios, que pairam no ar à nossa volta, alguns visíveis, outros invisíveis. Ghouls e marids, ifrites e silas. Silenciosos como a morte, observam-nos com olhos dourados. Muitos mostram os dentes, sibilando silenciosamente, e deixando bem claro o ódio por mim. Para eles, sou a maior das traidoras.

Aladdin passa o braço por mim, como que para me proteger da horda de gênios.

"Você sabe que não temos chance", sussurro.

Aladdin olha para mim, apertando meu braço. "Ainda estamos vivos, não é? Vamos, Fumacinha. Onde está o seu senso de aventura?"

Mas sua tentativa de aliviar o clima é insuficiente, e ele segura a lâmpada com mais força.

Fico sem ar quando uma figura aparece no túnel de fogo. Um murmúrio se espalha entre os gênios, que se agitam e sussurram à medida que a figura avança e planta um pé na pedra.

É Zhian, meio homem, meio fera. Está usando vestes pretas, tem chifres na cabeça e seus braços estão cobertos por uma armadura de escamas, como se já esperasse a batalha. Corre o olhar por nós, demorando-se um pouco mais em Aladdin, todo fúria e fogo.

“Chegaram bem na hora”, comenta ele, fingindo calma.

Então vira devagar para encarar o Olho, e podemos ver as costas musculosas e a longa trança preta. Ele ergue os braços e cerra os punhos, realçando suas veias.

Ao redor, os gênios começam a bater lentamente na pedra, em uma cadência compassada que ecoa através do *alomb*. Sinto um arrepio percorrer minha espinha. Em seguida, começam a sussurrar em uma voz com mil e uma línguas.

Ele está vindo!

Ele está vindo!

Aladdin me envolve em seus braços e me encolho, tomada de pavor. As batidas dos gênios começam a ficar mais rápidas e mais altas, e o vento gerado pelos silas açoita violentamente ao redor.

Ele está vindo!

Ele está vindo!

Zhian cai de joelhos, estendendo as mãos à frente. Todos os olhos estão fixos no portal, naquele hipnotizante túnel de chamas que parece se prolongar até o infinito. O calor aumenta. Posso sentir a pulsação de Aladdin disparar através de nossas mãos entrelaçadas, mas ele não vacila.

Logo, a batida dos gênios se torna ensurdecedora, e tudo para. O barulho. O vento.

Somos jogados no chão por um forte jato de ar que sai do portal, reverberando como um trovão. Um vento quente e sulfúrico com a força de um tsunami emana do Olho, pressionando-nos para baixo.

Em meio às chamas, surge uma sombra da altura de três homens, feita de chifres e escuridão, fumaça e fogo. Dois olhos como carvões tremulam e se formam, com pupilas pretas. Eu me sento aos poucos e luto contra o vento para ficar de pé, levantando Aladdin comigo.

A figura passa pelo fogo e planta um imenso pé no chão do *alomb*. Então solta uma risada suave e estrondosa, um som que é só respiração e vento, mas ainda assim consegue ser ensurdecedor. Essa risada me provoca um calafrio na espinha.

Nardukha chegou.

TRÊS: A GÊNIA

Por fim, quando a poeira baixou, a rainha e a gênia olharam do topo da montanha para o campo de batalha e para os corpos espalhados como folhas pelo deserto. A rainha desabou de joelhos, cansada e ferida, deixando a espada cair de sua mão. Diante dela, o portal para Ambadya ardia em chamas de todas as cores.

"Tudo que eu queria era a paz entre os nossos povos", disse a rainha. "Mas vejo agora que isso não é possível, pois meu povo é governado por uma sonhadora, e os gênios, por um monstro. Meu único consolo é que estás ao meu lado, minha gênia. Morrerei na companhia de uma amiga e darei a ti meu último suspiro. Pois ainda me resta um desejo, que é o da tua liberdade, ainda que a custo da minha vida."

Ao ouvir isso, a gênia balançou a cabeça e respondeu: "Não, minha rainha. O tempo dos desejos já passou. Pois aqui está o Shaitan, Senhor de Todos os Gênios e Rei de Ambadya".

E, ao falar, as fogueiras do portal aumentaram, e por elas entrou Nardukha, o shaitan, horrível de se contemplar.

"Ó mulher insolente", disse ele, olhando para a rainha. "Ousarias fazer o Desejo Proibido?"

"Sim", respondeu ela. "Pois não te temo."

"Então és uma tola."

Enquanto o coração da rainha se desfazia em cinzas ao perceber que seu fim estava próximo, o shaitan voltava-se para a gênia e dizia: "Te recordas da primeira regra dos teus pares, gênia?".

E a gênia respondeu: "Não amar nenhum humano".

"E guardaste este mandamento?"

"Sim, meu senhor." Então se levantou enquanto a rainha gritava, desolada.

"Não somos como irmãs?", perguntou a rainha. "De um só coração e um só espírito?"

E a gênia respondeu: "Não, pois sou uma criatura de Ambadya e, portanto, minha natureza é enganosa e traiçoeira. Meu Senhor chegou, e farei tudo que ele me ordenar".

O shaitan, observando com ar de aprovação, disse à gênia: "Esta humana é tola e orgulhosa, atrevendo-se a pensar que poderia governar homens e gênios. Estou muito satisfeito contigo, minha serva, por trazê-la até mim. Mate a rainha e prove tua lealdade ao teu rei".

E a gênia sorriu, e em seus olhos surgiu uma chama. "Com prazer, meu senhor."

Então, com uma risada perversa, ela matou a boa e nobre rainha, a mais poderosa e mais sábia de todos os monarcas amulenos, cujo único erro foi ter ousado amar uma gênia.

— Da *Canção da Queda de Roshana,*
Última Rainha de Neruby,
por Parys zai Moura,
sentinela e escriba da rainha Roshana

CAPÍTULO VINTE E SETE

De mãos dadas, Aladdin e eu estamos diante do *shaitan*. Sob o olhar primal de Nardukha, tudo que quero fazer é me encolher e fugir, mas me concentro na pulsação de Aladdin na palma de minha mão.

"Nardukha." Levanto o queixo, encontrando seus olhos escuros.

O *shaitan* é velho, mais velho até mesmo do que a raça dos homens. Ele foi uma das primeiras criaturas formadas pelos deuses, há muito tempo, quando Ambadya era exuberante e bela. Ao olhar em seus olhos, não encontro nada nem remotamente humano. Nenhuma emoção, nenhuma compaixão. Ele está mais para uma força da natureza do que um ser vivo, como um vulcão ambulante. Raras vezes põe os pés neste mundo, e suas visitas sempre resultam em catástrofe.

Ele baixa a vista devagar, correndo os olhos de mim para Aladdin. Então, com um som retumbante como um trovão, uma coluna de fumaça escura o envolve. Quando ela se desfaz, Nardukha não é muito mais alto do que nós e assumiu uma forma vagamente humana. Sua pele é preta e chamuscada, com rachaduras nas juntas que revelam um músculo vermelho-lava por baixo. Suas vestes são de fumaça e seda e, em vez de cabelo, tem dois chifres curvos que se projetam de seu crânio alongado.

Ele é um pesadelo ambulante.

"Garota-que-Oferece-as-Estrelas", murmura ele. Sua voz é suave e bonita, clara como cristal e doce como mel. Procuro me proteger do fascínio perigoso que ela exerce. "Ondulação-da-Cauda-do-Tigre. O que fez?"

"Libertei Zhian", digo, chamando sua atenção de volta para mim. "Cumpri minha parte do acordo. Mas você nunca iria conceder minha liberdade, não é? Era tudo mentira."

"Você ia ser libertada da sua lâmpada, assim como ele prometeu", interrompe Zhian, levantando-se para nos encarar, os olhos brilhando de fúria.

"E depois o quê?", disparo, meu olhar ainda preso ao de Nardukha. "Me mataria?"

"Você se uniria a mim", diz Zhian. "Como sempre esteve destinada."

Sei a que ele se refere, a cerimônia que os gênios realizam como uma espécie de casamento deturpado. Eu estaria ligada a Zhian em todos os sentidos, incapaz de desobedecer a suas ordens. É semelhante ao poder que Nardukha mantém sobre todos os gênios através do vínculo, e a ideia de ser feita escrava de Zhian desse jeito é muito repulsiva. Mais uma vez, outro dos "acordos" de Nardukha não passou de um truque. Da última vez, Ghedda pagou o preço de minhas esperanças tolas. Agora será Aladdin quem sofrerá.

"Prefiro estar presa à minha lâmpada", disparo.

Zhian abre a boca para rebater, mas fica em silêncio ao ver o olhar do *shaitan*. Nardukha dá a volta por mim e Aladdin, seu rastro de fumaça se enrosca em torno de nós.

"Minha bela gênia", murmura ele. Sua voz é como vento em brasas, soprando e faiscando. "Mais poderosa do que qualquer outra, feita de fogo e água, de terra e ar. Por que me desafiou?"

A horda de gênios inicia um falatório, e o ruído, que lembra o sibilo e estalido das baratas, corre pelo ar. Basta Nardukha erguer a mão para silenciá-los.

"Por que isso importa tanto?", pergunto. "De que tem tanto medo?"

Mas ainda nem terminei de falar quando a resposta me atinge como um jato de água gelada.

Nardukha teme o Desejo Proibido.

É o único desejo que não consegue impedir que aconteça, porque a magia por trás é muito antiga, mais antiga do que ele. É um poder muito maior do que qualquer um com que o *shaitan* pode lidar. E o amor, o amor faz as pessoas cometerem atos estúpidos, como se sacrificarem umas pelas outras. Nardukha teme o amor porque teme que leve ao Desejo Proibido e minha liberdade.

Pela primeira vez, percebo que posso ser forte o suficiente para derrotá-lo. Se eu deixasse Aladdin fazer o desejo, dando sua vida em troca da minha, talvez pudesse *realmente* derrotar Nardukha.

Mas já sei que não vou deixar isso acontecer. Não estou disposta a pagar o preço.

"Você quebrou a primeira regra dos gênios", reverbera o *shaitan*, com a voz perigosamente baixa. Ele para a minha frente. "E deve ser punida."

Antes que eu possa dizer outra palavra, ele segura meu braço.

"Deixe-a em paz!", grita Aladdin, agarrando o braço de Nardukha e sibilando quando a pele do *shaitan* queima sua mão. Zhian se aproxima e, sem a menor dificuldade, derruba Aladdin no chão, que bate a cabeça com força em uma pedra. Então, com um risinho no rosto, Zhian tira a lâmpada do ladrão. O vínculo entre mim e Aladdin se desfaz, e me sinto em um limbo, nem confinada à lâmpada, nem ligada a um novo amo, pois meu poder de conceder desejos se destina apenas a humanos, e não gênios. Pelo menos uma notícia boa. Não preciso sentir a vontade de Zhian invadindo a minha.

"Zahra é *minha*, garoto", diz Nardukha. "Eu a criei. E, em minha benevolência, permito que vocês, criaturas medíocres, a tomem emprestada. Mas, como sempre, vocês são gananciosos."

"Ela não pertence a você", declara Aladdin, levantando-se com a têmpora ensanguentada. "Não pertence a ninguém."

"Você acha que a ama? Não consegue nem a *compreender*." A voz de Nardukha me deixa gelada. Ele me olha como uma cobra e sua mão queima minha pele. Temo a maquinação que vejo em seus olhos pretos. Ao observá-lo, percebo como qualquer luta é inútil. Ele vai vencer. *Sempre* vai vencer. Contra ele, não tenho nada a oferecer além de uma resistência vazia. Vou morrer hoje, e Aladdin vai comigo. Eu o amei até sua morte, assim como amei você, *habiba*. Esta foi a grande lição de minha longa vida: amar é destruir.

O *shaitan* me atira ao chão com uma expressão de desgosto, e caio de joelhos com força. Posso ver que Nardukha está ficando entediado. Ele não gosta de conversas longas. Seu castigo é sempre rápido e absoluto. Viro para Aladdin, meu corpo entorpecido, o peito mais vazio do que nunca.

"Sinto muito", sussurro.

Ele segura meu rosto entre as mãos. "Eu não. Não sinto ter te conhecido. Não sinto ter me apaixonado por você. Não me arrependo de nada, Zahra, e você também não deveria. Eu te amo."

De repente, uma dor aguda me invade, e Aladdin e eu somos afastados e jogados para longe um do outro por uma explosão de ódio do *shaitan*. Ele se coloca entre nós, enfurecido, e me levanta pela garganta.

"Chega", ruge ele, sua voz doce virando pedra. "Antes que eu te dilacere, serei misericordioso e permitirei que se arrependa. Você vai me mostrar sua lealdade e implorar por perdão."

As palavras começam a se inflar de poder à medida que ele extrai magia da pedra e do céu, do fogo e da carne. A energia flui do mundo e se reúne ao redor do *shaitan*, e estremeço quando ele me solta, levando a mão ao pescoço dolorido. Sei o que vem a seguir. Já o vi reunir poder assim antes. Sei que palavras ele dirá antes mesmo que as pronuncie, mas ainda assim me atingem como um machado de batalha, implacáveis e definitivas.

"Mate o garoto."

Com essas palavras, ele libera o poder que teceu ao redor, e a força me acerta como uma onda. Cambaleante, digo ainda sem ar: "*Não*".

"*Mate. Ele.*" Cada palavra soa como um martelo contra a minha têmpora, forçando-me à submissão, obrigando-me a obedecer. A imposição é mais forte até do que um desejo, pois é um tipo diferente de magia, que se vale do vínculo entre gênio e criador.

Viro para Aladdin com os olhos arregalados, meu coração de fumaça se partindo em mil fragmentos afiados. A ordem de Nardukha atinge cada fibra do meu ser. Sussurra em meus pensamentos, confundindo minha mente.

Mate-o.

Sim, é isso que eu quero.

Não! Não é! Você o ama!

Mas quero matá-lo.

Não, não quer! Controle-se, Zahra!

Meu nome não é Zahra. É Fumaça-ao-Vento, Ondulação-da-Cauda-do-Tigre, Garota-que-Oferece-as-Estrelas.

Ele te ama!

Ele é só um mortal. Só um garoto, um instante no tempo que logo passará.

O nome dele é Aladdin.

Já conheci mil e um como ele. E conhecerei mil e um mais. Ele não é nada.

Ele é tudo.

"Zahra?"

Minhas pernas se transformam em fumaça. Meus olhos, em fogo. Eu me ergo, as mãos estendidas, com raios saindo dos dedos que sobem crepitando por meus braços, chamuscando minha falsa pele. Não sou humana. Sou gênia, a mais poderosa de todos os filhos de Nardukha, exaltada acima de todas as hostes de Ambadya.

"Trema, mortal", entoo em mil e uma vozes. "Eu sou a Escrava da Lâmpada."

"Não!" O vento de minha respiração rodopia em torno dele fazendo o cabelo do garoto se agitar ao redor do rosto. "Seu nome é Zahra!"

Acima do *alomb*, nuvens carregadas de relâmpagos se movem e se multiplicam. Um vento quente e úmido uiva através das colunas, e no vento estão os gênios, e os gênios estão rindo.

"Zahra!" O garoto levanta a mão, tentando bloquear a areia que machuca seus olhos. "Sei que pode me ouvir! Para com isso! Você é mais forte!"

Desvio os olhos para o meu senhor, que está ali, glorioso e resplandecente como um deus. Ele sorri para mim, e me deleito com sua aprovação.

Mate-o.

"Eu te amo", sussurra o rapaz, as palavras me alcançando de maneira improvável através do vento que uiva e do fogo que estala. "Eu te amo. Está me ouvindo? Eu te amo. Aconteça o que acontecer."

Mate-o.

Estendo as mãos em sua direção, preparando-me para lançar o raio que crepita em meus dedos e me morde como mil e uma serpentes furiosas.

MATE-O.

Respiro fundo e as palmas de minhas mãos ficam brancas, ofuscantes e incandescentes, enquanto o relâmpago se acumula, pronto para ser lançado.

Então algo cintila em minha mão, atraindo meu olhar, apenas por um instante.

Um anel.

O anel que forjei para o ladrão dar à princesa, e que ele me deu em vez de dar para ela, e junto também me deu seu coração. Os símbolos que eu mesma imprimi no ouro parecem brilhar: *amor, imortal, infinito, união.* Símbolos de poder, símbolos da verdade. Eles ardem em meus ouvidos, ficam gravados a fogo em minha alma.

O tempo desacelera.

As nuvens no alto se afastam.

Meus pensamentos parecem tropeçar e voltar atrás.

Mate-o.

Mate-o?

Mas eu o amo.

O momento dura apenas um instante. Não há tempo. Quando eu voltar a inspirar, a ordem de Nardukha vai dominar meu coração. *Vou* matá-lo. Não tenho escolha. Nunca tive escolha.

Não.

Eu tenho escolha.

O que foi que Aladdin me disse faz tanto tempo? *Que não se pode escolher o que acontece com a gente, mas podemos decidir quem nos tornamos por causa disso.* Não posso impedir Nardukha de nos matar, mas posso escolher não ser o monstro que ele deseja.

Zhian ainda está junto ao Olho, segurando minha lâmpada, que pende ao lado de seu corpo, com um dedo enroscado na alça.

Sem confiar em mim para pensar melhor a respeito e sem ousar perder outra preciosa fração de segundo, atiro o raio em direção a Zhian. O príncipe dos gênios se esquiva, mas não rápido o suficiente. A energia abrasadora o atinge no peito, sem lhe causar muito dano, mas conseguindo desequilibrá-lo. Ele pode estar segurando a lâmpada, mas é um gênio e não pode me comandar, então o poder dela não o protege do ataque. Antes que possa se recuperar, lanço-me sobre ele em um funil de fumaça. Envolvo-o com os braços e nos impulsiono para a frente em direção ao grande Olho de Jaal e ao túnel de fogo ali dentro. Ao cruzarmos a entrada, Zhian grita e larga a lâmpada, mas é tarde demais.

O tempo corre para a frente.

As nuvens no alto se reúnem, faiscando repletas de raios.

Zhian é sugado para dentro do túnel e some de vista, berrando de fúria. Começo a fluir para dentro da lâmpada, que se precipita em direção às chamas vorazes. Nardukha reage e tenta pegá-la, mas não rápido o bastante.

A lâmpada cai

cai

cai

cai no fogo de Ambadya, a única força deste mundo ou do próximo capaz de destruí-la.

Só tenho tempo de sorrir, meu rosto se formando momentaneamente em meio à fumaça, e de sussurrar para Aladdin antes que as paredes de bronze se fechem sobre mim e comecem a derreter nas chamas.

"*Eu te amo.*"

CAPÍTULO VINTE E OITO

Sem forma, fico à deriva.

Para onde os gênios vão quando morrem? Diz-se que os humanos estão destinados às terras dos deuses, onde, dependendo de suas ações na vida, terão paz e tranquilidade ou trabalharão para os deuses.

Mas os gênios são amaldiçoados e muitos creem que não têm alma alguma. Quando morrem, apenas deixam de existir.

Mas eu ainda estou aqui, onde quer que *aqui* seja.

Volto a mim aos poucos, minha consciência relutante em despertar. Sou fumaça, fina e vaporosa, espalhada por um céu escuro.

Com muito esforço, consigo me recompor, descobrindo que estou inteira. Instintivamente, procuro minha lâmpada, mas não a consigo sentir. Então me lembro... Ela se foi. Eu a vi se fundir no fogo de Ambadya, senti as chamas abrasadoras na própria pele.

Meu destino está ligado à lâmpada.

Mas não estou morta.

Esse pensamento me atravessa como um choque, e avalio o que há ao redor. No alto, o céu está escuro, mas não há estrelas, nem lua, nem nuvens para obscurecê-lo. Abaixo, só vejo areia, estendendo-se de um extremo ao outro do horizonte sombrio.

Desço, assumo minha forma humana e descrevo um círculo completo. E então vejo a única coisa que há para ser vista em várias léguas.

Uma porta, meio afundada na areia.

Uma porta que reconheço imediatamente.

Eu a abro, porque sei que é isso que devo fazer. Começo a ter certeza de que não estou em Ambadya, nem nas terras dos deuses, nem no mundo humano. Onde estou, não sei dizer, embora meu palpite seja de que ainda estou ardendo com minha lâmpada, e isso é algum tipo de alucinação febril. Tudo que posso fazer é seguir o caminho diante de mim.

Os degraus atrás da porta não estão quebrados e cobertos de areia, como quando Aladdin pôs os pés aqui, ou na versão real *daqui*. Apesar de ter sido engolido pelo deserto, o lugar parece o mesmo do dia em que o criei, quando você disse que desejava um jardim que nunca murchasse, *habiba*, mais bonito do que qualquer outro no mundo.

As árvores de joias refratam a luz dos diamantes reluzentes acima, projetando pontos de luz vermelhas, verdes e azuis como vaga-lumes dançantes. A água murmura pelo riacho ladeado de pedras de prata e ouro. Um vento vindo do nada agita suavemente a grama esmeralda, enchendo o ar com um tilintar musical.

Caminho pelo jardim, sentindo como se não estivesse presa ao meu corpo. Adiante, posso ver para onde devo ir. A lâmpada está no trono, à espera. É como se minha mente estivesse reescrevendo o dia em que Aladdin e eu nos conhecemos.

Quando chego ao trono, contemplo a lâmpada por um bom tempo, meus olhos traçando os contornos familiares com uma mistura de amor e ódio. Estou presa a ela por tanto tempo, desprezando-a, amaldiçoando-a, mas tem sido a única constante em minha vida longa e solitária. De uma forma distorcida, é como se fosse meu lar.

Estendo a mão e tenho a estranha sensação de estar dentro da lâmpada ao mesmo tempo, olhando para o meu eu do lado de fora, sentindo-me cada vez mais perto.

Mas, antes que minhas mãos possam tocá-la, o bronze derrete, borbulhando e se derramando, pingando no chão. Pulo para trás, meu estômago se contraindo ao imaginar como teria sido estar dentro dela quando isso acontecesse. *Aconteceu*. Pode ainda estar acontecendo.

"O que está havendo?", murmuro. "Que lugar é este? E por que não estou morta?"

"Com certeza, você já sabe."

Então me viro e respiro fundo.

Você está diante de mim, *habiba*, usando a mesma armadura e traje de couro do dia em que morreu, o cabelo comprido e solto, com pequenas tranças atrás das orelhas. Radiante como uma deusa, mas seu corpo traz feridas e marcas da batalha.

"Uma vida de sacrifício te libertará", entoa você. "E não é isso o que o *shaitan* mais teme? Uma gênia com o poder de realizar os próprios desejos?"

"Não posso realizar meus próprios desejos."

"O que você faz de melhor se não transformar desejos em realidade? Desejou morrer para que o rapaz pudesse viver, e fez esse desejo se tornar realidade. Abriu um portal para uma magia há muito perdida, muito mais poderosa do que qualquer outra que o *shaitan* possua. Um sacrifício pela liberdade. Esse é o Desejo Proibido. Você fez o sacrifício, agora aceite as consequências. A liberdade traz uma grande responsabilidade."

Olho fixamente para você, uma enxurrada de perguntas passando por minha mente, mas não consigo articular nenhuma. Com um sorriso, você se aproxima e pressiona os lábios na minha testa.

"Viva, minha velha amiga", diz. "E lembre-se: o tempo é a magia mais forte."

De repente, tudo começa a tremer, assim como no dia em que Aladdin me roubou, e você desaparece. Saio em disparada, desviando dos blocos de pedra que caem do teto. Ao redor, caem cataratas de areia, enterrando as joias cintilantes. Chego às escadas e subo depressa, então abro a porta, mas não encontro o deserto, e sim um vazio.

O universo gira ao meu redor, estrelas refulgindo intensas, galáxias pulsando uma infinidade de cores. Olho para trás e vejo o jardim desmoronando para dentro de si, ficando cada vez menor. Chamas avançam em minha direção, e, sem pensar mais nada, eu salto.

Sou lançada para trás e para cima, sentindo o vento soprar ao redor, e perco todo a noção de peso e direção.

O universo se desdobra em uma dança deslumbrante de luz e cor, abrindo-se círculo por círculo, cada um se curvando em padrões elaborados: sol e rosa, estrela-do-mar e pupila, boca de tigre e orelha de elefante. Passo pelo centro deles.

As estrelas nascem, envelhecem e explodem, formando novas estrelas. Galáxias desabrocham como flores, projetando gavinhas de luz, fervilhando de vida. Planetas giram em torno de um milhão de sóis radiantes, e eu vejo tudo.

Saí do tempo. Estou no limite da eternidade, contemplando todos esses mundos brilhantes, unidos por fios invisíveis em uma vasta tapeçaria, um puxando o outro, tudo conectado por linhas muito finas. Enquanto observo, os fios estremecem e zumbem. O universo canta uma canção profunda e eterna, o som viajando em ondas, em suspiros profundos, em sussurros, em acordes rodopiantes e tons crescentes e decrescentes. A música dos mundos, que se tece em um padrão que é caos e ordem, beleza e horror, sem começo, sem fim. Lágrimas correm por meu rosto e não me atrevo a piscar.

Ergo os olhos, acima de tudo, e vejo quem tece as estrelas. Imohel, o Deus dos Deuses. Ele sorri e faz uma breve pausa para tocar o meio de minha testa com um dedo e, a seu toque, eu caio.

Caio através das estrelas.

Através do tempo.

Através da luz, do vento e do fogo.

Através da fumaça e de um céu da cor das cinzas.

Nardukha está no mesmo lugar, olhando furioso para o Olho de Jaal. Menos de um instante se passou desde que me atirei no fogo, decidida a não repetir o passado, a não matar Aladdin como matei você, *habiba*. Decidida a essa, no final, ser *minha* escolha. E, de alguma forma, funcionou.

De alguma forma, ainda estou aqui.

Levo um instante para me encontrar, para determinar que estou na entrada do portal, em ambos os mundos e em nenhum. Viro e vejo chamas atrás de mim. Eu mesma sou fogo sem fumaça, ardo vermelha e azul, indistinguível da chama que separa o mundo mortal do imortal.

Então me volto para o mundo humano e vejo Nardukha encarando Aladdin, que olha incrédulo para a porta, incapaz de me ver em meio às chamas, e acreditando, sem dúvida, que estou morta. Ele nem sequer resiste quando Nardukha o agarra pelo pescoço, levantando-o no ar. Mas seus olhos se arregalam, e ele parece sufocar.

Na mesma hora, passo pelo portal, uma garota de fúria e fogo, e minha forma humana usa um vestido de fumaça preta que se enrosca e se arrasta atrás de mim. Nunca ardi tanto. Nunca me senti tão poderosa, nem mesmo quando concedia os desejos mais incríveis. Um novo poder ferve dentro de mim, algo completamente impetuoso e sem limites, e percebo o que está faltando: a linha invisível que me prendia à lâmpada. O vínculo foi partido.

Quer tenha sido você mesmo que vi, *habiba*, ou um fantasma conjurado por minha mente, sei que tinha razão: ao sacrificar minha vida por Aladdin, de forma involuntária, desencadeei o Desejo Proibido. O vínculo entre lâmpada e gênia foi rompido.

Eu estou viva.

E estou *livre*.

CAPÍTULO VINTE E NOVE

"Pare", digo.

Nardukha solta Aladdin, que desaba no chão. Corro em direção ao ladrão, ajoelhando-me a seu lado. Ele geme e pisca.

"Quem é você?", sussurra ele.

"Sou eu", respondo. "Fique quieto. Está ferido."

"Zahra?" Aladdin parece confuso e, de repente, entendo por quê. Levo as mãos ao rosto e respiro fundo, pois não é o rosto de Roshana que uso.

É o rosto de uma jovem rainha de Ghedda. *Meu* rosto. Mais redondo e suave, com cachos castanhos espessos e a pele um tom mais escura. Que estranho voltar a usá-lo, após tantos anos assumindo outras formas.

"*Você*", retumba Nardukha, e viro para encará-lo. Sinto uma cautela nele que nunca vi antes.

Então percebo que perdi algo mais em minha estranha jornada de ida e volta pelo Olho: o medo que sentia dele. Por 4 mil anos, só de pensar em Nardukha sentia a alma tremer. Agora olho e é como se o visse pela primeira vez, e me parece... não ser tudo isso. O que eu temia antes? Que poder usava para me subjugar? Fosse o que fosse, desapareceu, e nunca mais vou me encolher diante dele.

"Durante todo esse tempo", digo, levantando-me para ficar entre ele e Aladdin, "você tem tentado tão desesperadamente me impedir... impedir qualquer um de seus gênios... de amar um humano. Você sabia o que poderia acontecer se um gênio algum dia amasse um humano, amasse o suficiente para *morrer* por ele. Foi por isso que entrou em guerra com a Roshana, não porque ela buscava a paz com os gênios, mas porque eu a amava o suficiente para morrer por ela. Você não podia deixar isso acontecer porque sabia no que eu me transformaria. Sabia que o Desejo Proibido poderia funcionar nos dois sentidos."

"Você não *passa* de uma abominação", sibila Nardukha. "Uma gênia sem amo, sem vínculos com Ambadya ou com os deuses. A ordem existe por um motivo. Eu não amo o caos pelo caos. Tudo deve manter um equilíbrio, e você é um fio solto no tecido do universo. Um passo em falso e pode desfazer tudo."

"Vi os fios do universo, e são mais fortes do que você imagina."

Nardukha endireita os ombros, os olhos vermelhos de raiva, e exala fios de fumaça preta. "É chamado de Desejo Proibido por uma razão, garota. Não fui eu quem deu esse nome. Criaturas como você são proibidas desde o início dos tempos."

Asas se despregam de seus ombros, estendendo-se por todo o *alomb*. Garras saem dos dedos e presas, da boca. Sua pele se transforma em fumaça, as roupas em chamas. Ele é sombra envolta em fogo, e salta em minha direção, determinado a me destruir.

Encontro o *shaitan* no ar, sacando espadas que conjurei e que colidem com suas garras, produzindo uma chuva de faíscas.

"Você não pode me derrotar", sibila ele, sem mais nenhum vestígio da forma humana. Então projeta a cabeça sobre as minhas lâminas cruzadas, tentando me atacar com suas presas.

Rolo para o lado, escapando dos dentes. A luta não será definida por espadas e movimentos. Os ataques de Nardukha são selvagens e poderosos e não serão superados por táticas humanas.

Eu o afasto de Aladdin, que tenta se levantar em meio a uma multidão de gênios, que rastejam e sibilam. Ele brande uma pequena lâmina que tirou da bota, uma defesa insignificante contra as garras de um ghoul ou os dentes de um ifrite.

"Deixem-no", rosna o *shaitan*, e os gênios se afastam.

Então para por um instante, os olhos fixos em mim. Antes eu teria me acovardado ao ser o centro de sua terrível atenção. Agora só quero acabar logo com isso. Viver ou morrer... É uma luta que não posso abandonar.

Respiro fundo e relaxo, e minhas espadas conjuradas evaporam.

Invoco magia.

E, pela primeira vez em minha longa e estranha vida, ela atende a *meu* chamado.

Fico meio sem ar, cambaleio e quase caio, mas cerro os dentes, mantendo-me firme, e deixo que cresça. Até então, a magia sempre vinha de um humano e era transferida para mim.

Desta vez, o poder nasce no centro de *meu* ser. É uma sensação completamente diferente. É estonteante, assustadora e muito estimulante. A magia se espalha como fogo incandescente por meu corpo, preenchendo membros, cabeça e até meu cabelo.

Posso fazer qualquer coisa. O *shaitan* me criou como a mais poderosa dos gênios, e agora de fato sei o que isso significa.

Nardukha ataca primeiro. Lança uma rajada de fogo em minha direção. O vapor quente me atinge primeiro, soprando meu cabelo para trás. Reajo instintivamente, erguendo uma parede de fumaça para deter as chamas. Mas então ele já está em cima de mim e me acerta com força no estômago, atirando-me para o outro lado do *alomb*. Deixo o impulso do golpe me levar para um espaço aberto na encosta da montanha, onde me transformo em fumaça da cintura para baixo e pairo no ar.

O *shaitan* não me segue de imediato. Em vez disso, fica à beira do *alomb* e faz um gesto com a mão. As nuvens ao redor do cume se abrem, permitindo que vejamos Partênia lá embaixo. Nardukha olha para mim, depois para a cidade e, assim que percebo, me atiro sobre ele.

"Não!"

Mas ele me faz sair rolando só com um movimento do braço. Antes que eu possa me recuperar, aponta um dedo em direção ao cume, e, com uma sucessão de ruídos ensurdecedores, várias rachaduras se abrem no solo e começam a brilhar com a lava crescente que corre. O tremor de terra faz Aladdin cair de joelhos e recuar ainda mais para o interior do *alomb* enquanto a montanha ruge.

"Aladdin!", grito. "Fique abaixado!"

Horrorizada, tento passar por Nardukha para ajudar, mas o *shaitan* me agarra e me arremessa longe. Sem se deter, ele dá uma ordem aos gênios, que se levantam e começam a voar em direção a Partênia.

"Este é o preço da sua traição!", dispara ele. "É o custo do seu orgulho!"

O *shaitan* vai destruir Partênia, assim como destruiu Neruby e Ghedda, tudo para me punir.

Mas, desta vez, posso revidar.

Voo para longe da montanha, que começa a cuspir fumaça preta das rachaduras que se abrem nas laterais. Nardukha me segue, suas enormes asas de sombra completamente abertas. Ele rola de costas e corre a mão pelo ar, fazendo as pedras da montanha se partirem e se erguerem, inflamando-as uma a uma. Então as lança em arco em minha direção como cometas.

Consigo me esquivar das pedras em chamas enquanto voo para mais longe. O céu está tomado por uma chuva de fogo e rastros de fumaça preta. Passo depressa por eles, em seguida viro e estendo as mãos, lançando uma rajada forte de vento para cima dele. Então ordeno por pensamento que o vento se converta em presas geladas que assobiam enquanto voam pelo ar.

Nardukha cruza os braços diante de si, quebrando os pingentes de gelo. Já estou em movimento, inebriada pelo poder que flui através de mim em quantidades ilimitadas. Em geral, minha magia tem um limite proporcional ao desejo de meu amo, e preciso usá-la com sabedoria. Agora, com um mero pensamento, abro as comportas da magia dentro de mim, impulsionada por meus desejos e limitada apenas por minha imaginação. E, após 4 mil anos concedendo desejos, minha imaginação é o músculo mais poderoso que possuo.

Conjuro a uma velocidade que impressiona até a mim mesma. Fogo, vento, água, pedra: todos os elementos se dobram ao meu comando. Envio águias de chamas cintilantes aos berros em direção a Nardukha. As aves atacam seus olhos até que ele as desfaz em uma chuva de faíscas.

Com um estalar de dedos, um par de dragões aparece no céu acima dele, um de gelo, outro de fogo. Eles rugem e mergulham, rodopiando em torno um do outro, com as mandíbulas abertas para engolir Nardukha. Ele vira e pega cada um pelo focinho e, com um rosnado, reduz os dois a minúsculos pardais inofensivos.

Enfurecido, parte para a ofensiva, atirando fogo e pedras em um ataque rudimentar, mas eficaz. Eu me dissolvo em fumaça e voo depressa sobre Partênia em direção aos penhascos. Lá embaixo, a cidade se tornou um caos desde que as pessoas avistaram a montanha entrando em erupção no alto. A luta ao redor do palácio começa a perder força à medida que percebem uma ameaça maior. A terra sob a cidade racha e se abre e, quando as muralhas começam a ruir, os glifos que protegem as pessoas são destruídos. Os gênios invadem a cidade. Sinto um aperto na alma, e anseio voar até lá embaixo para defendê-las, mas mal consigo dar conta de Nardukha.

O *shaitan* está na minha cola e levanta fortes vendavais ao bater as asas enormes, produzindo um som como o de imensos tambores.

Volto a assumir minha forma humana, de costas para o mar, no local onde Cáspida quase me atirou do penhasco não faz muito tempo. Nardukha pousa em frente e conjura uma matilha de lobos de sombra. Eles rosnam e salivam, querendo abocanhar, e eu estremeço. Assim como todos os gênios, de todos os animais da terra, os lobos são os que mais odeio. Os lobos anseiam por nossa carne e têm um prazer selvagem especial em nos caçar. Não consigo entender como Nardukha pode querer conjurá-los.

Os lobos de Nardukha saltam a uma velocidade inacreditável, as presas à mostra, os olhos brilhando. O medo toma conta de mim, imobilizando-me. Os olhos de Nardukha brilham de triunfo. Não consigo desviar a vista. Não consigo pensar. Não consigo...

Não. Não sou mais escrava do medo.

Abro os pés e as mãos e invoco a única coisa que temo mais do que os lobos: o mar. Por um instante, nada acontece.

Os lobos estão muito perto e pulam alto, arreganhando as mandíbulas e revelando muito mais dentes do que o normal. Os olhos vermelhos ardem, e meu corpo fica rígido quando viro o rosto e fecho os olhos, sabendo que é meu fim.

Então o mar responde.

E se ergue atrás de mim com uma enorme onda, em um tom profundo de cinza com veias azuis, espumando e bloqueando o sol. Os lobos caem no chão e se encolhem, com o rabo entre as pernas. Então me levanto, os braços erguidos, contendo o mar. Depois faço um movimento com as mãos para a frente e lanço a parede d'água por cima de minha cabeça, destruindo os lobos. Eles se dissolvem em nuvens de fumaça quando a onda passa pelo topo do penhasco e desce de novo, deixando vários peixes e uma tartaruga verde se debatendo na grama. Recolho-os do chão com a força do pensamento e devolvo-os à água com delicadeza.

Nardukha e eu nos encaramos por um momento, respirando com dificuldade. A água do mar que encharca seu corpo rapidamente se transforma em vapor em contato com a pele quente. Depois do banho que lhe dei, suas asas caem ao chão, e ele é mais carvão do que fogo, da altura de dois humanos.

"Você não é a primeira gênia a se libertar das minhas regras. Quer saber por que nunca ouviu falar dos gênios livres? Porque nenhum sobreviveu mais do que alguns dias. Eu não permito."

Quero responder, mas só consigo arfar, de tão dolorida e exausta.

Suas asas e mãos começam a emitir um brilho vermelho, e ele para só por um instante para dizer: "Poderia ter sido rainha de Ambadya. Agora olha só para você. Vou destruí-la, gênia. Vou acabar com você acabando com aquele maldito garoto".

Ao dizer isso, ele se ergue e segue depressa em direção à montanha, e eu me apresso para alcançá-lo.

Sacrificando o subterfúgio em prol da velocidade, subo bem alto no céu antes de seguir para o norte em um ritmo estonteante. O céu está escuro apesar de estarmos no período da tarde, e é impossível distinguir os gênios das nuvens. Mas estão lá, voando de um lado para o outro, descendo sobre a cidade como falcões à caça de ratos. Esquivo-me das colunas de fumaça preta subindo da cidade e subo pela lava que desce borbulhando pela montanha e que, com seu calor sufocante, alcançou a cidade e começou a engolir a muralha norte do palácio. Enquanto voo, conjuro uma nevasca ao longo da encosta e, a seu toque, a lava começa a esfriar e endurecer.

Nardukha quase chegou ao *alomb* quando o alcanço. Pulo do alto em cima dele, e nós dois nos chocamos contra o piso de obsidiana junto ao Olho e quase em cima de Aladdin, que sai depressa do caminho.

Salto, conjurando uma torrente de areia, então abro bem as mãos. Minha areia se separa e endurece até formar uma fileira de reluzentes guerreiros de cristal, que avançam sobre o *shaitan*, brandindo lanças cintilantes. A luz refrata através das formas cristalinas, fazendo com que pareçam brilhar. Pego de surpresa pela aparição repentina, Nardukha se transforma em fumaça para evitar ser empalado.

Enquanto ele está distraído, viro areia e corro pelo chão, voltando a me formar atrás dele e conjurando um trio de tigres: um de luz, um de água e um de areia.

Nardukha rosna e recua diante da enxurrada de conjurações. Ele é mais forte do que eu, e sei que, se lhe der um momento para pensar, vai me destruir. E, desta vez, para sempre. Então não descanso. Giro e serpenteio, os dentes cerrados, o cabelo ao vento, enquanto conjuro criaturas de areia e fogo, ar e água, em uma torrente interminável e estonteante. Tigres em tons de azul e escarlate, águias flamejantes, um enorme urso de pedra, guerreiros de fumaça e água. Eles se atiram para cima de Nardukha, que se defende furiosamente, destroçando as criações tão rápido quanto consigo conjurá-las.

Ele pode ser mais forte, mas sou mais imaginativa.

E, depois de 4 mil anos de prática, sou *rápida*.

Reúno os elementos e os moldo em um borrão, até que o ar no *alomb* esteja repleto de magia, fluindo em fitas de luz e espirais de fumaça. Conjuro como nunca conjurei antes, jogando tudo que tenho para cima dele. E o *shaitan* está perdendo terreno. Emoldurado pelo portal de fogo, Nardukha é uma sombra escura, asas abertas, presas à mostra.

A luz reflete no anel em minha mão enquanto teço, e olho para ele.

Minha mente trava.

Os símbolos no anel foram apagados, provavelmente pela rajada de fogo que me atirou para o mar. Percebo então que já vi este anel chamuscado antes, antes mesmo de forjá-lo para Aladdin.

Arregalo os olhos quando o peso dessa descoberta me atinge como um maremoto, mas hesito por tempo demais.

O *shaitan* destrói minha mais recente obra, um dragão reluzente de cristal e água. Com um grito agudo, a criação explode em mil e um minúsculos pedaços brilhantes, que caem como chuva ao redor de Nardukha.

E, naquele instante, ele ataca, lançando dois poderosos raios de luz ofuscantes, mas eu não sou o alvo.

O alvo é Aladdin.

Movo-me sem pensar. Giro depressa, um truque para reunir o máximo de magia possível. Os raios estão tão perto de Aladdin que seu cabelo se arrepia, e ele arregala os olhos.

Busco bem, bem, bem dentro de mim, guiada pelo instinto, guiada pela lembrança de minha estranha jornada de volta da morte. Busco entre os elementos, através do tecido invisível que une o mundo. Busco mais longe e mais fundo do que nunca, até alcançar aqueles fios do elemento que só vi uma vez, quando estava nos confins do universo. Os fios do próprio tempo.

O tempo é a magia mais forte, sua voz sussurra em meus pensamentos.

Envolvo os dedos com força em torno dos segundos e minutos e torço os fios. O esforço me deixa ofegante, como se eu tivesse agarrado a cauda de um cometa, mas não solto. Ao contrário dos quatro elementos principais com os quais normalmente trabalho minha magia, esses fios estão *vivos* e se movem. Manipulá-los é como tentar mudar a direção de um rio. E, ainda assim, permaneço firme, detendo o fluxo das horas. A maré me puxa, corre *através* de mim e começa a separar minhas fibras. Se eu ficar ali por muito mais tempo, vou me dissolver de uma vez por todas e me perder nessa corrente eterna. Seria mais fácil conter o mar com uma das mãos.

Mas não vou deixar que ele mate Aladdin.

Ele tomou você, Roshana. Tomou os gheddanos. E me tomou por 4 mil anos.

Chega.

Com um grito que vem do fundo de meus pulmões, torço os fios do tempo. À volta, tudo para e começa a andar para trás: Aladdin fica de pé, os fragmentos de meu dragão de cristal e água voltam à forma original, a montanha absorve os incandescentes rios de lava. Os acontecimentos se rebobinam cada vez mais rápido, fluindo como um rio que sobe a montanha. Mergulho cada vez mais fundo, até que a corrente comece a me puxar e preciso resistir, como uma âncora se arrastando pela areia. Quando paramos, mil e um momentos acontecendo e deixando de acontecer ao redor, apenas Nardukha e eu ficamos de fora, olhando um para o outro enquanto os fios do tempo fluem e pulsam à nossa volta.

"Como está fazendo isso?", fala o *shaitan* sem fôlego.

"Eu saí do tempo", respondo. "Vi os deuses tecendo o universo."

Nardukha olha em volta, mas noto, pelo olhar, que não consegue ver os fios que teci em torno dele, prendendo-o em um único momento. Ele nunca viajou até a morte e voltou, como eu. Não esteve no limite do universo e viu o passar das horas. E, se ele não pode ver, não pode manipular. Por fim, volta a olhar para mim, pensativo e até um pouco pasmo.

E então a fúria brilha em seus olhos. Nardukha abre a boca em um rugido mudo, a garganta convertida em uma caverna em chamas, e ele ataca...

Fecho as mãos, e o tempo colapsa em torno dele. O rugido é interrompido quando ele é levado pela correnteza como um galho em uma enchente. Os minutos o engolem, puxando-o para o fundo, até que simplesmente *desaparece*.

Com minhas últimas forças, tiro do dedo o anel que forjei para Aladdin e o deixo cair na corrente. A joia é levada e se perde no fluxo das horas, indo parar ao lado de uma rainha morta, para ser encontrado por suas aias, para esperar quinhentos anos até que a pessoa certa o coloque. Com ele, envio uma oração sussurrada.

"Me encontre, meu ladrão."

Então, com um grito fraco, solto os fios. Algo dentro de mim se rompe e, ofegante, caio na mais absoluta escuridão.

CAPÍTULO TRINTA

"Zahra."

Meus olhos se abrem, e Aladdin está lá, ansioso, olhando para mim. Ele tira o cabelo de meu rosto.

"Você está bem?", pergunta.

Eu me sento. Meus pensamentos nadam languidamente em águas serenas. Tudo parece turvo e estranho. Por instinto, estendo a mão para pegar minha lâmpada, mas não percebo nada além de um leve formigamento, como se me faltasse um braço.

"Eu estava inconsciente?", pergunto.

"Sim." Ele sustenta minha cabeça com uma das mãos e, com a outra, segura meu braço. "Zahra, o que você fez? O que aconteceu?"

Minha cabeça dói como se tivesse sido apedrejada. Solto um gemido e passo os braços em torno dele, tentando conter a dor. Aladdin me abraça, acariciando meu cabelo, enquanto gemo, encolhida junto a seu corpo.

"Você está bem?", sussurra ele. "Zahra?"

"Estou bem", digo, afastando-me um pouco. "E você?"

Ele sorri, com ar cansado. "Vivo, então não tenho do que reclamar. Onde está o *shaitan*?"

Levanto a cabeça e pisco depressa, e o mundo relutantemente toma forma. Ainda estou no *alomb*. Ao que parece, apenas alguns segundos se passaram, mas muita coisa mudou. O céu está claro e azul, fora pelos restos esfarrapados de nuvens que se deslocam para o norte. O Olho de Jaal jaz em dois pedaços, rachado bem no meio, e o túnel de fogo para Ambadya desapareceu. Em volta, rachaduras maciças se espalham pela pedra e pelas imensas colunas, como se um deus tivesse golpeado o *alomb* com um martelo celestial. A visão me provoca calafrios. Percebo que causei isso, que a magia para prender Nardukha é maior e mais perigosa do que imaginava.

"Ele se foi." Sinto dor por todo o corpo, meus membros pesados de fadiga. "Está preso no tempo. Só existe em um único instante, e nunca mais poderá nos tocar."

Aladdin pisca e pergunta: "Ele vai voltar?".

"Não." Ele não conseguia ver os fios que o prendiam. Como deve ser ficar preso em um instante, sem nem enxergar as paredes que o aprisionam?

"E os gênios?"

Vou até o portal e passo as mãos pelas laterais, então o atravesso para testar. Nada acontece. Em seguida, caminho até a beira do *alomb* e olho para Partênia lá embaixo. Vejo a fumaça que sobe da cidade, mas nenhum gênio paira sobre ela.

"Devem ter fugido de volta para Ambadya. Sentiram a perda de seu rei e entraram em pânico. Por 10 mil e um anos, o *shaitan* era a única força que os unia. Eles voltarão a se dividir em suas antigas tribos e não retornarão por muito, muito tempo."

"Como sabe?"

Então me viro e olho em seus olhos, com ar amargo. "Porque sabem que estou aqui e que derrotei o rei deles."

"Então acabou."

Faço que sim, um pouco atordoada. O mundo adquiriu uma suavidade onírica, não muito real.

"Zahra... o que aconteceu com você? Eu te vi passar pelo portal e pensei... pensei que tivesse morrido. Onde está a lâmpada?"

Conto a ele sobre o jardim de joias e a visão que tive de você. Mas, quando chego ao ponto em que me lancei através do tempo e das estrelas, faltam-me palavras e meus olhos se enchem de lágrimas. A beleza e a pureza desses momentos ainda são demais, e me pergunto se algum dia de fato entenderei tudo que vi.

"Então voltei", concluo. "E, pela primeira vez, minha magia era de fato minha. Não passarei mais nenhum momento naquela lâmpada horrível."

"Ainda não consigo acreditar que é você de verdade", murmura ele, correndo os dedos por minha bochecha. "Este rosto... é o *seu* mesmo, não é?"

"Aquele com que nasci", admito e, tomada pela timidez, sinto o calor subindo sob minha pele. Baixo os olhos para as minhas mãos. "Você... gosta?"

"Zahra."

Não consigo deixar de erguer a vista diante da ternura em seu tom. Seus olhos estão brilhando, e os lábios se erguem em um discreto sorriso.

"Você é linda. Quer dizer, você era linda antes, claro, mas saber que esta é você de verdade... Pensei que não seria possível te amar mais, mas eu amo."

Sorrio. "Só está feliz por eu não ser uma bruxa velha no fim das contas."

Ele ri. "Isso é verdade", admite.

"Precisamos voltar para a cidade", digo, pensando na luta que deve estar sendo travada no palácio. "Cáspida precisa da nossa ajuda."

"Você não pode simplesmente nos levar para lá em um passe de mágica?" Ele balança os dedos como se estivesse lançando um feitiço, e, dando uma risada, confirmo com a cabeça.

E pensar que uma coisa tão pequena assim, como nos levar de um lado para o outro, teria sido impossível sem um desejo há menos de uma hora. Respiro fundo, buscando magia.

Mas nada acontece.

Nada de formigamento. Nem sou inundada de magia.

Porque não *há* magia. Ou, se houver, não a consigo encontrar. Em pânico, busco mais fundo, fechando os olhos, tentando localizá-la com meu sexto sentido, mas descubro que este também desapareceu.

Meio sem ar, abro os olhos e me apoio no portal, com o olhar vazio.

"Zahra, o que houve?"

"Sumiu", consigo dizer.

"O quê?" Ele me olha de cima a baixo. "Está ferida?"

"Eu..." Então penso no momento em que prendi Nardukha e lembro que senti algo se romper bem dentro de mim. "Eu me estendi demais", sussurro. "Já ouvi falar disso, quando um gênio exagera e tenta uma mágica grande demais. Algo se rompe."

Ele parece alarmado. "Mas... vai melhorar?"

Continuo buscando dentro de mim, tentando tudo que posso, mas já sei a verdade. Ainda sou uma gênia, mas manipular o tempo drenou cada gota de magia em mim. Perdi até meu poder de mudar de forma, percebo, frustrada. O que sou agora? Menos que gênia, mais que humana. Ainda uma criatura de fumaça e fogo, só que o fogo é menor. Sem magia para me sustentar, sou praticamente mortal. Em Ambadya, eu seria proscrita, ridicularizada e desprezada, transformada em uma escrava sem valor. Mas, aqui no mundo humano, sou quase... normal.

"Zahra..."

"Não, está tudo bem." Consigo abrir um sorrir e seguro a mão dele. "Estou aqui, estou viva. Estou *livre*." Se perder minha magia é o preço por salvar Aladdin, então eu a perderia mil e uma vezes.

Fico na ponta dos pés e o beijo, e ele responde imediatamente, puxando-me para mais perto, as mãos pressionadas a minhas costas. Ao redor, esvoaçam cinzas como se fossem pétalas de rosa, cobrindo o chão e nossos cabelos. Mal as noto. Ele nunca me pareceu tão real, tão quente, tão possível. O vazio dentro de mim, onde a magia antes jorrava e faiscava, agora se enche de toda a esperança que eu nunca ousava ter. Sempre procurava me conter, com medo de confiar completamente em mim mesma.

Mas agora, pela primeira vez, confio.

Minha magia se foi, mas isso parece deixar espaço para que tudo o mais se intensifique: o gosto de seus lábios, a textura de sua capa, a sensação de meu próprio rosto. É a primeira vez que o beijo com meus lábios e o seguro com minhas mãos. Eu poderia continuar assim para sempre.

Mas o tempo não está mais sob meu comando, e me afasto, relutante. Aladdin procura meus lábios de novo, mas dou uma risadinha e pressiono os dedos aos dele.

"Temos um longo caminho a percorrer", comento. "E quem sabe o que encontraremos quando chegarmos à cidade?"

Ele resmunga um pouco, mas concorda. "Tem certeza de que está pronta?"

Quero me transformar em um falcão e lhe mostrar como estou pronta, mas é claro que nada acontece. "Quero ver você me acompanhar", digo então.

A batalha já terminou quando chegamos ao palácio, horas depois. Sacerdotisas se movem entre os feridos, e os soldados se reúnem em pequenos grupos derrotados, vigiados por cidadãos furiosos. Mas todos já parecem cansados de lutar. O ataque dos gênios foi breve, mas desastroso, e vejo sinais da horda de Ambadya por toda parte: coisas queimadas, prédios destruídos, resquícios de magia ainda pelo ar.

Encontramos Cáspida e as Sentinelas no topo dos degraus que conduzem às portas principais do palácio. A princesa parece exausta, com as roupas rasgadas e ensanguentadas e um curativo no ombro. As outras não estão muito melhor.

"Aladdin!" Ela se levanta rigidamente para nos cumprimentar. "E..." A princesa olha para mim, incerta.

"Ainda sou a Zahra", garanto. "Só com um rosto novo. É uma... coisa de gênio."

Ela não parece muito convencida, mas dá de ombros, cansada. "O que houve?"

"Enfrentamos o *shaitan*, e ele caiu."

Cáspida abre as mãos. "Isso é tudo? Aqui tivemos gênios caindo do céu! As proteções foram destruídas, e os *eristrati* estão sob vigilância até jurarem lealdade a mim, então não é possível..."

"Eles se foram", interrompi. "E o *alomb* está destruído. Terão que usar um dos outros para entrar neste mundo, mas ainda passarão muitos anos antes de isso acontecer. Princesa, acabou. Nós ganhamos."

Ela me encara por um bom tempo, como se tivesse medo de acreditar, mas então fecha os olhos e deixa escapar um suspiro.

"Graças aos deuses", sussurra Cáspida. "Acabou."

"E quanto ao Sulifer?", pergunta Aladdin. "E o Darian?"

"Darian está preso até que possamos realizar um julgamento adequado. E meu tio..." Ela estremece e olha para trás.

Nós nos viramos e vemos uma estaca cravada no chão com uma cabeça decepada no alto. Sinto o estômago revirar e desvio os olhos.

"Ele também deveria ter sido julgado", diz Cáspida. "Mas o povo o encontrou primeiro."

"Então realmente acabou", murmura Aladdin. Ele parece mais cansado do que satisfeito em ver seu inimigo da vida inteira morto. Pego sua mão e a aperto, e ele esboça um pequeno sorriso.

"O que fazemos agora?", pergunta Ensi, olhando para as ruínas em volta.

"Lamentamos o que foi perdido", responde Cáspida. "E amanhã nos reerguemos."

CAPÍTULO TRINTA E UM

Sinto a presença do garoto assim que ele põe os pés no jardim.

Estou deitada na grama fresca, segurando uma rosa junto ao rosto e inalando o doce perfume. Ao ouvir seus passos no caminho de cascalho, eu me sento.

"Zahra?" Ele olha em volta, e seu rosto se ilumina ao me ver. Então se aproxima e se senta, tirando o turbante e colocando-o ao lado. "Está quase na hora da coroação. O que está fazendo aqui sozinha?"

"Escondendo-me dos alfaiates de Cáspida. Você está bem principesco", digo, sorrindo para Aladdin e correndo a mão por seu belo casaco vermelho.

Ele sorri e me puxa para um beijo apaixonado. Nas semanas desde a Invasão, como os partenianos passaram a chamar o confronto com os gênios, quase não saímos de perto um do outro. Embora ninguém mais o considere um príncipe, Aladdin é um visitante regular do palácio, onde foi nomeado o contato da rainha para o Distrito Sul. Ele ajuda nos esforços de reconstrução, que paradoxalmente incluem uma boa dose de destruição além de construção, uma vez que as muralhas entre os distritos foram derrubadas em definitivo na tentativa de unificar o povo.

Eu me deito de costas e Aladdin se inclina sobre mim, os lábios explorando a linha de meu queixo. Fecho os olhos, desejando que pudéssemos ficar ali a tarde toda, enquanto o jardim está deliciosamente deserto. Mas Cáspida quer que estejamos a seu lado durante a coroação, e prometemos que estaríamos.

"Precisamos ir", murmuro.

"Só mais uns minutinhos. Parece que nunca mais ficamos sozinhos. Tem sempre a rainha ou alguém do palácio ou..." Ele para de falar e morde minha orelha de brincadeira.

Começo a rir, empurrando-o para o lado e me sentando. "Nós *prometemos*."

Ele resmunga e cobre o rosto com o turbante.

"*Aladdin*." Empurro o turbante para o lado, passo os dedos pelo cabelo dele e o beijo suavemente na testa.

"Já disse que te amo?", sussurra ele.

Sorrio. "Não desde hoje de manhã."

"Imperdoável. Eu lhe direi a cada hora de cada dia."

"Não dizem os poetas que o homem que pega um peixe toda vez que lança sua linha logo se cansará de pescar? Agora *levante-se*."

Fico de pé e o ajudo a se levantar. Ele aceita meio a contragosto, passando o braço em volta de minha cintura. Ao chegarmos ao palácio, encontramos Nessa em pânico.

"Aí estão vocês!" Ela corre em nossa direção. "Procurei por toda parte!" Então para de repente e revira os olhos ao notar nossos rostos corados. "Estavam se beijando nos arbustos de novo."

Aladdin tira um livro da bolsa pendurada no ombro dela. "E você estava lendo de novo. Todos nós temos nossos vícios, Nessa."

Ela pega o livro de volta. "Depressa! Está quase na hora de começar!"

Já passa da meia-noite quando sou convocada pela rainha. Aladdin está dormindo em seus antigos aposentos, reservados para ele como benefício do novo cargo. Quando ele fica no palácio, costumo acompanhá-lo. Mas, apesar de ter perdido muitos dos poderes de gênia, ainda não durmo. Por vezes passeio pelo palácio e pela cidade, maravilhada em ver como posso chegar longe sem me preocupar que a lâmpada me puxe de volta. Esta noite, porém, quando Khavar vem me dizer que

Cáspida quer conversar, estou sentada contra uma das colunas do pátio, dando migalhas de pão para uma gansa perdida que entrou aqui há uma semana e colocou ovos embaixo de uma das figueiras.

Khavar segue quieta enquanto caminhamos pelo palácio, finalmente mais tranquilo depois que todos foram para a cama após uma longa noite de festa em comemoração à coroação de Cáspida, uma cerimônia há muito esperada, mas com a qual ela se recusou a concordar até que a restauração da cidade fosse concluída. "Que precedente se abriria em meu reinado se eu colocasse meu desejo pela coroa antes das necessidades do meu povo?", dissera ela. Portanto, embora tenha se tornado rainha na mente de todos no dia da Invasão, esta noite isso foi oficializado, e o nome de Cáspida Primeira foi registrado nos grandes anais da monarquia amulena, os mesmos onde seu nome foi escrito há tanto tempo, *habiba*.

A rainha manteve os antigos aposentos. Não sei o que foi feito dos aposentos de Malek. Talvez ela os tenha leiloado entre os nobres interessados. Talvez tenham sido selados, assim como fizeram com os de Sulifer. Uma busca nos quartos do antigo vizir trouxe à luz muitos segredos sobre o seu envolvimento com magias sombrias, incluindo vários símbolos de poder esculpidos nas paredes e no chão. Ele tinha um interesse ávido por magia e explorava artes perigosas com que nunca se deveria mexer, até mesmo chegando a tentar invocar gênios. Após olhar tudo brevemente, Cáspida ordenou que os aposentos fossem isolados por completo. Os quartos de Darian foram poupados e dados a um novo ocupante, já que o príncipe deixou a cidade semanas antes, após preferir o exílio à prisão. Para onde foi, ninguém sabe, mas poucos lamentaram sua partida.

Khavar volta a sair depois que entro na câmara da rainha. Uma única lanterna arde ao lado da cama, mas a rainha não está em lugar nenhum. Caminho pelos cômodos até chegar ao pátio, e ela está onde eu esperava: na ilha de grama no centro do espelho d'água, ao lado de sua estátua, *habiba*, onde conversamos pela primeira vez semanas atrás.

Tiro os sapatos, atravesso a água e chego até a grama. A rainha me observa, com uma das mãos apoiada na base da estátua. Quando me coloco diante da escultura, uma asa de pedra bloqueia a lua cheia, fazendo com que pareça haver um brilho em torno das bordas.

"Vossa Majestade." Faço uma reverência. "O que posso fazer por você?"

"Boa noite, Zahra." Cáspida olha para a estátua e corre um dedo pelo pé de pedra. "Sabe, Aladdin me disse quem você era, antes de ser transformada em gênia." Ela se vira e me encara com um brilho de fascinação nos olhos. "Governou uma das maiores cidades da história. Uma rainha por direito."

Olho firme em seus olhos e não digo nada; essa parte de meu passado sempre conterá certa dose de dor.

"Serei breve. Sei que já é tarde, mas não vou adiar mais isso." Cáspida me encara. "Chamei você aqui porque quero convidá-la para se juntar às Sentinelas. Quero você ao meu lado. Quero que me aconselhe assim como aconselhou Roshana. Viu tanto do mundo, viveu tanta história... Preciso de você."

"Não", replico. "Não precisa."

Ela pisca. "O quê?"

"Cáspida, não precisa de mim. Estava disposta a se casar com Aladdin para garantir seu trono. E provavelmente teria se casado com Darian pelo mesmo motivo. As pessoas sempre lhe disseram que você não pode fazer isso sozinha, que precisa dessa ou daquela pessoa para apoiá-la. Mas vi você governar. Vi a luta por seu povo e pela reconstrução de suas casas." Pego as mãos dela e a olho nos olhos. "Não precisa que ninguém lhe dê permissão. Pare de pensar como uma princesa e *seja* uma rainha."

Ela me encara por um bom tempo e, mesmo sem meu sexto sentido, posso ver algo cedendo no olhar.

"Obrigada, Zahra", sussurra, abraçando-me. "Você é uma amiga de verdade." Então se afasta e limpa a garganta. "Bem, fico feliz por nos entendermos. Mas *será* uma das minhas Sentinelas? Conversei com as outras garotas, e todas querem você no grupo. Até Khavar."

"Até Khavar?" Contenho o riso. "Obrigada, Cáspida, mas não. Por 4 mil anos, minha existência girou em torno de atender os desejos de meus amos. Minha identidade sempre foi construída com base nos desejos dos outros."

"E agora você quer atender os próprios desejos." Ela sorri e balança a cabeça.

Dou de ombros. "Tenho que correr atrás do tempo perdido."

"Então não tentarei mais persuadi-la. Você fez por merecer, *habiba*."

Espantada, respiro fundo bruscamente. "Do que me chamou?"

Ela franze a testa. "*Habiba*. É uma palavra antiga que significa querida amiga."

"Eu... eu sei. Desculpa, é só que... gostaria de realizar alguns desejos próprios."

"E por qual pretende começar?" Ela se inclina em minha direção, curiosa.

"Eu quero... Ah, é uma coisa boba."

"Prometo que não vou rir."

Suspiro. "Quero ir comer uvas nos vinhedos de Ashori."

"Ah." Ela estreita os olhos. "Ora, parece bom."

"Não há nada no mundo mais doce do que uma uva de Ashori. Se é que os vinhedos ainda existem. Se *Ashori* ainda existir. Pode ter afundado no mar ou ter sido queimada por piratas ou..."

"Zahra." Cáspida coloca as mãos em meus ombros e sorri. "Vá a Ashori. Leve Aladdin. Os deuses sabem como ele odeia ser um burocrata. Tem ficado agitado nas reuniões, e isso deixa todo mundo nervoso."

Aceno a cabeça. "Eu vou."

"Forneço tudo de que vão precisar para a jornada. Vocês têm minha bênção e meus agradecimentos. Ah, e quase esqueci." Ela enfia a mão no bolso por um instante e tira algo. "Encontramos isso quando esvaziamos os quartos de Sulifer. Acho que deveria ficar com você."

É o anel, aquele que Aladdin usou para me encontrar na caverna. Eu o pego e olho em silêncio para a superfície chamuscada e os símbolos ilegíveis pela ação do tempo e do fogo. Um anel forjado com amor e chama de Ambadya, gravado com símbolos que unem para sempre duas almas, independente de quantos séculos as separem. Eu me pergunto quem o encontrou no topo da montanha ao lado de seu corpo frio e o guardou na cripta das Sentinelas, onde ficou por quinhentos anos, à espera de um certo ladrão.

"Nardukha contou a Sulifer que o anel levaria até mim", digo. "Mas como o *shaitan* sabia?"

Cáspida ergue as sobrancelhas. "O anel tem uma lenda própria, sabe. Os eruditos amulenos o estudaram e descobriram que estava impregnado de magia dos gênios. As Sentinelas o guardaram em segurança, tentando ocultar sua existência, mas histórias sobre o anel começaram a vazar.

Alguns acreditavam que era o cabo da lâmpada, que havia se quebrado durante a batalha. Outros acreditavam que Roshana o teria feito para a gênia, ou vice-versa. Ao longo dos séculos, o anel sempre esteve ligado à gênia da rainha. Ou seja, a *você*. Mas ninguém sabia como funcionava."

Coloco o anel em meu dedo, e o encaixe é perfeito, como sempre. Meias verdades e mentiras o guiaram ao longo dos anos e, de alguma forma, trouxeram Aladdin até mim. O ouro do anel não contém só magia dos gênios, mas algo mais antigo e profundo.

"Obrigada, Cáspida."

Ela assente. "Sempre será bem-vinda aqui, Zahra da Lâmpada. Que Imohel guie você."

"E você, ó rainha." Eu me viro para sair, mas Cáspida me detém com um toque suave dos dedos. Quando viro de volta, ela me encara com ar solene.

"Você já governou antes", diz ela. "Então, me diga, fica mais fácil?"

"Não", respondo. "Mas você fica mais forte."

"Estou tão feliz que poderia te dar um *beijo*", diz Aladdin. "Na verdade, acho que vou fazer isso mesmo."

"Agora não, seu tolo, a rainha está acenando."

Ele suspira e se apoia cordialmente à beira do barco para acenar. São poucas as pessoas reunidas em nossa despedida, mas todas importam: Cáspida e as Sentinelas, o capitão Pasha e alguns *eristrati*, além de vários nobres e burocratas. E até Dal e alguns dos velhos amigos de Aladdin do Ringues.

Não demora muito para contornarmos os penhascos e entrarmos em mar aberto, deixando todos para trás naquela manhã nublada. A maresia e o balançar do convés me deixam desconfortável, e me agarro com força a Aladdin.

Ele ri, é claro. "É como nos nossos antigos dias de viagem, hein?"

"Fico surpresa que se lembre deles, já que passou a maior parte do tempo inclinado sobre a borda", respondo.

"*Eu*? Muito engraçada. Vem aqui me dar um beijo."

Obedeço, e o agora familiar calor de seus lábios me estabiliza. Ele tem gosto de sal e do vinho que compartilhamos com os outros em nossa pequena festa de despedida.

Aladdin se afasta primeiro e leva uma de minhas mãos aos lábios, beijando os delicados padrões de hena em minha pele, depois vira meu braço para beijar a parte interna do pulso. A tripulação se ocupa do outro lado do barco, dando-nos privacidade.

"Você é a garota mais bonita do mundo", murmura Aladdin. "Já te falei isso?"

"O suficiente para me fazer pensar se seu pai era um papagaio."

Ele dá uma gargalhada. "Olha, podemos ver o nascer do sol da popa."

Aladdin segura minha mão com firmeza e me leva correndo pelo convés, por onde vamos cambaleando com o balanço das ondas. Chegamos à popa já sem ar e rindo, bem quando o sol começa a despontar no horizonte distante. A névoa da água captura a luz e começa a emitir um suave brilho dourado, e parece que estamos navegando por um mar de nuvens.

"Minha senhora", diz Aladdin, estendendo o braço em direção ao sol, "eu lhe dou este ouro como um símbolo do meu amor."

"Tudo que eu quero é você", respondo. Então me viro e o beijo, puxando-o para junto de mim e sentindo o calor do amanhecer em meus cabelos. Descanso a cabeça em seu ombro, apenas sentindo seus braços à minha volta, seu coração batendo contra o meu peito.

"Está com frio?", pergunta Aladdin. "Está tremendo."

"Um pouco."

"Vou buscar um cobertor. E café da manhã. Se conseguir encontrar a cozinha."

"Galera, amor. Chama-se galera."

"Certo. Galera. Entendi. Vou perguntar ao capitão. Qual era mesmo o nome dele?"

"Sinbad, eu acho."

"Volto já."

Mas pego a mão dele. "Estou bem. Não vá."

Ele fica comigo, e juntos vemos o sol tingir o mar e o céu de mil e um tons de ouro. Passo o polegar pelo anel em meu dedo, suas marcas e contornos tão familiares para mim agora quanto minha mão.

Então é essa a sensação de ver todos os seus desejos virarem realidade.

Fim

UM CONTO DE

As Promessas de Areia & Fogo

JESSICA KHOURY

"A Gênia"

A RAINHA

Havia marcas chamuscadas por onde o ifrite passara, cicatrizes pretas de fuligem no ladrilho claro de alabastro. A jovem rainha se sentou no chão, com as costas contra uma coluna alta, e olhou para elas.

O salão do trono se abria de todos os quatro lados para uma vista ampla de uma ilha verde cercada por mares azuis. Uma brisa quente brincava entre as centenas de pilares que sustentavam o teto abobadado, bagunçando os cachos da rainha, que estremeceu e puxou os joelhos junto ao peito. Ela usava um vestido azul fino e transparente, que deixava as costas e braços desnudos, com um cordão dourado simples cingindo a cintura. O dia tinha começado quente, e em geral ela gostava de sentir o ar fresco na pele. Mas agora sentia apenas um calafrio que nenhum fogo poderia aquecer.

"Padore, se quisermos atender à exigência do *shaitan*, precisamos agir logo. O sol vai se pôr em algumas horas."

Ela ergueu os olhos para um jovem alto, de pele marrom, parado a sua frente, com uma túnica azul que ia até os joelhos e os pés calçados com sandálias. Seus cachos escuros eram como os dela, assim como o rosto redondo e os lábios carnudos. Ao lado dele, havia outro, idêntico em aparência, mas vestido de branco.

"Tarin, Arun, meus irmãos, como posso fazer isso?", indagou ela, tentando conter o tremor da voz. "Que tipo de rainha eu seria?"

Os jovens se entreolharam, e Tarin deu um passo à frente. "Não pode ceder a essa loucura. Nunca nos curvamos às exigências dos gênios. Não podemos fazer isso agora ou, da próxima vez, vão querer sessenta vidas, depois cem. O rei de Qopta entrega mil virgens ao *shaitan* todo ano! Você faria a mesma coisa?"

A rainha ergueu os olhos para ele, engolindo em seco. "Sei disso, Tarin. Mas se eu não..."

"Se não fizer isso, então o *shaitan* nos destruirá", disse Arun. "Padore, irmã, rainha: me ouça! O que são quarenta vidas diante de milhares? Conhecemos a história do rei de Baharra, que não quis entregar a filha ao *shaitan*. E onde está Baharra agora? Apenas restos queimados na terra."

"Arun, está pedindo a ela para tomar parte em assassinatos", disse seu gêmeo com severidade.

"De qualquer maneira, as pessoas vão morrer. Melhor então que sejam alguns do que todos nós."

"Melhor morrer com honra do que viver em vergonha."

"Não briguem", disse Padore, cobrindo o rosto com as mãos. "Por favor. Chamei vocês aqui para me aconselharem, mas um aponta para o leste e o outro para o oeste. Como vou saber para onde ir?"

Arun cruzou o salão, passando por cima das pegadas do ifrite, e agachou-se ao lado da rainha. Então suspirou e pousou a mão no joelho dela. "Sinto muito, irmã. A decisão é sua. Você é a rainha e, seja o que decidir, estaremos ao seu lado como sempre."

"Sim", disse ela, esboçando um sorriso triste e estendendo a mão para tocar o rosto dele. "Sempre estiveram ao meu lado."

Arun e Tarin tinham 21 anos; eram altos, fortes e rápidos. Os gêmeos, o orgulho de Ghedda, eram guerreiros por méritos próprios e amigos fiéis dela. Parecia não fazer muito tempo que eram todos crianças, correndo livremente pelas praias. Seus irmãos entravam com ela no mar e a colocavam nos ombros para que pudesse ver os botos brincando ao pôr do sol. Ela pensou em todos os outros jovens cidadãos, radiantes e promissores como eles, nos filhos e filhas que morreriam como cordeiros se atendesse àquela exigência sangrenta do *shaitan*.

Sua mãe, a rainha Amadris, fora a responsável por abolir a adoração aos gênios em Ghedda. Ela fechara o grande *alomb* no centro da ilha, proibindo a antiga prática de sacrifício aos pés de ifrites, *shaitans* e outros gênios. As pessoas não mais ofereciam a vida dos filhos nos altares em troca de favores mágicos. E, por quase quarenta anos, o povo de Ghedda havia vivido em paz, livre da magia e de seu preço terrível. Quando assumira a coroa, Padore decidira dar continuidade ao grande legado de sua mãe, permanecendo sem se curvar diante das forças de Ambadya, o mundo impetuoso dos gênios. Ghedda era uma pequena nação, confinada a uma ilha, que se dedicava a cuidar dos próprios assuntos e não se intrometia em nenhuma questão externa. Tinham conseguido escapar da atenção dos gênios por algumas décadas, mas inevitavelmente o *shaitan*, rei de Ambadya, acabara voltando os olhos invejosos para a ilha e seus pacíficos cidadãos.

Então veio o ifrite trazendo o ultimato: vinte donzelas e vinte homens, todos virgens, fortes e ousados, deviam ser levados ao *alomb* no centro da montanha. Lá, diante do Olho de Moura, portal para Ambadya, os escolhidos teriam a garganta cortada. Suas almas seriam levadas pelos gênios, para quaisquer torturas que os aguardassem no outro mundo. Alguns diziam que essas pessoas eram escravizadas, condenadas a servirem por toda a eternidade nos salões dos gênios. Outros, que suas almas eram deturpadas, assumindo formas grotescas de ghouls ou marids, e enviadas de volta ao mundo humano como discípulos do *shaitan*, atacando as próprias pessoas entre as quais tinham vivido.

"Irmã, precisamos saber sua resposta", disse Tarin gentilmente, olhando por cima do ombro para o sol poente.

Então a rainha se levantou, os punhos cerrados. Além das colunas, os picos verdes de Ghedda se erguiam como templos brilhantes, cobertos de mercados, universidades, centros de reunião e casas de alabastro branco. A ilha era uma seda verde-esmeralda cravejada de pérolas. Seu povo era inteligente e sábio, todos preciosos para ela, como se fossem seus filhos, embora ela mesmo tivesse apenas 17 anos, fosse solteira e não tivesse nenhuma criança. Ela caminhou até a extremidade do salão e olhou para o pequeno reino, que lhe parecia o último ponto de luz do sol em um mundo sombrio.

"Eu sabia minha resposta antes mesmo de o ifrite terminar de falar", sussurrou ela. Seus irmãos estavam atrás, em silêncio. "Eu sabia o que ele iria dizer quando chegou em sua nuvem de cinzas, e na mesma hora já sabia a resposta. Mas saber não faz com que seja mais fácil falar."

Padore virou e pegou as mãos dos irmãos, tentando extrair força deles, como sempre. Eram os últimos membros vivos que restavam de sua família. Se ela desafiasse o *shaitan*, talvez acabasse pagando com a vida dos dois. Uma parte dela sacrificaria o mundo inteiro só para salvá-los. Essa parte ainda era uma criança, descalça e livre na praia, completamente encantada pelos irmãos mais velhos. Mas já não podia mais ser aquela criança. Era a rainha agora, e sua família incluía as milhares de almas que queimavam pelas montanhas de Ghedda. Guardava todos no coração, e agora seu coração estava se partindo.

Eles se reuniram no *alomb* no cume da Montanha das Línguas, uma legião de guerreiros empunhando lanças e escudos. Eles despontaram do pôr do sol como mortais transformados em deuses, e o coração de Padore se encheu de orgulho. Embora há gerações sua nação não soubesse o que era guerra, seus soldados não eram frágeis nem fracos. Trajavam túnicas brancas curtas cobertas por placas de couro no peito, as cabeças e as pernas desnudas, as sandálias amarradas até o joelho. Suas capas, vermelhas como o amanhecer, esvoaçavam altivamente com o vento. Então se posicionaram em formação por todo o *alomb*, em uma elevação de terra sem árvores nem rochas, com vista para toda a ilha. Aquele era o ponto mais alto de Ghedda, e ali os soldados se reuniram, como deuses à luz avermelhada do pôr do sol. A relva de verão ondulava ao redor como água e, por entre suas fileiras, a rainha caminhou até o *alomb*.

Construído pelos deuses no início do mundo, o *alomb* era mais antigo que a própria Ghedda. Era feito de pedras pretas como obsidiana, mas muito mais duras, sem o desgaste causado pelo vento ou pela chuva. Tinha quase o tamanho do salão do trono de Padore, situado no menor pico ao sul, mas o formato era circular e não quadrangular.

Pilares pretos marcavam o perímetro, sustentando um teto abobadado, sob o qual ficava o grande Olho de Moura, um círculo de pedra por onde se dizia que era possível passar deste mundo para o dos gênios. Diante do Olho ficava o altar, em que um dia já correra o sangue de inocentes. Padore olhou e engoliu em seco. Tinha feito a escolha certa? Em breve saberia.

Ela entrou no *alomb* sozinha. Seus irmãos e os guardas permaneceram em posição no limite da entrada, loucos para estar a seu lado. Mas a rainha esperava mostrar ao *shaitan* que a decisão era dela e somente dela. Se ele queria sangue, que ela fosse o bastante.

Diante do Olho, a rainha mirou o oeste, em direção ao mar. O sol passava de dourado a vermelho, uma grande ferida aberta no céu, e ela observou o astro em sua morte lenta até finalmente desaparecer.

Pouco a pouco, as sombras se aproximaram, vindo do leste, e engoliram o mundo.

O prazo havia expirado, e o altar continuava imaculado, sem nenhum resquício de sangue. Não havia como voltar atrás.

A rainha ergueu o queixo e encarou o Olho, desafiando-o a ganhar vida.

E assim aconteceu. O círculo de pedra de repente pegou fogo, as chamas se derramando de cima a baixo como um véu. Padore se encolheu ao sentir um vento quente soprar do portal, mas não desviou o olhar, nem mesmo quando um dos irmãos chamou seu nome.

Ela usava uma armadura de couro com rebites sobre uma túnica branca e desembainhou lentamente as espadas gêmeas que trazia cruzadas nas costas. Então esperou, o coração disparado, a respiração presa, segurando firme os cabos das espadas para evitar que as mãos tremessem.

"Anda", murmurou ela. "Vamos acabar logo com isso."

As sombras piscaram por trás das chamas, ficando mais próximas e mais distintas. *Gênios*. Ifrites, criaturas de fogo, ghouls, de barro, marids, de espuma do mar, e silas, de vento. Estavam aglomerados por trás do portal com seus olhos vermelhos, como se estivessem à espera de alguma coisa. Padore notou que observavam mais alguém se aproximar e estreitou os olhos para tentar descobrir quem. O *shaitan*? Até então, ela só tinha ouvido histórias sobre o Rei dos Gênios, histórias em que não sabia se acreditava. Mas agora, tão perto de encará-lo frente a frente, de repente sentiu as verdades profundas e terríveis por trás dessas narrativas. Ele era conhecido como *Destruidor* ou *Devorador de Almas*.

De que adiantariam espadas contra uma criatura assim? Ela esperava não ter que descobrir.

A figura que passou pelo portal era mais alta do que dois homens, sua pele, preta como carne carbonizada, o cabelo, parte raspado e parte preso em um longo rabo de cavalo. Acima das orelhas pontudas, chifres de carneiro projetavam-se e curvavam-se até a linha do bruto maxilar. Ele usava um manto de sombra arrematado por fogo. Suas feições eram ligeiramente animalescas; já a forma era humana, embora exagerada em todos os níveis. Ao se mover, as juntas estalavam e sibilavam, inflamadas em tom de vermelho pelas chamas que preenchiam seu ser no lugar de músculos e ossos. Cinzas se desprendiam do corpo e caíam no chão de pedra, e, onde ele pisava, subia uma fumaça.

Padore olhou nos olhos da criatura e sentiu o coração apertar, mas não desviou quando o olhar carmesim dele encontrou o seu e os lábios do *shaitan* se arreganharam em um sorriso debochado.

"Pequena rainha humana", disse ele, sua voz como um deslizamento de pedras, "onde estão as almas que eu exigi?"

"Considerei sua proposta, Nardukha", disse Padore. Mas, percebendo que estava sussurrando, limpou a garganta e repetiu mais alto: "E decidi recusá-la. Nós, o povo de Ghedda, não nos deixaremos intimidar por nenhum tipo de ameaça, não importa de onde você venha, ou quem seja".

O *shaitan* soltou uma gargalhada e, atrás dele, os gênios no portal fizeram coro à reação, fazendo uma algazarra tão grande que Padore sentiu os ouvidos zumbirem.

"Tola", disse Nardukha. "Tola e ingênua. Talvez tenha pensado que eu ficaria impressionado com sua bravata. Talvez tenha pensado que lhe daria uma segunda chance. Mas não farei tal coisa. Eu lhe disse meus termos, e você recusou. A justiça será feita imediatamente."

"*Justiça*", disparou ela. "Você profana a palavra só de dizê-la. Meus guerreiros estão prontos para lutar, e vamos deter qualquer um de vocês que passe pelo Olho. Retornem a Ambadya agora, e garantiremos que voltem com vida."

O *shaitan* emitiu um silvo em resposta e, de repente, uma fumaça preta começou a sair do Olho e, nela, vieram os gênios. Com asas de fogo, vento e sombra, encheram o ar, e os guerreiros de Padore, tensos, ergueram seus escudos. Gravados com símbolos eskares, os escudos deviam ajudar a protegê-los contra os gênios, mas, olhando em volta, Padore viu como suas defesas eram frágeis. Em apenas alguns instantes, os humanos estavam em grande desvantagem numérica. Monstruosos, os gênios se reuniam no alto, sussurrando e sibilando, ainda sem atacar, mas cada vez mais numerosos à medida que outras criaturas do tipo saíam do Olho.

"Deixe-me dizer o que vou garantir a *você*, rainha insolente dos homens", disse o *shaitan*, os olhos em chamas como o coração do sol. "Vou garantir que tenha olhos, para que me veja inundar seu reino. Vou garantir que tenha ouvidos, para ouvir os gritos das crianças quando o mar as engolir. Vou garantir que tenha lábios, para que possa implorar pela morte. E, depois que a última alma desta ilha for arrancada, garantirei sua morte."

Dito isso, ele se transformou em uma densa fumaça e se espalhou em todas as direções, reunindo-se acima da ilha como uma nuvem de tempestade enquanto os gênios gritavam e começavam a mergulhar em direção aos guerreiros. Um cortou o ar em direção a Padore — um sila, quase invisível aos olhos —, mas seus irmãos se colocaram no caminho e o bloquearam com seus escudos protegidos.

"Saia daqui, irmã!", gritou Tarin. "Volte para o palácio e se tranque na câmara segura. Não podem passar pelo ferro para feri-la lá dentro."

"Não vou a lugar nenhum", replicou ela e, embora sua voz tremesse, seu coração estava firme. "Guerreiros, comigo!"

Com um grito, eles se agruparam em torno dela, e a rainha ergueu as espadas. No alto, o *shaitan* inundava o céu de fumaça e relâmpagos, uma tempestade como Ghedda jamais havia visto. A leste, o mar escureceu e começou a bater violentamente, transformado em um redemoinho turbulento por um bando de marids. A oeste, os ifrites cuspiam fogo e corriam aos gritos pelos galhos das densas florestas que cobriam as exuberantes montanhas de Ghedda, deixando-as em chamas.

Padore girava e atacava, desviava e golpeava, as espadas se movimentando como um borrão em suas mãos, seu cabelo se soltando e balançando em torno dos ombros. Ela era uma guerreira treinada pelos

Gheddhai, grandes mestres espadachins, e estava flanqueada pelos irmãos, com suas *saifs* curvas que reluziam em arcos magistrais. Silas gritavam e recuavam das lâminas, sangrando fumaça de seus cortes, e ghouls uivantes arrancavam punhados de terra e os atiravam com fúria, sem conseguirem se aproximar da rainha e dos príncipes. Mas os gênios não se cansavam, e os humanos, sim. Aos poucos, Padore foi afastada dos irmãos e percebeu que os gênios estavam apenas brincando com ela, pois não tinham a intenção de matá-la. O *shaitan* tinha prometido poupar sua vida por ora. A rainha deveria testemunhar a batalha, e não perecer nela.

Mas isso não valia para os seus irmãos.

"Tarin!", berrou ela, ao ver um ghoul passar furtivamente pela guarda do irmão e cravar as unhas de adaga em seu peito. Tarin cortou a cabeça do gênio, mas o estrago estava feito. Padore correu para o seu lado, atirando-se de joelhos e agarrando-o antes que atingisse o chão.

"Tarin, fala comigo!", gritou ela, aninhando a cabeça dele em seu colo. "Vai sobreviver, irmão. Vou encontrar um curandeiro..."

"Deixe-me", disse ele, arfando, com a pele pálida. Seu peito era um sulco carmesim que deixava as costelas expostas. Ela não teve coragem de olhar para o ferimento, sabendo que era tarde demais e que não era possível fazer mais nada. "Irmã, nosso povo precisa que você lute."

Os guerreiros digladiavam ao redor, formando um círculo protetor em torno da rainha e do príncipe caído. Mesmo em meio à fúria do ataque dos gênios, não perdiam a coragem nem deixavam de lado o treinamento. E conseguiam manter afastadas criaturas muito mais rápidas e fortes, com pouco mais do que aço e teimosia.

Ela assentiu, contendo as lágrimas, e pressionou a testa contra a dele. "Amado Tarin, que seu caminho se ilumine e que suas tristezas sejam esquecidas. Leve-me na lembrança para as terras dos deuses. Creio que em breve te verei por lá."

Ele sorriu, seu olhar ficando distante, e tentou pegar a mão dela, mas sua força já o havia abandonado. Padore segurou a mão dele com força, engolindo um soluço. Ele não a veria chorar. "Esperarei você por lá", sussurrou Tarin.

A luz o deixou e Padore gritou para os céus.

Ela se levantou e agarrou as espadas, sentindo o sangue pulsar furiosamente pelas veias. Uma nova e aterrorizante energia crepitava por seu corpo, e ela partiu para a luta, localizando Arun e se colocando a seu lado. Seu irmão estava com os olhos fundos, os dentes arreganhados de fúria, e lutava com uma selvageria que Padore nunca soubera que ele tinha. Era como se a força do irmão gêmeo tivesse sido passada a ele, que agora lutava com a ferocidade de dois homens. A velocidade de Padore se igualava à força dele, e, juntos, os dois devastavam as fileiras dos gênios.

Mas, para cada gênio que tombava, três de seus homens morriam. Ela podia ver que a batalha não duraria muito. E não terminaria a favor de Ghedda.

A jovem rainha sabia que havia cometido um erro gravíssimo.

O MAR

De repente, os gênios retiraram-se para o céu.

Cansados e feridos, os guerreiros restantes — apenas uma pequena fração da força anterior — reagruparam-se ao redor da rainha, mas não houve comemoração. Os mortos jaziam como lírios destruídos por uma tempestade, e a grama um dia verde do pico da montanha fora transformada em uma lama carmesim. O ar cheirava à morte, tão denso que Padore podia sentir na língua. Tinha gosto de sal, metal e carne queimada, e ela sentiu ânsia de vômito.

"Para onde foram?", indagou Arun, olhando para o céu.

Padore olhou para as nuvens rodopiantes no alto, sabendo que Nardukha estava bem lá no meio, atraindo o ar ao redor e reunindo poderes que ela não conseguia compreender.

"Ainda não acabaram conosco." Em seguida, ela caminhou até encontrar Tarin deitado com os olhos arregalados, sem ver mais nada. Cansada até a alma, ela se ajoelhou ao lado do irmão e fechou os olhos dele, então lhe beijou a testa. As lágrimas que tinha contido agora caíram, misturando-se à lama e ao sangue em seu rosto. Seus homens assistiram a tudo em silêncio, muitos sofrendo pelos próprios amigos e irmãos caídos.

Arun segurou os ombros dela, e ela sentiu no tremor daquelas mãos a dor que ele não deixava transparecer no rosto.

"Condenei todos nós", sussurrou ela, de forma que só ele pudesse ouvir. "Devia ter atendido às exigências de Nardukha. Mas fui orgulhosa, e veja o que provoquei. Sou uma tola."

"Você é Padore Amounasun ba Napthalia, Rainha de Ghedda, a Estrela Que Sempre Brilha, e não é nenhuma tola", replicou Arun, ajoelhando-se a seu lado e olhando nos olhos dela. O rosto dele parecia ter envelhecido dez anos. "Tarin tinha razão. Se tivéssemos cedido, o *shaitan* teria nos dominado por completo. Teríamos morrido escravizados. Em vez disso, morreremos livres e lutando. Você nos deu a chance de entrar nas terras dos deuses com honra, como já fez Tarin."

Mas Padore olhou para os corpos em volta e não se sentiu consolada. Parecia-lhe que a honra tivera um preço alto demais.

"Todos já se abrigaram", disse ela, levantando-se devagar. "É melhor irmos também. Não sei qual será a próxima jogada do *shaitan*, mas temo que não seja um ataque que possamos defender com espada e escudo. Diga aos homens para voltarem ao palácio e..."

A terra por baixo da rainha se elevou, e ela caiu em cima de Arun. Os guerreiros começaram a gritar, escorregando e caindo enquanto tentavam se equilibrar em meio aos tremores na Montanha das Línguas. Um terrível som de rachadura cortou o ar ao mesmo tempo que um trovão soou no alto.

"Terremoto!", gritou Arun para se fazer ouvir com todo o barulho. "Ele está destruindo a ilha!"

"Ele quer nos afundar no mar", sussurrou Padore, sentindo um aperto de horror no coração. "Meus guerreiros! Comigo!"

Então, com muito esforço, a rainha conseguiu ficar de pé no terreno traiçoeiro, ergueu uma espada sobre a cabeça e gritou sobre a terra que se abria: "Corram para todos os cantos da ilha! Precisam avisar a todos para subirem até um lugar alto. O mar está vindo clamar suas esposas e filhos, clamar todos nós. Sei que estão cansados. Sei que seus corações sangram pelos irmãos caídos. Mas nossa batalha está apenas começando, e preciso suplicar que encontrem novas forças!".

Os guerreiros emitiram um grito ressoante, e lágrimas brotaram dos olhos dela ao ver quão bravamente se levantaram. Ao lado de Arun, Padore observou os homens saírem em todas as direções, descendo a encosta da montanha, a exaustão e a tristeza dando lugar à determinação. Enquanto a ilha tremia sob seus pés, eles corriam até as colinas, praias e florestas.

Vê-los assim deu forças a Padore, que agarrou o braço de Arun e disse: "Precisamos sair daqui também e voltar para o palácio. Podemos dar abrigo a muitas pessoas."

"E o Tarin?"

Ela olhou para o corpo do irmão, a expressão no rosto dele ainda tão nobre, mesmo já morto.

"Ele merece um túmulo de mármore e um funeral de reis. Mas... não há tempo. Não podemos levá-lo conosco." As palavras a apunhalavam, mas ela sabia que era verdade. Então beijou a testa de Tarin uma última vez e cruzou as mãos dele sobre o peito, o punho da cimitarra preso em seus dedos. Em seguida, fez um corte raso na palma da mão com a própria lâmina e, com seu sangue, fez três pontos no rosto dele: um em cada bochecha e outro no queixo. O sangue de uma rainha para assegurar que fosse recebido nas terras dos deuses com as maiores honras e levado a um lugar de glória. Era tudo que podia fazer, embora não parecesse suficiente.

Padore enxugou as lágrimas, pegou a mão de Arun e se levantou, e juntos começaram a correr pelo caminho estreito que levava à próxima montanha, onde o palácio ficava no pico abaixo. Dava para vê-lo dali, brilhando como um farol sob o céu cada vez mais escuro. A chuva começou a açoitá-los, impulsionada por um vento forte como o de um furacão. O vendaval os atingia com tanta força que foram forçados a caminhar, avançando com dificuldade e agarrando-se um ao outro para não saírem voando. O lado direito do caminho era um penhasco íngreme, e uma queda representaria morte certa e súbita.

Com os olhos ardendo pela chuva e o sal, Padore sentiu um calafrio invadir seus ossos. Ela sabia que não seria o suficiente, embora não ousasse expressar seu medo em voz alta. Não importava o quão alto, distante ou rápido fossem, o *shaitan* os encontraria. Ouvira algumas histórias: nações engolidas pelo fogo, cidades afundadas na areia, impérios colocados de joelhos diante do invejoso Rei dos Gênios. Como Ghedda, tão pequena e pacífica, podia esperar enfrentar tamanha força?

Mas eram dúvidas que não podia compartilhar. Ela era a rainha e seria forte, independente do quanto queria poder se esconder e desejar que tudo aquilo desaparecesse. Sua coroa nunca pesara tanto.

Eles enfim alcançaram a Grande Estrada Branca, uma ampla escadaria de mármore que levava ao palácio. Antes imaculados, os degraus começavam a rachar com o tremor na base das montanhas. Muitas pessoas já estavam lá, escalando desesperadas para o que esperavam ser um local seguro.

Todos comemoraram ao ver Padore, os rostos assustados se iluminando de esperança. Ela se sentia mal em notar como confiavam nela, uma vez que não conseguia nem confiar em si mesma. Mas sorriu e pegou a mão de uma garotinha acompanhada pela mãe, que já carregava dois bebês nos braços.

"Qual é o seu nome?", perguntou ela.

"Zahra", respondeu a menina. "Você é a rainha?"

"Sou. Poderia me ajudar a subir essas escadas, brava Zahra?"

A garota assentiu gravemente. "Há sangue em seu rosto."

Padore limpou o rosto com as costas da mão enquanto subiam os degraus, os gheddanos seguindo em fila atrás. Arun ajudou uma mulher grávida que chorava e perguntava pelo marido, um dos guerreiros a acompanhar Padore até o *alomb*. Arun lhe disse que tinha certeza de que o homem estava bem e que devia estar ajudando outras pessoas a encontrar abrigo. Mas Padore sabia que tinha visto o marido daquela mulher morto, com marcas de dentes de ghoul no pescoço. A rainha não falou nada.

Mais e mais cidadãos iam chegando, acompanhados apenas dos filhos, de idosos e doentes, seus pertences abandonados à mercê da tempestade. De vez em quando, a montanha estremecia, e todos gritavam alarmados e caíam nos degraus que cediam e balançavam. O vento implacável lutava com eles a todo instante, e a chuva descia em riachos, correndo ao longo da escada.

Padore observava o céu, com o coração batendo mais rápido a cada clarão de relâmpago e estrondo de trovão. Ela sabia que o mar devia estar subindo, as ondas devorando avidamente as bordas da ilha como uma grande fera cinzenta. Será que a água subiria antes que as montanhas ruíssem? Ou o *shaitan* atiraria todos ao mar com os tremores de terra? Para onde se podia correr quando a própria terra queria te trair?

Mas ela persistia, agarrando com força a mão da pequena Zahra.

Havia três portões entre eles e o palácio. Passaram pelo primeiro, o Portão das Nove, com as nove deusas esculpidas nos pilares de mármore. Em seguida, o Portão das Estrelas, com o teto de vidro abobadado com vista para o céu. O vidro já se estilhaçara e era esmagado sob seus pés. Por fim, o Portão do Rei Esquecido, o grande governante que fundara Ghedda e combatera os piratas que um dia tinham governado a ilha. Seu nome acabara sendo esquecido com o tempo, assim como Padore temia que aconteceria com o dela quando tudo aquilo acabasse. Quem se lembraria de Ghedda? Quem se lembraria de Tarin e Arun e da pequena Zahra? Quem se lembraria das antigas canções de seu povo quando este deixasse de existir?

Preciso salvá-los, pensou ela enquanto subia os últimos degraus e entrava no primeiro dos grandes corredores do palácio. *Preciso descobrir um jeito de salvá-los.*

"Arun, conduza o povo para os salões internos, onde o vento não os pode alcançar. Em seguida, acenda os faróis, para que todos na ilha vejam que o palácio continua de pé e estamos oferecendo abrigo."

Ele acenou a cabeça e chamou as pessoas, as guiando pelo palácio. Poeira caía do teto à medida que os ladrilhos no alto rachavam, e Padore temia que a coisa toda desabasse. As câmaras internas eram feitas de uma pedra mais forte, esculpidas diretamente na montanha. Se não aguentassem, nada resistiria. Talvez as pessoas tivessem uma chance lá dentro.

A rainha abraçou Zahra. "Obrigada pela bravura, pequena guerreira. Agora vá ajudar sua mãe."

A criança assentiu, aprumando os ombros, e agarrou o vestido da mãe, levando-a para seguir Arun. Padore ficou junto às portas, conduzindo as pessoas para dentro, e tentou não se encolher, constrangida, quando uma velha senhora pegou suas duas mãos e as beijou, ou quando um menino fez uma reverência, agradecendo por tê-los salvado. Uma após a outra, as pessoas entravam sem deixar de manifestar gratidão, e ela continha as palavras que gostaria de dizer: *Não mereço seus agradecimentos. Fui eu quem trouxe esta perdição sobre vocês, não estão vendo? Deveriam me amaldiçoar, e não me abençoar!*

Às vezes, a coisa mais corajosa a se fazer era apenas continuar sorrindo.

Ela sorriu até as bochechas doerem, até o rosto parecer pedra, mas ainda assim os acolhia, tranquilizava-os e agradecia por serem fortes. Enquanto isso, a tempestade do *shaitan* se expandia, escurecendo o céu de leste a oeste. Os trovões sacudiam o palácio, e a chuva entrava pelos arcos, até todas as pessoas estarem encharcadas.

Com um estrondo retumbante, a Grande Estrada Branca não resistiu e cedeu aos tremores da montanha, e gritos aumentaram ainda mais quando as escadas começaram a desabar. Todos na parte baixa do abismo foram forçados a recuar, e aqueles no alto correram para alcançar o palácio. Não haveria como ajudar os que tinham ficado lá embaixo. Padore assistiu a tudo horrorizada, vendo-os deslizarem e caírem pelos degraus, antes de se perderem de vista.

Arun apressou os últimos de seus hóspedes feridos e exaustos em direção aos salões internos do palácio, depois juntou-se a Padore na antecâmara aberta, onde ela permanecia paralisada. Os olhos dela percorriam a ilha, absorvendo toda aquela destruição. Árvores caíam, rochas deslizavam pelas montanhas e prédios inteiros ruíam diante de seu olhar horrorizado.

"Não é seguro aqui fora", disse Arun, colocando uma capa em volta do corpo trêmulo e encharcado da irmã. "Venha conosco para longe desse vento e dessa chuva."

O telhado vai cair, pensou ela, *e este lugar será o nosso túmulo.*

"Preciso voltar ao *alomb*", afirmou Padore.

"O quê?" Arun se colocou à frente dela, rompendo a linha de visão da irmã e forçando-a a olhar em seus olhos. "Por quê?"

Ela respirou fundo. "Preciso falar com o *shaitan* de novo. Não podemos combatê-lo com espadas, mas talvez haja outra maneira."

"Que maneira? Voltaria atrás com sua palavra e lhe daria as quarenta vidas que ele pediu?" Ele franziu a testa e ela notou o corte profundo sob a linha do cabelo. A lateral do rosto de Arun ainda estava coberta de sangue, e ela estendeu a mão e limpou-o com a capa.

"Ele já tirou muito mais vidas do que isso", respondeu ela suavemente. "Não acho que uma oferta assim o apaziguaria agora."

"Então o que nós vamos dizer? Como podemos convencê-lo a parar com essa loucura?"

"*Nós?* Não, Arun. Precisa ficar aqui para cuidar de todo mundo."

Ele balançou a cabeça com veemência. "Não vou deixar você enfrentá-lo sozinha."

Ela o observou por um longo instante e notou o maxilar tenso do irmão, os olhos em chamas. Arun, o pacificador. Tarin é que era o temperamental, mas o espírito dele parecia continuar vivo no irmão gêmeo. Seu coração voltou a doer pelo irmão que havia perdido e por aquele que ainda estava diante dela.

"Muito bem", disse ela. "Vamos primeiro checar as pessoas lá dentro, para ter certeza de que estão sendo cuidadas, e então saímos. Só você e eu."

Tranquilizado, ele assentiu, e os dois seguiram juntos pelo corredor, pulando as rachaduras que o tremor havia aberto no piso de ladrilhos. Formavam-se pilhas de areia ao redor das colunas, sopradas pelos fortes ventos que açoitavam a pele deles. Arun e Padore apoiavam-se um no outro, lutando contra os vendavais, até chegarem a uma porta que conduzia ao interior do palácio fechado. Havia alguns guardas postados lá, que, a um sinal de Padore, os seguiram. Então caminharam por um amplo corredor de pedra que os levou para o interior da própria montanha e, por fim, encontraram refúgio da chuva torrencial e do vento. O corredor ecoava com seus passos úmidos, os rostos iluminados pelas lâmpadas de óleo de bronze que ardiam em nichos esculpidos nas paredes.

A primeira porta que encontraram se abria para uma câmara ressoante que costumava conter muitos dos arquivos de Ghedda: pergaminhos, entalhes e tábuas documentando a história da nação insular. Agora também abrigava parte de seu povo, todos tremendo, sussurrando, preocupados. Alguns funcionários do palácio circulavam com lençóis secos, cestos de pão e água.

As pessoas vibraram ao verem a rainha à porta, e então a comemoração se transformou em uma canção. Nada era mais sagrado para os gheddanos do que suas canções, e a que agora entoavam era uma canção em geral reservada para coroações e nascimentos de filhas da família real.

Ela é tão bela, sua pele reluz como o amanhecer,
Diante dela, as estrelas parecem esmaecer,
Os deuses a fizeram para brilhar
Tão brava, corajosa, um primor!
Suas vestes cintilam com esplendor!
Nossa rainha radiante enche de graça o ar!

"Entre", disse Padore a Arun, escondendo como as palavras a abalaram. "Veja se eles têm tudo de que precisam. Vou dar uma olhada no próximo cômodo."

Ele assentiu e entrou, e Padore virou rápido para os guardas.

"Fechem a porta", ordenou.

Arun gritou e correu em sua direção, mas era tarde demais. Os guardas tinham fechado a pesada porta de bronze, selando o irmão dela lá dentro. Um lhe entregou uma chave, que ela usou para trancá-la.

"Padore, não!", gritou Arun, sua voz abafada. "Não faça isso! Irmã, *por favor*!"

"Sinto muito", sussurrou ela pelo buraco da fechadura. "Sinto muito mesmo. Mas preciso ir sozinha. Quem os guiará se eu morrer? Você é a única família que me resta, Arun. Deverá ser o rei se eu não estiver aqui.

"Guardas!", berrou ele. "Detenham-na! Não podem deixá-la sair do palácio!"

Mas os guardas permaneceram impassíveis. Serviam à rainha, e a rainha havia tomado sua decisão.

"Adeus, Arun", disse ela. "Não tema por mim. Ou voltarei para você ou vou encontrar Tarin além das portas da morte. Como posso ter medo, sabendo que um de vocês espera por mim de cada lado?"

Ele gritou o nome dela e esmurrou a porta. As mãos dela tremiam enquanto se afastava com os olhos arregalados. Então, com grande dificuldade, deu as costas para ele. Cada passo exigia toda sua força de vontade, como se o piso de pedra estivesse tentando sugá-la. Embora estivesse apenas tentando salvá-lo, ainda parecia uma traição. Como queria tê-lo a seu lado, ter a força dele alimentando a sua, mas tal egoísmo seria imperdoável. Se ela caísse, Ghedda confiaria em Arun para liderá-los. Quanto mais se afastava da porta e dos gritos desesperados de Arun, mais depressa seguia, até sair correndo do salão.

Lá fora, o céu estava escuro e sem estrelas. Ela pegou uma das lâmpadas a óleo da parede para iluminar seu caminho, a pequena chama ardendo bravamente contra o vento. Então, deixando os guardas à porta, ela atravessou a ventania no corredor mais uma vez e deixou o palácio, chegando ao topo da montanha nua com toda a fúria da tempestade ao redor. O próprio céu parecia voraz, mordendo sua pele e puxando sua capa. Padore ergueu os olhos para a Montanha das Línguas, que assomava sobre ela como um deus malévolo.

"Gênios do ar!", gritou para o vendaval, protegendo a lâmpada com a mão para evitar que o pequeno fogo se apagasse. "Quero falar com o seu rei!"

De repente, dois silas diáfanos apareceram diante dela, o vento contido pela fumaça. Eles a encararam com olhos de fogo, à espera.

"Leve-me ao *shaitan*", disse ela.

Eles a pegaram pelos braços, erguendo-a no ar. Sua lâmpada se apagou imediatamente, mas a rainha se agarrou a ela; era tudo que tinha do palácio, e o objeto lhe dava forças, fazendo-a se lembrar de por quem lutava.

Seu coração saltou na garganta quando o chão desapareceu. Os gênios que a escoltavam eram tão translúcidos que ela parecia se erguer em uma rajada de vento. Daquela altura, podia ver mais completamente o caos desencadeado na ilha. O mar subira de forma drástica desde o início da tempestade. Já havia devorado a costa e as áreas baixas. Ela viu uma aldeia inteira submersa, e os rios que corriam das montanhas tinham se transformado em inundações mortais, destruindo todas as árvores e construções pelo caminho. E as águas não paravam de subir, cada vez mais rápido. O mar despertara como uma fera, fechando os dentes de espuma de sua boca sobre Ghedda. Naquele ritmo, a ilha inteira estaria debaixo d'água antes do nascer do sol. O mar subia, e as montanhas caíam.

A rainha sabia que estava ficando sem tempo.

O *alomb* se aproximava cada vez mais à medida que os silas ascendiam. Ao chegarem ao topo, Padore viu os corpos de seus guerreiros mortos esparramados pelo cume, iluminados pelo fogo ateado na grama pelos ifrites.

Ao ser largada nos degraus do *alomb*, a rainha tropeçou e caiu de joelhos, sua capa se soltando e a lâmpada batendo e tilintando pela pedra, derramando óleo. Os silas desapareceram com o vento.

Ela ergueu a cabeça e viu o *shaitan* de pé, envolto nas sombras. Brasas se desprendiam dele quando se movia, chiando ao atingirem a pedra úmida.

"Você deseja falar comigo?"

Reunindo toda a coragem que tinha, Padore se levantou e desembainhou as espadas. Ela as segurou por um instante, todos os ossos de seu corpo clamando por ação, incitando-a a se atirar para cima do *shaitan* e cortar a cabeça dele. Mas sabia que não tinha a menor chance. Então soltou as lâminas, que ressoaram a seus pés.

Padore passou por ele, sem conseguir nem respirar ao sentir o calor do corpo do *shaitan* envolvê-la. Em seguida, mantendo o queixo erguido, subiu no altar que ficava diante do Olho e se ajoelhou diante do gênio. Com as mãos tremendo, ela sacou uma adaga fina do cinturão. Era um objeto bonito e singelo, uma herança passada de geração em geração pelas rainhas de Ghedda. Sua lâmina afiada era feita de obsidiana, e seu punho, de osso incrustado com sete joias diferentes, uma para cada um dos planetas no céu noturno.

Padore pressionou a lâmina à garganta.

"Eu me ofereço", disse ela. "Em lugar das vidas que exigiu e das vidas que ainda tiraria. Suplico que me leve no lugar, que aceite meu sangue. Este é o acordo que lhe ofereço: salve meu reino do mar, e serei sua."

Os olhos dele escureceram diante dessas palavras, e o *shaitan* inclinou a cabeça demonstrando interesse.

"Acha que só a sua vida vale dez mil outras?", perguntou ele, suave como cinzas.

A rainha sentiu um aperto de insegurança por dentro, mas não hesitou. "É tudo que tenho para dar."

Ele soltou um suspiro, sua pele farfalhando e se inflamando, como uma chama fraca sendo soprada de volta à vida. Então examinou-a com seu olhar de carvão, avaliando. Enquanto isso, Padore sentia o coração martelar na garganta, sua pulsação batendo forte contra a lâmina de obsidiana.

"Aceito o acordo", disse ele.

Ela deixou escapar um meio soluço, meio suspiro, o corpo se retesando de alívio e medo.

"Eu... quero que me dê uma prova", pediu ela. "Acabe com a tempestade."

Sem tirar os olhos dos dela, o *shaitan* ergueu a mão e o vento parou. A chuva desapareceu. As ondas começaram a recuar, e a terra parou de tremer. Hordas de gênios voltaram depressa para o *alomb*, entrando no Olho e voltando ao mundo deplorável deles. Silas, ifrites, ghouls, marids. Eles resmungavam e uivavam no caminho, furiosos por terem suspendido seu banquete de carne humana.

Em instantes, o céu se transformou em uma noite agradável, e a lua iluminou a ilha encharcada. Padore imaginou as pessoas ainda vivas saindo e piscando, atônitas, diante da calma repentina. Sentiu o espírito deles se aliviar, e as risadas afastarem o medo. Prédios destruídos ainda cobriam a paisagem. Árvores, rochas, rios e montanhas destruídos ou modificados. Mas Ghedda estava salva. Seu povo viveria. Suas canções ainda seriam cantadas por séculos.

Era um preço que ela pagaria com prazer, mil e uma vezes, se fosse preciso. Mesmo assim, sentiu uma pontada de tristeza. Como amava o sol, o mar, os carneiros no verão com seus casacos brancos. As crianças descalças que brincavam nas colinas. A primeira colheita de uvas a cada ano, carregada em cestos enormes e esmagada para ser transformada em vinho. Ela se permitiu um último suspiro, um só, para se despedir de todas essas coisas.

“Cumpri minha parte do acordo”, disse o *shaitan*.

Ela assentiu, com a lâmina ainda contra a pele. Sua mão tremia e, por mais que tentasse, não conseguia seguir com o prometido.

“Você me ofereceu sangue, mas sangue não me dá”, sibilou seu inimigo.

“Eu... eu estou tentando.”

“Criança tola.” Com o som semelhante ao de um trovão distante, ele ergueu a mão outra vez. “Se não honrar sua promessa, inundarei este lugar como já era minha ideia.”

“Não!”, gritou Padore e, antes que pudesse pensar, pudesse fraquejar, pudesse se arrepender, pressionou a lâmina na pele. Tinha que ser rápido ou perderia a determinação, a dor assumiria o controle e ela deixaria cair a lâmina antes de terminar. Não podia falhar, não de novo, nem mesmo na morte.

E não falhou.

Sua pele se abriu, o sangue encharcou sua mão e tudo acabou.

A dor foi imediata e consumiu tudo, e sua visão se turvou. Ela não conseguia gritar, não conseguia respirar. Sentiu o calor do próprio sangue correr pela pele, e então tombou para o lado, batendo a cabeça na pedra do altar. A adaga caiu de sua mão.

Então morrer é assim.

Caída com um braço estendido e o outro sobre a barriga, a jovem rainha olhava sem piscar para o teto abobadado do *alomb*, para as veias azuis que corriam pela pedra preta, enquanto suas próprias veias se esvaziavam no altar. O sangue se acumulou por baixo dela e começou a pingar no chão. Ela perdeu toda a percepção do corpo, incluindo a dor, até parecer que não tinha mais forma, e era apenas um ponto de luz que se apagava, uma pequena estrela sumindo da existência. Padore sentiu como se estivesse encolhendo, ficando mais fraca, como se tudo estivesse escurecendo. O que ainda lhe restava de pensamento foi consumido por um espanto receoso: será que veria uma porta para as terras dos deuses? Uma luz forte? Seu irmão, seu pai e sua mãe, dando-lhe as boas-vindas à vida seguinte?

Mas Padore não viu nenhuma dessas coisas.

Em vez disso, caiu na escuridão e soube de imediato que havia algo errado, pois o *shaitan* começou a rir.

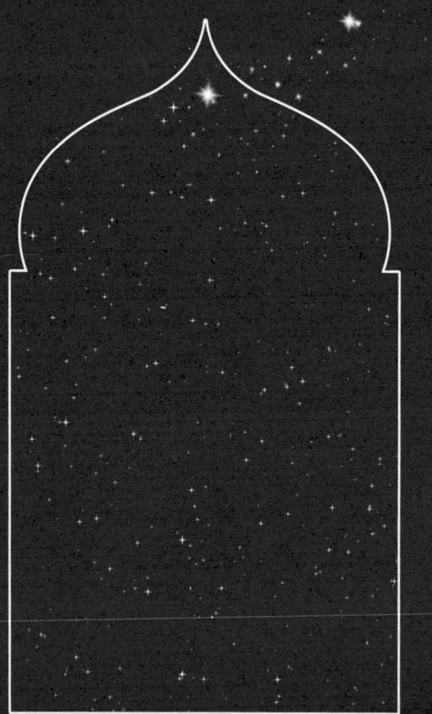

O FOGO

A dor que Padore sentiu quando a lâmina cortou sua garganta não era nada comparada à agonia que de repente se apoderou dela. Essa dor era mais profunda, mais acentuada, mais quente, como uma tenaz de ferro em brasa se fechando sobre ela. Era uma sensação percebida não pelo corpo, mas pela alma. Era como ser esfolada e depois queimada viva. Dentes de fogo se cravando nela, puxando, rasgando. Ela não tinha fôlego para gritar. Não tinha olhos para derramar lágrimas. Seu corpo se fora; era uma concha vazia e morta. Nunca mais sentiria nada.

Mas ela permanecia.

Sentiu a pele ser tirada, a alma arrancada, centímetro a centímetro, de dentro do corpo. As garras que a atacavam eram de fogo e osso, implacáveis. Ela estava sendo consumida pela dor. Era tudo que ela sentia. Era a existência.

Então, de repente, sentiu uma terrível laceração e foi tirada de sua forma mortal. Não sentia como se estivesse pegando fogo, ela *era* fogo. Não sentia dor, *era* dor. Foi tomada por pânico e desorientação, e sobre isso tudo ecoava a gargalhada do *shaitan*. Essa risada era a coisa menos humana possível; era o estrondo de um vulcão prestes a irromper em lava.

Impotente, Padore não tinha o que fazer senão suportar. Não tinha outra escolha. Sua consciência fora forçada sobre ela, a percepção era uma prisão sem chance de fuga. Ela havia sido desfeita e agora estava sendo refeita, remodelada, transformada em algo terrível e novo. Era ferro em brasa, golpeado por um martelo em uma forja fumegante. Mãos de fogo a dilaceravam, vasculhavam seu interior, viravam-na e abriam, esticavam, queimavam, moldavam. Ela não tinha visão, olfato ou audição, apenas dor, dor, uma dor abrasadora. Como queria a escuridão! Como desejava a morte!

E então acabou.

As mãos a soltaram, e ela pairou livre, seus sentidos gradualmente despertando.

Primeiro: olfato. Fumaça, fogo e cinzas. O horrível cheiro metálico de seu sangue esfriando na pedra.

Então: audição. O crepitar do Olho com seu túnel para Ambadya ainda ardendo com o fogo dos gênios. A risada do *shaitan*, mais alta e mais penetrante.

E depois: visão. Ela não via com os olhos, mas com alguma outra coisa, um sexto sentido, uma consciência que nunca tivera. Ela via com algo parecido com sentir, não muito diferente da maneira como diziam que alguns cegos podiam "enxergar". Uma combinação de todos os outros sentidos, reunindo-se e trazendo a ela uma imagem do mundo de alguma forma mais completa, pois via não apenas a imagem das coisas, mas o significado. Primeiro, ela viu o próprio corpo, esfriando no altar, manchado de sangue, mas agora não via apenas sua forma; sentia seu vazio. Não havia mais vida naquele corpo. Aqueles olhos não viam nada, o coração não mais batia. Aquelas mãos, que conhecera tão bem, das quais ainda sentia o eco, estavam moles e frias. Então percebeu como não se dera o devido valor. Como seu corpo parecera algo trivial. Como podia ter sido tão tola de não valorizar a preciosidade que era estar viva? Que mundo cruel era aquele em que o verdadeiro valor de uma coisa só podia ser compreendido depois de perdido.

"Bem-vinda, minha filha", ouviu o *shaitan* dizer e, ao virar, ela o viu ali de pé, exatamente como fora o tempo inteiro, todo sombras e chamas. Mas agora o enxergava com seu novo sexto sentido, com olhos que distinguiam além da superfície. Para o seu horror, percebeu que tinha mais consciência dele agora, que estavam conectados de uma forma que ela temia entender perfeitamente.

"O que você fez?", conseguiu falar, descobrindo que tinha voz.

"A humana morre, e nasce a gênia", entoou ele. "Eu te nomeio *Ondulação-da-Cauda-do-Tigre*, e *Fumaça-ao-Vento,* e *Garota-que-Oferece--as-Estrelas.*" O *shaitan* abriu bem as mãos. "Olhe para si mesma e me enalteça, pois eu a refiz."

Ela olhou para baixo e viu que não era nada mais do que um fio de fumaça vermelha. Enquanto se concentrava em si mesma, a fumaça começou a se expandir e a se intensificar, formando uma nuvem. Ela a preencheu e se iluminou, e percebeu que podia controlar sua estranha e aerada nova forma. Em seguida, se retorceu de um lado para o outro, livre da gravidade e da pele. Aquilo a deixou zonza.

De repente tudo fez sentido em sua mente.

Padore, a rainha de Ghedda, estava morta.

Padore, a gênia de Ambadya, havia nascido.

Ondulação-da-Cauda-do-Tigre, dissera ele. *Fumaça-ao-Vento. Garota--que-Oferece-as-Estrelas*. Um nome de gênio, mais imagens do que palavras.

Ela havia ressuscitado das cinzas da mortalidade como uma fênix. Não poderia ter imaginado um destino mais terrível. Dor, ela esperara. A ideia da morte a apavorara. Mas ela as aceitara, acreditando que além disso havia a paz. As terras dos deuses, radiantes e eternas, e Tarin à espera. Sua mãe e seu pai, que havia perdido tanto tempo atrás, prontos para abraçá-la e lhe dizer que ela fizera o melhor. Essa deveria ter sido sua recompensa; era o que merecia, não?

Mas se tornar uma gênia... era pior do que mil e uma mortes.

Ela desmaiou. Caiu sobre a pedra e, sem perceber, mudou de forma. De fumaça para carne. Ou melhor, algo que lembrava carne. Não era uma forma humana real, mas uma projeção. Tornou-se uma imitação de si mesma, assumindo a aparência do corpo sem vida no altar. Estava ali, usando um vestido branco simples, os cachos soltos em torno dos ombros, deitada com as pernas para o lado, os braços sustentando o corpo, a cabeça pendente, buscando o ar de que não precisava.

"Deixe-me ir", implorou ela, fechando os olhos com força para não ter que olhar para ele, mas percebendo que era inútil. Seu sexto sentido desperto via através das pálpebras e sentia a presença do *shaitan* com uma nitidez que transcendia a visão normal. "Por favor, *por favor*, deixe-me ir para as terras dos deuses!"

"Filha minha, não sabe ainda?", disse ele em uma voz baixa e doce. "Você é uma criatura de Ambadya agora. Não há existência para além desta. Os deuses não admitem que gênios passem por seus portões."

Ela deixou escapar um soluço doído. Até mesmo a esperança da morte se fora. Todos sabiam que os gênios não podiam entrar nas terras dos deuses. Seus irmãos, seus pais, estavam perdidos para sempre. Se morresse como um gênio, simplesmente deixaria de existir.

Ela ergueu a mão para acertá-lo, mas ele estalou o dedo e a atirou para trás. Padore se chocou contra o altar e instintivamente voltou a se transformar em fumaça, dissipando-se sobre a pedra e tornando a se formar do outro lado, outra vez semelhante a uma humana. A transformação a deixou zonza. Não entendia como fazia aquilo; era um reflexo, que parecia controlá-la mais do que ela o controlava.

"O... o que eu sou? Ghoul? Marid?", gaguejou ela, temendo as outras terríveis habilidades que agora tinha, à espera de se manifestarem. Fogo? Ela estendeu as mãos, estremecendo diante das chamas em forma de cobra que rastejavam sobre a sua pele. Gelo? Ela deu um grito e saltou para trás quando a água se acumulou a seus pés e se solidificou, o gelo estalando pela pedra. A cada pensamento, algo se manifestava. Os elementos pareciam prontos para cumprir suas ordens. Apenas um tipo de gênio tinha a habilidade de manipular tal poder.

Ela cobriu a boca com as mãos e balançou a cabeça. *Eu sou shaitan*, percebeu, as palavras terríveis demais para serem pronunciadas. O tipo de gênio mais forte e terrível de todos, capaz de manipular todos os elementos e o mais temido pelos humanos. Afinal, o próprio Nardukha era um *shaitan* — *o shaitan*, o mais poderoso de sua espécie. E ela fora feita a sua semelhança, recebendo seus imensos poderes.

Esse pensamento a encheu de esperança.

Então começou a lançar freneticamente seu poder ainda não testado para cima dele, pensando nas coisas mais mortais em que conseguia, de uma só vez: *Fogo! Ferro! Escorpiões, tigres e vidro quebrado!* Todas essas coisas tomaram forma do nada diante dela — escorpiões de fogo, tigres de ferro e vidro — e Padore estendeu as mãos em uma tentativa desesperada de exercer algum tipo de controle sobre elas, que atenderam ao comando tácito imediatamente, pois eram extensões de sua vontade.

Mas, em um instante, as conjurações deram lugar a uma névoa inofensiva e se dissiparam. O *shaitan* sibilou.

"Ainda tão tola, tão impetuosa! Eu lhe dou o poder de conjurar as estrelas e você se volta contra mim? Desgraçada, ingrata e rancorosa!" Ele estendeu a mão, e ela ficou paralisada, incapaz de se mexer, presa por tiras invisíveis mais fortes do que qualquer ferro. Padore só podia assistir, indefesa, ao *shaitan* olhar para o chão. Lá, onde a deixara cair, estava a lâmpada de bronze simples que trouxera do palácio e usara para iluminar seu caminho em meio à tempestade. Os olhos de Padore se fixaram na lâmpada, que se ergueu no ar e começou a pairar entre os dois, depois inclinou-se para a frente, derramando o restante do óleo, que se misturou com o sangue dela na pedra.

Ele falou em um rosnado: "Gênios em quem não se pode confiar devem ser confinados".

Em seguida, ela sentiu que começava a se desfazer, sua forma humana se transformou em fumaça quando as tiras que a detinham de repente se soltaram. E então estava sendo puxada como uma corda, fluindo pelo ar em direção à lâmpada. Ela se contorceu e tentou se transformar, mas foi inútil; o objeto começou a brilhar, e Padore a ouviu chamando, uma canção irresistível. Então entrou pelo bico da lâmpada, as paredes escuras se fechando em torno dela como a garganta de uma cobra, e foi jogada bem no fundo. Lá, movimentou-se de um lado para o outro, em pânico, tentando encontrar uma saída, tentando forçar sua forma de fumaça a subir de volta pelo bico. Mas todas as tentativas foram em vão. De maneira imprudente e impulsiva, estendeu o sexto sentido o mais amplamente e longe possível, o mundo ao redor da lâmpada tomando forma em seus pensamentos. O *shaitan* tomou a lâmpada nas mãos, seu calor escaldante chegando até Padore através do bronze.

"Pronto", disse ele, ainda segurando a lâmpada. "Isso vai servir muito bem. Agora, quanto ao seu patético reino humano..."

Ela o sentiu voltar os olhos para as montanhas, e o medo gelou o lugar onde antes ficava seu coração.

"Você jurou", sibilou ela, sua voz ecoando pela câmara de bronze. "Fizemos um acordo! Não os pode tocar!"

"Acredito que nosso acordo era que eu salvaria seu povo do mar", replicou ele. "Você não disse nada sobre o fogo."

Padore começou a se atirar freneticamente contra as paredes, tentando se libertar. O horror se apoderou dela, fazendo-a agir de forma impetuosa. Mas independente do quanto lutasse, não conseguia encontrar um jeito de sair da lâmpada. Forças mais poderosas do que jamais soube que existiam a prendiam lá dentro.

O mundo girou ao redor quando o *shaitan* se transformou em uma fumaça preta e deixou o *alomb*, levando a lâmpada. Seu sofrimento pareceu pequeno ao se dar conta de que ele estava prestes a atacar Ghedda de novo e, desta vez, não lhe restava mais nada com que negociar. Ela lhe entregara tudo — a própria vida — e ainda assim falhara em salvar seu povo.

Então, quando ele a soltou da lâmpada, puxando-a para fora como uma serpente do buraco, ela saiu com enorme relutância e pavor. Eles pairavam bem acima da ilha e, a leste, Padore viu que o dia estava prestes a nascer. A luz do sol brilhava no horizonte, mas isso não trouxe esperança a seu coração. Ela assumiu sua forma humana da cintura para cima, voltando os olhos para o seu reino, e pensou: *Este é o último nascer do sol que Ghedda verá.*

"Não pode fazer isso", argumentou ela, enquanto ao redor o *shaitan* rodopiava, sombrio como uma tempestade. "Fui eu que desafiei você, não eles! Sou eu que mereço punição. Eles são inocentes! Dê uma chance a eles, eu imploro! O que mais quer de mim?"

Ele fez uma pausa, um rosto indistinto e sombrio aparecendo nas nuvens diante dela, falando de maneira sibilante. "Humanos presunçosos. Não tem a ver com *você*. *Nunca* teve a ver com você. É tudo pela glória de Nardukha, pois quem pode fazer frente a mim?"

Depois, ele seguiu em frente, parecendo esquecer que ela estava ali. Padore se viu impotente, em pleno ar, e não lhe restava nada a fazer além de assistir e chorar lágrimas de névoa prateada enquanto seu mundo se desfazia.

Primeiro, o chão começou a tremer de novo, mas, desta vez, os estrondos eram mais intensos e profundos, emanando do coração da Montanha das Línguas. Abaixo dela, no pico menor, o palácio de

Padore parecia uma coroa quebrada com vista para o reino insular. Embora não pudesse vê-los, ela podia sentir as pessoas lá dentro, que momentos antes haviam erguido a cabeça com uma esperança renovada. Agora deviam estar mais apavorados do que nunca e, com o coração que não tinha mais, ela desejou poder estar entre eles. Teria sido melhor morrer como uma das pessoas de seu povo do que viver como aquele novo ser distorcido.

Mas todos os pensamentos sobre a sua nova existência evaporaram quando as montanhas começaram a rachar.

Fendas tão largas quanto rios fragmentavam as encostas rochosas. O chão parecia ser feito de vidro, e o *shaitan* o martelava, incansável. Ele distendeu a largura do céu, e por toda parte havia espirais e nuvens de fumaça e relâmpagos imensos. Parecia que o próprio céu estava em chamas. Lá embaixo, a terra sacudia e estremecia, o solo borbulhando como água fervente, a ilha inteira à beira de explodir.

Padore acompanhava tudo sem poder fazer nada, enquanto seu povo gritava e orava por uma salvação que não viria. Enquanto templos e universidades ruíam e desciam pelas encostas das montanhas. Enquanto árvores e aldeias pegavam fogo, a fumaça preta subindo em direção a um céu igualmente escuro. Ela assistia a tudo, sua alma ficando cada vez mais vazia, toda sua esperança, medo e raiva se esvaindo até deixá-la seca e oca, sua mente se esquivando da destruição. Mas seus olhos não conseguiam deixar de observar a cena, então continuava assistindo, cada vez mais desesperada.

"Meu povo...", sussurrou ela, as palavras abafadas pela fúria da tormenta em volta, que agitava seu cabelo e açoitava seu rosto. Ela queria pedir perdão, mas sabia que não merecia. Queria pedir para morrer, mas sabia que não seria atendida.

Tinha fracassado completamente.

A montanha sob o palácio enfim sucumbiu à pressão crescente no interior das pedras, e o topo começou a desmoronar enquanto a fumaça e as cinzas se espalhavam no céu. O palácio — com todas aquelas pessoas dentro, Tarin, a pequena Zahra e sua mãe, a esposa grávida do guerreiro morto — ruiu. Pilares caíam pelas encostas, tetos rachavam deixando apenas um rastro de poeira, salas e aposentos inteiros esmagados sob as rochas deslizantes. O grande salão com suas centenas de colunas se desfez como papel. Em pouco tempo, o palácio inteiro havia desaparecido sob camadas de rocha que despencavam e um manto de cinzas. Aconteceu tudo tão rápido que ela mal teve tempo de perceber que estava começando antes que terminasse.

Seu palácio se foi, assim como todos dentro dele.

Do cume da Montanha das Línguas, línguas vermelhas e incandescentes de lava começaram a se infiltrar e a correr pelas encostas, um tom vivo de laranja com uma crosta preta, mais quente do que qualquer fogo. Era como se o próprio sol tivesse se fundido com a terra e, mesmo de seu posto de observação elevado, Padore podia sentir o imenso calor que subia das entranhas da terra. Ela assistia a tudo com os olhos arregalados, sem piscar, incapaz de compreender, incapaz de desviar a vista. Apenas o *alomb* permanecia incólume e inabalado; fora construído pelos deuses, e somente suas pedras podiam resistir ao terrível poder do *shaitan*.

As outras montanhas começaram a ruir, e o *shaitan* também fez o fogo líquido sair do interior delas. Ele era um general de fumaça e ar, comandando exércitos de rocha, cinzas e chamas. Tudo à volta se curvava a sua vontade; a terra tremia sob seu olhar. E Padore, presa por amarras invisíveis, sentia a força inexorável daquela vontade. E via agora como tinha sido tola em pensar que seus guerreiros poderiam conseguir enfrentá-lo. Durante toda a vida, tinha ouvido histórias sobre os poderes do *shaitan*, mas nunca imaginara *aquilo*. Nada poderia tê-la preparado para uma criatura assim, que parecia ter os poderes de um deus.

Malditos deuses! Padore amaldiçoou todos por se esconderem em seu mundo, deixando a humanidade ali sozinha para padecer diante dos caprichos dos gênios.

O fim de Ghedda chegou rápido quando as montanhas se tornaram vulcânicas. Campos e florestas foram enterrados, até não restar mais nenhum resquício de verde. Das costas rochosas do norte às praias arenosas do sul, a ilha ficou toda preta e pedregosa, uma enorme cicatriz na face do mar. Imensas nuvens de vapor se erguiam onde a lava alcançava a água, e o magma se solidificava formando cristas de pedra cintilantes e afiadas. O cheiro acre e pungente chegava a Padore no céu. Era o cheiro da morte.

E então tudo acabou.

Ghedda se foi.

Seu povo, apagado. Suas canções, silenciadas.

Apenas Padore permanecia, mais espírito do que carne, uma lembrança distorcida de si mesma. A tristeza a oprimia a tal ponto que tinha certeza de que iria matá-la. Sua alma estava em cinzas. Como continuar? Como poderia qualquer criatura, humana ou gênio, sobreviver ao desespero que agora tomava conta de si? A própria mente parecia escura e morta, como a ilha lá embaixo, fogo transformado em pedra. Fria. Desolada. Sem vida.

As amarras que a prendiam se desfizeram, e ela se sentiu caindo pelo céu, mas não se importou. Esperava que o mar a engolisse e pudesse afundar no bendito esquecimento. Não se importava mais com as terras dos deuses. Nem com qualquer vida depois. Só queria que tudo acabasse. Ter que guardar a lembrança daquele dia por toda a eternidade, ou mesmo por apenas mais um instante, era inimaginável. Ela flutuava pelo ar como as cinzas, sua forma humana se desintegrando em fumaça.

Mas a escuridão não era seu destino.

Em vez disso, sentiu as paredes frias da lâmpada enquanto entrava pelo bico, indo pousar lá no fundo, viva (se é que tal existência merecia essa palavra) e amaldiçoada com a consciência. Mas sua percepção era frágil como papel; ela vagava por um mar calmo, vazio. Não se dava conta de quem segurava a lâmpada, ou por quanto tempo, e se permanecia no mundo humano ou fora levada para a Ambadya do *shaitan*. Ela perdeu todo o senso de tempo, espaço e de si mesma, procurando apenas escapar da única coisa que a mantinha mais cativa do que a própria lâmpada: a memória.

Podem ter se passado horas ou dezenas de anos até o momento em que despertou de novo, tirada de sua fuga por uma onda repentina de calor e energia crepitante. Assustada, estendeu desenfreadamente seu sexto sentido até descobrir que a lâmpada estava nas mãos de um humano.

Não havia sinal de Nardukha ou de nenhum dos gênios. O humano estava de pé em uma costa solitária que ela não reconhecia. Ele usava trajes simples. Era um pescador, calculou ela. A lâmpada estava coberta de areia úmida, e ela percebeu que ele devia tê-la desenterrado ou achado no mar. Por quanto tempo fora carregada pelas marés e arrastada ao redor do mundo por uma corrente temperamental?

Padore rodopiou dentro da lâmpada, um ansioso fio de fumaça, e então sentiu um puxão repentino. O homem começara a limpar a areia da lâmpada e, no instante em que sua pele tocou o bronze, ela foi puxada ao longo do bico até ser derramada do lado de fora.

Zonza e desorientada, ela se reuniu na areia, uma nuvem grande de fumaça escarlate tremeluzente, e o pescador gritou, assustado. Então, depressa, ela invocou sua nova e estranha habilidade de mudar de forma, e em instantes assumiu a antiga aparência humana. Mas, em vez de armaduras ou vestidos majestosos, seus pensamentos sombrios criaram lúgubres vestes cinzentas e um capuz cobrindo os olhos.

"Eu sou a Escrava da Lâmpada", sussurrou ela, embora não soubesse de onde tinham vindo as palavras ou por que as dissera. Pareciam apenas ter saído de seus lábios por vontade própria. "Tenho o poder de lhe conceder três desejos."

É claro. Já tinha ouvido histórias sobre gênios em garrafas, e a compulsão imposta de conceder desejos aos mortais que tivessem o azar de encontrá-los. "Ordene, e eu, sua escrava, irei atendê-lo, filho do homem, pois essa é a lei de Nardukha." O nome do *shaitan* tinha gosto de cinzas em sua língua. Ela cuspiu e esperou, silenciosa e ressentida, que o homem falasse.

O pescador olhou, atônito, da lâmpada para a gênia, depois gaguejou: "Que os deuses nos protejam! Como se chama, espírito de Ambadya?".

"Meu... nome?" Como rainha de Ghedda, tivera pelo menos uma dezena de nomes, todos significativos, todos poderosos. Não era mais digna de usar nenhum.

Então se atrapalhou, trêmula e sem saber o que dizer. Havia o nome de gênia, claro, mas este não podia ser pronunciado em nenhuma língua mortal. As ondas atrás pulsavam em seus ouvidos, parecendo imitar as batidas do coração que já não tinha mais. Seus pés afundaram na areia, e a espuma do mar correu em torno de seus tornozelos, encharcando a ponta das roupas que criara. "Eu me chamo..."

Ela engoliu em seco, então ergueu o queixo, o fogo ardendo em seus olhos.

"Zahra." *Para que eu nunca me esqueça.* "Sou Zahra da Lâmpada."

AGRADECIMENTOS

A história de Zahra me chamava havia anos, mas sem uma equipe extremamente talentosa ao lado, este livro nunca teria saído do papel. Devo uma enorme gratidão à equipe da Razorbill e Penguin Random House: Jessica Almon, minha editora incomparável, obrigada por acreditar em mim e em Zahra, e por sua visão crítica enquanto esta história tomava forma. Trabalhar com você tem sido uma experiência maravilhosa e tenho muita sorte de ter seus conselhos! Agradeço a Ben Schrank, que acreditou em mim desde o início. Phyllis DeBlanche, por examinar este livro linha por linha e se certificar de colocar todos os pingos nos is. Agradeço a Theresa Evangelista pela linda arte de capa. Tara Shanahan, Anna Jarzab e a incansável equipe de profissionais de marketing que ajudaram Zahra a encontrar seu público: muito obrigada!

Lucy Carson, você me incentivou, orientou e inspirou durante todo o caminho, e não sei onde estaria sem você, que é parte agente, parte gênia, parte guerreira. Se eu pudesse conceder três desejos, seriam todos seus!

Como Cáspida e suas Sentinelas, nenhuma escritora poderia ir longe sem o apoio e incentivo das amigas, e tenho muitas a quem devo um agradecimento especial:

Lauren Miller, Tamara Ireland Stone, Beth Revis e Megan Miranda, vocês foram umas das primeiras pessoas para quem contei a ideia dessa história e, sem seu incentivo, talvez eu nunca tivesse reunido coragem para escrevê-la. Morgan Matson, Marie Lu, Jen Johansson, Brodi Ashton, Jennifer Bosworth: vocês estavam lá em todas as fases, fosse me encorajando a escrever no início, me ajudando a debater o primeiro rascunho com ferozes batalhas de palavras ou pensando em ideias de títulos à beira da piscina. Vocês são o grupo de mulheres mais inspirador que conheço. Um agradecimento muito especial a Jessica Brody, sem a qual este livro não teria visto a luz do dia. Obrigada por ser minha guru das tramas e por me apoiar com seus superpoderes de *brainstorming* noturno, sua disposição para ler, conversar ou aconselhar a qualquer momento e por sua amizade.

Alguns membros da família foram vitais para a criação de Zahra e seu mundo: minha irmã Katharine, a *habiba* da vida real, que me ajudou com a tradução do árabe. Meu marido Ben, sempre pronto a me apoiar e encorajar muito além do que eu poderia pedir. Você é minha rocha, meu amor, meu melhor amigo. E, por fim, vovô. Durante anos você me pediu para escrever um livro inspirado em sua terra natal e, enfim, posso dizer que consegui! Tenho muita sorte de ter o melhor avô do mundo, e este livro, claro, é todo para você.

JESSICA KHOURY é autora de romances de fantasia que conquistaram leitores ao redor do mundo e receberam indicações a diversos prêmios literários. Além de escrever, ela também se dedica à cartografia e à ilustração, criando mundos fantásticos cheios de detalhes vibrantes. Nas horas vagas, gosta de fazer trilhas nas montanhas, jogar videogames e delinear novos personagens para as suas histórias. Mora em Greenville, Carolina do Sul, com o marido e as filhas, onde segue criando narrativas que cativam novos fãs a cada dia.

DARKLOVE.